中公文庫

比《なら》ぶ者なき

馳　星周

中央公論新社

目次

登場人物系図

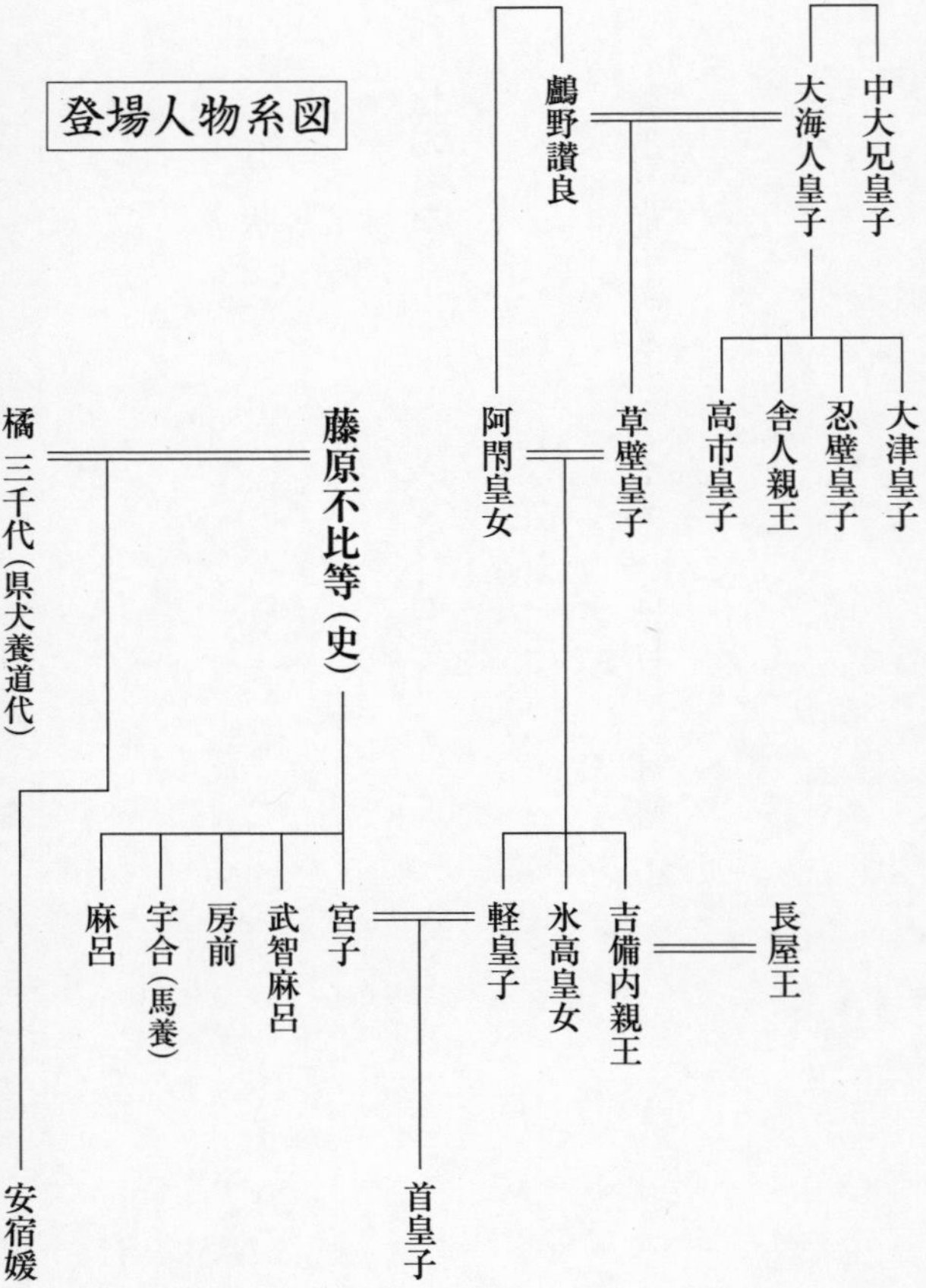
中大兄皇子
大海人皇子
鸕野讃良
大津皇子
忍壁皇子
舎人親王
高市皇子
草壁皇子
阿閇皇女
藤原不比等（史）
橘 三千代（県犬養道代）
長屋王
吉備内親王
氷高皇女
軽皇子
宮子
武智麻呂
房前
宇合（馬養）
麻呂
首皇子
安宿媛

比ぶ者なき

一

持統三年（六八九年）四月。

だれかがどこかで忍び泣いている。押し殺した悲しみが春の香りをまとった空気を淀《よど》ませていく。

藤原史《ふじわらのふひと》は横たわったまま動かない皇子《みこ》を見つめたまま忍び泣きを耳から閉め出した。

皇子の傍らには母である大后《おおきさき》と皇子の正妃《せいひ》である阿閇皇女《あへのひめみこ》が座っていた。

大后——鸕野讃良《うののさらら》は両の拳を固く握っていた。時折肩が震えるのは涙を必死で堪《こら》えているせいだろう。阿閇皇女は声もなく泣いていた。

「史よ」

大后が口を開いた。

「は——」

史は平伏した。

「なぜだ。なぜ、このようなことに……」

大后は言葉を詰まらせた。史は己の手を見つめながら唇を噛んだ。同じ思いだったからだ。

草壁《くさかべ》に舎人《とねり》として仕えるようになってほぼ十年。中大兄《なかのおおえ》の腹心だった鎌足《かまたり》の息子であるということから先の大王《おおきみ》である大海人《おおあま》に疎《うと》まれ、朝堂に出仕することもままならずに時を過ごしてきた。三年前にその大海人が歿《ぼっ》し、かわって実際に政《まつりごと》を執《と》り行ってきた大后が名実共に実権を握った。なんとしてでも草壁を大王にしたい――直々に大后に呼び出され、そう耳打ちされてから、必死に働いてきた。

今年になって判事に任命され、己の力をやっと朝堂で発揮できると胸を膨らませていた矢先の草壁の薨去《こうきょ》だった。

これからだった。これから、草壁と共に一族の繁栄を築いていくはずだったのだ。

「母上――」

阿閇皇女の口から発せられた声も涙に濡れていた。皇女は部屋の片隅に視線を走らせた。宮人《きゅうじん》の傍らで利発そうな少年が座っている。草壁と阿閇の息子、軽《かる》だった。まだ七歳だった。父の死を受け入れがたいのか、強い目で宙を睨《にら》んでいた。軽の横にいるのは確か、県犬養道代《あがたのいぬかいのみちよ》という阿閇皇女に仕える宮人だった。頭脳明晰《めいせき》で、阿閇の信頼が厚いと耳にしたことがある。

「そうであった」

大后が居住まいを正した。草壁の枕元に置かれていた佩刀《はいとう》に手を伸ばす。草壁がいつも身につけていたものだった。

「近う寄れ、史」

史は大后の言葉に従った。

「これをそなたに託す」

大后は手にした佩刀を史に渡した。柄《つか》も鞘《さや》も漆黒で、草壁はこの佩刀を「黒作《くろづくり》」と呼んでいた。

「わたしにこれを……」

「なんとしてでも軽を王位に就けるのだ」

大后が言った。草壁を大王にしたいと言ったときと同じ言葉、同じ気概だった。

「この佩刀はわたしとそなたの盟約の証《あかし》だ。軽が玉座に就いたその時、そなたの手からこの佩刀を軽に渡すがいい」

背筋を熱いなにかが駆け抜けた。

草壁を玉座に就けるのは難事だった。大后はまず大海人の崩御《ほうぎょ》を待って、大津皇子《おおつのみこ》に謀《む》反《ほん》の疑いありと捕らえさせ、死罪に追いやった。大津以外に草壁を脅かす皇子はいなかったからだ。

しかし、草壁を即位させるには越えなければならない山がまだいくつもあった。元来、大王の位は子供ではなく大王の兄弟が受け継ぐことが多かった。大王の長子だからといって即位させるには反対する者が多かったのだ。

それだけではない。大后である鸕野讃良にも問題があった。

なにかにつけ腰の重い大海人を支え、時にたきつけ、実質的に政を司《つかさど》ってきた。さすがは中大兄の娘と褒めそやされてはいたが、陰口を叩く者も少なくなかった。女人《にょにん》ゆえ、妬《ねた》まれ、そしられるのだ。

その大后の息子が玉座に就くとなれば、多くの者が心穏やかではいられない。新しい大王に取り入って己と己の氏族の栄華繁栄を願う者にとって、大后が後ろ盾になる大王はつけいる隙がない。

大海人の殯《もがり》が長引いたのは、なんとか草壁を王位に就けたいと願う大后の執念であり、他の者たちがそれを打破できないのは大后の力を恐れているからでもある。

「まず、大后様が即位なされませ」

史は言った。

「わたしがか……」

大后の顔が曇った。

「軽皇子様を玉座に就けるには、まずそれが必要です。女帝を快く思わない者も大勢いるでしょうが、気にする必要はありません。大后様は中大兄様の皇女にして、大海人様の正妃。血の高貴さはだれにも口出しできませんし、大后様が政に卓越した手腕を持っていることも皆、知っております。表立って反対できる者はわずかでしょう。即位し、そして、高市皇子《たけちのみこ》様を太政大臣《だいじょうだいじん》に任命するのです」

「高市をか」

大后だけではなく阿閇皇女も目を瞠《みは》った。

「あのお方は母親の身分が低いため、玉座には就けません。しかし、人望がある」

史は大后の目を見たまま口を開いた。高市皇子は草壁の異母兄だった。母が皇族ではないため、どう足掻《あが》いても王位には就けない。しかし、長子であり、壬申《じんしん》年の乱においてよく奮闘したことから大海人の信頼を得、様々な役目を任されてきた。

「高市を懐柔せよと言うのか」

大后の言葉に史は深く頭《こうべ》を垂れた。すべてを口にしなくても大后には通じるのだ。

「わたしはあれが好きではない」

聡明ではあっても女であることに違いはない。大后は時に、理よりも己の感情を優先させることがあった。

「軽皇子様のためでございます」

史は大后の急所を突いた。

「わかった。そのようにしよう。他には」

「柿本人麻呂《かきのもとのひとまろ》と会いたいのですが」

「なんのためだ」

「草壁様の殯についてて、話をするためにございます」

「おまえがわざわざ会いたいというのだから、それなりの理由があるのだろう。わかった。人麻呂には人を遣わせておく」

「よろしくお願いいたします」

史は佩刀を両腕で抱えたまま後ずさった。

「もう行くのか」

「草壁様の御意思を叶えるためにも、ゆっくりはしておれません」

大后がうなずいた。

史は草壁を見た。生前から血の気の薄かった顔が蒼白だった。母の過剰な期待に押し潰されまいと必死で踏ん張ってきたその身体には、酷な生涯であったのかもしれない。

「失礼いたします」

史はだれにともつかず、暇《いとま》を告げた。

＊　＊　＊

「本当にあの者でだいじょうぶでしょうか」

阿閇が口を開いた。瞼《まぶた》が腫れ、目が赤い。

「いくら鎌足殿のご子息とはいえ、出仕して間もない、ただの判事でございます」

軽の行く末が心配でならないのだろう。阿閇は史の出て行ったあとをじっと見つめていた。

「鎌足様も霞むほどの英傑であられるという噂《うわさ》です」

阿閇の不安に答えたのは軽の宮人だった。県犬養の一族の娘だ。阿閇はこの宮人を寵《ちょう》愛《あい》していた。軽もよく懐いている。

「ならばなぜこれまで出仕できなかったのだ。なぜ判事でしかないのだ」

続く阿閇の言葉に宮人は口を閉じた。

「大王が嫌がったのだ」

鸕野讃良は言った。

阿閇が口を閉じた。なぜ史が三十一歳になるまで出仕できなかったのか、阿閇とてわかっているのだ。わかっていてなお、不安が余計な言葉を紡がせる。

大海人は、兄である中大兄を鎌足が諫《いさ》めていればあのような乱は起こらず、自らの手で甥《おい》を討つという惨《むご》い事態にはならなかったと信じていた。

そもそも大海人には玉座に就くつもりなどさらさらなかった。はたで見ているこちらの胸が痛くなるほど、甥の大友皇子《おおとものみこ》とそれを支える勢力を恐れていた。

その大海人が起《た》たざるを得なくなったのは、中大兄と大友が取ってきた反唐政策に、地方豪族が反旗を翻し、その御旗に大海人を担ぎ出したからだ。

鎌足が兄を諫めていれば——あの頃の大海人の口癖だった。

乱に勝ち、玉座に就きはしたものの、甥の血で染まった手でなんの政かと政務を放りだし、結果、鸕野讃良が政に目を配ることとなったのだ。

鎌足の息子が草壁の舎人になったことや、その聡明さに草壁が心酔していることなどはいずれも大海人の耳には入っていた。だが、鎌足の息子が朝堂に出仕することは頑《かたく》なに拒んだ。事情を知らない草壁が何度も史を朝堂にと推薦しても首を縦に振ることはなかったのだ。

政は人任せなくせに、人事には口を出すのが大海人という大王だった。

鸕野讃良にしても、大海人をなんとしてでも説得しようと思うには、史のことを知らなすぎた。

結局、大海人が崩御して、草壁を王位に就けたいと願ったとき、草壁がだれよりも信頼していたのが史だったのだ。だから、鸕野讃良は史の謁見《えっけん》をゆるした。そして、その目の奥で燃えたぎる怒りと野心に気づいたのだ。

「今、わたしに逆らおうとする者はいない」

鸕野讃良は阿閇を諭すように言った。

「だが、わたしがいなくなったらどうする。軽はまだ幼く、おまえは女人だ。おまえに軽が守れるか」

阿閇が首を振った。

「王家の者も、臣下たちも信用はできん。結局は己が利益のために動く者たちだ」

「それはあの者も同じではありませんか」

鸕野讃良は首を振った。

「あれは己の利益と大王の利益が同じだということを心得ているのだ」

阿閇はわけがわからぬという顔をした。鸕野讃良は草壁を見、涙を堪《こら》えた。

「あれほど大切にしていた黒作懸佩刀《かけはきのたち》をあの者にというのが草壁の最後の言葉だったのだ。草壁を信じよう」

鸕野讃良はだれよりも愛した息子の手を取った。今にも起きだして来そうな穏やかな死に顔だった。

「母にこんな苦労をかけさせて、おまえは安らかに逝くのか。なんと親不孝な……」

堪えていた涙が溢れた。鸕野讃良は人目もはばからず、慟哭《どうこく》した。

二

史は百済《くだら》からの渡来人に囲まれて、静かに話を進めた。

「草壁皇子が亡くなり、事態は混沌としてきている。しかし、大后のお心はまだ吾《われ》にある。案ずることはない」

ざわめきが起こる。中には母国の言葉で話し出す者どももいた。

史は幼少の頃より、田辺史大隅《たなべのふひとおおすみ》に預けられ、育てられた。田辺史氏は百済から渡来した文官系の一族だ。史という名前も、この田辺史氏が謂《い》われだった。自然、史の周りには百済系の人間が多く集まった。

史は積極的に彼らを受け入れた。渡来人は知の伝達者だ。律令、土木、仏教——大陸で生まれたありとあらゆる知恵を彼らは受け継いでいる。

己が目指すものを考えれば、彼らの知恵は不可欠だった。

「それで、今後はどうするおつもりですか」

問うて来たのは田辺史百枝《ももえ》だった。

「大后様に即位していただく。そして、軽皇子様が十五歳になるのを待つ」

「ただ待つのですか」

史は首を横に振った。

「待つだけでは望みのものは得られん。積極的に動かなくてはならない。それはみなも承知しておろう」

「女帝からその息子への譲位となると、反対する者が数多《あまた》出てきます」

「そうだ。その者たちの口を封じねばならん」

「神話ですね。父が申しておりました」

「そうだ」

史はうなずきながら、養父、田辺史大隅の言葉を思い出した。

百済にも新羅《しらぎ》にも高句麗《こうくり》にも建国にまつわる神話がある。神話はその国の民を団結させる力があるが、それだけのものではない。それぞれの国の王朝にその国を統《す》べる根拠を与えるために作られるのだ。皇帝や王は神々の子孫になぞらえられ、崇高なるものとして玉座に就き、国に号令する。

神話を作らなければならない。大后が玉座に就き、孫の軽にその座を譲る。普通なら無謀に見える譲位だが、だれにも文句を言わせない正当性を付与しなければならない。そのための神話を作らなければならない。

幸いなことに、大后は大海人が存命中に歴史書の編纂《へんさん》を命じている。その編纂の責任者のひとりが史の一族、藤原大嶋《おおしま》だ。大嶋なら、史の意向を受け入れてくれる。

「ただ神話を作るだけではだめだ」

史は強い口調で言った。今ではざわめきも消え、だれもが史の言葉に聞き入っていた。

史が栄華を極めれば百済系の一族もその恩恵に与《あずか》れるとわかっているのだ。

「みなも知っての通り、大王は唐の皇帝とは違う。大和の有力な氏族との合議で政を行ってきた。中大兄が乙巳《いっし》の変を起こすまで、大王がひとりで政を執り行うことなどなかったのだ。有力氏族あっての大王であり、大王あっての有力氏族。それがこの国の実態だ」

史の言葉に、一同がうなずいた。

「だが、それをそのままにしておいては軽皇子様が玉座に就くことは難しい。大王は神に近しい存在である。そう、民草に信じ込ませなければならん。大王が神に近ければ近いほど、その座を臣下が決めるなど畏《おそ》れ多い。そういうことになる。どのような神話を作るべきか、どうすれば大王を神に近づけられるのか、みなで知恵を寄せ合ってほしいのだ」

史が言葉を切ると、それを見計らっていたというように部屋の外から声がした。

「柿本人麻呂様がお見えです」

大后に人麻呂と話がしたいと伝えたのはほんの数日前のことだ。大后は請け合ったが、いつどこで会うかの返答はまだもらってはいなかった。

「すぐに参ると伝えよ」

「かしこまりました」

声の主の気配が消えた。

「よいな」史は百済人たちに再び顔を向けた。「百済、新羅、高句麗、そして他の国の神話を調べ上げるのだ。そして、この国の、いや、吾の望む神話をどう作り上げていくか考えよ」

その場にいた者たちがみな平伏した。つい先日出仕したばかりの判事に対する礼儀としては度を超している。誰も彼もが史の資質に瞠目し、史に仕えることで己と一族の栄達を願っているからに他ならない。

史は腰を上げ、部屋を出た。顔を上げる者はひとりもいなかった。

＊＊＊

柿本人麻呂は柔和な笑みを湛《たた》えていた。史は一礼し、人麻呂に対座した。

「わざわざ来てくれるとは……」

人麻呂と史は同世代だった。だが、人麻呂の風貌は史の兄とも父ともとれるほどに老けている。

「史殿に呼ばれて、参らないわけにはいかないではないですか」

出自は低いが、その類《たぐ》い希《まれ》な才により大后に寵愛されている歌人は冗談ともつかぬ言葉を口にして微笑《ほほえ》んだ。

「なにを申される。こちらが会いたいと望んだのだ。こちらから出向くのが筋」

「相変わらず史殿はお堅い。同じ草壁皇子様の舎人であった者同士、水くさいではありませんか」

草壁の名を口にした途端、人麻呂の顔から笑みが消えた。

「草壁様ご即位の時のために作っておいてくれと頼んだ歌はどうなっている」

史の言葉に、人麻呂は悲しげに微笑んだ。

「あらかたできあがっていました。しかし、もはや意味はありません」

草壁を玉座に就けるため、大后を神のように崇《あが》め、その子が即位することでこの国に豊穣が約束される。そんな歌を詠《うた》ってほしいと人麻呂に頼んだのはそれほど前のことではなかった。大后の望みを知っている人麻呂は迷うことなく引き受けた。

「皇子の殯のために、その歌を挽歌《ばんか》に作り替えられるか」

史は人麻呂の顔を見据えたまま言った。

「それが用件ですか。それなら、別にこうして会わなくても文をよこせばよかったのに。もちろん、できます。わたしをだれだとお思いか。柿本人麻呂です。こと、歌に関して、わたしにできないことはありません」

「大后様を神に見立て、草壁様はその神の子。神の子が玉座に就けば万民が幸せになったはずなのに、突然お隠れになられ、だれもが途方に暮れている。そんな歌にしてもらいたい」

人麻呂の瞳が落ち着きを失って忙《せわ》しなく動いた。

「それは一体どういうことですか」

「大后様は、軽皇子様が玉座に就くことを望んでおられる」

「しかし、軽皇子様はまだ……」

「そう。軽皇子様はまだ幼い」史は人麻呂の言葉を引き取った。「したがって、まずは大后様が即位なさる。そして、軽様が充分大人になったら譲位なされる。そのことにだれも口を挟めぬよう、そなたの歌で大后様と草壁様を神に見立て、神の子が玉座に就くことを讃《たた》えるのだ。どうであろう」

「それは良い考えかもしれません……少々お待ちを」

人麻呂はそう言って口を噤《つぐ》んだ。ただでさえ細い目がさらに細められ、口元が小刻みに動き出す。

史の言葉から、新しい歌が頭に浮かびはじめたのに違いない。

まずは草壁からだ。当世一の歌人と認められている人麻呂が草壁を神に見立てた挽歌を詠う。人麻呂の美しい言葉によって、それは人々の心に染みいるだろう。

草壁が神であるなら、その母である大后も神である。大后が神なら、父の中大兄も、中大兄の弟である大海人こと天武天皇も神である。天皇はこの世にあられる神なのだ。

まず、そこからはじめるのだ。

軽皇子を玉座に就けるため。軽皇子に我が娘を嫁《とつ》がせるため。ふたりの間に生まれる男子をその次の玉座に就けるため。

やるべきことは数多ある。立ち止まっている暇はない。

人麻呂はまだ頭の中で歌を弄《もてあそ》んでいる。

史は暇《いとま》の言葉を口にすることもなく、静かに部屋を後にした。

＊　＊　＊

集まっていた百済系の者どもはあらかた去っていた。残っているのは田辺史百枝と同族の首名《おびとな》だった。ふたりは首を揃えて書物を読んでいた。

大海人——実際には大后が制定を命じた令《りょう》を書き記したものだ。唐の律令に詳しい多くの渡来人がその制定に携わっている。

「どうだ」

史はふたりの前に腰を下ろした。

「はい。なかなかに難しいようで」

答えたのは首名だった。

「この国と唐では、民たちのものの考えが違います。ですから、唐の律令をそのまま持ち込むことには無理があります。みな、相当苦労しているようです」

百枝が言った。

「まるで自分たちには関係がないと言っているようだが、そんな考えでは後で苦労することになるぞ」

史の言葉に、百枝と首名は顔を見合わせた。

「そなたたちを律令の制定に加えてもらおうと思っている」

「本当ですか」

「吾の意を汲《く》む者がいないと困るのだ」

「なんなりとお命じください」

「おいおい話す」

史は腕を組んだ。百枝が言ったように、唐の律令をそのままこの国に当てはめるのは無理がある。そもそも、王位に就く者の考え方からして違うのだ。

唐の皇帝は唯一無二の存在だ。それこそ地上における神のごとき力を持つ。皇帝の命令は絶対で、臣下や役所は皇帝の意思を実現するためだけに存在する。

かたや、この国の大王は有力氏族との合議の上で政を執り行ってきた。天皇ひとりの意思でなにかを勝手に決めるという理屈はこの国にはあり得ない。

唐に倣《なら》って令を制定せよという詔《みことのり》を出したのは大海人だが、実際にその必要性を感じ取り、大海人を動かしたのは大后だった。

草壁亡き今、早々に令を発布する必要がある。とりあえず、形だけでいい。大后が相変わらず政に精力を傾けていると臣下たちに知らしめ、即位の道筋をつける。

令の中身は少しずつととのえていけばよい。今はとにかく大后の即位に反対する者たちを黙らせるのが先決だった。

「ところで、大隅はどうしている」

史は養父の名を口にした。大隅は河内《かわち》の国の安宿《あすか》に居を構えている。あの辺り一帯は田辺史氏の本拠地だった。

「かなり足腰が弱っているようですが、口の方は相変わらず達者なままです」

首名が答えた。その口ぶりには大隅に対する畏敬の念が溢れていた。

「年寄りに無理を言ってすまないが、近いうちに会いたいと伝えてくれぬか」

「大隅様なら、史様が会いに来るのが筋だと言い出しかねませんが」

百枝が頭を掻いた。

「今は京《みやこ》を動けんのだ」

「伝えます」

「下がってくれ。しばし、考え事をしたい」

史の言葉が終わるより早く、ふたりは平伏し、腰を上げた。

静かになった部屋で、史は物思いに耽《ふけ》る。

どうすれば大后を即位させられるか。どうすれば軽皇子を天皇にできるか。どうすれば、藤原家が子々孫々まで栄華を享受できるか。

己ひとりが栄華を極めても意味がない。それは父、鎌足の死後、痛いほど感じさせられた。

鎌足は中大兄から死に際して大織冠《たいしょくかん》という位と藤原の姓を賜った。それほどまでに中大兄に重用されていたのだ。

だが、壬申年の乱が起こり、大海人が勝利すると、大織冠の後継者と史を褒め称えて来た者たちはすべて、史に背を向け、寄りつきもしなくなった。

弟の自分ではなく、息子の大友に玉座を譲ろうとした中大兄と腹心の部下であった鎌足を大海人はゆるすまい。鎌足の息子と関わりを持つなど自分の首を絞めるのと一緒だ。

だれもがそう思い、史を見限ったのだ。変わらぬ忠誠を持ち続けてくれたのは田辺史氏をはじめとする百済系の渡来人たちだけだった。

もちろん、彼らには彼らなりの考えがある。中大兄は唐と新羅の連合軍に滅ぼされた百済の復興を手助けしようとしていた。壬申年の乱で大海人に手を貸したのは中大兄のそうした意向に反する者たちだった。

白村江《はくそんこう》での大敗はまだ人々の記憶に新しい。大友は父の遺志を継ごうとしていた。またあのような戦に駆り出されたら、また大敗を喫したら……恐怖は疫病《えきびょう》のように広まり、有力な氏族の者どもは腰の重い大海人をたきつけて乱を起こしたのだ。

百済復興を願っている渡来人たちは、大海人とその臣下たちに頼ることはできなかった。だからこそ、史の元を離れなかったとも言えるのだ。

ともあれ、史は一度、世の中から見捨てられた。雌伏《しふく》を余儀なくされ、あまりある時間を使って考えに考え抜いた。

自分ひとりが栄華を極めても意味はない。自分が死んでも、自分の子孫がその栄華に与れるようにするにはどうしたらよいのか。

気がつけば、辺りが暗くなっていた。陽が沈もうとしているようだった。

薄闇の中で、史は静かに微笑んだ。

三

天地《あめつち》の　初《はじ》めの時の　ひさかたの　天《あま》の河原《かわら》に　八百万《やおよろず》　千万神《ちよろずかみ》の　神集《かむつど》ひ　集ひいまして　神分《かむわか》り　分りし時に　天照らす　日女《ひるめ》の命《みこと》　天をば　知らしめすと　葦原《あしはら》の瑞穂《みずほ》の国を　天地の　寄り合ひの極み　知らしめす　神の命と　天雲《あまくも》の　八重かき別きて　神下《かむくだ》し　いませまつりし　高照らす　日の皇子《みこ》は　飛ぶ鳥の

人麻呂の朗々とした声が響き渡る。誄《しのびごと》に訪れた臣下たちがその歌に耳を傾けていた。

歌の内容にうなずく者、驚きを露わにする者、その反応は様々だった。

そこかしこで忍び泣く声が聞こえた。泣き声を縫って、史は殯宮《もがりのみや》を後にした。大后の待つ御所へと足を向ける。

すでに史が来ることを報されていたのか、御所に侍す女官が頭を垂れ、史を案内した。

「人麻呂が素晴らしい歌を詠ってくれた」

大后は史の挨拶を制して言った。

「あの者は、わたくしと同じく草壁様の舎人でしたから」

「しかし、草壁を偲《しの》ぶ歌であるはずなのに、わたしのことを詠っているように聞こえるな」

「軽皇子様のためです」

「わたしが神で、草壁は神の息子で、軽は神の孫か」

大后の声は掠《かす》れていた。

「令を公布なされませ」

史は言った。

「令だと。しかし、あれはまだ時間がかかると……」

「完成していなくてもよいのです。臣下たちは動揺しています。草壁様を失った大后様に、これまでと同じように政ができるのか、また空位になっている玉座にだれが就くのか」

「草壁の死を本気で悲しんでいる者など、数えるほどしかいない」

大后は吐き捨てるように言った。

「ですから、このまま政を執る意思をお示しになるのです。それには、令を公布するのが一番かと。あれがまだ未完成なのは知っておりますが、まずは公布すること。その後で中身をととのえていけばよろしいのです」

「おまえが責任を取るというのか、史よ」

「大后様がわたしに目をかけてくださっていることはだれもが知っております。まだ若い判事だからと軽んじる者はおりません。任せていただけるのなら、大后様のご期待におこたえいたします」

大后は鼻を鳴らした。

「とうにわたしの名を出して臣下たちに話をしているらしいではないか。今になってわたしの許可を求めるとは白々しい」

史は平伏した。大后を侮《あなど》ると痛い目に遭う。

「おゆるしを」

「よい。そなたのやり方は嫌いではない」

顔を上げると、大后が微笑んでいた。

「正月に即位しようと思うが、どうだ」

「御意のままに」

「令を公布するなら、議政官《ぎじょうかん》を任命しなければならぬ。これまでのように、わたしがひとりでなんでも決めるというわけにはいくまい。そなたは高市を太政大臣にしろと申しておったな。他はどうする」

「できるだけ早く考えをまとめて参ります」

「そなたはどんな位階に就きたいのだ」

「今のままでかまいませぬ」

「判事のままでよいというのか」

「本当に必要なのは位階ではありません。大后様の、いや、大王の信頼です。それさえあれば、太政大臣や左大臣であれ、わたしを軽んじたりはできぬのです」

「ぬけぬけと」大后はまた微笑んだ。「高い位階に縛られるよりは、低い位階のままでいた方が都合がよいと考えているのであろう」

「大后様にはすべてがお見通しですな」

「好きにするがいい。あの佩刀はそなたへの信頼の証だ。そなたの行く手を遮る者があったら、佩刀を見せてやるがいい。わたしと草壁の意思がその者に伝わるだろう」

「ありがたき幸せに存じます」

史はまた平伏した。

「して、他にはどのようなことを考えているのだ」

「人麻呂に大后様と草壁様を神のように崇め奉る歌を詠わせました。あの者の歌は、またたく間に巷《ちまた》に広がっていくでしょう」

大后はうなずいた。

「ならば、次は、大后様に本当の神になっていただきます」

「なんだと」

大后が目を瞠った。

「王家は神の子孫。臣下や民にそう信じさせることでいずれ軽様がお年を召した時に、即位が容易になりまする」

「どうやってそんなことを……」

「八年ほど前のことでしょうか。大王が律令の制定と同時に、帝紀と上古の諸事をまとめよという詔を出されました」

「あれは、わたしが出させたのだ」

「承知しております。その帝紀と上古の諸事を利用しようと考えているのです」

大后の口元がひくついた。

「歴史をねじ曲げるつもりか」

史は舌を巻いた。大后の聡明さはまさしく神のそれだった。

「軽様の即位のためだけではござりませぬ。大后様、軽様の子孫たちがだれかに脅かされることなく代々玉座に就けるようにするためには、それが最善かと」

「だれかとは、蘇我馬子《そがのうまこ》のような者のことか」

史はそれには答えず、大后の目を見返した。大后はその無礼を咎めなかった。

蘇我馬子の名前はいまだにある種の畏怖の念を持って語られる。大王を差し置いて権勢をふるい、政を恣《ほしいまま》にしてきた男。中大兄と父鎌足が起こした乙巳の変は、蘇我家が手中に収めていた権力を、王家に取り戻すことがその主眼だった。

「あのような者が二度と現れないとは言い切れませぬ。そのような場合でも、王家が安泰であるために、王家は触れてはならぬ神だとみなに信じ込ませるのです」

「そのためには歴史も変えるか」

「は――」

「そなたならできると申すのか」

「は――」

「たいした自信だ。さすがは鎌足の息子というところか」

「父は父、わたしはわたしにござりまする」

「好きなようにやってみるがよい。だれもがわたしを畏れる。なのに、わたしは自分の力で軽を玉座に就けることすらかなわないのだからな」

大后はまた微笑んだ。それは力のない虚《うつ》ろな笑みだった。

「我が一族、藤原大嶋をお呼びください。あの者は、帝紀と上古の諸事を取りまとめる任に就いております。大后様の望みを、あの者にとくと聞かせるのです」

「そなたの言うことにはなんにでも従うよう、強く申しつけておこう。他にはないか」

「新益京《あらましのみやこ》へ京を移すべきと存じます」

新たな京への遷都《せんと》は、もう何年も前から議論され、実際、京を置く場所さえ決まり、造成も進んでいた。しかし、大海人が病に倒れてからは新しい京のことを口にする者はいなくなっていた。

「京を新しくするとなれば、あちこちから不平不満が出てくる」

史はうなずいた。京を作るには人を駆り出さねばならず、また、食い物からなにからが入り用になる。実際に労役に駆り出される民はもちろん、彼らをかき集め、その面倒を見なければならない有力氏族の者どもも不平不満を口にする。

「それでも、京を移すべきです。軽様は新しい歴史の担い手になるのです。軽様が即位するには新しい歴史に相応《ふさわ》しい新しい京が必要です」

「そなたの考えはどこまで及んでおるのだ」

「大后様のお力になれればと、ただそれだけを考えております」

「達者な口よのう」

大后が笑った。今度は力強い笑みだった。

＊＊＊

誄を終え、屋敷へ戻ると田辺史大隅が史を待っていた。身体がひとまわり小さくなり、髪の毛は雪のように白くなっている。それでも、好奇心に溢れた子供のような目は変わらぬ輝きを放っていた。

「元気そうで安心した」

「なにをおっしゃるか。髪の毛はこの通り。腰も曲がって目もよう見えません。そんな年寄りを呼びつけるとは、史様の育て方を間違えましたな」

「それだけ喋《しゃべ》れるなら、河内からそなたについてきた者たちも耳が疲れたであろう。しかし、よく来てくれた」

「なにやら、相談事があるとか。大后様の即位のことでしょうかな」

「少し違う」

史は手を打って使用人を呼んだ。

「あれを持ってきてくれ。それとなにか食べるものと酒を用意せよ」

「史様、わたしはもう酒は飲めぬ身体なのです」

大隅が言った。史は笑った。

「吾が飲むのだ」

「酒を飲めなくなった年寄りの前で、これ見よがしに酒を飲むおつもりか」

「そなたの恨めしそうな顔を肴《さかな》にして飲むのよ」

「やはり、育て方を間違えましたな」

かつては鬼のような形相で史を叱ることもあった大隅だが、今の顔は柔らかい。早くから史の資質を見抜き、それを真っ直ぐに伸ばそうと教え導いてきたのだ。史が自分の望む通りの傑物になって、大隅は大いに満足しているはずだった。

使用人が木簡《もっかん》を束ねたものを持ってきた。

「目を通してくれ。新しい令だ」

木簡には役人たちが令文を書き記している。正式に発布することが決まれば、紙に書き写す。

大隅が令に目を通している間に、簡単な食事と酒が運ばれてきた。史は自ら酒を注ぎ、飲んだ。

「なかなかよくできているではありませんか。唐の国とこの国の違いを弁《わきま》えている」

「吾が関わっているのだ。当然であろう」

「そうでした。失礼を申し上げた」

大隅は微笑んだ。

「それはまだ完成ではない。とりあえず、大后様の権威を高めるために発表する。中身は順次ととのえていくつもりなのだ」

「さようでしょう。この令の要《かなめ》は太政官ですな」

「さすがは大隅だ」

ざっと目を通しただけで、この令に史が込めようとしている思惑を見抜いたのだ。年を取ったとはいえ、大隅は相変わらず明晰だった。

「恐ろしいことをお考えになる。大王を政から閉め出すとは」

「大王は神になるのだ。神には政のように生臭いことは似合わない。そうは思わぬか」

太政官の制度については、かつて大隅と話し合ったことがある。

長官を太政大臣として、次いで左大臣に右大臣、そして大納言の四つの官職を称して太政官という。朝堂の最高機関であり、すべての政は太政官の合議によって決められる。太政官が決めたことは大王に上奏され、可否を待つ。また、太政官の任命権も大王が持つ。

それが史の考える太政官制度だった。大王は政の場に加わらない。

「大后様がこれをお認めになりますか」

「認める。軽様を王位に就けるためには、大王は神でなければならない。その辺りのことはもう大后様には話してあるのだ。神は政には手を染めない。そこも理解してくれよう。

最後に決めるのは大王だし、太政官を任命するのも大王だという逃げ道も用意してある」

「それほどまでに大后様は軽皇子様にご執着なされておられるか」

「草壁様が亡くなられたのだ。当然であろう。すべてにおいて男を凌駕されるお方だが、子供と孫に関しては、そこらにおる女人と変わらぬ」

だからこそ、史に千載一遇の機会が訪れたのだ。

「鎌足様が考えもしなかったことをお考えになっておられるのですな」

大隅が嘆息するように言った。

「父上は満ち足りていたであろう。吾は餓えているのだ」

史は言った。大隅の柔和な表情に影がさした。

「鎌足様には中大兄様がいらっしゃった。史様には大后様がおられる」

「息子を大王にするために、その息子が亡くなれば、今度は孫を大王にするために、吾を利用しようとしているだけだ。中大兄様と父上の関係とは異なる」

「しかし……」

「その話はもうよい。それより、相談事だ。太政官をだれにすべきか、そなたはどう考える。すでに大后様には、高市皇子を太政大臣に任命するよう進言してはいるのだが」

「よいお考えです。高市様は大王にはなれない。そのことは重々承知でしょう。しかし、息子がおられる。奥方は王家の一員となれば、自分は無理でも息子が王位に就く可能性はある。そう考えておられるでしょう。そのためには、自らも少しでも高い位に就いていた方がよい。そして、大后様、大后様の信を得ておられる史様、おふたりに恩を売っておいた方がよいと思うはずです」

「吾もそう思う。他の王族を押さえるためにも、高市様の協力が不可欠だ」

「高市様にはお会いになりましたか」

史は首を横に振った。

「お会いなされ。腹を割って話すのです」

「そうしよう。それで、左大臣と右大臣はどうする」

「左大臣はまだ空位のままでよいでしょう。大后様の出方をうかがう必要もあります」

史はうなずいた。

「右大臣は……」大隅は腕を組み、首を傾げた。

「多治比嶋《たじひのしま》様などはいかがでしょうな」

「多治比嶋か……」

大隅が口にしたのは祖先を辿《たど》れば王家の血を引く氏族の長だった。

「身分や年齢的に問題はありませんし、史様の行く手を遮るような才気もございません」

史は破顔した。

「よくもぬけぬけと」

「年寄りは思ったことを口に出してしまうものです。大納言ですが……」

「もうよい」

史は掌を突き出し、大隅を遮った。

「どうやら、吾とそなたの考えることは同じらしい。これ以上、聞くまでもない」

「わたしが史様を育てたのです。当然でしょう」

「もう一滴も飲めぬのか、大隅」

「盃《さかずき》一杯ほどならなんとか飲めましょう」

「では、飲め」

史は自分の盃を大隅に手渡した。自ら酒を注いでやる。

「吾は自分の行くべき道を真っ直ぐに進んでおる。吾がこうしてあるのはおまえのおかげだ、大隅。おまえは百済や新羅、唐の知識を惜しみなく吾に注いでくれた。感謝する」

史は大隅に頭を下げた。盃を持つ大隅の手が震えていた。

「感謝など、滅相もない」

「そなたは吾の父親だ。できるだけ長生きして、相談事に乗ってくれ」

「はい。史様」

大隅は涙を流しながら酒を飲み干した。

四

大后が大極殿《だいごくでん》から臣下を見おろしていた。かつては、夫である大海人の傍らに立っていた。大海人が歿してからは大極殿に昇ることもなかった。

それが今、ひとり大極殿に座し、自信に溢れた眼差しを前方に向けている。

臣下たちの態度は様々だった。どのような態度を取っているにせよ、だれもが大后の口からどんな言葉が発せられるのかは察している。

「夫の殯が終わったなら、その正式な嫡子《ちゃくし》の草壁皇子が後を継ぐはずであった」

突然、大后が口を開いた。前置きもなく、高くよく通る声でよどみなく話し出す。

「だが、その草壁も亡くなった」

口を閉じ、唇を嚙む。夫と子を立て続けに失った女の悲哀が目に滲《にじ》んでいる。臣下たちは息を吞んだまま大極殿を見上げるだけだった。

「悲しみは実に深い。しかし、これ以上、大王の座を空けたままにしておくこともできぬ」

高市皇子を囲むようにして立っていた他の皇子らや王族らがざわついた。

「わが夫であった先の大王は、病に伏した時、わたしにすべてを任せると仰せになった。

その意に従おうと思う」

臣下たちもざわつきはじめた。

「来年正月に即位しようと思う。みな、支度をするように」

高市は大極殿から臣下たちに視線を移した。落胆する者、憤る者。大后が即位を強行する。それを止める力はだれにもない。それがわかっていてなお、なにかを期待せずにはいられなかった者たちだ。

藤原史だけが毅然とした態度で大極殿を見上げている。

大后が腰を上げた。皇子たちや臣下たちの態度を顧みることなく去って行く。大后の姿が見えなくなると、その場にいた者たちはそれぞれ輪を作って議論をはじめた。

高市は藤原史がこちらに向かってくるのに気づき、議論の輪から外れた。

「高市様」

史が頭を垂れた。

「なにか用かな、史殿」

「使いの者にお会いしたいと伝えさせていたのですが、返事がありませんでしたので」

史の使いの者がやってきたのは数日前だった。

「すまぬ。しばし考えたいことがあったのだ」

「考えはまとまりましたか」

「そなたと話をせねば考えがまとまらんということがわかった」

高市は苦笑した。

「そなたはなにかと忙しいらしいが、時間があるなら、これから吾の屋敷で酒でもどうかな」

「ご一緒させていただきます」

高市は大極殿に背を向け、史と肩を並べて歩き出した。背中に視線を感じる。他の皇子たちと史を敵視する臣下たちのものだ。

二日前の夜、高市は彼らと密議をかわした。大后の即位を止められぬものか、止められぬにしても次の王位を軽皇子から奪うためにはどうしたらよいか。

誰も彼もが好き勝手に話し、結局、結論は出ないまま密議は終わった。

「そなたはあちこちで嫌われておるな」

高市は言った。史は微笑んだ。

「そうでありましょう」

「まだ若く、位階も低いくせに、大后様の寵愛をよいことに世の理を乱している」

「だれがそう申しましたか」

「だれだったかのう。忘れた」

「ならば、高市様がそう思われているのだと理解しましょう」

史はまた笑った。高市はその横顔を盗み見た。悪びれることのない微笑みは史の自信の表れだった。

高市は話題を変えた。他愛のない世間話をしながら自分の屋敷へと向かった。背中に突き刺さる視線は消えていた。

屋敷へ戻ると、使用人に史を案内させ、高市自身は服を着替えた。着替え終わると息子を呼んだ。まだ五歳になったばかりだが、その目には聡明な光が宿っている。

「これから父はある者と話をする。おまえは隣の部屋で父とその者のやりとりを聞いておれ」

「なぜですか、父上」

「とにかく言われたとおりにするのだ。よいな」

息子は力強くうなずいた。

高市は史の待つ部屋に足を向けた。

史の前には黒い佩刀が置かれていた。その佩刀には見覚えがあった。

「それは草壁の佩刀ではないか」

史の向かいに腰を下ろしながら高市は言った。

「さようにございます」

「それをなぜそなたが持っているのだ」

「大后様と阿閇皇女様より賜りました。草壁様の遺志に従えとの命と共に」

高市は口を閉じ、表情を消した。史に胸の内を読まれるわけにはいかなかった。草壁の佩刀を史が持っているという事実は衝撃以外のなにものでもなかった。

「大后様はそこまでそなたに信を置いているのか」

「軽様を王位に就けること以外、お考えになられていないのです」

「そうであろうな」

氷のような冷たく固い意思を持つ義母の面影が脳裏に浮かぶ。自分の夫を見るときでさえ醒めていたその目が、草壁を見るときだけは和らいでいた。女ながらに政に打ち込んできた身に、実の子だけが安らぎを与えてくれたのだろう。

その草壁はもうこの世にはいない。ならば、草壁の子に、自分の孫にと思うのは当然だろう。

しかし、それでは困る——高市は唇を舐《な》めた。

「大后様は即位の後、高市様を太政大臣に任じる心づもりでおられます」

また、驚きが高市の胸の内をざわつかせた。

「そなたはいつもこうなのか」

史が笑った。

「いつもいきなり本題を持ち出すのがそなたのやり方なのかと訊いている」

「相手によります。高市様には策を弄《ろう》しても見破られるだけでしょう」

「それで、太政大臣に任じられる代わりに大后様の即位を認めよというわけか」

「それだけではありません。軽様が政務を執られる年齢になった暁には、軽様の即位を後押ししていただきたいのです」

高市は腕を組んだ。酒の支度はとうにととのっていた。だが、高市はもちろん、史も酒に手を伸ばそうとはしなかった。

「他の皇子たちを黙らせろ。そういうことか」

「これは大后様にもお話ししていませんが……」

史が声をひそめた。高市は思わず身を乗り出した。

「ご存じのように、軽様はお体が優れているというわけではございません。父上の草壁様の血を引いておられるからか、すぐに病を得る」

高市はうなずいた。草壁のように軽も早世すれば、次は自分の番だ。そう考えている王族は少なくない。

「もし、軽様になにかあれば、次の王位に高市様を推戴《すいたい》してもよろしいと思っております」

高市は喘《あえ》いだ。史は次から次へと予期せぬ考えを投げつけてくる。受け止めるだけでも一苦労だった。

「吾を王位にだと」

「軽様に万一のことがあった場合のみですが」

「大后様にそなたがそんなことを考えていると知られたら……」

「ですから、これは内密にお願いいたします」

「恐ろしい男だな、そなたは」

目の前の男を敵《かたき》に回してはならぬ——高市の胸の奥でだれかがそう叫んでいた。

「高市様をなんとしてでも味方につけねばならぬと考えているまで。いかがですかな」

「そなたには勝てぬ……しかし、なにか、証になるものがほしい」

「わが娘を、高市様のご子息に嫁がせましょう。それで証にはなりませぬか」

言葉がなかった。史はありとあらゆる事態を想定し、それに対する答えを用意しているのだ。

「長女は軽皇子様に嫁がせるつもりでおりますゆえ、次女をご子息に」

抗《あらが》いようがなかった。最初からすべての退路を断たれているのだ。

「よかろう。そなたの申し出を受け入れる」

「ありがとうございます」

「大后様はとんでもない男を見出したものだ」

「草壁様を王位に就けたい一心であられたからでしょう」

「長女を軽に嫁がせる、か。大王の外戚になることがそなたの望みか。しかし、王族の女人でなければ正妃にはなれん。側室の子は王位に就くのは難しい。吾を見れば瞭然ではないか。外戚になるのは難しいぞ」

史が酒に手を伸ばした。盃の中身を一気に飲み干し、口元を拭う。

「ご心配には及びません」

闇のように黒い史の目の奥でなにかが蠢《うごめ》いていた。高市は畏れを抱き、それを消すために酒を飲んだ。

＊　＊　＊

「どうだ」

史が去った後、高市は息子をそばに呼んだ。

「お話がよくわかりませんでした」

「そうであろう」

いくら聡明だとは言っても、まだ五歳の幼子に理解できる話ではなかった。

「あの者は藤原史という」

「藤原史……」

「将来、そなたの義父となり、また敵となる男だ。よく覚えておくがよい」

史は高市よりずっと若かった。いずれ自分はこの世を去り、息子が後を継ぐことになる。父である高市とは違い、息子の母は王族だった。息子には王位に就く可能性があった。

「よいな、長屋王《ながやのおう》。藤原史の名を決して忘れるな」

高市は息子の頭を撫《な》で、言い聞かせた。

五

持統三年（六八九年）六月、令が公布された。

大海人は自らを天皇と称していたが、令の公布により、大王《おおきみ》は正式に天皇と呼ばれることになる。大后《おおきさき》は皇后。次の皇位を継ぐ皇子《みこ》は皇太子。

令ができたからといって、だれもがすぐに大王を天皇と呼んだりはしないだろう。新しい制度が馴染むには時間がかかる。

それでよいと史は思っていた。大事なのは皇太子という位《くらい》を作り上げたことだ。大后――皇后は四十代の半ば。軽皇子が皇位を継げる年になるころには五十代になる。いつ病《やまい》を得て倒れてもおかしくない年だ。そうなる前に、軽を皇太子の位に就けておけば、万が一のときにも安心して動くことができる。

太政大臣は高市皇子、右大臣には多治比嶋をあて、左大臣は空席とした。

おそらく、皇后は自ら政を行うことを強く望むだろう。その意に逆らうのは賢明ではない。太政官《だいじょうかん》制度を本格的に動かすのは、軽皇子が即位してからでよい。

「また考え事か、史」

頭上から声をかけられ、史は我に返った。思案に耽《ふけ》りすぎて、この屋敷の主が部屋に入ってきたのにも気づかなかったのだ。

「これは大嶋殿――」

史は腰を上げた。

「そのままでよい。そなたは氏上《うじのかみ》なのだ。それらしく振る舞わねば」

藤原大嶋に制されて、史は頭を傾けるのを思いとどまった。

藤原大嶋は史の向かいに腰を下ろした。顎《あご》にたっぷりと肉が乗っている。鎌足亡き後、幼少だった史に代わって中臣《なかとみ》一族を率いてきたのが大嶋だった。今では神祇伯《じんぎはく》の位を得、史と同じく藤原の姓を名乗っている。

「話が長くなりそうだが、今宵《こよい》は泊まっていくといい。食事と酒の用意もさせてある」

「ありがとうございます」

「飲みながらにするか。それとも――」

「もちろん酒で」

「よかろう。おい」

大嶋は部屋の外に声をかけた。侍女が酒を運んできた。侍女が器に酒を注ぎ、出て行くのを待って史は口を開いた。

「あの件はどうなっておりますか」

「そなたの注文が多くて、なかなか捗《はかど》らぬ」

大嶋は酒を啜《すす》った。その顔つきが歪《ゆが》んだのは酒の味が気に入らなかったからか。あるいは、史の注文に辟易《へきえき》しているからか。

「なにしろ、大王の——いや、天皇の系譜を一から作り直せと申すのだからな。十人がかりでやらせておるが、それでも時間が足りぬ」

百済《くだら》から来た渡来人たちが神話作りに着手した。まだ詳しい中身はまとまっていないが、初代天皇の名だけは決まっていた。

神武《じんむ》天皇。

神々の子孫にして、この国を統べてきた王家——天皇家の創始者としてこれほど相応しい名前はあるまい。

神武から今の皇后まで、歴代の天皇の系譜を作るよう、大嶋には頼んである。皇位は父から子へ伝えてきた。そのような系譜だ。

千年、万年続く天皇の系譜。父から子へ代々受け継がれて来た神の力。

王家や王家に近い者たちは鼻で笑うだろう。

玉座は父から子ではなく、兄から弟へ受け継がれることが多かったのだ。

大王は神であるどころか、有力氏族の協力がなければこの国を統べることができなかった。ときに、蘇我馬子がごとき者に蹂躙《じゅうりん》されてきた。

蘇我馬子は生々しい記憶だ。あの男とその一族が権力を恣《ほしいまま》にしてきた時代を覚えている者はまだ多い。

系譜を作るだけではなく、蘇我一族のしてきたことも歴史から抹消しなければならない。それでなければ、代々の天皇が神の子孫であるという前提が崩れてしまう。

なにもかもが嘘だ、戯言《ざれごと》だと言い募る者も出てくるだろう。

だが、天皇の詔《みことのり》によりまとめられた正式な史書であれば、それを覆すのは容易ではない。覆されぬまま世に残れば、嘘であれ戯言であれ、それは正しい歴史を記したものだと認められていく。歴史というのはそういうものだと田辺史大隅も言っていた。

唐の国では、豊富な資金と軍事力を有した者が、前の王権を打ち破って新たな皇帝に就くことがたびたびあったという。その度に、新たな皇帝となった者は自分の出自を飾り立てるための嘘の歴史を作り上げたという。それと同じだ。

「いずれにせよ、そなたの言う神話が完成せねば、天皇家の系譜を作るにも支障が出る。系譜を作らせている者どもからは怨嗟《えんさ》の声があがっておる」

「そうでしょうな」

史はうなずいた。無理は承知なのだ。無理を通さねば、軽皇子が皇位に就くことはかなわなくなる。軽皇子が天皇になれないのなら、史の子孫が栄えることもかなわなくなるのだ。

「そなたはいつも物事を簡単に言う。しかし、だれもがみな、そなたのように明晰な頭脳を持っているわけではない。それを忘れぬことだ」

大嶋の顔に険《けん》が宿った。氏上として一族を率いていたときのことが忘れられないのだ。もとより、史が成長するまでの代理だということはわきまえていたはずだが、自分よりはるかに若い史の命に従わねばならぬことに釈然としないものを感じている。

だが、大嶋は愚か者ではなかった。自らの、そして一族の繁栄のためになにが必要かは心得ている。

「皇子たちの様子はいかがですか」

史は話を変えた。大嶋は神祇伯として、朝廷の神事を司っている。王家の――皇室の人間たちも政の場では見せない顔を大嶋に見せるのだ。

「大后の即位に不満を持つ者が多くいるが、高市皇子がそれを抑えている」

「王家の者以外では」

「ほとんどの者が恨みを心に抱いているようだな。大后が即位するのは軽皇子を大王、いや、天皇にするためだということはみなわかっておるのだ。草壁様が亡くなったのだから、忍壁皇子《おさかべのみこ》が後を継ぐのが道理だと考えている者が多い」

「さようでしょうな」

史はうなずいた。

「それから、そなたのことを快く思っていない者も大勢いる。中には、若造がけしからんと憚《はばか》ることなく口にする者もいる」

史は苦笑した。

「中でも川島皇子《かわしまのみこ》はそなたを目の敵にしているぞ」

川島皇子は中大兄の息子だ。謀反の罪で殺された大津皇子とは兄弟同然の仲で、その死を大いに嘆いていた。

大海人が崩御したとき、大后は躊躇《ちゅうちょ》なく行動を起こした。大津皇子を捕らえたのだ。大津皇子が謀反を企んだなどと信じる者はひとりもいなかった。草壁皇子を大海人の後継者にするために大后が暴挙に出たのだ。大津皇子の周辺では、大海人が病に伏せったころから大后の動向を注視していた。にもかかわらず、なにもできないうちに捕らわれたのは大后の動きが予想外に早かったせいだ。

藤原史が大后に耳打ちしたらしい。

いつのころからか、そうした噂が宮中の風に乗って流れるようになった。

その風が川島皇子の耳にも届いたのだろう。

大津皇子が謀反を企んでいると大后に注進したのは川島皇子だという噂も一時、流れていた。根も葉もないでたらめだ。だが、その噂は川島皇子の胸に狂おしい怒りを生じさせただろう。そして、その怒りは今や史に向けられているのだ。

「本当にそなたが大后を動かしたのか」

大嶋が言った。瞬《まばた》きもしない目で史を見つめている。

「まさか」史は笑った。「あの当時、吾はただの舎人《とねり》でした。大后様を動かすどころか、謁見《えっけん》もかなわぬ身分です」

「しかし、草壁皇子の厚い信頼を得ておったではないか。皇子が謁見するときに同席することもあったのではないか」

史は笑い、大嶋の問いかけには答えなかった。

あの時の皇后の顔はよく覚えている。夫の訃報《ふほう》に接し、なんとしてでも草壁に後を継がせると決断した母の顔。

その皇后に囁《ささや》いた。

「大津皇子を始末なさいませ。後顧《こうこ》の憂《うれ》いを断つためです」

それを聞いた草壁の顔も忘れられない。腹心の部下であり友でもある男を見る目が、物《もの》の怪《け》を見る目に変わっていった。

草壁は史をたしなめ、この者の言葉を耳に入れるなと皇后に詰め寄った。だが、すでに皇后は意を決した後だった。

大海人は長くもたない。そう確信したときから、史は手の者に大津皇子と周辺の者たちを見張らせていた。皇后が大津処断を決意したときには、大津がどこでなにをしているのか、史はすべて把握していた。それを皇后に伝えた。

大津皇子は捕らえられ、ありもしない罪を着せられた。無念のうちにあの世へと旅立ったのだ。

草壁は政の汚さに落胆し、史を責めた。だが、史を遠ざけることはしなかった。母である皇后の願いを知っていたからだ。皇后のために玉座に就く決心をしたからだ。

そして、皇后もまた、自分に必要な決断を下させた藤原史という臣下に目をかけるようになった。

あれがすべてのはじまりだった。草壁を玉座に座らせる。その一点で史と皇后は結びつき、同志になった。

「川島様は恐るるに足らない」

史は呟《つぶや》いた。その呟きに大嶋がうなずいている。

どう足掻いたところで川島が皇位に就く可能性は低いのだ。ならば、川島に加勢する人間も皆無に近くなる。情で動く者は無能な者だから、これも恐れることはない。

「そなたの思うがままに動け、史よ」大嶋が言った。「鎌足殿亡き後、身動きの取れなかった我が一族だが、そなたならばどこへでも連れていってくれよう。吾はそなたの背中を押し続ける。必要なことがあれば、なんでも命じてくれ」

「引き続き、皇子たちと重臣たちの動向に目を配り、なにか動きがあったら速やかに報せてください。今はそれだけで結構です」

史は胸を張り、大嶋を見据えた。

「それでよい。それでこそ氏上だ」

大嶋の顔からは険が消えていた。

六

采女《うねめ》たちは大わらわで働いていた。皇后が再び吉野《よしの》へ行くと言い出したからだ。

吉野へは今年の初めに行っている。だから、年内に吉野へ行くことはもうないだろうとだれもが高を括《くく》っていた。

「吾も吉野へ行くのか」

県犬養道代はそう問うて来た軽皇子に笑顔を向けた。

「どうでしょう。後ほど、皇后様に聞いて参ります」

「吾は行きたくない。道代と一緒に残る」

軽皇子は激しくかぶりを振った。

「皇后様が皇子様も一緒だと言ったら従うのです」

道代は語調を強めた。軽皇子は聡明な少年だったが、このところ我が強くなってきている。ここで接し方を誤《あやま》るとゆくゆくは手に負えなくなっていくだろう。軽皇子はただの皇子ではない。将来、天皇になることを期待される皇子なのだ。

「怒るな、道代。そなたが怒ると悲しくなる」

「怒ってはおりません。ここは忙《せわ》しないですから、外で遊びましょうか」

道代は再び笑みを浮かべた。廊下を行き来する采女たちの足音は絶えることがない。いつもなら書を読む時間だが、軽皇子の心は足音とともにどこかへ飛んで行ってしまうのだ。

「書を読まなくてもよいのか」

軽皇子の目が輝いた。

「今日はよいことにしましょう」

道代は軽皇子の手を取り、外へ出た。梅雨がようやく明け、夏の陽射しが地面を灼《や》いていた。宮の庭には花が咲き乱れ、蝶《ちょう》や蜂《はち》が飛んでいる。

「史だ」

軽皇子が声を張り上げた。見れば、確かに藤原史がこちらに向かってくるところだった。

史は折を見て軽皇子の様子をうかがいにやって来る。軽妙な語り口で面白い話を聞かせてくれるのだが、軽皇子はそんな史を慕っていた。おそらく、亡くなった父、草壁の面影を史の向こうに見ているのだ。

「これは史様」

道代は恭《うやうや》しく頭を下げた。軽皇子が史に駆け寄り、史は軽皇子を抱き上げた。

「お変わりありませんか、皇子様」

「雨ばかりで気が塞《ふさ》いでいた。どうして来てくれなかったのだ、史」

「申し訳ありません。なにかと忙しくしておりまして」

「会いに来なかった罰として、なにか面白い話を聞かせてくれ」

史が微笑んだ。普段は氷の刃《やいば》のような目つきをしているが、笑うとその氷が溶けて史という男の本質が垣間《かいま》見えることがあった。道代は笑う史を好ましく感じていた。

「それでは、皇子様はこんな話はご存じでしょうかな」

軽皇子を抱いたまま、史は民たちの間に伝わる昔話をはじめた。唐や百済の書に書かれていることがらから、民の口にのぼる他愛のない話まで、史はなんでも知っていた。

史が軽皇子に話を聞かせている間、道代は庭の隅で仏像のように動かずに立っていた。

軽皇子はもちろん、史もまた高貴な身分の者だ。身分の低い道代は影のように気配を消していなければならない。

史の話に軽皇子が声をあげて笑った。父を失って以来、極端に笑うことの少なくなった皇子だが、道代と史の前では子供らしさを取り戻す。

史は次から次へと話す物語を変え、そのたびに軽皇子の目の輝きが増していく。

軽皇子が史に父の面影を見ているのと同じように、史もまた軽皇子に草壁皇子の面影を見ているのかもしれない。

草壁皇子と史は主と臣下ではあったが、ときとして友であり、兄弟のように見えることがあった。草壁は史を厚く信頼し、史は常にその信頼に応えようとしていたのだ。

気がつけば、史の声が聞こえなくなっていた。顔を向けると史が手招きしていた。史の腕の中で軽皇子が寝息を立てていた。

「これはまあ……」

足音を立てぬよう駆け寄り、史から軽皇子を受け取った。軽皇子は七歳になっても、幼子のように突然眠ってしまうことがよくあった。父である草壁同様、身体が弱いのだ。すっかり寝入った皇子は、道代の腕にずしりと重かった。

「軽様は相変わらずだな」

史は軽皇子の寝顔を覗《のぞ》きこんだ。その表情に、かすかではあるが焦燥《しょうそう》の色が浮かぶのを道代は見た。軽皇子が天皇に即位するその日を、史は一日千秋の思いで待ち侘びているのだろう。そして、早世した草壁と同じ道を辿るのではないかとおののいている。

皇子を抱いて部屋に戻る。史が後からついてくる。皇子を布団に横たえ、道代は正座した。

「お酒でも用意させましょうか」

「いや。結構だ。それより、そなたと話がしたい」

道代はうなずいた。史は軽皇子の相手をした後は、必ず道代と話をしたがるのだ。聞かれるのはまずもって、皇后のことだった。

「吉野へは史様も行かれるのですか」

「行かないわけにはいかんだろうな。今後のことを皇后様と話し合わなければならん。判事になりたての吾が宮中で何度も皇后様に謁見するのは憚られる。しかし、吉野であれば見咎《みとが》められることもない」

道代は口を閉じたまま、史の次の言葉を待った。史は酒を断った。いつもとは様子が違う。

「皇后様は皇子様の婚姻について、どう考えているのであろうか」

道代は胸に手を当てた。史の様子がいつもとは違うわけがわかった。

「時折、阿閇皇女様とそのような話をすることはありますが、阿閇様が、まだ早すぎるとおっしゃいまして、皇后様もそれ以上は口になさいません」

史の視線が眠っている軽皇子に移った。なにかを考えている。だが、その胸の内を道代に読ませるような男でもない。

史が大きく息を吐いた。腹を据えた男の目が道代に向けられた。

「吾の娘を軽皇子様に嫁がせたいと思っている」

思いがけない言葉に、道代は息を呑んだ。

「な、なぜそのような話をわたくしに」

「そなたの助けがいるからだ」

「史様――」

「吾が娘を皇子様に嫁がせたいとたって願えば、皇后様はうなずくかもしれぬ。だが、阿閇様はわからぬ」

史は高貴な身分だが、その位階はいまだ低いままだ。阿閇皇女がそれを好まぬおそれは多分にあった。

「今すぐというわけではないのだ。皇后様の即位が控えておるし、即位の後は政が忙しくてそれどころではなくなる。まずは軽皇子様が皇后様の後を継ぐ道筋をつけるのが先でもある」

「はい」

「そなたには、その間に阿閇皇女様がその気になるよう、働いてもらいたいのだ」

道代は氷の刃のような目を真っ直ぐ見つめた。

「なぜ、わたしが史様のためにそのような働きをせねばならないのでしょう」

「そう言われると返す言葉がない。吾はそなたが阿閇様から寵愛されていることを知っている。そなたが女人にしておくには惜しいほど頭が切れることも知っている。だから、そなたを選んだのだ」

史の言葉は真摯《しんし》に響いた。三十を過ぎたばかりの年齢で並み居る臣下たちを煙に巻いている男が、道代には真っ直ぐな言葉をぶつけてきたのだ。道代は居住まいを正した。

「わたしも史様と同じ夢を見とうございます」

氷の刃のような目をなにかがよぎっていった。

「同じ夢と申したか」

「はい」

道代は皇子の寝顔に目を向け、次いで天井を見上げた。

「どこまで上に昇っていけるのか、精一杯の力を振り絞ってみたいのです」

史が破顔した。眠っている皇子を慮《おもんばか》って手で口を押さえながら、肩を震わせて笑っていた。

「おかしいでしょうか」

「いや、すまぬ。そなたが思った通りの女人だったので、ついおかしくなってしまった」

史はまだ笑っている。道代は口を閉じ、史を睨んだ。

「吾と似ているのだろうと思っていたのだ。その通りだった。吾が女人だったら、そなたと同じように生きたであろう。いいだろう……」

史の顔から笑みが消えた。氷の刃のような目が真正面から道代を覗きこんでくる。

「吾とそなたで昇れるところまで昇ってみようではないか」

道代は息を呑んだ。胸が高鳴っている。史を男として慕っているわけではない。ただ、史の言うように、史には同じ匂いを感じるのだ。同じようにものを見、同じように考える。まるで双子の兄妹のようにお互いがお互いを必要としている――そんな思いに囚《とら》われる。

「いずれ、そなたには吾の子を産んでもらおう。娘がよい。宮子《みやこ》がいずれ産むであろう皇子にその娘を嫁がせるのだ。吾とそなたの娘が息子を産み、その息子が天皇になったとしたら、どうだ」

道代は手で胸元を押さえた。胸が高鳴りすぎて息が苦しい。

「わたしには夫がおります」

「それがどうした。高みを目指すのであろう」

「はい」

「今すぐ、そなたと契《ちぎ》りを結ぶつもりはない。もし、孕《はら》んでしまったら、宮子の子に嫁がせるには年増になってしまう。時機を待つ。その間に、そなたの夫はどこか遠くへ送ってしまえばいい」

「わたしは史様の妻になるのですか」

「今すぐではない。軽皇子様が成長なされ、即位する準備が整ったら、吾とそなたのことも考えよう」

道代は両手を突き、頭を下げた。

「なにとぞよろしくお願い申し上げます」

「こちらこそ、よろしく頼む」

史も頭を下げた。女人にそういうことができる男なのだ。他の男どもとは毛並みが違う。

道代は史を選んだ己に誇らしささえ覚えた。

「高みへ昇るのだ」

「史様とわたしで」

道代は詠《うた》うように言った。

七

大極殿《だいごくでん》に昇った鸕野讚良は冬の光を浴びて神々《こうごう》しく輝いていた。采女たちに着せられた唐服は幾重にも重なって凍《い》てつくような寒さから身を守ってくれている。

しかし、重い。重すぎる。

鸕野讃良は舌打ちしたいのを堪え、表情を消した顔を臣下たちに向け続けた。

藤原史にそうしろと言われたのだ。

「皇后様は神になられるのです。神は臣下たちに気安く笑いかけてはなりません。威厳を持って接するのです」

史の言うことはもっともだった。女人と侮る臣下には、鬼神の顔で接しなければならない。

物部麻呂《もののべのまろ》が大盾を樹《た》て、藤原大嶋が天神寿詞《あまつかみのよごと》を読んだ。柿本人麻呂が詠んだ賛歌もまだ臣下たちの耳に残っている。忌部色夫知《いんべのしこぶち》が神器である剣と鏡を奉上する。持統四年（六九〇年）、鸕野讃良はここに天皇として即位した。

唐から戻ってきた遣唐使と渡来人たちの知識による、唐風の儀式だ。夫が即位するときもこのような儀礼は行われたが、史がそれをさらに重々しく、神々しいものへと変えさせたのだ。

臣下たちの息は一様に白かった。だれもが寒さに背を丸めている。背筋を伸ばしているのは史だけだ。寒さも苦にならないらしい。

儀礼が終わると鸕野讃良――天皇は大極殿を後にした。内裏《だいり》へ移り、唐服を脱いだ。別の部屋へ移ると高市皇子と他の皇子たちが座していた。

「ご即位、おめでとうございます」

高市が最初に口を開き、他の皇子たちも次から次へと即位を祝う言葉を口にした。

「高市以外はみな、下がれ」

皇子たちがざわめいた。

「疲れているのだ。早く下がらぬか」

一喝すると、皇子たちの顔が青ざめた。彼らが生まれてからずっと厳しい義母であり、叔母であり続けてきたのだ。皇子たちの記憶には恐怖が刷り込まれている。

「近くに来るといい」

他の皇子たちが退室すると、天皇は高市皇子に声をかけた。

「失礼いたします」

高市が正面に腰を下ろした。

「いずれ、そなたを太政大臣に任ずるつもりだ」

「は」

高市が頭を下げた。

「驚かぬのだな」

「すでに藤原史より聞いておりますゆえ」

「史がか……何事も素早い男だな。他になにを聞かされた」

「あの者の娘を我が息子に嫁がせると」

「それが盟約の証か。そなたはわたしに忠誠を誓い、その代わり、史がそなたの息子の将来を約束する」

「仰せのとおりです」

「そなたも史に賭けたのだな」

「天皇の寵愛がありますれば……」

「わたしの望みは知っておろう」

返事はなかった。高市はただ叩頭《こうとう》するだけだ。

「わたしを恨んでおるか。わたしが即位の道を選ばなければ、そなたが玉座に就いていたやもしれん」

「滅相もありません。わたしには資格がありません。最初から望んだこともありません」

「しかし、そなたの息子には資格がある。そうではないか」

高市はまた口を閉じた。冷えるというのに額に汗が浮いている。

「まあよい。少しばかりの野心もない男など、生きている意味がない」

「恐れ入ります」

「だが、そなたの息子が玉座に就くことはないぞ。わたしの後を継ぐのは軽だ。軽の次は軽の息子。その次は軽の孫。昔とは違う、新しい時代がはじまるのだ」

弟が兄の後を継ぐ。有力な臣下にとって都合のいい皇子が即位する。そんな時代は終わるのだ。天皇がだれよりも強い権威を持ち、その子が後を継ぐ。だれにも口を挟ませない。それが新しい時代だ。

「史を信用しておいでなのですね」

「あの者は皇子ではない。つまり、どう足掻いたところで天皇にはなれないからだ」

「しかし、あの者の孫やひ孫が皇位に就くことはあるのではありませんか。軽皇子はあの者に非常に懐いていると聞き及んでおります。もし、あの者が自分の娘を差し出すと申せば、嫌とは言わないでしょう」

「しかし、そうして生まれてくる皇子はそなたと同じ立場ではないか」

母親が皇族でない皇子は皇位には就けない。それが昔からの掟《おきて》だった。

「天皇がご存命ならばそうでしょう。しかし、軽皇子が即位し、天皇がこの世にいなければ……たった今、天皇がおっしゃったように、時代は変わるのですから」

天皇は腕を組み、目を閉じた。

史の孫が皇位に就くなどあり得ない。あってはならない。しかし、天皇がだれもが及ばない権威を持って後継者を決めるというのであれば、軽が慣例を破ろうとしても止められる者がいないというのも事実だ。

阿閇に気をつけるよう注意を促《うなが》しておくべきかもしれない。あの県犬養道代という宮《きゆう》人《じん》に史と軽の様子を報告させ、問題があるようならばこれ以上史が軽に近づかないよう手を打つ必要がある。

　天皇は目を開けた。

「わたしと史の間に楔《くさび》を打ち込もうとしているのか」

「滅相もありません。ただ、わたしには時々あの者が恐ろしく感じられるのです」

「確かに、あの者は恐ろしい。だが、上手に使えばこれ以上はない武器になる」

「天皇ならば、あの者を使いこなせますか」

「わたしがいなければ、史はただの判事に過ぎぬ。重臣たちは歯牙にもかけぬであろう。そのことは、史も承知している」

　天皇あっての史、そして史あっての軽の即位。互いに手を取り合い、茨《いばら》の道を進む誓いを立てた。今さらその手を離すことなどできはしない。軽が即位するなら祖先の霊に祟《たた》られようともかまいはしなかった。

「そなたは皇族の長として他の皇子たちをまとめよ。そして、史に力を貸すのだ。そなたの息子のことは、わたしも頭の片隅に置いておく」

「ありがたき幸せ」

　高市がまた叩頭した。

　太政大臣になれば、自他共に認める皇子の筆頭の位置に立つことになる。他の皇子たちは、天皇が高市を後継者と目したと取るだろう。軽皇子が皇位に就けると本気で思っている者はいないのだ。

「先の天皇がお命じになられた帝紀と上古の諸事の編纂ですが、史は神祇伯の大嶋や忌部子人《こびと》らと頻繁に顔を合わせているようです。これも、天皇のご指示ですか」

天皇は微笑んだ。高市は愚か者ではない。だからこそ、排除しようと思っていたのだ。身に覚えのない罪で捕らわれたときの大津の顔は忘れられない。史が進言し、自分で決めた。あれは苦渋の決断だった。あのような思いは二度としたくなかった。史はそれを察して高市を太政大臣にと口にしたのだ。

驚くほど頭が回る。回りすぎる。

「史と頻繁に会うのだ、高市。そして、史がなにを考え、なにを目論《もくろ》んでいるのかを探り、わたしに報せるのだ」

「命、確かに承りました」

頭を下げた高市の横顔に安堵《あんど》の色が浮かんでいた。史が絶対的な信頼を得ているわけではないと得心したのだろう。

そなたも史も駒に過ぎぬ——天皇は胸の内で独りごちた。

軽を即位させる。そのためには本物の鬼神と化してもかまいはしなかった。

＊＊＊

「真にそうおっしゃったのか」

道代は目の前に立つ采女に訊いた。県犬養の一族で、道代が天皇につけた侍女だった。

「はい。確かにそうおっしゃいました」

「わかった。下がるがいい」

道代が言うと、采女は逃げるように立ち去った。天皇と高市皇子のやりとりを盗み聞きしていたとしれたらただでは済まない。その恐怖が采女の顔にへばりついている。

「もっと堂々としていればいいものを……」

道代は苛立《いらだ》ちを押し隠し、東宮へ向かった。本来なら東宮は皇太子——新しい令で定められた天皇の後継者の住まいを指す言葉だと聞いた。だが、天皇と阿閇皇女は軽皇子の住まいを密《ひそ》かに東宮と呼んでいた。

軽皇子は漢文の書を読んでいた。その傍らに阿閇皇女の姿がある。阿閇皇女は母の慈愛に満ちた顔で軽皇子の横顔を眺めていた。

「遅くなりました」

道代は深く頭を下げた。軽皇子には唐の学問に長《た》けた重臣や高僧がやって来て学問を教える。だが、それ以外の時間には、道代が選んだ書を読ませることになっていた。阿閇皇女は道代の学識にも重きを置いていた。

幼少のころから女人のくせにと陰口を叩かれながら、父の持つ書物を読み漁ってきた。新しい知識を得ることが楽しくてしょうがなかったのだ。自分よりものを知らない男には侮蔑《ぶべつ》の念しか持てず、可愛げのない女だと敬遠されてきた。夫の美努王《みぬおう》でさえ、ときに道代を煙たがる。

だが、あのとき、書物に耽溺《たんでき》してきたからこそ阿閇皇女に気に入られ、軽皇子の乳母《うば》を務めることになったのだ。

「そなたが遅れるとは、珍しいですね」

阿閇皇女が笑った。軽皇子は顔も上げずに書を読んでいる。なにかに集中すると、他のことに気が回らなくなる質《たち》なのだ。

「そろそろ皇后様――いえ、天皇にご挨拶に伺いませんと」

道代は言った。高市皇子が退室したのなら、天皇は今、ひとりきりのはずだ。

「そうですね。軽、参りますよ。お祖母様《ばあ》がお待ちですから」

母の言葉ですら耳を素通りするようで、軽皇子は顔も上げずに書を読み続けた。

「軽様」

道代はきつい声を発した。軽皇子がはっとして顔を上げた。

「どうした、道代」

「どうしたではありません。天皇のところへご挨拶に伺う時間です。即位したお祖母様をねぎらい、言祝《ことほ》ぐのですよ」

「ああ、そうだった。すみません、母上。書を読むのに夢中になりすぎてしまいました」

「いいのです、軽。さ、行きましょう」

阿閇皇女と軽皇子は手を取り合って東宮を出た。道代はその後から気配をひそめてついていく。天皇の居室の前では大勢の采女たちが立っていた。その中には、先ほど道代に報告に来た采女の姿もあった。

「阿閇皇女様と軽皇子様がおいでです」

筆頭格の侍女が部屋の中に声をかける。その声は重々しかった。

「母上様――」

軽皇子がかすかにおののいた表情で阿閇皇女を見上げた。昨日までとは一変した天皇を取り巻く空気に戸惑っている。

「お祖母様は天皇になられたのです。この国でだれよりも威厳と権威を持つお方です。昨日までとは違うのですよ、軽」

阿閇皇女の言葉に道代はうなずいた。

高市皇子の後は、阿閇皇女様と軽皇子様に挨拶をさせよ――史はそう言った。

そして、阿閇皇女と軽皇子といえども、そう簡単には天皇には謁見できないのだということを周囲に知らしめよ。

これまでの天皇は家族に対しては大らかだった。だが、それも改めなければならないというのが史の考えだった。

「入るがよい」

天皇の声が聞こえ、軽皇子の青ざめていた顔に血色が戻った。天皇の声だけは今までと同じだったからだ。

「失礼いたします」

侍女が戸を開けた。阿閇皇女と軽皇子に続いて道代も部屋へ入る。それを咎める者はだれもいなかった。軽皇子の傍らには必ず道代がいる。それが宮殿での常識だった。

天皇は疲れているようだったが、軽皇子が近づいていくとその顔に笑みが浮かんだ。

「お祖母様――」

いつものように呼びかける軽皇子を阿閇皇女がたしなめる。

「よいよい。家族だけでいるときはお祖母様でよいのだ」

天皇の目に、道代の姿は映らない。空気と同じなのだ。

天皇が手招きし、軽皇子は天皇の横に座った。阿閇皇女はふたりの斜向《はすむ》かいに腰を下ろした。仲睦《なかむつ》まじい家族の談笑がはじまった。

天皇は軽皇子を溺愛している。軽皇子を次の天皇にするためならなんでもするだろう。

道代は気配を殺しながら、目を細めて孫を見つめる天皇の様子をうかがった。

「藤原史がよく訪ねてくるそうだな、軽よ」

史の名が耳に飛び込んできて、道代は生唾《なまつば》を飲みこんだ。

「はい。史が来ると楽しいのです、お祖母様」

「史とはどんな話をするのだ」

「物語を聞かせてくれたり、民たちの遊びを教えてくれたり」

天皇の視線がゆっくりこちらへ向かってきた。道代は唇を固く結んだ。

「政の話をすることなどはないのか」

「そのような話は一切なされません。ときおり、皇子様のお体を心配して、煎《せん》じ薬に使う薬材をお持ちくださることもございます」

「あの者の周りには渡来人が多いからな」

天皇は再び顔を皇子に向けた。

「軽は史が好きか」

「はい。父上がいらっしゃったころから、史はよう会いに来てくれました。史が来ると、父上のことが思い出されて楽しくなります」

天皇の目がすっと細められた。その目は炎を孕んでいる。

重臣たちですら、この目で見つめられると身が竦《すく》むという。女だてらに政の中心にいられたのはその目で周囲を威圧していたからだ。

「父を思い出して寂しくはならんのか」

「時々、寂しくなります。けれど、史が楽しい話を聞かせてくれるので大丈夫です」

「そうか。軽が寂しい思いをするのなら、史には軽を訪ねるのを遠慮してもらわねばならぬな」

「お祖母様、そんなことはありません――」

「そうではないか、阿閇」

天皇は皇子の言葉を無視して皇女に語りかけた。

「そうかもしれませぬね」

皇女はおっとりと答えた。天皇の胸の内を察しているのだ。皇子だけが、途方に暮れていた。

「お祖母様……」

「案ずることはない、軽。史と会ってはならんと言っているわけではないのだ」

「本当ですか」

「本当だとも」

天皇は笑い、皇子の手を取った。だが、炎を孕んだ目は笑ってはいなかった。

「即位したぞ」

天皇は胸を張って史を見つめた。史は叩頭した。

「お喜び申し上げます」

「それで、わたしはいつまでこの座に就いておればいいのだ」

「軽皇子様が十五歳になるまでは。それまでに、政の実績をさらに積み、天皇としての権威を高めるべきかと。重臣たちを黙らせるのです」

「そなたに言われるまでもないわ」

「それから、新益京《あらましのみやこ》への遷都をお急ぎになるべきかと」

「それこそ、重臣たちから不満が噴出するであろうに」

天皇が横を向いた。

「それでも急がなければなりませぬ。新益京こそ、新しい時代の到来を告げる象徴になるのです」

「そなたの言いたいことはわかる。わたしも遷都はすべきだと思っているのだ。しかし、重臣たちが素直にうなずくとはとても思えぬのだ」

＊＊＊

「わたしにお任せください」

史は再び叩頭した。

「いいだろう。重臣たちを言いくるめてみるがいい」

「ありがたき幸せ」

史は顔を上げた。天皇の顔は愁《うれ》いに満ちている。

「なにか、お悩みごとでもおありですか」

返事はなかった。史は床に両手をついたまま待った。

「時々、たとえようもなく不安になるのだ」

ふいに天皇が口を開いた。

「不安と申しますと」

「我執《がしゅう》に囚われ、玉座を汚そうとしているのではないかとな」

「なにをおっしゃるのです。天皇がなさろうとしているのはこの国を正すことです。天皇の権威を高め、その権威を子に受け継がせる。有力氏族の者どもに振り回されてきた過去を断ち切らなければ」

「しかし、わたしが望んでいるのはただ、軽を天皇にすることだけだ。今そなたが申したことは、後からつけた理屈にすぎん」

「我執でもいいではありませんか」

史の言葉に、天皇が薄く笑った。

「それがそなたの本音だな。理屈などどうでもいいのだ。そなたとその一族が天皇家と共に末永い繁栄を享受する。そなたの目的はそれだ」

「返す言葉がございません」

天皇はまだ笑っていた。

「いいのだ。だからこそわたしはそなたを信頼できる。己の利益のためにだけ動く男だからな。わたしとそなたの利益が一致している限り、そなたがわたしを裏切ることはない」

史は身じろぎもせず、天皇の言葉を聞いた。聞きながら、天皇の胸の内を探った。口では信頼という言葉を発しながら、その実、史を牽制《けんせい》しようとしているのだ。

「即位を機に、そなたに新たな役職を与えようと思っている。なにがいい」

「今のままでかまいません」

「しかし、判事がごとき低い位階ではいろいろと動きにくかろう」

「あまりに高い位階を得ると、他の者どもの嫉妬《しっと》を買います。ただでさえ天皇の寵愛をいいことに好き放題をしていると陰口を叩かれておりますゆえ」

「なるほど。名より実を取るというわけか。いかにもそなたらしい。わかった。今日のところはもう下がるがよい。さすがに疲れた」

史はまた叩頭し、退室しようと腰を上げた。

「ああ、言い忘れていた。軽に会いに行くのを少し控えよ」

　史は動きを止めた。

「理由を伺ってもよろしいですかな」

「即位の儀が終わってから、わたしは高市と会い、阿閇と軽に会った。そしてそなただ。重臣たちはやきもきしているであろう。このうえ、そなたが頻繁に軽に会い、実の親子のように接しているという噂が立ったらどうなる」

「妬《ねた》みが渦を巻くでしょうな」

「だから、控えよと言っているのだ」

「ご忠告、肝に銘じておきます」

　史は一礼し、天皇に背を向けた。背中に天皇の視線が突き刺さっている。思わず振り返りそうになるのを堪えた。

　ここで天皇の言いなりになってしまっては己の望みを叶えることなどできはしない。

　史は部屋を出ると、大きく息を吐いた。

八

　噂が宮中を駆け巡った。

皇族の次に新しい天皇に謁見をゆるされたのは藤原史だった。

落胆と怒りの声がそこここで上がった。

史が皇后に寵愛されていたことはだれもが知っていた。だが、それは皇后ゆえに、朝堂の重臣たちと直に政を論じるのを遠慮していたからだと考えている者たちも多かった。

天皇に即位すれば、あの女人も変わる。これまでのしきたりに則り、有力氏族出身の重臣たちと政を推し進めていくだろう。

その期待が即位と共に裏切られたのだ。

鎌足の息子とはいえ、たかだか判事に過ぎない史を重用するとは、やはり女人は女人だ。女人を玉座に就けるなど、あってはならないことだったのだ。

口さがない連中が陰口を叩いている。

「史様はあの者たちの言葉が気にならないのですか」

道代が言った。

「気にならんな」

史は平然と答えた。

「けれども、天皇ですら、史様を警戒しはじめているというのに……」

天皇が高市皇子と会ったとき、そして、阿閇皇女と軽皇子に会ったときに交わされた言葉を道代から聞いたばかりだった。

「警戒するのは当たり前だ。そうでなければ天皇の座は務まらん」

「しかし……」

「天皇は確かに吾を警戒している。しかし、吾と一蓮托生であることも理解しているのだ。いちいち気を揉《も》む必要はない」

「史様は本当にお強いのですね」

道代が嘆息混じりに言った。

「強くなければこの先の道は進んで行けぬ。そなたも強くあらねばな」

「はい」

「報告。ご苦労だった。そなたが味方でいてくれるのは心強い限りだ」

「一緒に昇っていくのでございますよ」

「わかっている。案ずるな」

道代と別れた足で、史は大伴御行《おおとものみゆき》の屋敷へ向かった。従者がふたり、史の背後から気配を消してついてくる。

輿《こし》も使わず気ままに歩き回る史を案じて田辺史の一族が遣わした男たちだ。

鸕野讃良が即位して天皇になる以上、史もまたこれまでの史ではない——田辺史の者どもは口を揃えて言う。史を妬み、命を狙う輩《やから》が出てくるかもしれないと。

史は彼らの杞憂《きゆう》を笑ったが、腕の立つ従者をつけるという申し出をはねのけることはできなかった。

元来、歩くのは嫌いではない。田辺史大隅の元で養育されているときから、山野を歩き回るのが好きだった。あの花はなんという名か、この虫はなんという名か。初めて見るもの、触れるものに対する好奇心が疲れを忘れさせるのだ。

今も同じだ。胸に抱いた大望を実現させるのだと思うと、疲れなど微塵《みじん》も感じない。眠るのすら惜しいぐらいだった。

大伴御行は壬申年の乱の折、大海人について手柄を立てた。その褒美《ほうび》として封戸《ふこ》を百戸与えられた。その後の政の世界では、同じく壬申年に功を遂げた阿倍《あべ》一族の布勢御主人《ふせのみうし》と競い合ってきたが、ここのところ、御主人に水をあけられている。

重臣の中では与《くみ》しやすい相手だった。

突然の来訪に御行は慌てたらしく、史は長く待たされた。やっと姿を現した御行の顔はうっすらと汗ばんでいる。

「待たせて申し訳なかった、史殿」

「突然訪ねてきたこちらが悪いのです。お気になさらずに」

「まことに突然ではあるが、一体、吾になんの用かな」

「天皇の使いで参りました」

「ほう。天皇の使いか。さすが、寵愛されているだけのことはあるな、史殿」

御行の顔に苦々しげな表情が浮かんだ。

「いいように使われているだけでございます」

史は真顔で答えた。

「謙遜《けんそん》されるな。即位の儀の後、王族――いや、皇族の次に謁見をゆるされたのは他でもないそなただ。たかが判事ごときが、朝堂のだれよりも天皇の信頼を勝ち得ている」

「史に力を貸せ」

史は語調を変えた。

「なんだと」

「天皇はそう仰せです。さすれば、御行様は今以上に政の場で重用されるようになるでしょう」

「そなたに力を貸せというのか。嫌だと言ったらどうなるのだ」

「御行様の代わりに、布勢御主人が重用されるでしょう」

御行が唇を嚙んだ。それまでの史に対するあからさまな侮蔑の視線が行き場を失って宙をさまよっている。

「ご存じのように、布勢御主人は阿倍一族の氏上になり、父君と同じ左大臣の座を得ようと虎視眈々《こしたんたん》と機会をうかがっております」

御行の父、長徳《ながとこ》は右大臣どまりだった。御行が御主人に対して強い対抗心を抱くのはその辺りの屈折がある。

「氏上になり、阿倍の姓を名乗れるのであれば、布勢御主人はわだかまりを捨て、天皇の命に従うでしょうな」

「天皇の命に従わぬとは言っておらん」

「わかっております」

「なぜ、御主人ではなく吾のところに来たのだ」

「御行様の方が話が通じやすいと思いまして」

御行は腕を組んだ。

「そなたに力を貸すというのは、要するに、将来、軽皇子様が即位できるよう尽力せよということだな」

「さようです」

「高市皇子をはじめとする皇子たちが大いに反対するであろう」

「高市様は反対なさいません」

御行の目が丸くなった。

「それはどういうことだ」

「天皇と高市様は話し合いをもたれました。聞き及んでおりましょう。高市様は母君の身分が低く、どれだけ望んだとしても即位はかないません。ならば天皇の意に従った方が得策というものでしょう。天皇は高市様を太政大臣に任じます」

「その代わり、軽皇子様が次の天皇になることに反対せぬ、と」

史はうなずいた。

「それだけではありません。高市様は、他の皇子たちの反対の声も抑えこむでしょう」

己が高市皇子と交わした密約はおくびにも出さない。あれは高市も史も、墓場まで持っていくべきものだった。

「朝堂にはそなたを恨む者が大勢いる」

「存じております」

「そなたに力を貸せば、吾も恨まれる」

史は笑った。

「それがなんだというのです。高市皇子様が太政大臣。そして多治比嶋が右大臣に任じられます。天皇は左大臣を置くつもりはありません」

御行が身を乗り出してくる。

「多治比嶋の次は、物部麻呂、布勢御主人、そして大伴御行様が競い合うことになりましょう。朝堂の一番上に立ち、他の臣下たちに号令をかけるのです。御行様のご助力で軽皇子様が即位なされば、さらに上を望むことも可能でしょう。恨まれるのがなんだというのです」

「天皇は、そなたに力を貸せと、しかと申したのだな」

「さようです」

史はうなずいた。嘘だが、それが嘘だと御行に知られるおそれはない。

「わかった。天皇の命、しかと承る」

御行は胸を張った。史はこみ上げてくる笑いを押し殺し、御行に対して頭を下げた。

九

夏になり、高市皇子が太政大臣《だいじょうだいじん》に、多治比嶋が右大臣に任じられた。その下に続くのが大伴御行と布勢御主人。ふたりが火花を散らしあっているのは傍目《はため》から見ても明らかだった。

朝堂の陣容が整うのにあわせて、遷都の詔《みことのり》が発せられた。重臣たちは顔色を変え、口々に異を唱えた。新益京《あらましのみやこ》を造るのに必要なものは、皇室ではなく重臣たちで賄わなければならないからだ。

しかし、高市皇子が彼らを黙らせた。

新しい天皇が玉座に就き、新しい令《りょう》が公布され、新しい時代がはじまった。これからは唐や新羅と肩を並べる国造りがはじまるのだ。そのためには、京も威風堂々としたものでなければならない。それでこそ、新しい時代の、新しい国造りの象徴ではないか。それに異を唱えるとはなにごとか。

高市皇子が語ったということは、それは皇室全体の意思である。だれもがそう受け取った。

乙巳《いっし》年の変と壬申《じんしん》年の乱を経、鸕野讃良の尽力もあって天皇の権威はかつてないほどまでに高まっている。高齢の重臣たちは蘇我一族が滅亡させられたときのことをはっきりと覚えていた。天皇の意に逆らえば、蘇我と同じ道を辿るやもしれぬ。

大伴御行もまた、高市皇子に同調した。

重臣たちには大伴御行の言動に面食らいながら、詔を受け入れるほかに道はなかったのだ。

新益京をどこに造営するかについては、大海人が皇位にある時にすでに決められていた。実際、遷都の計画もあったのだ。それがなし崩しに中止になったのは相次ぐ飢饉《ききん》と、大海人が病に倒れたからにすぎない。鸕野讃良が皇位に就くからには、新益京の造営が再開されるのは火を見るより明らかだったはずだ。

「だから、あの者どもはだめなのだ」

史は言った。周りに集まった渡来人たちが苦笑した。

「遠い昔に祖先が功を立てた、あるいは天皇家の擁立《ようりつ》に力を貸した。今のあの者どもは、単にその家の嫡子として生まれたというだけにすぎんのに、なにも考えず、新しい知識を吸収しようともせぬ」

「何百年にもわたってそれで済んできたのでしょうから」

田辺史百枝が言った。

「もうそれでは済まぬ時代になったのだ。あの者どもにはそれがわからぬのだ」

史は顔をしかめた。

「これからは史様のような能力のある方が力を持たれる。それでよいではないですか」

そう言ったのは田辺史首名だった。

吾《われ》だけが力を得ても仕方がない——史は喉元《のどもと》まで出かかった言葉を呑みこんだ。

「そんなことより新益京の話だ。どこまで話しておった」

「唐の武皇后《ぶこうごう》です」

「おお、そうであった」

百枝の家に、唐からの客人が滞在しているという。その者は元はといえば百済《くだら》の高官で、長い間唐に出向いていた。しかし、その間に百済は唐と新羅の連合軍に滅ぼされた。帰る国を失った高官は唐で無為の日々を過ごした後、つてを頼ってこの国までやって来たのだ。

「彼《か》の者の話によれば、唐では武皇后が垂簾《すいれん》の政《まつりごと》を執り行っており、周礼《しゅらい》をその統治理念としているそうでございます」

周礼は周の周公旦《しゅうこうたん》が書いた経書だった。垂簾の政というのは、要するに摂政《せっしょう》が政をするのに似ている。

「であれば――」

首名が身を乗り出してきた。

「新益京も周礼に則って造営すべきだとは思われませんか、史殿。百済でも新羅でも高句麗《こうくり》でも、宮を京の北に配しておりました。中原の大国に倣ったのです。しかし、今、唐では周礼がもてはやされている。周礼によれば、宮は京の中央に配するのが適切です」

首名の目は綺麗《きれい》な虫を見つけた幼子のように輝いている。

「この国の新しい京が周礼に則って造営されたということを知れば、武皇后もこの国を讃えるはずです」

百枝が言った。

「そうであろうか」

史は首を傾げた。

「もちろんです。幸い、武皇后が周礼を重んじているという事実は、朝堂の高官たちはもちろん、渡来人たちですら知る者は多くありません、史様」

「つまり、知っているのは吾だけということだな」

「遣唐使がいずれ帰ってくればたちまち知れ渡るでしょうが、まだその時ではありません。

史様だけが、天皇に奏上することができるのです」

「わかった。それは考えておく。しかし、そなたらの役目は新益京の造営ではない。令の整理と神話の構築だ。それを忘れるでない」

「しかし、京の造営には我らの配下が駆り出されます。知らぬ存ぜぬでは通りませぬ」

田辺史氏が率いる渡来人は土木建築の技術に長《た》けた者が多かった。

「それにしても、口惜《くちお》しゅうございます」

百枝の顔が歪んだ。

「なにが口惜しいというのだ」

「高市皇子様が太政大臣に、多治比嶋様が右大臣になられました。他にも多くの臣が出世しています。なのに、なにより天皇に貢献されておられる史様は位を据え置かれたままではありませんか」

「吾がそう望んだのだ」

史は酒の入った盃を口に運んだ。

「なにゆえでございますか」

「権力とはなんだと思う、百枝。なぜに人は権力を求めるのだ」

百枝は腕を組んだ。首名や他の者たちは固唾《かたず》を呑んで史と百枝のやりとりに聞き入っている。

「史様はずるい。昔からこちらの問いに問いで応じられる」

　史は苦笑した。

「吾にとって権力とは、吾の夢を叶えるのに必要なものだ。実質的な権力がこの手にあるのなら、位など高くある必要はない」

「しかし……」

「位が高くなれば、公務に時間を縛《しば》られる。が、位の低い吾は自由気ままに動くことができるのだ。それに、ただでさえ、吾は妬《ねた》まれている。だが、判事のままでおれば、吾を妬む者どもの自尊心をくすぐってやることができるのだ。天皇の寵愛を受けて好き勝手をやっておるが、なに、位は判事に過ぎぬではないか。判事ごときになにができる、とな」

「なるほど」

「これが大臣になどなってみよ。なにをするにしても邪魔が入る。ひとりひとりの人間の妬みなどは痛くも痒《かゆ》くもない。だが、無数の妬みがひとつの束となれば大きなうねりとなって吾に襲いかかってくる。自ら望んでそのうねりと対峙《たいじ》しようとするのは愚か者だ」

「わたしの考えが浅はかでした」

　百枝が頭を垂れた。

「大臣であろうが判事であろうが、今の吾には力がある。天皇が与えてくだされた力だ。その力をなにひとつ無駄にすることなく使い切る。吾が望むのはそういうことだ、百枝よ」

「大隅様がいつもおっしゃっておられます。史様は他の者とは違うのだと。その言葉の意味が少しだけわかったような気がします」

史は照れたように笑い、また、酒を飲んだ。

「おだててもなにも出てこぬぞ。それより、神話だ。天皇と軽皇子の即位の正統性を保証する神話だ。なにを手間取っておる」

「そう言われましても……」

百枝と首名は示し合わせていたとでもいうように同時に顔をしかめた。

「皇室に伝わっているもののほか、各地に伝わっている古事を集めて回っている段階なのです、史様」

百枝が言った。

「すべてが集まったら、それらを精読せねばなりませぬ」

首名が言った。

「そんな悠長なことはせずとも、新しい神話を一から作り出せばよいではないか」

首名と百枝が今度は同時に首を振った。

「天皇の権威を遥《はる》か高みにまで押し上げるための神話です、史様」

首名が言った。

「だれも耳にしたことのない話であってはなりませぬ」

百枝が言った。

「つまり――」史はふたりの言葉を引き取った。「だれもが一度は耳にしたことのある古《いにしえ》のことどもを、少しずつ変えていく必要があるというのか」

「さようです」

百枝がうなずいた。

「そんなことをしていたら、時間がいくらあっても足りまい」

「それでも、やらねばならぬのです。おわかりのはずなのに、なぜ幼子のように駄々をこねられます」

「軽皇子様が即位なさるまでにはまだ数年ございます。落ち着かれませ、史様」

首名の言葉に、史は口を閉じた。青白い草壁の顔が脳裏に浮かんだ。それはすぐに深く眠りこける軽の顔に変わった。

「似すぎておるのだ」

史は言った。百枝と首名が首を傾げた。史は盃に残っている酒を荒々しく飲み干した。

＊＊＊

「周礼と申したか」

「さようです。皇子様の京は周礼に則して造営されるのです」

怪訝《けげん》そうな顔の軽皇子に、史が笑顔で応じていた。道代は繕《つくろ》い物をしながらふたりの会話に聞き入っていた。

史が軽皇子に頻繁に会うのは好ましくない――天皇はそう言ったし、史にも釘《くぎ》を刺したと聞いていた。それでも、史はこうして皇子に会いにやって来る。道代がうまく言い繕ってくれると信じているからだった。

「ならば、吾も周礼を読んだ方がいいのではないか」

「もちろんです。新益京は皇子様のための京なのです。京の主が周礼を知らなくては面目が立ちませぬ」

史は言葉巧みに皇子の好奇心を刺激し、書物を読むように誘導していく。皇子が一冊の書を読み終えると、史は我がことのように喜ぶ。史が喜ぶと、皇子は幸せそうな表情を浮かべる。史を喜ばせるために新たな書を読みはじめるのが常だった。おかげで皇子の知識は膨らむ一方だ。

「吾は本当に天皇になるのか」

「はい。わたくしめが父君の草壁様と固く約束しました。必ずや軽様を天皇にする、と。お祖母様も母君も、それを強く望んでおられます」

「しかし、吾が天皇になるのは古からの掟《おきて》に反するのではないのか」

道代は思わず顔を上げた。軽皇子は無邪気なままだったが、史の顔つきが変わっていた。

「だれがそのようなことを申したのですか」

「忘れた」

史の剣幕に恐れをなしたのか、軽皇子は顔を背けた。

「皇子様」

史が語気を強めた。軽皇子が嘆息した。

「川島の小父上《おじうえ》がそうおっしゃっていたのだ」

「川島皇子様が。正確にはなんとおっしゃっていらしたのです」

「大王《おおきみ》の座は、兄から弟へ、もしくは父から子へ継がれていく。父から娘や娘から子へなどは掟を破るものだと」

「それは、川島様が勘違いをなされているのでしょう」

史の顔つきが元に戻った。

「勘違い」

「はい。古より、玉座は父から子へと受け継がれて参りました。兄から弟へなどとは、とんでもない間違いです。今、朝堂では、古から語り継がれている諸事を編纂しております。その書が完成すれば、川島様が勘違いなされているのだということが明白になりましょう」

「しかし、お祖母様は女ではないか。父から子へ受け継がれるのが掟なら、お祖母様は掟を破ったのか」

「お祖母様は特別なお方なのです」

「どう特別なのだ」

「類《たぐ》い希《まれ》なる指導力と政の能力を備えておられる。確かにお祖母様は女人ですが、並の男など足もとにも及ばぬような偉大な女人なのです。本来ならば、皇子の父上の草壁様が玉座に就くはずでした。しかし、草壁様は身罷られた。皇子様が玉座に就くにはまだ若すぎます。それで、諸臣が諮《はか》り、お祖母様に玉座に就くよう上奏したのでございます」

道代はこみ上げてくる笑いを堪《こら》えた。よくもまあ、皇子に対して真顔で嘘がつけるものだ。政には上手に嘘をつく能力も必要だという。その伝では史は政に対してぬきんでた力を持っているのだ。

「そうであったのか……」

「お祖母様ははじめ、その上奏を拒まれました。皇子様のおっしゃるように掟に反することだからです。しかし、掟に従って皇子様をすぐに玉座に就けることはかなわない。そこで、上奏を受けることになさったのです。あくまでも、近い将来皇子様を玉座に就けるという目論見があってこそ」

「わかった。吾はお祖母様と史の期待を裏切らぬ、立派な天皇になってみせようぞ」

「ありがたきお言葉」

史は深々と頭を下げた。

＊　＊　＊

床についた軽皇子を起こさぬよう、道代と史は気配を殺して部屋を出た。

「いつ川島皇子とお会いになったのだ」

部屋から離れると、史は声を荒らげた。

「先日、皇族の方々がお集まりになられました。その時、軽様は川島様のおそばにおられましたので、その時ではないかと」

「ふむ」

言葉は荒かったが、史の顔つきはいつもと変わらなかった。

「川島様をいかがなさるのですか」

「なにもせん」史は足もとに転がっていた石を蹴った。「足掻いておるだけで相手にする必要はない。しかし――」

「天皇の位は代々父から子へと受け継がれて来た。ことあるごとに軽様の耳にそう吹き込んでおきます。ご安心を」

史が足を止め、振り返った。氷の刃《やいば》のような目が柔らかな光を湛《たた》えていた。

「そなたには吾の考えていることがわかるのだな」

「滅相もありません」道代は首を振った。頰《ほお》が熱くなっていくのがわかる。「ただ、軽様が天皇になることに疑問を抱いてはならぬということがわかっているだけでございます」

「それすらもわからぬ間抜けが大勢いるのだ。朝堂にはな。そなたが男であればのう」

頰の火照《ほて》りが止まらず、道代はうつむいた。

「これから天皇のところに行くが、そなたも一緒に参るか」

「しかし……」

道代は左右に目を走らせた。軽皇子の御所の周りでは問題はないが、ここから離れるとなると人目が憚《はばか》られる。

「気にすることはない。吾が軽様に執心《しゅうしん》なのはだれもが知っておる。その吾が軽様の宮人であるそなたと一緒にいたところで、だれが気に留めるというのだ」

史の言葉には有無を言わせぬ響きがある。いつもそうなのだ。

「天皇と阿閇皇女様は、史様が軽様にお会いになったことを不快に思われるかもしれません」

「久しぶりに会ったのだ。そう言っておけばよい」

言葉が終わる前に史は歩き出した。道代は慌ててその後を追いかける。史の歩き方は独特だった。大股《おおまた》で一歩一歩を踏みしめるように歩く。他の者がそんな歩き方をすれば滑稽《こっけい》なだけだろうが、史だとすれ違う者が思わずかしこまってしまうほどの威厳が備わるのだ。

天皇は自分の居室にいた。昼寝をしていたようで、目の周りがほんのりと赤かった。

史が天皇の前に座し、道代は部屋の隅《すみ》にかしこまった。

「なんの用だ、史。新益京のことなら、おまえに任せると言ったはずだ」

「軽様のお体のことでございます」

天皇が瞬きを繰り返した。眠気が消えたようだった。

「軽がどうかしたのか」

「先日この国にやって来た高句麗の者どもの中に、医術に長けた者がおるのです。その者に、軽様のお体を見立てさせてはと思っているのですが」

「信頼できる者なのか」

「ふるさとを失った者どもです。この国で天皇に忠誠を誓い、新たな暮らしを立てたいと願っております」

「医術者としてはどうなのだ」

「唐で医術を学んでおります。この国のだれよりその道に通じているかと」

「いいだろう」

天皇はほっと息を吐き出した。病弱な軽皇子をだれよりも案じているのが天皇だった。息子を失ったのと同じ苦しみを二度と味わいたくはないのだ。

「軽の様子はどうだ」

天皇の視線が道代を射貫《いぬ》いた。

「いつもとお変わりありません」

道代は微笑み、心を鎧《よろい》で覆《おお》った。史の目は氷の刃のようだが、天皇の目は揺らめく炎のようだ。その目は些細《ささい》な隙間からその炎を送り込んでくる。心の裡《うち》を読まれないようにするためには激烈な意思の力が必要だった。

「そなたがここにいるということは――」

「先ほど、突然お眠りになられました」

天皇が顔をしかめた。

「相変わらずか」

「はい」

「病弱なところまで似なくてよいものを……」

天皇の吐息《といき》は尾を引いて長く留まった。

「川島様が軽様の耳によからぬことを吹き込んでいるようで」

吐息の重さを断ち切るように、史がいつもより高い声を出した。

「川島がどうしたというのだ」

「天皇の座は、弟が兄から継ぐのが古よりの掟だと」

「実際、そうであったのだから仕方あるまい」

「長きを生きてきた者たちはそれでかまいません。しかし、軽様はなりませぬ」

天皇の右の眉《まゆ》が吊《つ》り上がった。話の先を促す時の癖だった。

「玉座は親から子へ継がれていく。そう信じていればこそ、堂々と即位できるというものです」

「それもそうだな。わかった、川島には強く言っておこう。おおかた、大津のことで我らを恨んでおるのだろうが」

大津皇子の名を口にする時、天皇の目で揺らめく炎が一瞬、消える。常にそうだった。

あのときから皇后は変わった。鬼になられたのだ。

古くから宮中に入り、長く鸕野讃良皇后の采女として仕えていた女官が口走った言葉が思い出される。

草壁皇子を玉座に就けるため、邪魔な大津皇子を排除する。

そう決めた瞬間、皇后は女人であること、いや、人であることをやめたのだとその采女は言った。

なんと酷《むご》く、憐れであることか。若かりしころは、それはそれは優しいお人であったのに。

道代には天皇の優しい眼差しというものが想像できなかった。その目は常に炎を宿し、臣下たちに厳しい言葉を投げつけ、行く手を阻む者は容赦なく排除する。悔恨も苦悩もなく、ただひたすらに草壁皇子を、今では軽皇子を天皇にするために突き進んでいく。

その姿はまさしく鬼そのものだった。鬼と化した天皇が一瞬の間、人に立ち戻ったのは、草壁皇子が薨去《こうきょ》したときであったろうか。あのとき、天皇は人目も憚らずに号泣したという。

「他になにかあるのか」

天皇の口から漏れてくるのは冬の道端に転がる凍てついた固い石のような声だった。

「新益京の造営をはじめたいと存じます」

「高市や多治比嶋とはかるがよい。そなたがわたしの意を受けていることはふたりとも心得ている」

「かしこまりました」

「ところで、史よ」

「なんでございましょう」

「今日も軽のところへ行っていたのだな」

天皇は涼しい顔をして、言葉の刃を史に振りかざした。

「久しぶりに軽様のお顔を拝見してまいりました」

史は微笑みながら天皇の向けてきた刃をかわした。炎を宿した目と、氷を宿した目が交錯《こうさく》し、部屋の空気が張りつめた。

「久しぶりなのか」

「久しぶりでございました」

天皇が道代を見た。道代はそっとうなずいた。

「わかった。話がないのなら、もう下がるがよい」

史と道代は叩頭して天皇の居室を辞した。

「肝が冷えました」

軽皇子のところへ戻る道すがら、道代は恨みがましい声で言った。

「最後のやりとりのことか。天皇はときどき、ああやって人を試そうとなさるのだ。それがわかっていれば、心構えができる。気にすることはない」

「史様だからそう言えるのです。わたしなどはとても――」

強い力で腕を摑《つか》まれ、道代は足を止めた。史の氷の刃のような目が道代を見つめていた。

「共に高みを目指すのであろう。ならば、そなたも吾のような強い心を持たねばならぬ。吾は、弱き者は捨てていくぞ」

自分でも気づかぬうちに史に媚《こ》びていた。道代にはそんな自分がゆるせなかった。

「つまらぬことを口にしてしまいました。もう二度とこのようなことは言いませんのでおゆるしください」

「ならばよい」

史が腕を離した。摑まれていたところが痺《しび》れている。

「明日、高句麗の者を軽様のところへうかがわせる。よろしく取りはからってくれ」

「軽様は壮健になられるでしょうか」

「なってくれなくては困る」

史は汚物を吐き捨てるように言い、顔を背けた。

十

北に見えるのは耳成山《みみなしやま》、西は畝傍山《うねびやま》、東に聳《そび》えるのが天香具山《あまのかぐやま》か。麗しき三つの山に囲まれて、新益京は徐々にその輪郭《りんかく》を明らかにしつつある。史は小高い丘の上に立って、造営工事が行われている京を見おろした。

京は巨大だった。これまで営まれてきたどんな宮も、どんな京も、この新しい京の足もとにも及ばない。見る者を圧する大きさに、同行の渡来人たちが歓声をあげていた。

「想像以上の広大さですな。この京が完成し、民がここで暮らすようになったらと考えると、目眩《めまい》を覚えます」

田辺史百枝が嘆息しながら言った。

「天皇から軽様への譲位の舞台がこの京になるのだ。それに相応しいものにしなければな」

史は静かに言った。

「この巨大な京も史様の心を動かすことはできませんか」

百枝が苦笑する。

「やらなければならぬことが多すぎるのだ。いちいち感情の赴くままにさせていては身体が保《も》たん。第一、今日は造営の進み具合を見に来ただけではないか。京が完成すればそれなりの感慨もあるだろうが、まだ造営の途上だ」

「それはそうですが……」

「さあ、帰るぞ」

「もう帰るのですか」

「天皇の命で造営の進み具合を見に来た。そして、見た。他の者どもは細かな用事があるだろうが、吾はここには用はない」

「承知いたしました」

百枝はまだ笑っている。

「なにがおかしいのだ」

「いかにも史様らしいと思いまして。大隅様が申されていました。百済にも唐にも、史様のような方はいないと」

「たわごとを……」

史は踵《きびす》を返し、来た道を戻りはじめた。百枝が輿《こし》を用意していたが、それを断って歩いてきたのだ。

「そういえば、首名がよき神を見つけたと小躍《こおど》りしておりました」

肩を並べてきた百枝が言った。

「よき神だと」

「はい。天照大神《あまてらすおおみかみ》というのだそうです。太陽のごとく、あまねくこの世を照らす神です」

史はうなずいた。

「男神なのですが、これを女神に変えれば、史様の望む新たな神話の中心に据えられるのではないかと」

「時間がかかるのう」

「この国には数多《あまた》の神がいるのですよ、史様」

「わかっておる。首名には急ぐよう申しつけよ」

「言われなくても急いでおりまする。天照大神は天におられます」

百枝が人差し指を空に向けた。史はそれを無視した。唐や唐の影響を受けた百済人たちは天を神と同じように語る。彼らの言わんとするところはわかるのだが、どこかに齟齬《そご》が生じ、しっくり来ないのだ。

「天照大神は天にあってこの地上の世界を光で照らしておりまする。そして、己が孫を地上世界に送って統治させるのです。いかがでしょうか」

「よいではないか。天照大神が天皇で、その孫が軽様か」

史は満足げにうなずいた。

「それで、神話はいつ完成するのだ」

「まだしばらく先にございましょう」

「どうしてだ」史は語気を荒らげた。「天照が孫を地上に送る。そこまで決まったのなら、完成まではすぐではないか」

「話の真ん中が決まっただけです。いきなり天照大神が出現して天を統べるのですか。違いましょう。物事には順序というものがあります。この世界の成り立ちから述べ、順を追って天照大神に辿り着かねばなりませぬ。大神の孫が地上を統べる話も必要です。それが神話というものです。史様はこの件になると、どうにも気が急かれるようですね」

史は口を閉じた。

「神話が完成したとしても、それで帝紀と古事の編纂が終了するわけでもありません」

「わかっておる」

「ただでさえ時間がかかるものを、我らは実際にあったことをねじ曲げなければならないのです」

「わかっておると言ったではないか」

史は子供のように声を張り上げ、足を速めた。

「幼子のような振る舞いは感心しませんよ、史様」

史はそれには答えずに歩き続けた。

百枝に指摘されるまでもない。自分は焦っている。病弱だった父の血を引く軽がそうさせるのだ。一刻も早く、軽を玉座に就けたい。その思いが史の気を短くさせる。

政に焦りは禁物なのだ。焦れば視野が狭くなり、ものが見えなくなればたやすく足をすくわれる。

天皇の寵愛を得て、史の威勢はますます高じている。太政大臣の高市皇子や右大臣の多治比嶋ですら、なにかにつけ史の意見を求めてくるのだ。史の威勢の恩恵にあずかりたいと願う臣下たちが増え、媚びを売ってくる。だが、それと同じ数だけ史に反感を覚える者どもがいる。

慎重に事を進めなければ頭に思い描く理想の世界は破綻する。

実際、史が宮中を離れている今を好機と見なし、よからぬことを考えている連中がいるに違いないのだ。

「だから、新益京の視察など嫌だと言ったのだ」

「なんとおっしゃいました」

思わず口をついて出た繰り言が百枝の耳に届いたようだった。

「なんでもない」

「まこと、史様は時に子供のようでございますね」

百枝が笑っている。史は口をねじ曲げた。

＊＊＊

「みな、広い大きいと言うのだ」

史の報告を一通り聞くと、天皇は眦《まなじり》を吊り上げた。虫の居所が悪いらしい。

「だが、どれほど話を聞いても、実際に見てみないことにはどれだけ広く、どれだけ大きいのかわからないではないか」

「おっしゃる通りです」

「わたしも実際にこの目で見たいのだ。吉野《よしの》へ行くついでに新益京に立ち寄りたいと思うのだが、どうじゃ」

即位してから五年、天皇はたびたび吉野へ行幸していた。

天皇にとって吉野は想い出の地だった。何事につけ腰の重い夫、大海人をたきつけ、草壁をはじめとする六人の皇子をともなって吉野に赴き、草壁が次の大王の座に就くのであり、他の者はその邪魔をしないと誓わせた。

大海人があんなにも早く身罷《みまか》ってしまわなければ、天皇は皇后の身分のまま、大海人の陰で政を取り仕切り、草壁が皇位を継ぐ日が来るのを待っていればよかったのだ。

だが、大海人どころか、草壁もこの世から去ってしまった。さぞかし自らの運命を嘆いていることだろう。

「なりませぬ」史は言った。「吉野へは、つい先日も参られたばかりではありませんか」

「判事ごときがわたしのすることにものを申すのか」

「高市様や多治比嶋様も同じことをおっしゃるでしょう。こう立て続けに吉野へおいでになっては、宮中の者どもにも、職務に差し支えが出ます」

「新益京をこの目で見たいのだ」

「ならば、吉野ではなく新益京へおいでになられればよろしい」

天皇は横を向いた。史は田辺史百枝に幼子のようだと笑われたが、天皇も時に少女めいた振る舞いをする。

「早く軽に譲位して気を楽にしたいものだ。明日にでも譲位したいくらいだぞ、史よ」

「あと二年、お待ちください」

二年後に軽は十五歳になっている。即位するには充分な年齢だった。

「軽に譲位したら、好きな時に好きなだけ吉野へ行けるのだな」

「それは難しいかと」

再び天皇の眦が吊り上がった。

「それはどういうことだ」

「即位なされても、軽様はまだ十五歳でございます。おひとりで政を行うには荷が重すぎます。天皇のお力添えが必要でしょう」

「しかし、わたしはその時には天皇の座にはおらぬのだ。どうやって力添えしろというのだ」

史は居住まいを正した。

「渡来人どもに、令の見直しをさせております」

天皇はうなずいた。すでに了解済みなのだ。

「新たな令には、太上天皇《だいじょうてんのう》という位をもうけるつもりでございます」

「新たな天皇に譲位された古き天皇のことです。太上天皇には、天皇と同じ権威を持たせます」

「太上天皇だと」

「古からの掟にはないことだぞ。臣下たちが反発しよう」

「だれが天皇のご意向に背を向けましょうか」

今や、女人だからといって天皇をないがしろにする臣下はひとりもいない。政と神事を通して、天皇はそれだけの威厳を身につけていた。

「わたしは太上天皇などと口にしたことはおろか、考えたこともない」

「史の考えは天皇のお考え。みな、そう思っておるのです」

「そなたの面《つら》の皮の厚さはどうなっておるのだ」

「ただただ天皇と軽様のためになるよう、ない知恵を絞っているだけです」

「呆《あき》れてものも言えぬ」

しかし、天皇の吊り上がっていた眦は下がり、口元には皺《しわ》が寄っていた。笑っているのだ。

「そなたはなにがなんでも軽を天皇にするつもりなのだな。軽を天皇にして今以上の力を得るつもりなのだ。わたしはそなたを信頼すると同時に警戒もしている。しかし、軽はそなたを父のように慕っておる。さぞや居心地がよくなるであろう」

「草壁様との約束を果たす。ただその一念なのです。あの黒作の佩刀《はいとう》を即位の日に軽様にお渡しする。望んでいるのはそれだけです」

「わたしにそれを信じよというのか」

「信じていただけないとは思っておりますが」

「まこと、食えない男だ、史よ」

史は微笑んだ。

「ありがたきお言葉」

「好きにせよ。軽をなんとしてでも玉座に就けたい。その思いはわたしも同じだ。ただし――」

天皇の顔つきが一変した。史は微笑み続けた。

「目に余る行いがあったら、その時はそなたといえども容赦はせん」

「肝に銘じます」

史は叩頭した。

十一

高市皇子の屋敷は闇の底に沈もうとしていた。采女に手を引かれた長娥子《ながこ》が不安そうに暮れていく空を見上げている。渡来人の侍従が来意を告げると門が開いた。

高市皇子の居室から明かりが漏れていた。油を燃やしているのだろう。普段ならとうに床についている時間だろうが、史の来訪に油を大量に用意させたに違いない。

侍従と采女を待たせ、史は自ら長娥子の手を取った。安心させようとそっと手を握り、うなずいてやる。長娥子は今にも泣き出しそうな顔をしていた。

「失礼する」

史が声を発すると、音もなく戸が開いた。高市皇子が部屋の中央で座している。その右隣には十歳前後の男子が座っていた。眠気を堪えているのか、何度も瞬きを繰り返していた。

「このような時間に申し訳ありません」

史は一礼し、高市の向かいに立った。

「これが長娥子です」

「長屋王です」

高市が口を開いた。長屋王と呼ばれた少年が立ち上がり、史に頭を下げた。史も頭を下げる。

「長娥子」

促すと、長娥子は震える声で挨拶をした。

「藤原長娥子にございます。高市皇子様、長屋王様にはお初にお目にかかります」

教えた通りの言葉だった。

「端整《たんせい》な顔立ちですな」

高市が言った。長屋王は無言のまま長娥子の顔を見つめている。

「婚礼の日取りなどは、高市様のお考え通りに進めてください。長娥子にはもう話しておりますゆえ」

「長娥子や」高市が長娥子に声をかけた。「本当に長屋王に嫁ぐのでよいのか」

「父上にそう言われております」

長娥子は俯《うつむ》きながら消え入りそうな声で答えた。無理もない。先日七歳になったばかりなのだ。

「そんなに怯《おび》えなくてもよい」

長屋王が口を開いた。その齢《よわい》に似つかわしくない落ち着いた声だ。

「吾は長娥子を大切にしよう。約束する」

その言葉に、長娥子の表情が緩み、幼子らしい顔つきが戻った。

「ありがたきお言葉です、長屋王様」

「長屋王、長娥子を外までお送りしろ。史殿の付き人がいるはずだ」

「はい、父上。おいで、長娥子」

仲良く手を取り合って部屋を出て行く息子と娘を、高市と史は優しい眼差しで見送った。

「本当によろしいのだな、史殿」

「約束でございます」

「吾はそなたとの約束に縋《すが》ったのだ。それを忘れないでくれ」

「高市様の力が必要なのです。互いに手を組むために必要なことならなんでもいたしましょう」

「長娥子のことは大切にいたす」

「わかっております」

高市が咳払《せきばら》いをすると、酒膳が運ばれてきた。高市と史はしばし無言で酒を酌《く》み交わした。

「今さらではございますが、遷都に反対しようとしている連中がいるようです」

史はゆったりと口を開いた。

「そのことは聞き及んでいる。飛鳥《あすか》を離れたくない者どもがいるのだ」

「天皇はその者どもの姦《かしま》しい声に煩わされるのを苦痛に思われております。そもそも、新益京の造営も佳境に入っているというのに……」

「あの者どもは先祖代々飛鳥の地に根を張ってきたのだからな」

「時代は変わったのです」史は断じた。「大王が替わるたびに宮も替える。そんな時代は終わりました。これからは、唐と肩を並べる国にならなければならないのです。そのためには、唐のものと遜色《そんしょく》ない巨大な京が必要です。飛鳥には、そんな京を造れるところはどこにもない」

「みな、わかっているのだ。わかっていてなお、古いしきたりから逃れられずにいる」

「諦《あきら》めてもらうほかありませんな」

史は盃を呷《あお》った。高市が苦笑した。

「そなたにかかれば、なにごとも簡単に済んでしまうな」

「高市様が諦めさせてください」

「呆れたな。自分ではなにもせず、吾にすべてを押しつけるつもりか」

「わたしが動けば、反発が強まります。高市様ならその恐れはありません」

高市は腕を組み、顎をさすった。

「そなたの位階が低すぎるのだ。もっと高い位に就けるよう、吾から天皇に奏上してもよいのだぞ」

「今のままでかまわないのです」

「この件に関しては、そなたは頑なだな。望むのはそのようなものではなく、軽皇子を玉座に就けること。名ではなく実を欲しているのだ」

「当然のことだと思いますが」

「普通の人間はそれがわかっていてもできぬのだ。名も実もと欲張る」

「そして、両方を失うのです」

「さすがのそなたも今の天皇には頭が上がらぬ。しかし、実の息子のように接している軽皇子が天皇になれば、わが世の春だ」

史はそれには答えなかった。高市は皇族にしてはものがわかっている。だが、その高市でさえ、古いしきたりによる呪縛からは逃れられないのだ。

「長屋王様は父が高市様、義父がわたしになるのです」史は高市の目を覗きながら言った。「どちらかに万が一のことがあったとしても、長屋王様はなにひとつ心を煩わされずに済みます」

「だから、そなたの思うがままに動けと言うのだな」

「わたしに力を貸してくださいとお願いしているのです」

「いいだろう。やかましい臣下たちは吾がその口を塞いでやろうではないか」

「よろしくお願いいたします」

「実のところ、そなたと共に政にいそしむのが楽しくてならん」

高市が話の中身を変えた。史はそれと気づかれぬよう身構えた。

「ありがたきお言葉」

「古いしきたりに囚《とら》われていてはどうにも先に進むことができぬことどもも、そなたにかかればたやすい物事に変じる。目から鱗が落ちることばかりだ」

「高市様の助けがあるからこそできるのです」

「帝紀と古事の編纂がこれほどまでに遅れているのはそなたの意向があるからだと聞いた」

史は唇を舐めた。高市の思惑が奈辺にあるのか、しっかりと見定めなければならなかった。

「だれから聞いたかは知りませんが、誤解です」

「編纂には多くの渡来人が関わっている。みな、そなたの息のかかった者どもであろう」

「確かに、見知った者が大勢参加しております。しかし、なにかをしろと命じたことはありません」

「新しき時代に新しい京が必要なのはもちろんだが、帝紀と古事も同じように重要なのではないか」

「無論です。急がせましょう」

「そうした方がよい」

高市は満足そうにうなずき、盃を傾けた。史は顔色を変えずその様子をうかがった。

だれかが高市の耳になにかを囁《ささや》いたのだ。その者を突き止めなければならない。

＊＊＊

「大嶋様かと思われます」

田辺史首名が言った。

「大嶋殿がか……」

「はい。大嶋様は神祇伯《じんぎはく》として帝紀と古事の編纂を取りまとめる任に就いておられますが、なぜ編纂が遅れているのかと高市皇子様に問い詰められ、史様の名を出してしまったようで」

「愚か者めが」

史は唇を噛んだ。もともと大嶋は考えの足りないところがある。その口から滑り出た言葉が高市の警戒心を呼び起こしたのだ。

「どういたしますか」

「放っておくしかあるまい。位階から言えば、あの者が上なのだ。吾から小言を食らえば恨みを募らせるだろう」

「しかし、なにもせねばまたどこかで口を滑らせるやもしれません」

「我らがやろうとしていることを、あの者は知らない。大事にはいたるまい。しかし、用心するに越したことはない。神話の中身を不用意に漏らさぬよう徹底せよ」

「かしこまりました」

「間もなく、人麻呂が来る」

「柿本人麻呂様でございますか」

人麻呂の歌は渡来人たちの間でもすこぶる評判がいい。首名の目には憧《あこが》れに似た光が宿っていた。

「人麻呂に天照大神の話を聞かせてやって欲しいのだ」

「よろしいのですか」

「あの者は吾と同じように草壁様の舎人《とねり》であった。今は天皇に寵愛されておる。同志と考えても差し支えない」

「ならばよいのですが」

首名の言葉を待っていたというように、部屋の外から声が響いた。

「柿本人麻呂様がお出でです」

「通せ」

首名が背筋を伸ばした。ほどなく戸が開き、人麻呂が姿を見せた。

「お招きにあずかって参上しました」

「だから、そのような言葉遣いはよせと言っている」

史は苦笑しながら人麻呂を誘《いざな》って座らせた。

「人麻呂殿、こちらは田辺史首名と申す者だ」

史が紹介すると、ふたりは互いに会釈した。人麻呂は優雅で、首名は落ち着きがない。

「首名はそなたの歌が好きでたまらないらしい。柄にもなく緊張しておる」

「わたしの歌など、それほどたいそうなものではござらんのに」

「滅相もない。天下の歌人、柿本人麻呂様にお目通りがかない、光栄の至りです」

首名が深々と頭を垂れた。

「まるで天皇に叩頭しているかのようだな」

史は笑った。

「酒はいかがかな、人麻呂殿」

「いただきましょう」

すでに酒器は用意されていた。首名が人麻呂の盃に酒を注いだ。

「それで、今日の用向きはなんでございましょう」

「実は、この者には帝紀と古事の編纂を手伝わせているのだ」史は声を低めた。「新しい神話を作らせている」

人麻呂は目を細めたが口は開かなかった。

「いずれ天皇が軽様に譲位なされる。その時に諸人《もろびと》を納得させるのに必要な神話なのだ」

「わたしにその神話に基づいた歌を詠《よ》めと」

史は笑い、酒を口に含んだ。

「まだその神話は形を成していないのだ。そこで、そなたの知恵を借りたいと思って呼んだのだ」

史は首名に目を向けた。首名はうなずき、口を開く。

「天照大神という神がおります。その名のとおり、太陽のごとくこの世を照らす神です。男神なのですが、我らはこれを女神にしようかと思っております」

「なるほど。天皇が天照大神ですな」

人麻呂の目に光が宿った。

「はい。天照大神は天上にあって天上の世界を統べております。そして、地上にあるこの国を統べさせるために、孫を送り込むのです」

「子ではなく、孫を……草壁様ではなく軽様をということですか」

「この者らは渡来人だから、すぐに天という言葉を使いたがるのだ」

史は口を挟んだ。人麻呂がうなずいた。

「この者たちの国や唐では天といえば、神々のおる世界を指す。だが、我らにとって天といえば――」

「空、ですな」

「そうだ。そこで、そなたには天に代わる言葉を考えてもらいたいのだ。そなたが詠んだ草壁様の挽歌の中に、天の原《あまのはら》という言葉があった」

「確かに」

「あれをもっとそれらしい言葉にしたい」

「いつも簡単におっしゃられる」

人麻呂が苦笑した。

「やってくれぬか。軽様に譲位するのは天皇の御意思なのだ。それを叶えてさしあげたい」

「天皇が女人の身でなぜ玉座に就かれたか、充分承知しております」

人麻呂は盃に手を伸ばした。

「しかし、神話だけでよろしいのですか」

「充分ではない。他にも考えがある」

蘇我馬子が成し遂げた偉業を、皇室のそれに書き換えなければならない。蘇我馬子など足もとにも及ばぬような偉大な皇族がいたのだと歴史を書き換えなければならない。女の天皇から息子へ、あるいは孫へと皇位が継がれたという歴史を書き足さねばならない。

やらなければならないことが山積していた。

「史殿のことです、遺漏《いろう》のあるはずもないか。天皇はいつもおっしゃられます。史に任せておけばよいのだ、と」

「ありがたい言葉だ」

「天皇のお心にあるのは軽様のことのみにございますれば。だれからも後ろ指さされぬよう政に励み、孤独に耐えておられる姿はいじらしいほどで」

「その寂しいお心を、そなたの歌が慰めているのであろう」

「そうだとよろしいのですが……高天原《たかまがはら》というのはいかがでしょうかな」

「高天原か」

「はい。天照大神が統べる天上の世界のことでございます」

高天原——史はその言葉を口の中で何度も発した。

「よいではないか。さすがは、当代一の歌人だ。吾の言うとおり、いとも簡単にうってつけの言葉を見つけ出した」

人麻呂がはにかんだ笑みを浮かべた。

十二

真新しい大極殿《だいごくでん》に天皇が姿を現し、臣下たちが頭を垂れた。

飛鳥《あすか》からここ新益京《あらましのみやこ》に遷都したのが三日前。雪が舞う中、天皇の乗った輿《こし》を筆頭に、皇族、百官、下々の者どもが列をなして大路を進む光景は圧巻だった。

この国がはじまって以来、これほど大規模な遷都が行われたことはない。まさしく、新しい時代が到来したことを告げる大行列だったのだ。

天皇が新しい京の造営に携わった者たちにねぎらいの言葉をかけ、褒美を与える。寒さに強張《こわば》っていた臣下たちの顔がほころんでいく。

遷都を祝賀する儀はすぐに終わった。寒すぎるのだ。祝宴は日を改めて行われることになっている。

朝堂院《ちょうどういん》を出ようとした史に肩を並べてくる者があった。

弓削皇子《ゆげのみこ》だった。

「たいそうな京ではないか」

「まこと、天皇の御代《みよ》に相応しい京でございます」

史は応じた。

「この京の造営に駆り出された多くの民が死んだそうではないか」

病を得て死んだ者。餓えて死んだ者。逃亡してさまよいどこへも行くあてがなく死んだ者。死者の数をかぞえればきりがない。

「呪《のろ》われた京だと申す者もおるぞ」

「だれがそのようなことを申しているのですか」

「噂だ、噂。そう怖い顔をするな、史殿」

「この遷都は先の天皇の悲願でした」

弓削が笑った。若さゆえの傲慢《ごうまん》さがその横顔に宿っている。

「父上の悲願だと。父にどんな悲願があったというのだ。それを言うなら、あの方の悲願であろう」

弓削は天皇の名を口には出さなかった。

「いや、そなたの悲願と言った方がよいのかな」

「それはどういう意味でございましょう」

「軽が即位するのに相応しい舞台として、この新しい京に遷都する。あの方の耳にそう囁《ささや》いたのではないのか」

「それも噂ですか」

弓削の顔から笑みが消えた。

「臣下たちは憤っておるぞ、史殿。そなたの野心のために家財を差し出さなければならなくなり、働き手たる民も失った。住み慣れたふるさとも離れなければならぬ。当然ではないか」

「繰り言なら好きなだけ申しておればよいのです。しかし、遷都はなった。今さら後戻りはできません」

「怖くはないのか」

史は足を止め、弓削の顔を正面から見つめた。

「なにが怖いのでしょう」

「臣下たちの恨みだ。死んでいった者どもの呪いだ」

「そのようなものでしたら、怖くなどはありませんな」

史は笑った。弓削がたじろぐのがわかる。

「わたしは天皇の御代のために職務に邁進《まいしん》しているだけなのです、弓削様。天皇は神の末《まつ》裔《えい》。この世におわします神なれば、その尊い御光《みひかり》で恨みや呪いなど祓《はら》われてくれましょう」

「神の末裔だと」

「さよう。高天原《たかまがはら》からこの地に降臨なさった神の末裔。それがあなたたち皇族ではありませんか」

弓削は瞬きを繰り返した。

「そのような話、聞いたことがないぞ」

「今後、よく耳にするようになるでしょう」

「なにを企んでおる」

弓削の目尻が少しずつ吊り上がっていく。からかわれていると思っているのだ。

せぬ」

「なにも企んでなどおりませぬ」

「いいか、覚えておくがいい、藤原史。軽が玉座に就くことは決してない。吾がそうはさ
「だれが次の玉座に就くかは、天皇がお決めになることではありませんか。弓削様、落ち着いてくださりませ。高市様がこちらを見ておいでですぞ」

弓削の顔色が変わった。史の視線を追いかける。確かに、高市が険しい視線をこちらに向けていた。

弓削は俯くと、別れの言葉もなしに足早に去っていった。

「血気盛んとはいうが、困ったものだな」

史はひとりごち、首を振った。

＊　＊　＊

新益京の臣下の居住地は、位階の高低によって宮からの距離と広さで振り分けられた。史の位階は低かったが、天皇は父、鎌足の功績を讃《たた》え、宮の東に隣接する土地を史に与えた。

そのことでまた、臣下たちの間で妬《ねた》みの炎が燃え上がっている。鎌足の名を出されると

なにも言えなくなるがゆえに、妬みの炎は勢いを増すのだ。

史は天皇の提案を重ねて固辞したが、軽皇子のためだと言われればうなずかざるをえなかった。

宮の東に軽皇子が暮らす殿が建つ。史に与えられた土地は軽皇子の屋敷とは目と鼻の先だった。史は配下の者に命じ、自分の土地と軽皇子の屋敷を隔てる塀に隠し戸を作らせた。そこを通れば軽皇子の屋敷に自由に出入りできるのだ。

屋敷に戻り、簡単な食事を済ませると、史は隠し戸を通った。

軽の屋敷からは書籍を朗読する声が響いてくる。読んでいるのは軽だ。軽の声が一段落すると、女人たちの笑い声が流れてきた。

史は足を止め、耳を澄ました。

女人の笑い声は四通り。道代の声はすぐにわかる。残る三人のうちふたりはまだうら若い女のようだ。

「ほとんど諳《そら》んじることができるのですね」

阿閇皇女の声がした。ということは、ふたりの若い女人は阿閇の娘、氷高皇女《ひだかのひめみこ》と吉備《きび》内親王《ないしんのう》に違いない。遷都を機に、家族が集まって談笑しているのだ。

その高貴なる家族の中に、道代が入り込んでいる。史は唇を舐め、聞き耳を立てた。

家族の会話は軽の勉学に勤《いそ》しむ姿勢を褒め称える内容がしばし続いた。喋っているのはもっぱら阿閇皇女だ。道代がときおり口を挟み、軽がなにかを言う。姉妹はほとんど口を閉ざしている。

姉は物静かで妹は活発だ。だが、どちらも母である阿閇の前では口を閉ざしていることが多い。草壁を失った直後の母の悲嘆を目の当たりにしていたせいだろう。

親子の会話が吉備内親王の婚儀に移った。これもまたもっぱら喋っているのは阿閇皇女と道代だった。吉備内親王はこの結婚について、不満を覚えているらしい。阿閇が内親王をたしなめ、道代がそれに同調している。それを聞いているだけで、道代がどれほど阿閇の信頼を勝ち得ているかがわかった。

「疲れましたか、軽や」

阿閇の声音《こわね》が変わった。

「申し訳ありません、母上。少し眠たくなってきました」

軽の声には疲労が滲んでいる。高句麗《こうくり》から渡来した医師が処方した煎じ薬を毎日飲んでいるはずだが、一向に改善の兆《きざ》しは見られない。

天皇は頑健《がんけん》な女人だ。ならば草壁から軽へと受け継がれた虚弱な血はだれのものなのか。

大海人も虚弱ではなかった。

「血が濃すぎるのだ」

史は独りごちた。天皇は大海人の兄である中大兄の娘だった。皇族は血族婚が当然とはいえ、それを続けていると血が濃くなっていく。その不具合がどこかに出てしまうのだ。これればかりは史の力も及ばない。なにごともないように祈るしかないのだ。

女人たちが軽の部屋を出た。阿閇を先頭に姉妹がそれに従っていく。その後ろ姿を道代が見送っていた。

「道代殿」

阿閇たちの姿が完全に見えなくなるのを待って、史は道代に声をかけた。

「史様、いつからそこに」

「ほんの少し前だ。軽様はおやすみになられたか」

道代がうなずいた。

「少し歩かぬか」

史が誘うと、道代は左右に目を配った。周りには軽に仕える采女《うねめ》か舎人《とねり》しかいない。だれもが軽が即位することを願っており、そのために史が力を尽くしていることを知っている。軽の屋敷で起こることが外部に漏れるおそれはない。

「吉備内親王は婚儀を嫌がっておられるようだな」

「当然です。まだ十歳にもなっていないのですよ。母上様が恋しい年頃なのに」

「皇室や有力氏族に生まれた女人にとっては従わざるをえない運命ではないか」

「それは心得ておりますが……姉上が嫁ぐのが先ではないかとおっしゃられて」

「氷高皇女はどこにも嫁がぬ。天皇がそう仰せだ」

「どうしてでございますか」

軽に万一のことが起きた場合、草壁の血を引く皇族がどうしても必要だった。

答えずにいると道代はそれ以上訊いてはこなかった。史の沈黙からなにかを察したのだろう。

「吾も娘を長屋王に嫁がせる」

「聞き及んでおります」

長娥子も吉備内親王と同じ年頃だ。長屋王の元に嫁げと史が告げた夜、母の胸に顔を埋めて一晩泣き明かしたと聞いていた。

「可哀想だが、仕方がない」

「はい」

道代は静かにうなずいた。道代自身もまだ若い時分から宮中に出仕したのだ。その頃の自分を思い出しているのだろう。

「氷高様と吉備様にとって、そなたはどういう存在なのだ」

「実の姉のように慕ってくれております」

「さようか。そなたには人を惹《ひ》きつける力があるのだな」

「滅相もございませぬ。わたしはただ、一生懸命お仕えしているだけです」

「それでよい。それでよいのだ。吉備様はいずれ宮中を出ることになる。しっかりと心をとらえておくのだ。そなたにならお胸の内を開くようにな」

「高市皇子様の内情をお知りになりたいのですね。でも、それなら史様のご息女がおられるではありませんか」

「我が娘は側室だ。正室にしかわからぬことも多かろう」

知りたいのは高市のことではない。まだ年端もいかぬ長屋王の鋭い視線が忘れられない。気をつけなければあの子供に足をすくわれるかもしれぬ。史の頭の奥でだれかがそう囁くのだ。

「心得ました。宮中をお出になるまで、内親王様には誠心誠意を尽くしてお仕えいたします」

「そうしてくれると助かる。長居をしたな。吾はこれで帰ろう」

「史様、わたくしからもお話があるのです」

史は眦を吊り上げた。

「また天皇様が、吉野《よしの》へ行くとおっしゃられているそうでございます」

「京を移したばかりだというのに吉野へだと」

「はい。高市様や多治比嶋様がお諌《いさ》めになっているのに、聞く耳を持たれないというお話です」

女人にしておくのがもったいないような天皇だった。決断力があり、頭の巡りがよく、勇猛で恐れを知らない。この国になにが必要で、軽が即位するためにはなにをしなければならないのかをしっかりと心得ている。

それなのに、吉野へ行幸《ぎょうこう》することに取り憑《つ》かれているのだ。大海人と皇子たちを伴って赴き、草壁が大海人の後継者だと天下に知らしめた吉野。草壁がいない今、天皇の心は絶えず吉野へと飛んでしまう。

それほど皇位というものはそこに座る者を苦しめる。孤独が聡明な女人の心を苛《さいな》むのだ。

「吾がお諫めしよう」

「お願いいたします。このわたくしにも、今この時期に吉野へお出でになられることがよいとは思えません」

「天皇以外のだれもがそう思っておる」

史は顔を歪め、大股で歩き出した。

苦しいことはわかる。辛いのだろうということも理解できる。

だが、耐えてもらわなければならない。軽が成長するまではなんとしてでも玉座にしがみついていてもらわなければならない。

皇室のため、いや、藤原の家のために。

十三

天皇が雷丘《いかずちのおか》の上で雨乞《あまご》いの儀式を始めた。

今年に入って各地で干ばつが相次いでいた。民たちは飢えに苦しみ、田を捨てて逃散《ちょうさん》する者が相次いでいる。

神事は政《まつりごと》と並ぶ天皇の重責の一つだった。

大君《おおきみ》は　神にしませば　天雲《あまくも》の　雷《いかづち》の上に　いほりせるかも

柿本人麻呂のよく通る声が朗々と響いた。空は青く、ところどころに雲が浮かんでいる。その青空の下で儀式に挑んでいる天皇は威厳に満ち、神々しくさえあった。その姿に、人麻呂の歌の才が刺激されたのだろう。

「神にしませば、か」

史は独りごち、微笑んだ。ここのところ人麻呂は天皇を神にたとえた歌を詠《よ》む。天皇と史の意を汲んでのことだが、当代一と謳《うた》われる歌人だ。他の者たちも、人麻呂の影響を受けた歌を相次いで詠むようになっていた。

天皇を神格化することに眉をひそめる臣下たちも、それが歌となれば目くじらを立てることもない。

天皇を神と讃える歌は臣下たちの耳に馴染み、やがてそれは古《いにしえ》からのしきたりと同じように日常のものとなる。

天皇こそはこの世におられます神、神にはだれも逆らえぬ。

そうなってこそ天皇から軽への譲位は確実なものとなる。神が後継者を決めるのだ。だれが口を挟めようか。

雨乞いの儀には臣下だけでなく皇族も参列していた。軽皇子に付き従う道代の姿もあった。道代の腹がかすかに膨らんでいる。昨年、娘を産んだばかりだが、また身ごもったらしい。

儀式が終わり、天皇が丘の上の仮宮から降りてきた。臣下たちが感謝の言葉を述べ、宮へ戻る天皇に付き従う。

史は磯城皇子《しきのみこ》を見つけ、その背中を追った。磯城は儀式の間中、暗い目で天皇を見つめていたのだ。最近では、天皇を批判する言葉を吐いているらしい。

「これは磯城様ではありませんか」

声をかけ、肩を並べる。

「史殿」

史に気づいた磯城は顔をしかめた。その顔色は青ざめている。史はふいに、四年前亡くなった川島皇子の顔を思い出した。川島皇子は史を忌み嫌っていた。死ぬ時は史を呪う言葉を口にしたという。磯城はその川島と懇意《こんい》にしていたはずだ。

「お久しぶりでございます。最近は宮中にも滅多にお出でにならないとか」

「風邪をこじらせておったのです」

磯城は咳き込みながら答えた。母親の身分が低いため、皇位争いには割り込めぬ。それゆえに史が磯城の存在を気にかけることはなかった。

「そうと知っていれば、薬を届けさせましたのに。新羅《しらぎ》から来た薬があるのです。また風邪をお召しになったら、遠慮せずにおっしゃってください」

「ええ」

「そういたしましょう。ところで、史殿、人麻呂殿が詠んだ歌をお聞きになりましたか」

史はうなずいた。磯城も歌をよく詠むのだ。

「最近、ああした歌が多いように思われますな」

「ああした歌とは」

「神にしませば」

「人麻呂殿の目には天皇が神々しく映ったのでございましょう」

「多いと言ったのですぞ、史殿」

「さようですか。わたくしは、歌には縁のない男ですから」

「史殿も人麻呂殿も草壁兄上の舎人でしたな」

「ええ。わたくしも人麻呂殿も草壁様をお慕いし、心から仕えておりました」

「だから、なにがなんでも軽を皇位に就ける、と」

磯城は憎々しげに笑った。

「天皇の御心《みこころ》にございますれば」

「大海人様がしっかりなされておれば、讃良様ではなく、皇子のだれかが皇位に就いたのだ」

大津が生きていれば、草壁亡き後皇位に就いたのは大津だと言いたいのだろう。磯城に川島の亡霊が取り憑いているかのようだった。

「しかし、実際に即位したのは天皇です。皇子のだれかを推す者はおりませんでした」

「みな、讃良様が怖いのだ。そなたのことも……」

磯城は口を噤《つぐ》んだ。だが、まだ言いたいことがあるのか、唇がわなないている。

「そなたたちには怖いものはないのか」

史は答えなかった。

「古からのしきたりをねじ曲げ、天皇を神にまつりあげ、本来なら資格のない者を皇位に就けようとする。祟《たた》りがおそろしくないのか。多くの者どもの恨みが怖くないのか」

「今のお言葉を天皇が耳にされたらなんと仰せになられますかな」

磯城の横顔が強張った。

「わたくしはだれかに話したりはしません。ご安心を。しかし、ご自愛なされませ、磯城様」

「吾が怖いのは讃良様ではない。そなただ、史殿。鎌足殿は中大兄様の忠実な臣下だった。だが、そなたはどうなのだ。讃良様や軽の忠実な臣下だと古の神々に誓えるか」

「今ここで誓ってもかまいません」

史は言った。磯城は肩を落とし、史から足早に遠ざかっていった。

＊＊＊

屋敷に戻ると、史は田辺史首名が遣わした従者を呼んだ。百済《くだら》で代々続いた武官の家の末裔だと聞いていた。

「名はなんと申したかな」

「武《ぶ》、でございます」

自ら武と名乗った男は片膝《かたひざ》をついた。

「姓は」

「ありません。わたしはただの武でございます」

「よかろう。武よ、今日も吾を護っていたのか」

「は――」

武は頭を垂れた。史は普段、武たちを遠ざけている。護衛など必要ないとわかっているからだ。だが、武たちは首名から史を護れと命令されている。普段は史に気づかれぬようこっそり見守っているのだ。

「雨乞いの儀からの帰り、吾と話していた者がわかるか」

「磯城皇子様かと」

「あのお方の口を封じねばならぬ」

磯城は危険だった。大津の死を深く嘆き、恨みを胸に溜《た》めていた川島皇子の亡霊に取り憑かれている。その恨みがいつどこで噴き出るかしれたものではない。

「ただし、刀を使ってはならぬのだ。自然に亡くなったようにみせたい。できるか」

「唐の国より伝わった毒がございます。それを使えば、病を得て亡くなったとだれもが思うでしょう」

「唐にはそのような便利なものがあるのか」

「大きな国にございますれば。いつ、毒を盛ればよろしいでしょうか」

「一月後がよかろう。決してだれにも気づかれてはならんぞ」

「心得ております」

「もうよい。下がれ」

武が姿を消した。史は唇をきつく結び、固く握った拳を床に打ちつけた。

＊＊＊

道代がやって来たのは夜も更けてからだった。軽が寝たら会いたいと人を遣わしたのはかなり前になる。

「軽様はおやすみになられました」

道代は足音も立てずに史の前に移り、膝を折った。

「軽様のお加減はどうなのだ。高句麗の医師の薬は効いておるのか」

「ここのところ、気分がとてもよいとおっしゃられておいでです。突然眠りにつかれることも少なくなって」

「それは一安心だ」

「どうかなさいましたか。顔色が優れぬようですが」

道代が顔を覗きこんでくる。史はくすぐったさを覚えて身体を引いた。油で取った明かりの中では、顔色などわかるはずもない。おそらく、道代は史の口調や態度から異変を感じ取ったのだ。

「また身ごもったのだな」

史は話題を変えた。

「はい」

道代は腹を押さえた。

「女人とは不思議な生き物だ。好きでもない男の子供を孕むことができる」

「男の方も、好いてもおらぬ女人と褥《しとね》を共にするではありませぬか」

「確かに、そのとおりだな」

史は笑った。道代と話していると、胸のつかえが取れる。

「娼子《しょうし》の具合がよくないのだ」

史は正室の名を口にした。蘇我家の娘で、昨年、三男の馬養《うまかい》を産んだ後から床に伏せっていることが多くなっていた。

「そう長くはないであろう。娼子が身罷ったら、そなたを正室に迎えたいと天皇に申してみるつもりだ」

道代の口が開いた。だが、その口から言葉が発せられることはない。

「どうであろうか」

「しかし、わたしには夫がおります」

「美努王は近々、大宰《だざい》へ赴くことになろう。京へはしばらく戻れぬし、天皇のおゆるしが出れば、美努王にはなにもできん」

「おゆるしが出るでしょうか」

「出るとも。吾とそなたが夫婦になれば、天皇もさらにご安心になられる」

「嬉しゅうございます」

薄暗がりの中でも、道代の頬が赤らむのがわかった。

「他の者の妻であり、子も身ごもっております。その上、史様とは褥を共にしたこともないのに……」

「吾にはそなたが必要なのだ。女人としても、政を共に行う者としても」

「ありがたきお言葉……」

「今日、吾は苦渋の決断を迫られた。やりたくはないが、やらねばならぬことをせよと家人に命じた。そんなことをしなければならぬ自分と、吾にそんなことをさせる者に腹が立ってしかたがなかったのだ」

道代は黙って史の言葉に耳を傾けている。

「腸《はらわた》が煮えくりかえって、今宵は眠れぬであろうと思っていた。だが、そなたと二言三言、言葉を交わしている内に腹立ちはいくぶんおさまった。そなたは吾に対してそのような力を有しておるのだ」

道代は真っ直ぐに史を見つめていた。その目が潤んでいる。

「わかっているであろうが、吾が考えていることを即座に理解する者は、男でもそう多くはない。いや、ひとりもおらぬと言ってもいいかもしれぬ。だが、そなたは打てば響く。吾と同じようにものを見、吾と同じように考えるからだ」

道代の目から涙がこぼれ落ちた。

「心からそなたを妻にと願っている。吾と共に歩んでほしいのだ」

「我が心は、とうの昔から史様のおそばにあります」

道代が言った。涙に曇ってはいたが、はっきりとした声音だった。

「吾とそなたとでこの国の有り様を作り替えるのだ」

「心得ております」

史は道代の手を取り、引き寄せた。華奢《きゃしゃ》な肩に腕を回した。

「史様……」

膨らんだ腹に手を当てる。

「次は、吾の子を産むのだ。娘がいい。軽様には宮子を嫁がせる」

史は娘の名を口にした。

「軽様と宮子の子に、吾とそなたの娘を嫁がせよう」

「そのようなことができるのですか」

「吾とそなたが力を合わせれば、できぬことなどなにもない」

史は自信に満ちた声で言い放った。

十四

磯城皇子が薨去《こうきょ》した。

その報せは瞬く間に宮中に広がった。数日前から風邪をこじらせて寝込んでいるという話は道代も耳にしていた。

しかし、薨去するとは夢にも思っていなかった。磯城皇子はまだ三十になったばかりだった。旅立つには早すぎる。

御所の方が慌ただしい。怒鳴っているのは天皇だろうか。臣下や舎人が青ざめた顔で出入りしている。

「なにかあったのだろうか」

庭を散策していた軽皇子が怪訝《けげん》そうに眉を吊り上げた。

「磯城様がお亡くなりになったので、天皇が嘆き悲しんでいるのではないでしょうか」

「お祖母様が」

自分を見上げる大人びた顔つきに、道代は生唾を飲みこんだ。軽皇子はここのところ急速に大人びてきている。数えで十三歳だが、十五、六歳の若者と遜色《そんしょく》のない知識と態度だった。

「お祖母様はそんなお方ではない。本当に嘆き悲しむとしたら、母上か吾が死んだ時だけだ」

「そのようなことを……」

「叔父上たちだ」

軽皇子の言葉に振り返ると、高市皇子を筆頭に、大海人の息子たちが御所に入っていくところだった。だれもが険しい顔つきをしていた。

「皇子様、お部屋にもどりましょう」

「そうだな。なんだか物々しい雰囲気だ。こんなところにいたら、気分が悪くなる」

軽皇子が自分の居室に戻ると、菓子を用意してくると告げて道代は部屋を出た。軽皇子の警護役をしている舎人に手招きして呼び寄せる。

「皇子様たちが物々しい雰囲気で御所に入られたと史様にお伝えしてきて」

「はい」

舎人が隠し戸の方へと駆けていく。道代は胸元を押さえた。

やりたくはないが、やらねばならぬことをせよと家人に命じた。

あの夜の史の言葉が脳裏を駆け巡る。

まさかという思いと、あの方ならばという思いが交錯する。

御所は先ほどまでとは打って変わって、不気味なまでに静まりかえっていた。

磯城皇子は死ぬには早すぎる。他の皇子たちがそう考えているだろうことは火を見るより明らかだった。磯城皇子が天皇や史を批判して平然としているという噂を耳にしたこともある。

心ここにあらずのまま、菓子を用意し、軽皇子の居室に戻った。

軽皇子は机の上で頬杖をついている。

「お待たせいたしました」

「菓子などいらんのに」

「せっかくです、お召し上がりください」

軽皇子は菓子の載った高坏《たかつき》にちらと視線を走らせたが手を伸ばそうとはしなかった。

「磯城様は病で伏せられていたのか」

「風邪をこじらせて寝込んでおられたと聞いておりますが」

「しかし、あの方はまだ三十になったばかりではないか。風邪ごときで亡くなるような年ではない」

「はい」

「叔父上たちはなぜ、お祖母様のところに集まられたのか」

「わたしにはわかりませぬ」

「探ってきてくれぬか、道代」

「かしこまりました」

一礼して部屋を出る。そのまま、なにくわぬ顔で御所に向かった。軽皇子や阿閇皇女に付き従って何度も御所に出入りしているので道代を咎める者はいない。

天皇の部屋に近づくと声が聞こえてきた。

「磯城様は何者かによって殺されたのです」

だれの声かはわからなかった。

「その何者かとはだれのことか」

天皇の声が響いた。それに応じる声はない。

「答えぬか。だれが磯城を殺したというのだ。磯城を殺して、だれに益があるというのだ」

天皇はなおも言い募る。だが、やはりだれもそれには答えない。

「確たる理由も証拠もなしに、滅多なことを口にするでないぞ」

天皇は怒っていた。磯城が自分を批判したという話を耳にしているのだ。

道代は踵《きびす》を返した。あれだけ激昂している天皇には近づかない方が賢明だ。

「どうであった」

道代が戻ると、軽皇子は待ちかねていたというように腰を浮かせた。

「皇子様たちは、だれかが磯城様を殺したとお考えのようです」

「やはり、な。それでお祖母様は」

「お怒りになられておられます」

軽皇子は何度もうなずいた。

「叔父上たちは政のことがわかっておられぬのだな。史なら、直接お祖母様のところへ出向くような真似はせぬ。そうであろう、道代」

「はい。史様なら違う方策を探られるでしょう」

「怒りに任せてはならぬのだ。それが叔父上たちにはわかっておらぬ」

史の薫陶《くんとう》を受け、史の行動を見守ることで、軽皇子はいつのまにか政の才を芽吹《めぶ》かせている。いや、なによりも軽皇子は天皇の孫なのだ。

道代は天皇を間近で見てきた。その意思の力。なすべきことをなすためにありとあらゆる手を打つ実行力。まさに政をするために生まれてきた人だった。その血を引いているのなら、軽皇子もまた政に長《た》けた天皇になるだろう。

「叔父上たちは史が殺したと考えているのであろう。しかし、史がそこまでするか」

「わたくしにはわかりかねます」

「そういえば、昔、川島の小父上《おじうえ》に言われたことを聞かせたら、史の顔色が変わったことがあった。道代、そなたや史がわたしに聞かせてくれることと、本当のしきたりは違うのではないか」

心臓が止まりそうだった。だが、道代は顔色一つ変えなかった。

「なにをおっしゃられますか」

「よい。そなたたちがなにをしようと、それは吾を皇位に就けるため。それはわかっておる。だから、そなたたち、いや、史がなにをしようとゆるすつもりでいるのだ」

今の言葉を聞けば、史でさえ感激するだろう。それほど軽皇子は急激に成長していた。

「お祖母様は史を呼ぶだろう。その後で、こちらへ参るよう伝えよ」

「かしこまりました」

道代は深々と頭を下げた。

＊　＊　＊

「そなたがやったのか」

天皇は柳眉《りゅうび》を逆立てていた。これほどまでに怒りを露《あら》わにするのを見るのは初めてだった。

「滅相もございません。なぜそのようなことを仰せになられるのですか」

「皇子たちがそなたを疑っておる」

ということは、史の背後には天皇がいると疑っていることになる。天皇にはそれが腹立たしいのだ。大津だけでなく、磯城もその手にかけたとなれば、後ろ指をさす者が後を絶たなくなる。実際、磯城は天皇を非難していたのだ。そのことは多くの者が知っている。

「謂《い》われのない疑いです。どうやって磯城様を殺すというのです。毒を盛ったとでも。ならば、医術の心得のある者に調べさせればよいのです」

天皇は瞬きすらせず、史の顔を見つめていた。どこかに隠されている嘘を見逃すまいとしているのだ。

「そなたの手元には大勢の渡来人どもがいる。我が国の者が知らぬ毒を入手できるやもしれん」

「そのようなものはありません」

「軽を診《み》ておる高句麗から来た者は、宮中に勤める医術師どもの知らぬ薬を用いると聞いておるぞ」

「それは薬であって毒ではありませぬ。わたくしをお疑いですか」

「本当にそなたではないのか」

「磯城様は風邪をこじらせ、身罷られた。それだけにございます」

「もしそなたの仕業だと知れたらただでは済まぬぞ」

「仰せのままに。なにもしておりませんので、恐れることはなにひとつありません」

史のその言葉で天皇の怒りがいくぶんおさまった。

「皇子たちが疑っているということは、多くの臣下どもも疑っているということだ。腹立たしい」

「磯城様の葬儀の際に、人麻呂殿に挽歌を詠ませればよいのです」

「人麻呂に」

「はい。心のこもった痛切な挽歌を詠ませましょうぞ。人麻呂殿が天皇のご寵愛を受けていることは万人が存じております。人麻呂殿が歌に籠《こ》めたのは天皇の御心。だれもがそう感じましょう」

「なるほど、人麻呂か……」

「はい。人麻呂殿です」

「食えぬ男だな、史よ」

天皇の唇がかすかに吊り上がった。笑ったのだ。

「磯城様は病でお亡くなりになられたのです。それを、皇子様たちや臣下たちが殺されたのだなどと申してくるのは、我らの隙を絶えずうかがっているからでございましょう」

「わかっておる」

「軽様を皇太子の座に就けようとすれば、あの輩《やから》は反対しますぞ」

「わかっておる。だからこそ、そなたがここにおるのではないか」

「わたしは磯城様を殺してなどおりません」

「わかっておる。しつこいぞ、史」

史は叩頭した。天皇の言質《げんち》を取ったのだ。もうこれ以上深追いする必要はない。

「しかし、あの者どもめ、あからさまにわたしを疑ってかかるとは……」

「あの方々の目には好機と映ったのでしょう」

史は微笑んだ。

「なにがおかしいのだ」

「あの方々の浅はかさです。天皇があの方々と同じお立場なら、どうなされます。これは怪しいと声をあげ、徒党を組んで訴え出られますか」

天皇も微笑んだ。

「そのような愚かなことはせんな。まず、密かに賛同する者を募り、天皇といえども看過できぬほどの人数を集めてから事を起こす」

「それが政です。あの方々にはそれがわからぬのです」

「もうよい。愚かだとしても、我が眷属《けんぞく》だ。そなたに笑われるのは気分のよいものではない」

「失礼いたしました」

「遷都はなった。舞台は整ったのだ。いつ、軽の立太子《りったいし》に踏み切るつもりだ」

天皇の目に炎が揺らめいた。一刻も早く譲位したい。その目はそう訴えている。

「いましばらくお待ちを」

「急げ。急ぐのだ。必要ならば、どんな位階でも与えようぞ。今すぐ左大臣に任じてもよい」

史はかぶりを振った。

「今のままで結構でございます」

「欲がないという顔をしている者ほど欲が深いと申すではないか。そなたの欲はどこまで深いのだ」

「自分でもわかりませぬ」

史は答えた。天皇が声を立てて笑った。

＊＊＊

軽の隣に道代が侍《はべ》っていた。

「史殿に酒の支度を」

軽が命じ、道代が部屋を出て行った。

「お祖母様はさぞご立腹の様子だったのではないか」

「目から噴き出る炎で焼き殺されるかと思いました」

「吾はもう幼子ではない。そのような物言いをするな」

軽は刺々《とげとげ》しい声で言ったが、表情は穏やかなままだった。

「これは失礼いたしました」

「しかし、叔父上たちも浅はかだ。お祖母様を怒らせ、そのくせ、なにも手に入れられずにすごすごと引き下がる。なにをなさりたかったのだ」

「政に慣れておられぬのです」

「ならば、これからも慣れさせてはいかぬな」

史は軽の凜々《りり》しい顔をじっと見つめた。

「なんだ。吾の顔になにかついておるのか」

「昔から聡明ではあられましたが、すでに政のなんたるかを心得ておられるのですな。感心いたしました」

「お祖母様とそなたを見て育ったのだ。当然ではないか。この国でお祖母様とそなたほど政の知恵と力を持つ者はおらぬ」

「ありがたきお言葉」

気づかぬうちにずいぶんと成長したものだ——史は舌を巻きながらうなずいた。

「そなたを呼んだのは、吾の考えを知っておいてもらいたいからだ」

「考えとは」

「吾は即位しても、正室は娶《めと》らぬつもりだ」

「軽様——」

「そなたが自分の娘を吾に嫁がせるつもりでいることはわかっている」

史は口を閉じた。

「だが、そなたの娘は正室にはなれん」

天皇の正室には皇族の娘しかなれない。いずれ、そのしきたりもどこかに追いやってやろうと考えてはいるが、まだその時機ではなかった。

「わかっております」

「吾はそなたの望みもわかっている。吾が正室を娶り、その女人が男子を産んだなら、そなたの望みは叶わぬことになろう」

「だから、正室は娶らぬと」

「そうだ。吾はそなたが吾にしてくれたことを決して忘れぬ。それがそなたの野心から出たことだとしてもかまわぬ。そなたは吾の父も同じなのだ」

史は叩頭した。

「恐悦至極《きょうえつしごく》に存じます」

「そなたの娘を夫人《ぶにん》にする。側室の最高位だ。吾が正室を娶らず、夫人に男児が生まれれば、いずれそなたの望みは叶うであろう」

「真にそれでよろしいのですか」

「道代を娶るつもりなのだろう」

　史は驚いて顔を上げた。

「道代の様子を見ていれば察しはつく。ここ数日、浮ついているのだ」

　軽は嬉しそうに微笑んだ。

「そなたが吾の父なら、道代は母だ。父と母の願いを叶えようとするのは子の道理ではないか」

「なんと申してよいやらわかりませぬ、軽様」

「そこで、だ。正室を娶らなくても済むよう、策を考えよ」

「は」

　史はまた叩頭した。

「肩が震えておるぞ、史」

「軽様のお言葉に感極まっているのです」

「一度でいいから、そなたを驚かせてやりたいと常々思っていたのだ。その願いが叶った」

軽が笑った。史は叩頭し続けた。部屋の隅で、道代がさめざめと泣いていた。

＊＊＊

「もう泣くでない」

史は道代の肩を抱いた。道代の肩は震えている。

「申し訳ありません。しかし、軽様のお言葉が心を打つのです」

「わかっておる。しかし、いつまで泣いているつもりだ」

「あれほどまでにわたしたちのことを心に置いてくださっているとは……」

「そなたが誠心誠意仕えているからだ」

「史様も同じでございましょう」

史はそれには答えなかった。

「なにをお考えですか、史様」

「末恐ろしい皇子だなと考えている」

道代の肩の震えが止まった。

「末恐ろしい……」

「そうだ。あの天皇の血を引き、なおかつ、吾のすることを間近で見ておられる。あの年で政のなんたるかを心得ておられるのだ」

「さぞ立派な天皇になられることでしょう」

史は己の顔が歪むのを感じた。幸い、夜の闇がすべてを隠してくれている。

立派すぎては困るのだ。そこそこに優れた天皇であればよい。そうであってこそ、史の思うがままに政を操れる。今でさえ、天皇とはぎりぎりの駆け引きを続けている。政に優れた才を有する天皇ゆえに、その裏をかくのは難事なのだ。

急に大人びてきたとはいえ、軽はまだ十三だ。史と道代を父だ母だと慕ってくれてはいるが、実際、皇位に就けばどう転じるかはわからない。権力とはそういうものだった。

「軽様が聡明すぎては困るのですね」

道代が言った。史は苦笑した。

「そうだ。困るのだ」

「ですが、今さら軽様に愚鈍《ぐどん》になれと申しても通じません。ならば、ありのままの軽様を受け入れて、その上で、史様のなさりたいことをなさるしか術《すべ》はありませぬ」

「そうだな。そなたの申すとおりだ」

「軽様のお言葉は史様の胸には響かぬのですか」

「響いておる。ありがたいお言葉だと感謝するほかない。しかし、吾とそなたの望みを叶えるためには、心を鋼《はがね》のように強くせねばならぬのだ」

「心得ております。わたしばかりが泣いているのは、女人ゆえでしょうか。おゆるしください」

「普通は泣くのだ。あのお言葉に泣かない者がおるものか。しかし、吾は、吾だけは泣いてはならぬのだ」

「史様の進もうとなされている道はそれほどまでに険しいということなのですね」

「そなたもその険しき道を吾と共に進むのだ。いや、ふたり一緒でなければ決して進めぬ。そういう道だ」

「はい」

肩に置いた史の手に、道代の手が被さってきた。

「わたしは史様についていきます。それがどんなに険しい道であっても。人の道理から外れる道であっても」

史は空を見上げた。雲が割れ、月の光が漏れている。

「気づいておったのだな」

「はい。史様は苦渋の決断を迫られたと申されました。その一月後に磯城様が亡くなられた。磯城様が天皇と史様をあしざまに言っていたことは、わたしの耳にも入っております」

「そなたが聡明すぎるのは一向にかまわぬ」

史は道代の手を取り、そっと唇を寄せた。

十五

高市皇子が病に伏せったのは春爛漫《はるらんまん》のただ中だった。宮中はただちに慌ただしくなり、忙しなく行き交う皇族や臣下の姿が目立つようになった。

宮人《きゅうじん》たちは顔を寄せ合い、おのおのが耳にした噂話を語り合っている。

「よいな。どんな些細《ささい》なことであっても逐一、報せるのだ」

道代は自分の居室に呼んだ采女《うねめ》たちにきつい声で迫った。いずれも県犬養に連なる一族の娘たちで、大海人の皇子たちに仕えている。

「かしこまりました」

「ゆめゆめ、気を抜くでないぞ」

采女たちが出て行くと、道代も席を立った。軽皇子の朝餉《あさげ》の支度をせねばならぬ時間が迫っていた。

軽皇子の居室には阿閇皇女がいた。不安そうな表情で、書を読む軽皇子を見守っている。

軽皇子は普段と変わらぬ顔つきだった。

「お出でだったか、皇女様」

「高市皇子の容態はどうなのだ」

「詳しいことはわかりませんが、かなり重い病だと聞いております」

「高市皇子がいなくなったら、軽はどうなるのだ」

「心配いりませぬ、母上。われらには史と道代がついておるのです」

軽皇子が書から顔を上げた。

「しかし――」

「史に抜かりはありませぬ。ご安心めされ、母上」

「他の皇子たちが、忍壁の屋敷に集まっておられるそうだ」

「忍壁様のところにも、長皇子《ながのみこ》様や弓削皇子様のところにも、わたしの手の者がおります。なにかあった時にはすぐに報せが届きますので」

道代の言葉に、強張っていた皇女の顔が和らいだ。

「そなたが軽のそばにいてくれて、本当に心強いかぎりだ」

「ありがたきお言葉」

道代は頭を下げた。

「今頃、お祖母様が史を呼んでいるはずです」軽皇子が言った。「あのふたりにすべてを任せて、くつろいでおればいいのですよ、母上」

軽皇子の大人びた口調に皇女が破顔する。

「そなたのように気楽に構えていられたらどれほど気が楽か……」

「史様をご信じください、皇女様。あのお方は、草壁様の佩刀《はいとう》の持つ意味を決して忘れたりはなさいませぬ」

「父上の佩刀とはなんのことだ」

軽皇子の目尻が吊り上がった。道代は阿閇皇女に視線を走らせた。阿閇皇女がかすかに首を振る。軽皇子はまだ佩刀のことを聞かされていないのだ。

「そなたの父が死ぬ間際、史に授けた佩刀です」阿閇皇女が口を開いた。「そなたをお祖母様の次の皇位に就ける。父上と史の盟約の印なのですよ」

「そんなものが……」

「そなたが皇位に就くあかつきには、史からその佩刀が献上されるでしょう。その佩刀を手にすることによって、そなたは名実共にこの国の主となるのです」

「お祖母様もそのことはご存じなのですか」

「もちろんですとも」

「なるほど」軽皇子の目尻が下がった。「では、史にその佩刀を授けたのは父上ではなく、お祖母様なのですね」

道代と阿閇皇女は顔を見合わせた。阿閇皇女の瞳には我が子の聡明さを誇りに思う母の喜びが宿っていた。おそらく、自分の瞳にも同じ光が宿っているだろうと道代は思う。

「ならば、母上はなおのこと史を信じねば」

「なぜです」

「約束を違《たが》えたら、お祖母様はお怒りになられます。お祖母様の怒りがどれほど恐ろしいか、史も心得ておりましょう」

「確かにそのとおりですね」

阿閇皇女が笑った。笑うと少女のような顔になる。

「皇族の中には、お祖母様の次に皇位を継ぐのは高市伯父上だと考えている者も多くいるようです」

「高市は母の身分が低いゆえ、皇位には就けません」

「それがわかっていてなお、そう考える者がいるのです。そうでなければ、己や己の子孫に順番が回ってこなくなる」

「軽や……」

阿閇皇女が目を丸くした。

「しかし、その伯父上がいずれ亡くなるやもしれぬ。ならば、まだ幼い軽より先に吾が――そう考える者が必ず出てまいります。史がそれをどうするか、面白い見物だと思われませんか、母上」

「他人事ではないのですよ、軽」

阿閇皇女が嘆息した。軽皇子はただ笑っていた。

＊　＊　＊

史は葛野王《かどののおう》を伴って天皇の居室を訪れた。

壬申《じんしん》年の乱で敗れた大友皇子の長子である葛野王だったが、天皇は史の上奏を聞き入れて官位を与えた。葛野王はそのことに対して恩義を感じている。大海人が天皇であった時代は苦難に耐え続けてきたのだ。

居室へ立ち入ることを許可する天皇の透き通った声が聞こえた途端、葛野王の肩が震えはじめた。

「落ち着いてください、葛野王様。取って食われるわけではありませぬ」

史の軽口に応じる微笑も硬い。史は苦笑しながら葛野王の背中を押した。

「よく来た」

天皇は唐衣《からごろも》を着ていた。艶《つや》やかな色彩が目に飛び込んでくる。史が献上したものだった。

「よくお似合いです」

「若い頃ならいざ知らず、この年になってこのような色の服を着るのは恥ずかしくてならん」

天皇が言った。心なしか、頬が赤らんでいる。

「わたしもよくお似合いだと思います」

葛野王が震える声で言った。

「そなたがそう言うのであれば、史の見立ても間違ってはいないということなのであろうな。座るがよい」

天皇に促され、史と葛野王は腰を下ろした。

「高市はもうだめか」

天皇の問いかけに史はうなずいた。

「今日明日ということはないでしょうが、そう長くはありません」

「それで、皇子たちが集まってよからぬことを謀《はか》っているのだな」

「軽様はまだお若うございます。その一点をついて、自らが次の天皇になろうと浮き足立っているのでしょう」

「そなたはどう思う」

天皇は葛野王に言葉を向けた。

「畏れ多いことです。そもそも玉座には天意を受けた者が座るものです。この国における天とはすなわち、天皇。天皇以外の者が玉座を論じるなど、謀反と変わりありませぬ」

史は小さくうなずいた。葛野王は天皇と史の望みをよく心得ている。

「謀反と申すか」

「は」

天皇の鋭い語気に、葛野王が叩頭する。

「面《おもて》を上げよ。そんなに畏《かしこ》まることはない。ここは朝堂ではないのだ。そなたは大友皇子の長子とはいえ、わが父中大兄と、わが夫大海人の血を引く一族ではないか」

「ありがたきお言葉」

葛野王は顔を上げ、天皇の顔を正視した。いつもの堂々とした顔つきに戻っていた。

「史、そなたの考えはどうなのだ」

「高市様が身罷られたら、皇族と百官をお集めください」

「集めてどうする」

「皇太子をだれにするか、議論させるのです」

皇太子という名と地位は、新たな令《りょう》に書き記されている。今後は、皇太子の地位を得た皇子が次の玉座に就くことになる。

「皇子どもも臣下どもも、好き勝手なことを申すだけではないか」

「そうなりましょう。しかし、葛野王様は、ものごとの道理をわきまえておいでです」

史は視線を隣に向けた。葛野王は真っ直ぐ天皇を見つめている。

「先ほど、仰せになられたように、葛野王様は大友皇子様の長子にして、中大兄様と大海人様の孫にございますれば、その言葉はどのような方よりも重いはずです」

「なるほど。高市がいなくなれば、皇族の筆頭は葛野と申してもよい」

「畏れ多いお言葉です。わたくしは、ただの王。他の皇子たちと比べれば――」

「わたしがそう申しているのだ、葛野」

「は――」

葛野王はまた叩頭した。こめかみが汗で光っている。

「わたしの意は、史が宮中に広めるであろう」

葛野王が史を見た。史は微笑んだ。

「すべて、わたくしにお任せください。葛野王様は、他の方々を諌《いさ》めてくれればよいのです」

「わたしにできますか」

「できます。いや、なさねばならぬのです」

史は言った。葛野王が目を閉じた。蜘蛛《くも》の糸に搦《から》め捕られた虫の心境でもあるのだろう。

「軽が皇太子になったあかつきには、褒美は思うがままだ、葛野」

天皇が言った。蜘蛛の糸のような透き通った声だった。

十六

高市皇子が史の手を握った。その手は老人のそれのように皺だらけで細かった。頬もこけている。病が高市の精気を吸い取ってしまったのだ。

「史殿。なにとぞ、約束を違えることのなきよう……」

「長屋王様のことなら、わたしにお任せください」

史は長屋王に目をやった。父の死を前にして顔から血の気が失せている。その横に座る長娥子は虚ろな眼差しを宙に向けていた。正室である吉備内親王は風邪で伏せっているということだった。

「その言葉を信じますぞ、史殿」

「高市様とわたし、それに天皇は盟友です。盟約で結ばれた友です。どうしてそんな方と交わした約束を違えることなどできましょう」

「思い残すことはないのだ。母の身分が低いというのに、天皇はわたしを太政大臣《だいじょうだいじん》に据え、皇族の筆頭として接してくれた。これ以上の栄誉はない。ただ、長屋王のことだけが――」

「ご安心めされよ、高市様」

「少し、疲れた」

「ゆっくりおやすみください」

史は高市の手を離し、長屋王と長娥子を促して部屋を出た。別室に移り、長屋王夫婦と対座した。

「お父上は長くは保ちません」

長屋王の目を見ながら言った。長屋王の切れ長の目には、軽を思わせる聡明な光が宿っている。

「存じております」

「普通であれば、高市様が亡くなられたら、その子が朝堂に出仕します。しかし、天皇は長屋王様がすぐに出仕することを望まれますまい」

「それも存じております。軽皇子が玉座に就くまで、わたしのような者は邪魔なはずですから」

「父上の喪に服すおつもりで、しばし耐えなされ。長娥子はわたしの娘。長屋王様はわが息子も同様。しかるべき時が来たら、必ず、このわたしが長屋王様の前に道を切り拓いてさしあげます」

「わたしには、史殿と氷高皇女様しか頼れるお方がおりませぬ」

氷高皇女は、妹の夫である長屋王を実の弟のように可愛がっているという評判だった。

「長屋王様はその血筋からすれば、いずれ、皇族を率いるようなご身分。なにも恐れることはありません」

「父は史殿を信じております。ならば、わたしも史殿を信じます。出仕などせずとも、できることはいくらでもありましょう。なんなりと申してくだされ、義父上《ちちうえ》」

長屋王は物怖じしない目を史に向けていた。

長屋王様はぬきんでておられます――長屋王に唐の学問を教えている人間の言葉がよみがえった。

飲み込みが早く、学んだことを応用する力にも長けている。

してほしいことがあるのなら、なんでも申してみよ――そう静かに告げる長屋王はまさしく俊才だった。

そのような者に力を与えるわけにはいかない。いずれ、軽や軽の子を脅かすかもしれないのだ。

だが、だからといって、長屋王をないがしろにするのも得策とは言い難い。素晴らしい血筋なのだ。将来、予想外のことが起こったとき、長屋王が味方についてくれればそれに勝るものはない。

生かさず、殺さず。

長屋王にはそう接すると史は心に決めていた。

「高市様が亡くなれば、天皇の後を継ぐ皇子を決めねばなりません。いずれ天皇は皇子たちや臣下を集めてお諮りになられるでしょう」

「我こそが次の天皇に、そう言い張りたい皇子は大勢いるでしょうね」

「その場で軽皇子様が世継ぎになることを決めなければなりませぬ」

史の言葉に長屋王はうなずいた。

「不思議なものですね。あれだけの力と権威をお持ちになる天皇でも、自らの後継者を決めることはできない。唐の国や半島の国々では、皇帝や王自らが跡継ぎを決めるそうですが」

「この国は昔からそうなのです。大王《おおきみ》とその親族、そして有力氏族の者たちが合議して物事を決める」

「それで、わたしになにをせよと」

「野心のない皇族たちを取りまとめていただきたいのです。玉座は神代のころより親から子へ受け継がれるのがしきたりであった――」

長屋王が眉を吊り上げた。史はかまわず続けた。

「玉座の主を決めるのは天意であり、我が国では天、すなわち、天皇である。また、兄弟の間で玉座を巡って争えば、それは乱の元になる」

「だれがそのようなことを申すのですか」

「葛野王様です」

長屋王が笑った。

「父は、天皇と史殿のことを恐れております。その意味がよくわかりました。わたしも史殿のことを政《まつりごと》の師と仰ぎましょう」

「畏れ多いお言葉」

「謙遜なさることはありません。わたしは心底感銘を受けているのです。天皇と史殿に真正面から斬りかかっても返り討ちにあうだけだ。いったい、どれだけの者がそのことを心得ているでしょう」

長屋王は口を閉ざした。夢見るような虚ろな目で自らの右手を見つめていた。

＊＊＊

高市皇子が薨去《こうきょ》したのは持統十年（六九六年）七月十日のことだった。

軽皇子はこの時十四歳。翌年、十五歳になれば即位も可能となる。そのため、宮中では憶測や噂が渦巻いていた。

だが、磯城皇子の記憶が皇族、臣下の中にまだ生々しく残っている。

高市の死を天皇と史の陰謀だと声高に叫ぶ者はいなかった。

高市の葬儀は粛々《しゅくしゅく》と進められ、柿本人麻呂が壮絶な挽歌を詠《よ》んだ。もちろん、天皇と史の意を汲んでのことだった。人麻呂も史と同様、軽の即位を心の底から願っていた。草壁に心酔していたのだ。

人麻呂の挽歌は葬儀に集まった者たちの心を打ち、いつしか、高市の死に対する疑念の声もおさまっていった。

いずれにせよ、逆らえぬ。天皇はそれほどの力と威厳を身につけていた。

史は葬儀の間中、舅《しゅうと》として長屋王のそばにいた。長屋王は父の葬儀を無表情に眺めていた。すべての感情を封じ込めた目が氷のように冷たい光を放っていた。

軽皇子がいた。軽の後ろには道代が付き従っている。

高市皇子が病に倒れる二月ほど前、史の正室である蘇我娼子が亡くなった。いずれ、天皇や阿閇皇女に道代を後妻に迎える承諾を得なければならないと思ってはいたのだが、忙しさにかまけてそれもかなわずにいる。

高市の死に伴う諸事の処理が済むまで待て——そういう史に、道代はただ微笑んだ。

「軽皇子の後ろにいるのは県犬養道代という女人ですね」

史の心を読んだとでもいうように、長屋王が口を開いた。

「さようです」

「軽皇子と阿閇皇女の信頼が篤《あつ》く、宮中でかなりの権勢を得ているとか」

「ただの宮人にございます」

「史殿はただの宮人を娶るのですか」

史は長屋王を凝視した。

「そのように怖い顔をなさらないでください。噂が耳に入っただけです」

史は舌を巻いた。史と道代は知る人ぞ知る仲なのだ。知っているのは軽と阿閇皇女、それに氷高皇女ぐらいだろう。

となれば、長屋王に報せたのは氷高皇女に違いない。

「氷高皇女様からお聞きですか」

「あの方は、わたしを実の弟のように可愛がってくれるのです。他意はないので、お怒りにならぬよう」

「怒るなど、とんでもない」

史は笑った。

「しかし、天皇の右腕であられる史殿と、軽皇子と阿閇皇女の信頼篤い女人が夫婦になるとなれば、もう、史殿に怖いものはない。あやかりたいものです」

「お戯れがすぎますぞ、長屋王様」

「これは失礼しました。父の死が、存外に堪《こた》えているのでしょう。おゆるしください」

長屋王は涼やかに笑った。

＊＊＊

「そなたを中納言《ちゅうなごん》に任じようと思う」

天皇が言った。

「おそれながら、賢明なご判断だとは思えませぬ」

「これからが正念場ぞ。軽を皇太子にするためには、そなたの官位を上げておく必要がある」

「ここでわたしが中納言になれば、他の者どもがいらぬ警戒心を抱きます。なにとぞ、これまで通りに」

天皇の表情が崩れた。

「他の者なら涎《よだれ》を垂らして飛びつく話だ。そなたほど頑なな者はおらぬな」

「申し訳ありませぬ」

「ならば、中納言の件は諦めよう。しかし、これは断らせぬぞ。そなたに資人《しじん》を五十人、給す」

史は唇を噛んだ。中納言の話を断ったうえ、これ以上の我を通せば間違いなく天皇の怒りを買う。

「軽の宮人を妻にしたいそうだな。阿閇から聞いた。阿閇はたいそう喜んでおる」

「近々、お耳にいれなければと思っておりました」

「亡くなったそなたの妻は蘇我の女《むすめ》であったな。県犬養の女では釣り合いが取れぬのではないか」

「釣り合いなどどうでもよいのです」

「惚《ほ》れているのか」

「素晴らしい女人ですから」

「あの女は軽と阿閇の後ろ盾があるのをいいことに、この宮中で好き放題をしているという話だな」

史は天皇の顔に浮かんだ微《かす》かな表情の変化に気づいた。史を試しているのだ。

「宮中に仕える舎人《とねり》や采女に敬われているという話は耳にしたことがございます」

天皇が鼻を鳴らした。

「そなたとその女が夫婦になれば、軽が玉座に就いた後も安泰であろう。ゆるす。その女を娶るがいい。資人は結婚の祝いだと思え」

「恐悦至極に存じます」

「さて。軽を皇太子の座に就ける件だが、そなたはどう考えておるのだ」

天皇が姿勢を変えた。ここからが本題なのだ。

「葛野王様にはどう話すべきか、伝えております。さらに、高市様の遺児、長屋王様もこちらの味方です」

「長屋王か……わたしはあれは好かん。聡明ではあるが、高市の優しさ、温かさがあの者からはすっぽりと抜け落ちている」

天皇の人を見る目は相変わらずだった。

「しかしながら、あの方は必要です。皇子でこそありませんが、その血筋はだれに対しても引けをとるものではございません。あの方がなにか申されれば、他の方々も耳を傾けるほかないのです」

「好きにせよ。それで、いつにする」

「高市様の喪がありますゆえ、年が明けてからがよろしいかと」

「その時が待ち遠しくてたまらぬ」

天皇は虚ろな目を史に向けた。

「わたしも同じ気持ちにございます」

「無事、軽が皇太子になったら、ふたりで酒でも酌み交わすか、史」

「お戯れを」

「軽を玉座に就けるため、わたしとそなたは歯を食いしばってきたのではないか。その望みがついにかなうのだ。酒を飲んでなにが悪い。それとも、わたしと酒を酌み交わすのは退屈か」

「そうではありません。天皇が臣下と膝を交えて酒を酌み交わすなど、あってはならないのです」

「ならば、そなたの考えた太上天皇《だいじょうてんのう》になったあかつきならよいのではないか」

「よくはありません。しかし、それほど強くお望みであられるなら――」

「そなたと共に酔いたいのだ。軽の即位を祝いたいのだ」

「わかりました。その折には、最高の酒を用意させましょう」

「長い年月であった」

天皇が言った。嘆息するような声だった。

「ご立派であられました。わたしはこの国歴代で最高の大王に仕えていると思っております」

史は天皇ではなく、わざと大王という言葉を使った。

「こういう時のそなたの言葉は胸に素直に落ちてくる。なぜであろうな」

「本心だからです」

「そしてそなたは、この国歴代の最高の臣下か。わたしにはそうは思えんが」

「軽様は聡明です。讃良様をもしのぐ名君になられるでしょう」

天皇は微笑み、俯いた。

謁見が終わった。

十七

武智麻呂《むちまろ》と房前《ふささき》は緊張した面持ちで並んで座っていた。これまで、史は家のことにはほとんど口を出したことがない。女たちにすべてを任せていたのだ。

それが急に父から呼び出された。ふたりは何ごとかと訝《いぶか》っている。

三男の馬養と四男の麻呂《まろ》はまだ幼いため、ここにはいない。

「父上、なにか話でもあるのでしょうか」

沈黙に耐えかねたのか、武智麻呂が口を開いた。房前は唇を一文字に結んだままだった。

「新しく妻を娶る」史は言った。「娼子が亡くなってまだ日も経たぬというのに、そなたらは不満かもしれぬが、心得よ」

「どなたを娶るのですか」

房前が言った。

「県犬養道代という女人だ」

「軽皇子様の宮人ではありませんか」

武智麻呂の言葉に史はうなずいた。

「藤原の家には不釣り合いなのではありませぬか」

武智麻呂は県犬養の家格が気に入らないらしい。史は笑った。

「家柄などどうでもよい。吾にはあの女人が必要なのだ」

「女としてですか。それとも、藤原家の将来のためですか」

房前が訊いてきた。武智麻呂は俊才である。だが、政の才を問えば房前の方が史の血を色濃く継いでいる。

「両方だ」史は言った。「そなたたちは道代を敬い、助けるのだ」

「かしこまりました」

ふたりが頭を下げた。

「道代は軽様だけでなく、阿閇様の信頼も篤い。いずれ、そなたらが出仕する際にも大いに力になってくれよう。今は余計なことは考えず、学問に励む時だ」

「心得ております」

武智麻呂が言った。

「父上、お願いがございます」

房前が膝を進めてきた。

「なんだ」

「我らの学問の師に、田辺史の者を加えていただきたいのです。わたしは唐や新羅《しらぎ》、百済《くだら》、高句麗のことをもっと知りたいのです」

「よかろう。口添えしておこう。ところで、宮子はどうしておる」

「相変わらず口数が少なく、なにを考えているかわかりません」

武智麻呂が苦笑した。宮子は幼少のころより内にこもる性質だった。

「いずれ、軽様がご即位なされたら、宮子を入内《じゅだい》させる」

武智麻呂と房前の目が大きく見開かれた。

「軽様は正室は娶らぬと吾に仰せになった。他の家からも女人が嫁いでくるであろうが、宮子が側室の筆頭になるであろう。つまり、宮子の産む男子が、軽様の次の天皇になられるのだ」

「し、しかし、父上、宮子は王家の女人ではありません。しきたりでは、王家の女人が産んだ子以外、玉座には就けないことになっています」

武智麻呂が瞬きを繰り返しながら言った。

「そのしきたりは吾が変える」

史は静かだが断固とした声で告げた。ふたりの息子が息を呑んだ。

「吾が令を作り、また、帝紀の編纂に力を注いでいるのは知っていよう」

「はい」

「それもこれも、古《いにしえ》よりのしきたりを変えるためだ。新しい世を築くためよ」

武智麻呂と房前は史の言葉に聞き入っていた。

「吾が築く新しい世では、この国を統べるのは王家ではなく、藤原家になる。そのために、軽様をご即位させるのだ。宮子を入内させるのだ。心しておけ」

「そのようなことが可能なのですか」

房前の声は震えていた。

「吾は藤原史ぞ。成せぬことのあるものか」

そう言って史は破顔した。

＊＊＊

慎ましい婚礼の儀だった。

史と共に藤原の家に入り、史の子女、側室、舎人らと宴を催した。

子供たちも側室も、心の裡《うち》はどうあれ、和やかに道代を受け入れてくれた。武智麻呂と房前はあろうことか「母上」とさえ呼んでくれたのだ。

道代の胸は驚きと喜びではちきれんばかりだった。

宴が終わる前に座を退き、史の家に仕える女人に案内されて寝所へ移った。少女のように高鳴る胸を押さえながら、その時を待った。

史はすぐにやって来た。

「疲れたであろう」

史は酒器を自ら携えていた。道代の前にどかりと座り、「飲もう」と言って盃を酒で満たした。

「美味しゅうございます」

酒に口をつけ、道代は言った。

「酒に酔うたそなたを見るのは初めてだ。頬がほんのり赤く染まって、まるで若い娘のようだな。美しい」

その言葉に、頬がさらに熱くなっていく。道代は盃を置き、俯いた。寝所は薄暗い。頬が赤く染まっている様子など見えるはずもないのに史は堂々と言ってのける。

「もしかすると、恥ずかしがっているのか」

「お戯れを……」

「こちらへ来るがいい」

その言葉に応じずにいると、手を取られ、引かれた。気がつけば、史の腕に抱かれていた。

「ようやくこの日が来た」

「はい。待ち焦がれておりました」

「そなたと吾で新しき世を作るのだ。今日がその最初の一日だ」

「はい」

「吾の子を産んでくれ。娘を産むのだ。その娘を、軽様と宮子の間にできる皇子に嫁がせる。そして、吾とそなたの力でその娘を皇后に押し立てるのだ」

「はい」

「軽様と宮子の子が天皇になり、そなたと吾の子が皇后になる。その二人の間にできる子がその次の天皇になる。藤原の世がやって来るのだ。王家が――皇室が藤原家の一部になるのだ」

「まこと、史様のお考えになることは余人には想像もつきませぬ」

「そのための令よ。そのための帝紀よ。吾は歴史を作り替えるのだ。神話を作り替えるのだ。王家のあり方を変えるのだ」

史の熱い言葉に、道代は身体の中心が潤っていくのを感じた。

「史様……」

史の手を取り、胸元に誘う。史の指先が胸の頂点の蕾《つぼみ》に触れた瞬間、道代は震えた。

史が無言のまま、道代の衣を剝《は》いでいく。

抱きしめられ、口を吸われた。舌を絡めた。史の手が胸を揉み、もう一方の手が脚を広げる。

まさぐられた。

「しとどに濡れておるではないか」

耳元で囁《ささや》かれ、道代は気を失いそうになった。自分を繋ぎ止めておくために、史に強くしがみついた。

十八

年が明けた二月、天皇は皇族と臣下を朝堂に呼び集めた。世継ぎをどうするか議論させるためだ。

議論は紛糾《ふんきゅう》した。だれもが天皇の意は心得ていた。だが、その意のままになれば己と己の子孫たちから永遠に玉座が遠ざかることもまた心得ていたのだ。

葛野王が声を放ったのは、声を張り上げていた者たちがくたびれてきた頃合いだった。

「畏れながら、申し上げたい」

葛野王の顔は緊張で強張っていた。

「我が国では神代のころより、玉座は代々親から子に受け継がれるのが道理ではありませんか」

座がざわついた。葛野王は矢継ぎ早に言葉をまくし立てていく。

「唐の国では、玉座に就くものを決めるのは天意だと申すそうではありませぬか。この国では天とはすなわち、天皇。天皇の意を推し量りもせずに議論を進めるのは畏れ多いことはなはだしい。血筋や長幼を鑑《かんが》みれば、天皇の意がどこにあるかは察するにあまりあります。これ以上の議論になんの意味があるというのですか」

葛野王は最後の言葉を叫ぶように言った。

弓削皇子が立ち上がった。顔が真っ赤に染まっている。震える握り拳を胸に当てていた。

「玉座が親から子へ受け継がれて来ただと。そのような戯言、聞いたこともないわ」

「兄弟、親族で争えば、乱の元となる。壬申年のことをもうお忘れになられたか」

葛野王が弓削皇子を一喝《いっかつ》した。弓削皇子の唇がわなないているが、言葉は出てこない。

弓削皇子は助けを求めるように視線を左右に走らせた。

「葛野王の申したとおりだと思います」

落ち着いた声を放ったのは長屋王だった。その場にいる者たちの視線が長屋王に集まった。

「編纂中の帝紀にも、神代の時代から玉座が親から子へ受け継がれて来た系譜が記されていると聞き及んでおります。そのしきたりに従うなら、親たる天皇から、子たる軽皇子様が受け継がれるのが当然かと。異論はありますまい」

「な、長屋王。なにをたわけたことを――」

「見苦しいですぞ、弓削皇子様」

長屋王の声は静かだがよく通った。皇子の位にはないものの、高市皇子と御名部皇女《みなべのひめみこ》の息子である長屋王は皇族の中でも一目置かれる血統だった。その長屋王が天皇の意に従うべきだと宣言したのだ。逆らえる者はそう多くはなかった。

弓削皇子が唇を噛み、俯いた。

それで勝敗は決した。

軽皇子が皇太子になることが十中八九、決まったのだ。

史は沸き起こる喜びを噛みしめた。

＊　＊　＊

天皇が満面の笑みで史を迎えた。天皇がそれほどあからさまに喜ぶ姿を見るのは初めてのことだった。

軽がいた。阿閇皇女がいた。氷高皇女もいた。そして、部屋の隅で道代がかしこまっている。

「よくぞやり遂げた、史よ」

「天皇のお力添えのおかげです。だれも、天皇の意に逆らえなかったのです」

「葛野王と長屋王を抱き込んだそちの功績ではないか。どれほど褒めても褒めたりぬ。わたしはこのために生きてきたのだ」

「ありがたきお言葉」

史は腰を下ろし、頭を垂れた。

「あの約束を覚えておろうな」

天皇と酒を酌み交わす。忘れるはずがなかった。

「その前に、まずは軽様の立太子の儀を執り行わなければなりません。その後に、譲位の詔《みことのり》をお出しなされませ。軽様が即位なされ、讃良様が太上天皇になられたあかつきに、約束を叶えましょう」

「軽や、そなたからも史に言葉をかけてやるがよい」

天皇が軽を促した。

「史、よくやった」

軽の言葉は素っ気なかった。だが、史は破顔した。軽の史に対する信頼がこの上なく篤いことを天皇が知れば、史を警戒する。この聡明な皇子はすべてをわきまえているのだ。

「ありがたきお言葉、軽皇子様、いえ、皇太子様」

「皇太子とは気が早いではないか、史」

阿閇皇女が口を開いた。その顔には、天皇と同じ笑みが広がっている。

「まだ立太子の儀は済んでおりませぬが、軽様は事実上の皇太子でございますれば」

「他の皇子どもの顔を拝んでやりたかったわ」

天皇が言った。よほど嬉しいのだろう。夫の大海人が死んでから胸に溜め込んでいたものを一気に吐き出している様子だった。

「史よ、褒美になにか欲しいものはないのか。言うてみよ」

阿閇皇女も同じだ。あまりの喜びに普段の自分を見失っている。

「なにもありませぬ。臣下としてなすべきことをなしただけ。褒美などとんでもありません」

「褒美はもう与えた」天皇が口を挟んできた。「道代との婚姻をゆるしたのだ」

「しかし母上、それはまた別の話ではありませぬか」

「よいのだ。褒美ならば、即位した後に軽が充分に与えよう。わたしが史に褒美を与えれば、口さがなき者どもがなんと言い出すか知れたものではない」

阿閇皇女が深くうなずいた。得心がいったのだ。

「史よ」

軽の凜とした声に天皇も口を閉じた。

「吾が即位したら、そなたを中納言に任ぜようと思う。受けてくれるな」

「皇太子様……」

「お祖母様が太上天皇に、そしてそなたが議政官になれば、吾は吾の思うような政ができるようになるであろう。頼む、史」

「ありがたきお言葉」

史は叩頭した。

＊＊＊

史と道代は自室へ戻る軽に付き従った。部屋に入ると、厳《いか》めしかった軽の顔つきが緩んだ。

「あれほどお喜びになるお祖母様は初めて見た」

「軽様を即位させることはあのお方の悲願だったのです」

史は座に就いた軽の向かいに腰を下ろした。

「吾も子ができたなら、その子を玉座に就かせたいと願うようになるのであろうか」

「なりましょう。子の将来を案じるのは親の性《さが》。とくに女人はそれが強うございます」

采女たちが酒と酒器を運んできた。史は自ら軽に酒を注いだ。

「道代、そなたも飲め」

「ですが、わたくしは……」

「今宵ぐらいはよいではないか」

軽に促され、道代も腰を下ろした。史は道代にも酒を注ぎ、己の盃も酒で満たした。

「改めまして、おめでとうございます、軽様」

盃を掲げ、一気に飲み干す。軽はまだ若いこともあって、酒はそれほど強くない。すぐに目がとろりと緩んできた。

「まこと、吾が天皇になるのか」

「さようでございます」

「まるで夢でも見ているかのようだ。本当のこととは思えぬ」

「日が経てば、いやでも実感なされることでしょう。おそらく、天皇はできるだけ早い時期に譲位の詔を発せられましょう。ご準備をなさらねばなりません」

「準備もなにも、そなたと道代にすべてを任せておけばよいのであろう」

「心の準備のことを申しているのです」

「わかった。ところで、史。あれはどうなっているのだ」

「あれと申しますと」

「帝紀だ。吾が天皇になるのであれば、あれはもういらないのではないか」

「いいえ」

史は首を振った。大海人と讃良の子孫代々、いや軽と宮子の間にできる男と、史と道代の間にできる娘の子孫たちがなにごともなく皇位を継いでいくには、やはり帝紀は必要だった。神代の古より、親から子に受け継がれていく皇位。そして、王家――天皇家に神性を付与する。蘇我馬子のごとき者が再び現れたとしても、天皇家、ひいては藤原家の権威を踏みにじることができないようにしなければならないのだ。

「人の心は、特に権力の近くにいる者の心はふとした弾みで変わります。今は天皇の権威にひれ伏していても、いずれあのお方がお亡くなりになれば、軽様が玉座にいることの正当性を否定しようとする者が出て参りましょう。そうした輩《やから》の口を塞ぐためにも、帝紀は必要なのです」

「それで、どれほど進んでいるのだ」

「まだまだ道のりは遠いようでございます」

神話の骨格はほぼ完成している。あとは肉をつけていくだけだ。

問題は蘇我馬子だった。あの者の功績を天皇家のものにすげかえる。強大な権力をふるったあの者を卑小な存在に置きかえる。

それが難航していた。蘇我馬子はあまりに巨大で生々しすぎるのだ。首名からは、仏教に造詣が深く、なおかつ文才に恵まれた者が必要だと言われていた。

「史よ、即位したらやりたいことがそれこそ山のようにあるのだ」

史が注いだ酒を、軽は舐めるように飲んだ。

「そなたがそばにいてくれるから心強い」

「やりたいこととは、たとえばどのようなことですか」

「まず、令を変える」

軽の言葉は史に冷や水を浴びせた。

「今の令のままでは、吾は政に直接参加できぬではないか。議政官の合議の場に、天皇も参加できるように変えねばならぬ」

「わたしが中納言になれば、天皇の代弁者として議政官の合議の場に参ります。令を変える必要はありませぬ」

「いいや」軽は首を振った。「吾はよい。そなたがいてくれるからな。だが、吾の次の天皇はどうなのだ。その次は。次の次は。いつの時代の天皇にも、そなたのように頼りになる臣下がそばにいてくれるとは限るまい。ならば、令を変えておく必要があるのだ」

史は道代を盗み見た。道代は苦笑ともつかない笑みを顔に浮かべている。

軽は聡明だ。聡明すぎる。

「わかりました。軽様が即位されましたなら、すぐに令の編纂を命じる詔を出されませ。わたしが先頭に立ちましょう」

史は言った。頭の中では言葉とはまるで別のことを考えていた。

「よろしく頼むぞ、史。それから、即位したらすぐにでも、そなたの娘を娶ろうと思う」

「ありがたき幸せ。しかし、我が娘をのみ娶られればあちこちで不満が噴出しましょう。他にも数名、側室を迎えねばなりませぬ」

「そなたに任せる。ただし、そなたの娘は夫人《ぶにん》。他の娘たちは嬪《ひん》にする」

側室の格でいえば、夫人が最高位で嬪はそれに準ずる。たとえ、同時期に身ごもり、男子を産んだとして、皇位を継承する第一の資格は夫人の息子が得ることになる。

「軽様の恩情に、どうやって応えればいいのか、わたしにはわかりません」

「今までどおりでよいのだ、史。吾を支えてくれ」

そう言うと、軽は目を閉じ、倒れるように横になった。道代が慌てて立ち上がり、部屋の外で侍している舎人と采女を呼んだ。

「お酒など口になさるから……」

舎人に抱えられ寝所に向かう軽を見送りながら道代が呟いた。

「よい。おかげで軽様の心の裡を覗くことができた」史は言った。「軽様は危険だ。それがわかっただけでも上等ではないか」

史の言葉に道代がうなずいた。

十九

立太子の儀がすぐに執り行われ、やがて、天皇が譲位の詔を発した。

朝堂は大いに揺れた。天皇が存命中の譲位はかつて、一度しか行われたことがない。軽の即位に反対する輩が、しきたりに反すると声を荒らげたが、天皇の意を覆すことなどできるはずもなかった。

史は柿本人麻呂と共に、軽の即位の詔をいかにすべきか、頭を捻《ひね》った。

「やはり、高天原《たかまがはら》という言葉を使えと申すのですな」

人麻呂が言った。

「さよう。それと共に、神代の古より皇位は親から子へ受け継がれて来たという万世一系の理念も加えたい」

「万世一系……史殿がお考えになられた言葉かな」

史は苦笑した。

「考えたのは渡来人たちだ。吾は、考えよと命じただけにすぎぬ」

「万世一系、つまり、この後の玉座はすべて、草壁様の血を引く皇族だけが就くことができる。そういうことにしたいのですな。これは史殿の意か、それとも――」

た。

「天皇の意だ。決まっておる」

人麻呂がうなずいた。茫洋としたその横顔はすべてはお見通しだと語っているようだっ

「わたしはどちらでもよいのですよ、史殿。天皇も草壁様も、わたしの才を愛《め》でてくださる。わたしにとってはなによりの恩恵。あの方々のためならなんでもいたすつもりなのです」

「愛でられて当然の才ではないか」

「史殿も、政の才を愛でられておられる」

「政の才、か」

史の脳裏に、ふたりの若者の面影が宿った。軽と長屋王。このふたりにも間違いなく政の才がある。

「高天原に事始めて――」

人麻呂が不意に声を張り上げた。

「遠天皇祖の御世、中、今に至るまでに、天皇が御子のあれ坐さむいや継々に、大八嶋国知らさむ次と……」

人麻呂は息を継ぎ、史に幼子のように輝く目を向けた。

「いかがでありましょうか」

「さすがは柿本人麻呂、天下一の歌人だ」

「今さら史殿に褒められたところで、これ以上なにも出てはきませぬ」

「素直に思ったことを口にしただけではないか」

「このような感じでよいのであれば、あとはわたしひとりで考え、言葉を書き記しておきましょう」

「よろしく頼む」

史はうなずいた。

「ところで、軽皇子様は大変に英邁《えいまい》であられるとか」

「物事の本質を見抜く目を持っておられる」

「まさしく草壁様の血を引いておられるのですな。その目が史殿になにを見るのか……」

「それはどういう意味だ」

人麻呂が居住まいを正した。

「わたしには政の能力はありませんが、それでもなにがしかを見ることはできます。讃良様と史殿は同じ的に向かって手を携えて進んでいた。軽皇子様を即位させるという的です」

史は石のように固まったまま人麻呂の言葉に耳を傾けた。

「しかし、軽皇子様は讃良様ではない。違うものを見、違うことを考える。それは史殿の考えることとは大いに違うかもしれません。その時、史殿はどうするおつもりでしょうか」

「吾は臣下にすぎぬ。天皇の意にただ従うだけだ」

人麻呂が口元をほころばせた。

「それを聞いてほっといたしました。今は息を潜めておりますが、なにかあれば史殿の喉笛に食いついてやろうと身構えている輩が大勢おりますれば、万一、軽皇子様と史殿の間に溝《みぞ》ができれば……」

「心得ておる」

「ならばよいのです」

人麻呂は腕を組み、目を細めて詔の中身を思案しはじめた。

＊＊＊

文武元年（六九七年）八月一日、天皇が譲位し、軽が即位した。

十五歳。鸕野讃良が太上天皇となり、まだ若い軽を補佐して政を執り行うことになった。

新益京《あらましのみやこ》では、新しい天皇の即位を祝う者たちで賑《にぎ》わい、宮中では酒と食事が振る舞われた。

新しい世がはじまるのだ。

誰も彼もが浮き足立っていた。

夕刻になって、史は天皇との謁見をゆるされた。

軽は、これまでと同じ居室を使っている。そこには、軽だけではなく、太上天皇と阿閇皇女もいた。

「お祝い申し上げまする」

史は軽に叩頭した。

「そなたのおかげだ」

軽が微笑んでいる。太上天皇と阿閇皇女の表情も緩んでいる。

史は携えた佩刀を両手に載せ、軽に差し出した。

「お父上、草壁皇子様より賜った黒作の佩刀にございます。軽様を皇位に就けよ。草壁様はそう仰せになり、これをわたしに授けたのです。軽様が即位した今、この佩刀は軽様が持つべきだと存じます」

「これが父上の佩刀か……」

軽は受け取った佩刀をしげしげと眺めた。

「確かにお返しいたしました」

「もし、吾が病に倒れでもしたら、またこの佩刀を史に託し、我が子を皇位に就けよと命じればよいのだな」

「軽――」

声を張り上げたのは太上天皇だった。

「滅多なことを申すでない。言霊《ことだま》がその力を発したなら、そなたの申したことが本当のことになってしまう」

「申し訳ございません、太上天皇様。吾が浅はかでございました」

軽は真顔に戻って頭を下げた。阿閇皇女の表情も硬い。ここにいるだれもが、草壁のことを思い起こしていた。軽が草壁の血を引いて病弱であることに思いを馳《は》せていた。

「そうだ、史」

軽が重く凝り固まった空気を和ませようと笑みを浮かべた。

「なんでございましょう」

「吾から、そなたに褒美があるのだ」

軽は懐から丁寧に折り畳んだ紙を取り出した。

「広げてみよ」

史は受け取った紙を広げた。そこにはこう記されていた。

不比等

「そなたの新しい名前だ。等しく比《なら》ぶ者なき。そなたに相応しい名前ではないか。これより、その名を使うがよい」

史は紙を凝視したまま動かなかった。

「どうした。気に入らぬか。幾日《いくにち》も幾日も考えた名なのだぞ」

軽は英邁だ。だが、まだ若い。その若さが屈託のない信頼となって史に向けられる。なにもかもが真っ直ぐなのだ。

その軽を、史は己の行く道を塞ぐ邪魔者になるかもしれぬと考えていた。

政とは邪《よこしま》な道である。その道を行く者にとって、軽の真っ直ぐな思いは胸を刺し貫くような痛みを伴う。

それでも、吾は吾の道を進むのみ。軽が行く手を遮るのなら、軽を排除してでも前に進まなくてはならぬ。

「身に余る光栄にございます」

史は——不比等《ふひと》は静かな声で言った。

「この不比等、軽様のご信頼を決して裏切りはしませぬ」

「太上天皇様、ご覧なされ。不比等が感激しておりまする。このような不比等を見たことがございますか」

軽の朗らかな声が響き渡る。

「そなたの父は、我が父、中大兄より藤原の姓を賜った。そなたは軽より名を賜ったのだ。忠義を尽くすのだぞ、藤原不比等」

「お言葉を肝に銘じまする」

「太上天皇様、吾は不比等の娘を娶ります」

軽が言った。

「それはかまわぬが、まずは正室を先に決めねば」

「正室は時間をかけてゆっくりと定めたいのです。ですが、それでは跡継ぎがどうのと騒ぎ立てる輩が出てまいりましょう。その者たちの口を封じるためには、とりあえず、側室を迎えておくべきかと。不比等の娘なら、太上天皇様も、母上も異論はなかろうと思いますが」

太上天皇と天皇のやりとりに耳を傾けながら、不比等は自分の名が記された紙を畳みなおし、懐にしまい込んだ。

「しかし――」

軽の言葉に、太上天皇が眉をひそめていた。

「不比等の孫が天皇になるやもしれぬ。そうお考えならご安心召されませ。いずれ、正室を迎え入れるのです。その正室が産む男子を皇太子にすればよい。そもそも、不比等の娘が産む子は皇位に就く資格がございません」

　軽は不比等の教えた言葉を自分のもののように口にしていた。

「それはそうであるが……」

「吾が即位できたのは、ひとえにお祖母様のお力があったからこそ。しかし、不比等の功績も並々ならぬものです。しかも、この者は高い位階を与えようとしても首を縦に振りませぬ。名前だけではなく、娘を娶ることでその忠義に報いてやりたいのです」

　太上天皇の鋭い視線が不比等を貫いた。

「どうせ、話はとうに進んでいるのであろう」

「我が娘だけが入内するのであれば、妬《ねた》む輩も出てきましょう。そこで、軽様は石川《いしかわ》氏と紀《き》氏の娘も同時に入内させるおつもりでございます」

　不比等は言った。太上天皇が鼻を鳴らした。

「それはならぬと太上天皇様が仰せならば、吾はその意に従います」

　軽の声は甘かった。祖母に甘える孫の声だ。

「好きにせよ」太上天皇が言った。「しかし、不比等よ、わきまえよ。軽の申したとおり、そなたの娘がたとえ男子を産んだとしても、その皇子が皇位に就くことは断じてありえぬ」

「古よりのしきたりが覆ることはありませせぬ」

不比等は応じた。太上天皇の表情が曇った。

己が望みを叶えるため、不比等とともに古よりのしきたりを変えると決めたのは太上天皇だった。

「その言葉に嘘はないな」

「はい」

不比等は頭を下げた。だれもが恐れる女傑《じょけつ》といえども運命からは逃れられない。いずれ老いて死んでいく。その時を待てばいいのだ。

不比等は胸に手を当てた。新しい名前が記された紙の感触を確かめる。

等しく比ぶ者なき。

その名に相応しい獲物を必ずこの手で捕らえてみせる。

吾にはそれができる――自分にそう言い聞かせた。

二十

軽の即位の詔《みことのり》があちこちで話の種になっている。

高天原《たかまがはら》という神々の世界。遥か古《いにしえ》より連綿と受け継がれて来た皇位。

どちらも、みながはじめて耳にする言葉であり、考え方だった。

高天原など聞いたこともない。皇位は——大王《おおきみ》の座は、有力氏族との合議の上で決まってきた。

なのに、詔はそれがこの国に住まう者すべてが知っていて当然のことのように発せられた。

その詔を作るにおいて力をふるったのは当代一の歌人、柿本人麻呂だという噂もまことしやかに流れていた。

天皇の即位の詔であり、柿本人麻呂が関わっているとなれば、あんなものは戯言だと笑う者は皆無だった。

おまけに史——不比等の存在がある。

不比等という新しい名前は新しい天皇から賜ったものだという話は瞬く間に宮中を駆け巡った。

天皇の即位にだれよりも奔走した者がだれかはみな心得ていた。その者が、天皇より直に名前を賜ったのだ。

太上天皇《だいじょうてんのう》と天皇の寵愛を受ける臣下。

藤原不比等の世がはじまったのだとだれもが受け止めた。

いずれ、高天原も古より連綿と受け継がれて来た皇位という考え方も受け入れられていくのだ。

不比等の遠謀は計り知れない。

「軽様、道代にござります」

道代は天皇の居室の前で声をあげた。入内《じゅだい》した宮子を住まいに案内した足でこちらへ向かったのだ。

「入れ」

天皇の声に深々と頭を下げ、道代は部屋に入った。

「不比等の娘はどうであった」

「緊張なされておいでのようです。もともと、内にこもる質《たち》のお方ですので」

不比等の妻となって、宮子と接する時間も多少はあった。宮子は道代を厭《いと》うことはしなかったが、さりとて心を開いてくれたわけでもない。

その黒い瞳はなにかを見つめているようでなにも見ておらず、なにも見ていないようでいてなにかを見つめているようで、とらえどころというものがなかった。

「内にこもるというと、口が重い娘なのか」

「ご自分でお確かめくださいませ。それに、女人は――」

「男次第で変わるもの。わかっておる。そなたの口から何度同じ言葉が発せられたと思っておるのだ」

天皇が顔をしかめた。ここ数日、女人と接する際の心得を何度も言い聞かせていたのだ。

「それでは、行こうか」

天皇が腰を上げた。

「行くとは、どちらへ」

「決まっているだろう。我が妻の元へ急がねば」

「まだ早うございます。それに、政《まつりごと》を覚えるために日々精進して学ばねばならぬと太上天皇様に――」

「今日は特別な日だ、道代。難しいことは言うな」

幼さを表情に浮かべ、天皇は嬉々《きき》として部屋を後にした。すれ違う舎人《とねり》や采女《うねめ》たちが驚きながら畏《かしこ》まる。天皇はそれを気にする素振りも見せずに宮子の住まう宮へ急いだ。

「そなたも不比等と夫婦の契《ちぎ》りを結んだとき、このように胸が躍ったのか」

不意に耳に飛び込んできた言葉に、道代は頬が熱くなるのを覚えた。

「軽様、人がおります」

「かまわんではないか」天皇が笑った。「吾の心は躍っておるのだ。そなたも同じかと思ったまでじゃ」

心だけではない。天皇の足取りも軽く、まるで踊るように歩いている。それについていこうとするだけで道代は息が上がるのを感じた。

宮では、采女たちが宮子の部屋の前で畏まっていた。天皇に気づくと、一様に落ち着きを失い、慌てふためいた。

「静かに」

道代は采女たちを一喝した。

「御前です。はしたなきことのなきよう」

それで采女たちが落ち着きを取り戻した。

「みな、下がりなさい」

道代は言った。

「おそれながら――」

「下がれと言ったのです」

なにかを言おうとしていた采女が口を閉じた。一礼し、他の者たちを促して下がっていく。

「わたしはここにおりますゆえ」

「わかった」

天皇が微笑んだ。眩《まばゆ》い笑みだった。

「宮子様、天皇様がお出ででございます」

中に声をかける。返事はなかった。

「内にこもる質だとな」

天皇はそう言い、戸を開けた。そのまま部屋の中に躍り込んでいく。道代は戸を閉めた。その場に立ち、耳を澄ませる。

はじめはなにも聞こえなかった。やがて、天皇の囁《ささや》く声が流れてきた。

「なにも案ずるな、宮子。怖がらなくてもよいのだ。不安など抱かずともよいのだ。そなたの父、不比等は吾にとっても父のような存在であった。ならば、そなたと吾は兄妹も同然ではないか。なぜに兄が妹を傷つけよう。苦しめよう。吾はそなたをただ愛し、慈《いつく》しむだけだ」

これまで聞いたこともないような優しい声音だった。その声に耳を傾けている宮子に嫉《しっ》妬《と》を感じて、道代は唇を噛んだ。

女人としての嫉妬ではない。母としての嫉妬に胸が焦がされている。天皇の宮子に対する優しさと、それを受け取る宮子の両方が妬《ねた》ましい。

足音が聞こえた。こちらへ向かってくる。道代は背筋を伸ばした。足音の主は阿閇皇女に違いなかった。

首を巡らせて足音のする方に視線を向けた。数人の采女を従えた阿閇皇女の姿が見えた。おそらく、宮子と話をするつもりなのだ。

「そなたがなぜここに」

道代に気づいた阿閇皇女が足を止めた。道代は宮子の居室に顔を向け、また、阿閇皇女を見た。

「軽がいるのか」

阿閇皇女は囁くように言った。道代はうなずいた。

「宮に入ったばかりだというのに……」

「申し訳ありませぬ。どうしてもと軽様が申されまして」

「よい。よほど不比等殿の娘が気に入ったのであろう。ちょうどそなたと話がしたいと思っていたところでもある。ついてまいれ」

阿閇皇女が踵《きびす》を返した。道代はその後につき、歩きながら宮子の采女のひとりに目配せをする。すぐに、采女たちが宮子の居室の前に移動していった。

阿閇皇女の采女たちは道代の数歩後をついて来る。それが当たり前だと思っている。天皇と阿閇皇女に寵愛され、また、藤原不比等の妻女となったのだ。道代より長く宮仕えをしている采女たちも、道代を畏怖《いふ》するようになっていた。

阿閇皇女は迷う素振りも見せずに自分の宮へ向かい、居室に入っていった。道代は部屋の隅で膝をついた。

「もっと近うへ。そんなところにいたのでは、話もできぬ」

「失礼いたします」

道代は皇女の向かいに移動した。

「なにか、食すか」

「結構でございます。皇女様はいかがいたしますか」

「ここのところ、あまり食が進まぬのだ。なにもいらぬ。ところで、不比等殿との暮らしはどうなのだ。つつがないか」

「はい」

「そなたも不比等殿も忙しい身ゆえ、ゆっくり語らう時間もないのではないのか」

「それは最初からわかっていたことでございます。なにより、ご子息、ご息女たちも優しく接してくださいますので、心が安まります」

「さようか。そなたが羨ましい。わたしのような身では、夫を失ったからといって、別の夫を迎えることもできぬ」

「お寂しいのでございますか」

「太上天皇様のことを思えば、愚痴《ぐち》など口にできぬ。されど……」

即位したことで、天皇と顔を合わせる機会もこれまでよりは減るだろう。我が子と会えず、口もきけぬ寂しさはいかほどのものだろう。

「よろしければ、時間のあいた折にわたしが参ります。なんなりと、話されたきことをお話しくださいませ」

「しかし、そなたは軽の宮人ではないか。これまで以上に忙しくなるであろう」

道代は首を振った。

「軽様は玉座に就かれたのです。采女や舎人の数も増えますれば、わたしがしなければならぬ仕事も減りましょう。それに……」

道代は言葉を濁した。先ほどの、軽が宮子にかけていた言葉が耳によみがえった。

「どうした。続きを申してみよ」

「軽様は日ごとに成長なされております。天皇として、政に時間を取られるようになりましょうし、夜ともなれば、側室様たちと共に過ごすことも多くなりましょう。軽様がわたしを必要となされる時間も、少なくなっていく一方にございます」

道代の言葉に、阿閇皇女が微笑んだ。

「そなたもわたしと同じなのだな。わたしもそなたも軽の母じゃ」

「畏れ多きお言葉」

道代は頭を垂れた。

「そして、息子が母から離れていくのが寂しくてたまらんのだ」

「なれば、似た者同士、心の裡《うち》に溜まったものをお互いに吐き出そうではありませぬか」

道代はまくし立てるように言った。王家の女人に、しかも、天皇の母にそのようなことを口走るなど畏れ多いにもほどがある。だが、阿閇皇女はそうした言葉を待ち焦がれていたのだという確信があった。

「そうしてくれるか、道代」

「はい。いつでも必要な時にお呼びくださいませ」

「王家に生まれるのは、なかんずく、女人として生まれ落ちるのは辛いことの方が多いのだ。そなたが相手なら、わたしも思う存分心の裡をさらけ出すことができようぞ」

阿閇皇女の腕が伸びてきて道代の手を取った。

「白く長き指なのに、荒れておる。軽のためにこの手はこうなったのだな。本当なら、わたしがすべきことをそなたが代わりにやってくれるのだ」

「皇女様――」

「感謝するぞ、道代。そなたにはどれだけ感謝してもし足りぬ」

道代の手を握る阿閇皇女の手は石のように冷たかった。心が冷えているから手も冷えるのだ。

道代は阿閇皇女の手をそっと握り返した。

二十一

「あれはどういうことなのだ」

藤原大嶋、いや、中臣大嶋が鼻息も荒くまくし立ててきた。不比等の屋敷、不比等の居室である。薄暮《はくぼ》が庭のあちこちに暗がりを作りはじめる刻限だった。

不比等は田辺史百枝、首名と語り合っているところだった。

「あれとはなんのことですか」

不比等は問うた。

「天皇の詔だ。藤原の姓は鎌足の子孫にのみ使うことをゆるす。我らは同じ一族なのに、なんという仕打ちだ」

大嶋の目は血走り、口の端に唾が溜まっていた。

「落ち着きなされ、大嶋殿」

「これが落ち着いていられるか。これぞ、まさに青天の霹靂《へきれき》。同じ一族のそなたに不意打ちを食らったも同然ではないか」

「吾はお諫《いさ》めしたのです」

不比等は語気を強めた。

「諫めただと。天皇をか」

「さよう。中臣は我が氏族。意美麻呂《おみまろ》殿などは、我が義兄。なぜ姓を違えねばなりましょうぞと散々お諫めしたのです。しかし、御意《ぎょい》は変わりませんでした。吾の力不足です。おゆるしください」

不比等は深々と頭を下げた。百枝と首名がたじろぐ気配が伝わってくる。不比等がまだ若く、位階も低かったときは、大嶋と意美麻呂が藤原家の氏上《うじのかみ》として様々なことを差配してきた。だが、今や、不比等こそが名実共に藤原家の氏上である。その氏上が頭を下げているのだ。

「いや、面を上げられよ、不比等殿」

大嶋までもがおののいている。

「天皇は、政においては吾が、神祇《じんぎ》においては中臣の一族が必要だとお考えになられている。そのために、政は藤原家に、神祇は中臣家に分ける必要があると仰せなのです」

「しかし……」

大嶋は口ごもった。神祇官としての栄華は神祇伯に任じられたことで頂を極めた。欲が出ているのだ。さらなる上へ。さらなる高みへ。その欲を満たすためには藤原の姓が必要だというのに、突然、それを取り上げられたのだ。

「ご安心召されよ、大嶋殿。中臣家は神祇を司る。されど、意美麻呂殿は藤原家の婿養子《むこ》。吾の力で意美麻呂殿を政の場に引き上げて存じましょう。さすれば、意美麻呂殿の息女と中臣の一族の者の縁を結べばよいのです。中臣家の未来も明るいというもの」

「それは真か。そなたが意美麻呂殿を引き立ててくれるのか」

「吾も中臣の一族。中臣家の繁栄は我が藤原家の繁栄ですぞ、大嶋殿」

「うむ。突然参って騒ぎ立てたこと、申し訳ない。なにしろ、あまりにも突然のことだったので」

「よいのです。こちらからお伺いせねばと思っていたのですが、忙しさにかまけてそれを怠っておりました。なにとぞおゆるしください」

再び頭を下げようとする不比等を大嶋が押しとどめた。

「おやめくだされ、不比等殿。そなたは今や押しも押されもせぬ藤原家の氏上。滅多なことで一族の者に頭を下げるものではない」

「大嶋殿がそう申されるのなら――」

「頭を下げなければならぬのはこちらの方。とりあえず、今日のところはこれでお暇させてもらうが、後日、改めて謝罪に参る」

「そのようなことは――」

「そうせぬことには気がおさまらぬのだ、不比等殿。吾の好きにさせてはくれまいか」

不比等は微笑み、うなずいた。

「それでは、失礼いたす」

来た時と同様、大嶋は慌ただしく去っていった。

「不比等様、大嶋様の申されたとおりです。氏上が一族の目下の者に頭を下げるなど、あってはなりません」

大嶋の気配が消えると、百枝が詰め寄ってきた。

「頭を下げるぐらいのこと、どうということもない」

不比等は言った。

「しかし——」

「必要とあらば、この頭、いくらでも下げる。大嶋殿は神祇伯。帝紀の編纂に力を貸してもらわねばならぬのだ」

頭を下げることなどどうということもない。嘘をつくのもかまわない。

藤原の姓は鎌足の子孫のみ——天皇にそう詔を出させたのは不比等だった。苦労して手に入れる一族の栄華を、傍流《ぼうりゅう》の家柄に持っていかれてはたまらない。不比等が手にする栄華は、不比等の子孫のみに受け継がれるべきだった。

百枝と首名は顔を見合わせている。

「そなたたちにはいつも申しているではないか。大切なのはなにを成し遂げるかだ。それ以外のものに意味などない」

「おっしゃっていることはわかります。しかし、それでも——」

「吾は必要があるのなら、乞食《こじき》に頭を下げるのも厭わぬ。それで欲しいものが手に入るのならな。難しいことは言わぬ。吾がそうするのだから、そなたらもそうするのだ」

父、鎌足が死んでから、不比等は長い間この世にいないも同然だったのだ。体面など気にしたことはないし、気にする必要もなかった。

あったのは餓えだけだ。己のいるべき場所にいたい。だれかが死んだからといって消え去るようなものではなく、永久に続く栄華をこの手にしたい。王家に取って代わりたい。餓えはあまりに激しく、飲みこまれて死んでしまうのではないかと恐れることも多々あった。

だが、不比等は恐れなかった。餓えに身を投じた。どうすれば深い餓えを満たすことができるのか。そればかりを考え続けた。

だれにもそれと悟られてはならぬ。

臣下としての栄華を極めようとしている。有力氏族に生まれた男ならだれもが歩む道を歩んでいる。

そう見えなければならぬ。

この国の根幹を変えようとしているとは露ほども悟られてはならぬ。天皇の力を奪おうとしていると見抜かれてはならぬ。未来永劫《えいごう》に続く力を求めていると知られてはならぬ。

密やかに秘めやかに、夜の漆黒《しっこく》の闇を進むがごとくに足を進めねばならぬ。

あの女帝ですら気づいてはいない。聡明な軽でさえわかってはいない。

不比等の餓えの深さ。その深淵を覗きこむ資格があるのは道代ただひとりだった。

「畏まりました。我らの浅き考えなど、不比等様の深慮には遠く及びますまい」

首名が頭を下げた。

「それでよい」

不比等は微笑んだ。

＊　＊　＊

新しい令《りょう》を編纂せよとの詔がくだった。忍壁皇子が編纂を指揮し、不比等もそれに加わることになった。

天皇が即位してすでに四年、その意に即して令の編纂はとうに行われていた。令に加えて律も制定することになり、編纂に加わる臣下たちはそれに追われている。

天皇は意気軒昂《いきけんこう》としている。なにがなんでも政の中心に座るつもりでいるのだ。

不比等はなんとか懐柔しようと努めてきたが、この点に関してのみ、天皇は頑なだった。

「軽様と宮子はどうだ」

盃を傾けながら、不比等は道代に訊ねた。

「それは仲睦まじいご様子で」

「子を授かった様子は」

「残念ながら、まだ懐妊の兆《きざ》しはありませぬ」

「そうか」

盃が空になるそばから道代が新しい酒を注いでいく。

「なにを思案なさっておられるのですか」

道代が訊いてきた。不比等は酒を一口飲んだ。

「子ができれば……男子が生まれてくれれば、事は簡単なのにと考えていたのだ」

道代は口を開かず、不比等の言葉の続きを待っている。

「軽様は、太政官《だいじょうかん》制度を廃して親政を敷きたいと考えておられる。それでは困るのだ」

「存じております」

男子が生まれれば、そして太上天皇が身罷れば、天皇を廃することも考えなければならぬ――口元まで出かかった言葉を不比等は酒と共に飲みこんだ。

「懐妊の兆しがまだないとすれば、そなたの手を借りねばならぬ」

「なんなりとお申しつけくださいませ」

「軽様を陥《おとしい》れることになる。そなたはかまわぬのか」

「共に高みを目指そうと誓いました。軽様はわたしにとって我が子も同然。されど、わたしの夫はあなた様にございます」

不比等は道代の目を見つめた。柔らかい眼差しだが、その奥に自分と同じ炎が揺らめいているのを確かにみとめた。その炎が燃えているからこそ、道代を妻にと求めたのだ。

「お申しつけください。わたしはなにをすればいいのですか」

道代が男であれば不比等の行く手を遮る高い壁となっただろう。だが、道代は女で不比等を欲していた。

道代は女として生まれ、不比等の前に現れた。

不比等には神々の声が聞こえるような気がした。

己が信じる道を進め。

不比等は道代の腕を摑み、引き寄せた。

「不比等様――」

「よいのだ。こうしてそなたの香りを嗅いでいたい。酒よりよほど酔える」

道代の肩を抱き、首筋に鼻を押しつけた。道代の頰が赤く染まっていた。

「軽様の食事に毒を盛ってもらいたいのだ」

道代の身体が強張った。遠ざかろうとするその身体を不比等は抱きしめた。

「軽様を亡き者にしようというわけではない。軽様の食事を口にした采女が卒倒する。それぐらいの毒でよいのだ」

「お命が狙われている。軽様にそう思わせたいのですね」

道代の身体が柔らかさを取り戻した。

「さすがだ。吾の考えがすぐにわかるのだな」

「わたしが不比等様ならどうお考えになるか、どうなさるか、いつもそう考えておりますから」

「そなたを妻にした吾は、天下一の果報者だな」

不比等は笑い、道代の胸に手を這わせた。

＊　＊　＊

「ふ、不比等を呼べ。お祖母様と母上様も呼ぶのだ」

天皇が甲高い声を放った。その目は、床に倒れて痙攣《けいれん》している采女を凝視していた。

運ばれてきた食事からいつもとは違う匂いがすると言い募ったのは道代だった。なにかが起こってからでは遅いと、食事を運んできた采女に粥《かゆ》を一口、啜らせた。瞬きをいくつかする間に、采女は口から泡を吹いて倒れたのだ。

「軽様、落ち着いてくださいませ。不比等様を呼びに行かせまする。されど、太上天皇様と阿閇様をお呼びすると、お二人は心痛のあまりお体に障りが出るやもしれませぬ。太上天皇様はお年ゆえ、なおさら。お二人をお呼びになるのは、不比等様と語らって後がよろしいかと思います」

「そ、それもそうだ。とにかく早く不比等を呼ぶのだ」

これほどまでに狼狽《ろうばい》する天皇を見るのは初めてだった。道代はすくみ上がっている采女たちを一喝した。天皇を奥の部屋へ移させ、別の者に不比等を呼んでくるよう言いつける。

倒れている采女の脈を診た。生きている。死ぬことは絶対にないと不比等に言われた薬を盛ったのだ。百済《くだら》からの渡来人が持っていた薬だと聞いた。安静にさえしていれば、じきに症状は治まっていくらしい。

「道代様、この者は死んでしまうのでしょうか」

采女の一人が顔を蒼白にして訊いていた。道代は首を振った。

「脈はある。死ぬようなことはないでしょう。そなたらは後片付けを」

手のつけられていない料理の載った膳が部屋の隅に押しやられていた。床には粥が飛び散っている。

采女たちが部屋の後始末を終えたころを見計らったように、不比等が男をひとり伴って現れた。道代の知らぬ男だった。

「なにごとぞ」

不比等は部屋を見渡し、倒れている采女に気づいて眉をひそめた。あらかじめなにが起こるかを知っていたくせに、そのことはおくびにも出さない。

「軽様にお出しする食事がいつもと違う匂いがいたしましたので、この者に味見をさせたところ、突如倒れたのでございます」

道代が答えると、不比等は連れの男に目配せをした。顔つきからして渡来人のようだ。

男は采女のそばに膝をつくと、手を取って脈を診はじめた。その表情が次第に曇っていく。

「どうだ」

「不比等様、これは、毒を盛られたに相違ありませんぞ」

「毒だと。ではこの者はもはや――」

男が首を振った。

「おそらく、口にした毒が少なかったのでありましょう。死ぬことはありませぬ」

「この者はなにを口にしたのだ」

不比等が問うてきた。

「粥にございます」

「その粥はどこだ」

「片付けさせてしまいました。申し訳ありません」

「そなたでも動転することがあるのだな」不比等は笑った。「して、軽様は」

「奥の部屋にございます」

「ついてまいれ」

大股で歩き出した不比等を追って、道代も天皇のいる部屋に向かった。

「不比等、あの者はどうなった。なぜあのようなことになったのだ」

不比等を認めた天皇が声を張り上げた。

「お静かに、軽様。人払いをお願いいたします」

不比等が抑えた声で言った。

「わ、わかった。不比等と道代以外の者は外せ」

「このこと、他言は無用だぞ。誰かに一言でも喋ったら、その時は、この吾が断じてゆるさん。そう思え」

不比等の冷徹な声に采女たちが震え上がった。

「毒にございます」

采女たちが出て行くのを待って、不比等は言った。

「毒だと」

天皇の顔からさらに血の気が失われていく。

「はい。幸いにも、口にした粥がわずかだったため、あの者は助かります」

「だ、だれがどうして毒を。吾を……吾を殺すためか」

「軽様のために出された粥に毒が入っていたのです」

「不比等――」

不比等に縋《すが》る天皇の顔は、幼い頃のそれに戻っていた。聡明な光は消え、恐怖に歪んだ目が涙で潤んでいる。

胸が痛んだ。天皇の顔を正視できず、道代は俯いた。

「粥に毒を盛った者は道代が必ずや捜し出しましょう。されど、その者は誰かの手先にすぎませぬ」

「誰が吾を殺そうなどと企むのだ」

「さて、数が多すぎて、ひとりには絞れませぬな」

「多すぎるだと。吾は天皇ぞ。天皇を殺そうと企む者がそんなにもいると申すのか」

悲鳴にも似た声だった。

「軽様の祖父であられる大海人様は、甥を殺して玉座に就きました。太上天皇様は軽様の父上、草壁様を玉座に就かせるため、大津様に謀反の罪を着せて殺しました。玉座というのはそういうものなのです、軽様。軽様を排除し、自分がその座に就こうと考える者は後を絶たぬでしょう」

「そのようなこと、お祖母様がゆるしはせぬ」

不比等がうなずいた。

「わたしもゆるしませぬ」

その声の断固たる響きに安心したのか、天皇は崩れ落ちるように膝をついた。

「軽様、このたびのこと、わたしにすべてお任せくださりませんか」

「どういうことだ」

「太上天皇様にも、阿閇皇女様にも、もちろん、宮子にもこのたびのことは伏せておくのです」

「しかし——」

「太上天皇様が知れば激怒なさりましょう。宮中に大きな波風が立ちまする。さすれば、軽様のお命を狙った者は亀のように首をすくめてしまいましょう。その者の姿が見えなくなるのです。そっと探るのが最善でしょう」

「それもそうだな。わかった、こたびのことはすべてそなたに任せる。誰が吾を狙ったのか、必ず突き止めるのだ。不比等、吾は恐ろしくてたまらぬ」

不比等を見上げる天皇の顔つきは幼子のままだった。

「天皇であるからには、その恐怖に打ち克《か》たねばなりませぬぞ、軽様」

「わかっている。わかっているが、しかし、不比等よ、身体の震えがおさまらぬのだ」

天皇は乱を知らない。玉座を巡るおぞましい争いを知らない。太上天皇が大海人の御世《みよ》からその政の才と冷徹な意思の力で玉座を狙う者たちの欲を削いできたのだ。生まれ落ちたときから玉座に就くことを約束され、太上天皇と不比等の庇護《ひご》の下で生きてきた天皇にとって、命を狙われたという恐怖は凄まじいまでの重さとなって身にのしかかってきているだろう。

それこそが不比等の狙いだった。

恐怖の虜《とりこ》となった天皇は、もはや、不比等に縋る他はない。縋り続けるしかないのだ。

「わたしがこの命に替えても軽様をお守りいたします」

不比等は天皇の手を握った。天皇の恐怖に歪んだ顔に安堵《あんど》の色が差した。

父を絶対的に信頼する息子の顔だった。

＊＊＊

「胸が痛くて、軽様のお顔をまともに見ることがかないませんでした」

屋敷へ戻る道すがら、道代は呟いた。

「それが当然だ。気にすることはない。それより道代、この後のことはわかっておるな」

不比等はいつものように大股で歩いている。女の道代にはついていくのがやっとだった。

「はい。県犬養の一族と繋がりの深い采女に言い聞かせ、東国に行かせました」

粥に毒を盛った采女だ。今頃は伊勢《いせ》の辺りを東に向かっているはずだった。

「親政を敷こうとすれば、お命を狙う輩《やから》は後を絶たなくなる。軽様にそう信じ込ませるのだ」

「わかっております」

「毒を盛った采女が姿を消した以上、軽様の命を狙った者の正体は永遠にわからぬ。つまり、軽様は玉座に就いておられる間、恐怖の虜であり続けるのだ」

「はい。心得ております」

「吾とて胸が痛む。しかし、やらねばならぬのなら、やるだけだ」

「軽様は不比等様のことを誰よりも信頼なさっておいでです」

返事はなかった。不比等はなにかに追い立てられているかのように大股で、足早に歩いている。議政官の地位にあるというのに、お付きの者もなしにあちこちへ出歩くのはいつものことだった。

ときおり、何者かの気配が道代の背後に現れては消える。腕に覚えのある渡来人がこっそりと不比等を見守っていると聞いたことがあった。

「政などに欲を出さねばよかったのだ」

ふいに不比等が声を放った。不比等の心を覆う鎧《よろい》の隙間から漏れ出た心の声のように聞こえた。

そばにいるのが自分だから、不比等はその言葉を口にしたのだ。

そう思うと、痛んでいた胸の内がほんのりと温かくなっていく。

「お待ちください、不比等様。そんなに急がれては、わたしの息が上がってしまいます」

道代は小走りになって、不比等の背中を追った。

二十二

「厩戸王《うまやどのおう》という皇族がおりました」

田辺史首名が言った。

「斑鳩寺《いかるがでら》を建てたと言われているお方だな」

「はい。皇族であり、なおかつ蘇我氏との繋がりが深い。このお方であれば、蘇我馬子の成し遂げてきた功績を肩代わりさせるのに都合がよろしいかと存じます」

不比等はうなずいた。縁もゆかりもない者に肩代わりさせるには、蘇我馬子は巨大すぎ、生々しすぎるのだ。皇族でありなおかつ蘇我氏でもあった者なら首名の言うとおり、都合がよかった。

「そのお方でよい。これで、帝紀の編纂も先に進めるな」

「それが……」

首名が言葉を濁した。

「どうした」

「不比等様がお望みのような人物像を作り上げるとなると、我らには荷が重いのです」

田辺史百枝が言葉を引き継いだ。

「そなたらでも難しいというのか」

不比等は腕を組んだ。帝紀の内容は、唐の人間をも感心させるような内容でなければならなかった。そのためにも、蘇我馬子に代わる皇族の人間を作り上げ、その皇族は仏教はもちろん、すべてのものごとに通暁《つうぎょう》している聖人でなければならぬ。不比等はそう考えていた。

理想の天皇の姿を託すのだ。

「仏教の教えに深く通じている人間が必要なのです」

首名が言った。

「しかも、唐の国における仏教のあり方にも精通していなければなりません」

百枝が言った。

我が国は唐にも比肩するほどの国である。そう喧伝《けんでん》するためには、唐の事情に通じている者が帝紀を書く必要がある。首名と百枝はそうした結論に達したのだ。

「唐の事情と仏教に通じている者か……」

不比等は目を閉じた。兄、定恵《じょうえ》のおぼろな横顔が脳裏に浮かんだ。定恵は遣唐使として唐に赴き、十二年後に帰国した。そして、すぐに亡くなった。

最後に遣唐使が送られたのは三十年以上も前のことになる。壬申《じんしん》年の乱と、その後の国造りに追われて遣唐使どころではなかったのだ。

「遣唐使の派遣を上奏すべきかと存じます」

首名が言った。

「唐に送るのに相応しい人間がいるのだな。僧か」

「道慈《どうじ》と申す者です」

百枝が答えた。

「額田《ぬかた》氏に繋がる者で、仏教に深く帰依しております。また、漢詩にも造詣が深く、これ以上の人物はおらぬかと」

首名が言った。

「よかろう。遣唐使を派遣しようではないか」

不比等はうなずいた。

＊＊＊

「遣唐使の件はわかった。議政官たちで議論し、唐に遣わす臣下を定めるといい」

天皇が言った。あのことがあって以来、自らが政の場に加わりたいとは口にしなくなっている。

「それより不比等、まだわからぬのか」

天皇の口調が変わった。即位する遥か以前の、幼き日の軽皇子の声だ。

「粥に毒を盛った采女が姿を消しましたので、なかなかに調べが進みませぬ」

「しかし、そなたのことだ。吾を殺そうとした者に心当たりがあるのであろう」

天皇は痩せた。道代によると、食が細くなっているらしい。痩せると同時に床に伏せることも多くなっている。即位した後は心身ともに健やかだった。玉座に坐《すわ》ることで生来の虚弱さをも克服したかのように思えたものだ。それが元に戻ってしまった。死への恐怖が天皇の心を蝕《むしば》み、それが肉体にも影響しているのだろう。

やつれた顔に、草壁の面影が色濃く宿っている。

早く懐妊するのだ、宮子。男子を産むのだ。

不比等は毎夜、なにかに祈るようにわが娘の懐妊を願っていた。

「考えられるのは、忍壁様か、舎人親王《とねりしんのう》様でしょう。しかし、証拠もなしに彼らを闇雲に罰すれば、他の皇族たちが反発しましょう」

「ではどうするつもりなのだ」

「取り込むのです」

不比等は言った。天皇の目が丸くなる。

「あの方々に高い官位と責任ある仕事を与えるのです。慈しみの心で接すれば、心を入れ替え、軽様に忠誠を尽くすようになりましょう。他の皇族たちも逆心を抱かなければ重用してもらえるのだと知り、犬のように軽様に尾を振ってくるはずです」

「まことにそれだけでよいのか」

「とりあえずはそれで様子を見ましょう。舎人様には帝紀の編纂を、忍壁様には新しい律令を監督させるのです」

「そなたがそれでよいと思うのならそうせよ」

今にも泣き出しそうな声だった。

「道代がしっかりと目を光らせておりますゆえ、二度とあのようなことは起こりません。しっかりするのです、軽様」

「わかっておる。わかってはおるが、それでも恐ろしいと思う気持ちが消えぬのだ、不比等」

天皇は唇を舐めた。血の気を失った唇は死人のそれのように白い。

「おぼろげに覚えているのだ。大津の叔父上《おじうえ》が死んだときのことを。父上は悲嘆なされていた。他の皇族たちは恐れおののいていた」

あの頃、天皇はまだ四歳の幼子だったはずだ。細かいことを覚えているはずがない。恐怖が生み出した幻想を本当の記憶と思い込んでいるのだろう。

「お祖母様は泣きながら言ったそうだ。ああしなければ、父上が死ぬことになったかもしれぬ、と。あれはそういう時代だったと母上がおっしゃられたこともあった。吾は忘れていた。お祖母様とそなたに守られてすっかり忘れていたのだ。天皇であるということは、そういうことなのだ」

「軽様――」

「お祖母様は大津叔父を殺した。父上が若くして亡くなったのはその天罰か、不比等よ。ならば、吾はだれも殺してはならぬ。ならぬが、怖い。怖くてたまらぬ」

天皇を見ているのが辛い――先日、道代がそう漏らした。その気持ちは痛いほどわかる。草壁亡き後、我が子以上に心を砕いてその成長を見守ってきたのだ。

だが、惑わされてはならない。情に流されてはならない。

「今は、宮子と一緒におるときだけ、心が安らぐ」

「ならば、宮子のそばにいらっしゃればよろしいのです。政のことはわたしにお任せくださればいい」

「不甲斐ない天皇ですまぬ、不比等。そなたの期待に応えたかった。立派な天皇として民たちを統べたかった。なのに、どうしようもないほどの恐怖に震えることしかできぬ」

「時が癒《いや》してくれましょう。自分を責めぬことです、軽様」

「お祖母様がこのたびのことを知れば血の雨が降ろう。決して知られてはならぬ。それだけは心せよ、不比等」

「心得てございます」

天皇は力尽きたと言わんばかりに頭を垂れた。不比等は采女を呼び、天皇を宮子の元へ連れていくよう言いつけた。

＊　＊　＊

緊張に身体が強張っているのを長屋王は自覚した。首が凝り、喉が渇く。

吉野《よしの》の離宮は薄暗かった。普段なら、太上天皇のそばに仕えているはずの采女や舎人の姿もない。

長屋王に会うために、太上天皇が人払いをさせているのだ。

「長屋王にございます」

長屋王は緊張を振り払うように声を張り上げた。

「入れ」

凜とした声が響いた。年老いてなお、その声は若々しい張りを保っている。

「失礼いたします」

長屋王は部屋へ足を踏み入れた。

「そなたがまだ幼い頃、一度だけ顔を見たことがある。覚えているか」

薄暗い部屋の中央に太上天皇が座っていた。

「いいえ」

「そなたを殺した方がいいかどうか、瞬時考えたものだ」

太上天皇はさらりと言ってのけた。切れ長の目がこちらの様子をうかがっている。

「玉座に就かれるお方は、いろいろとお考えにならなければならぬことが多いのですね」

長屋王は答えた。背中を一筋の汗が流れ落ちていく。

「軽の即位に際しては、そなたの力添えがあったと聞いておる。礼を言うのが遅くなった。ゆるせ」

太上天皇の口調が変わった。

「畏れ多いお言葉です」

長屋王は叩頭した。声音が柔らかくなったからといって気をゆるせるような相手ではなかった。

「宮中ではどこにいても不比等の手の者が目を光らせておるからな。このような場でなければ、会いたい者に会うこともできぬ」

「不比等殿は臣下にすぎませぬ。なぜに、太上天皇様がそのようなことをおっしゃられるのです」

「公の立場であれば、だれの目も気にする必要はない。そなたの言うように、わたしは太上天皇だ。不比等どころか、軽でさえわたしの意には逆らわぬ。しかし――」

太上天皇は言葉を切った。長屋王は待った。

「不比等の意に染まぬことをしようと思うなら、慎重を期さねばならぬ」

「わたしと会うことが不比等殿の意に染まぬことなのですか」

「これからそなたに話すことが不比等の意に染まぬのだ」

太上天皇が笑った。長屋王は口の中に溜まった唾を飲みこんだ。

「怖いか」

「いいえ」

太上天皇の目を見つめながら答えた。

「そうであろう。そなたの目の奥で炎が揺らめいておるわ」

「わたしになにをお望みなのですか」

太上天皇は口元に手をやり、咳き込んだ。

「わたしはそう長くは軽のそばにおれぬ」

「お体の具合が悪いのですか」

「そうではない。だが、年を取った。長い間、欲にまみれた皇族や臣下たちと戦い、勝ち抜いてきたのだ。身も心もくたびれきっておる。明日死ぬということはなかろう。しかし、五年後も生きているかというと心許《こころもと》ない」

薄暗さに慣れてきた目で見ると、太上天皇の目尻には皺が目立った。肌からも艶《つや》が失われている。

「わたしがいなくなれば、軽は不比等の言うがままになるであろう。今でもそうなのだ。あれほど聡明だった軽が、いつしか、政のほとんどを不比等に任せて顧《かえり》みぬようになってしまった」

長屋王はうなずいた。即位した当初、天皇は親政を敷くことに積極的だったと聞く。だが、親政の話はいつの間にか立ち消えになり、政はいまだ中納言《ちゅうなごん》に過ぎない藤原不比等を中心に動いている。天皇はもっぱら、不比等の娘である宮子の寝所に入り浸っているという噂が宮中を駆け巡っていた。

「不比等が軽をないがしろにすることはない」

太上天皇が言葉を継いだ。

「しかし、わたしがいなくなれば、あやつを戒める者がいなくなる。阿閇では無理だ。もし不比等が身の程を知らぬ野心を抱いたとしても、止められる者がいないのだ」

「わたしに不比等殿を止めよ、と」

太上天皇がうなずいた。

「しかし、わたしは出仕すらしていないただの皇族です。なんの力もありません」

「わたしから軽と阿閇に言い聞かせておく。いずれ、時機を見て、そなたをしかるべき地位に就けよ、となし」

「ありがたきお言葉」

「そなたは耐えねばならぬ。だがいずれ必ずその時はやって来る。そなたは若い。不比等もいずれはわたしと同じように年を取り、気力が衰《おとろ》えていく」

「はい」

「その時を待つのだ」

「はい」

「そなたも聡明ゆえ、不比等が声をかけてくることもあるだろう。だが、そなたが握る刃《やいば》は常に胸の内に秘めておくのだ。そなたの時が満ち、不比等の気力が衰えた時にこそ、刃を抜くのだ」

「心得ました」

「軽を補佐せよ。軽の次に玉座に就く軽の子を補佐せよ」

「太上天皇様は、不比等殿がどのような野心を抱くやもしれぬとご心配になられておられるのですか」

長屋王の問いに、太上天皇の目がぎょろりと動いた。その目には、鬼気迫る光が宿っている。

「決まっておるではないか。盗むことだ」

「盗む……」

「そう。我ら、天皇に連なる皇族から、この国を盗む。奪い取る」

「まさか。いくら不比等殿でも畏れ多くてそこまでは――」

「そなたはあの者の恐ろしさを知らぬのだ。もし、皇子として生まれていたら、他の兄弟たちを一人残らず殺してでも玉座に就こうとするであろう。そして、その名のとおり、他に比《なら》ぶ者のない類《たぐ》い希《まれ》な天皇としてこの国を統べたであろう」

「太上天皇様……」

「それほどの者なのだ。だからこそ、わたしはまだ若いあの者を引き立てた。あの者に草壁を、草壁亡き後は軽の即位を託したのだ。あの鎌足の子だから目をかけられたのだと陰口を叩く者どもがいる。愚かにもほどがある。だれの息子であろうと関係はないのだ。不比等は不比等、他に比ぶ者のない異能だ。他に術があれば、あの者と手を組んだりはしなかった。だが、大海人様はあまりにも早く亡くなり、草壁は若すぎた。そして、わたしは女人であった。何度男に生まれていればと恨んだことであろう」

太上天皇は咳き込む素振りを見せたが、腰を浮かせた長屋王に気づき、咳を無理矢理呑みこんだ。

「わたしには不比等が必要だった。不比等の他にはだれもおらなんだ。だから、毒と知っていて敢えて不比等に手を伸ばしたのだ。そのことを悔いはせぬ。だが、わたしが死んだ後のことを考えると恐ろしくてならぬ。あの者の野心から、軽と我が一族を守らねばならぬ。わかるか、長屋王」

「不比等殿の恐ろしさは心得ております」

「そなたはあの者と闘わねばならぬ。耐えて待っている間に己を磨くのだ。あの者と対等に渡り合える力を身につけるのだ」

「畏まりました」

長屋王は再び叩頭した。

「そなたならできる。だからこそ、ここにそなたを呼んだのだ。軽を守れ。軽の子を守れ。不比等がよからぬ野心を抱かぬよう、目を瞠《みは》るのだ。わたしはそなたにはなにもしてやれぬ。それでも、そなたに命じる。そなたは皇室の盾となるのだ。よいな、長屋王」

「太上天皇様のお言葉、肝に銘じまする」

長屋王は己の血が燃えたぎるのをはっきりと感じていた。

二十三

「子ができたようです」

道代が俯《うつむ》き加減で言った。数日前に、不比等を大納言《だいなごん》に任ずるとの詔《みことのり》が出され、夫婦水入らずで祝っている最中のことだった。

「宮子が懐妊したというのか」

不比等は身を乗り出した。しかし、道代は首を振るだけだった。不比等は己の口に手を当てた。

「まさか、吾の子か」

「はい」

道代の声は今にも消え入りそうだった。

「確かなのか」

「間違いございません。不比等様のお子がここに」

不比等は自分の腹をさする道代の手に腕を伸ばした。

「なんとしてでも娘を産むのだ、道代」

「こればかりは、いかな不比等様といえどもなんともなりません」

「いいや」不比等は首を振った。「吾は藤原不比等、そなたは県犬養道代ぞ。ふたりで強く願えば、必ずや娘が生まれる」

道代が微笑んだ。

「子供のようなことを……わかりました。娘が生まれるよう、わたしも毎夜祈りましょう」

「そうか、子ができたか」

不比等は右手で道代の手を握ったまま、左手の盃を口へ運んだ。

「うまい。今宵の酒はひとしおうまい」

「いつもと同じ酒ですのに」

不比等の手を道代の手が握り返してくる。

「生まれてくる娘の名だが――」

「もうお決めになるのですか」

「今し方、頭に浮かんだのだ。安宿媛《あすかべひめ》というのはどうだ」

「安宿媛でございますか」

道代が首を傾げた。

「県犬養の本貫《ほんがん》は河内《かわち》の安宿辺りではなかったか」

「はい」

「吾は幼少のころより田辺史大隅に養育されてきた。大隅の一族も安宿を本拠地としている。同じ安宿に縁のある者同士の娘だ、安宿媛という名が相応しかろうと思うたのだ」

「よき名前にござります」

不比等は道代の手を離し、腹に手を当てた。

「安宿媛よ、無事生まれてくるのだ。吾はそなたを皇族ではない者としてはじめて皇后となる女人にしてみせるぞ」

「不比等様――」

「古《いにしえ》よりのしきたりを変えるのだ、道代。我らが新しきしきたりを作る。安宿媛が皇后になれば、以後、藤原の女人が皇后になるというしきたりになろう。藤原に縁のある天皇が藤原の女人を皇后に迎え、さらに藤原と縁の深い皇子が生まれる。その皇子が天皇になり、また藤原の女人を皇后に迎える。そうして、皇室と藤原の一族は運命を共にしていくようになるのだ」

「不比等様でなければそのような大それたことはお考えになりませぬ」

　道代が空になった盃に酒を注いだ。

「だれも吾の考えることを理解できぬ。話したところで夢を見ているのかと呆《あき》れられるだけだ。だが、そなたは違う。吾の考え、吾の進もうとしている道をはっきりと理解しておる」

「わたしも高みに登ってみたいのです。名家に生まれた。ただそれだけで栄華を享受《きょうじゅ》してきた者たちの住まう天地をひっくり返してみたいのです」

「だから、我らは惹《ひ》かれあうのだ」

　不比等は道代を抱き寄せ、唇を吸った。

「お待ちください、不比等様。まだお話ししたいことがあるのです」

「なんだ」

不比等は興醒《きょうざ》めした顔で酒に手を伸ばした。

「先年、太上天皇様《だいじょうてんのう》が吉野《よしの》に行幸《ぎょうこう》した折、訪ねてまいった者があったそうで」

不比等は眉を吊り上げた。

「なぜ今頃になってそのような話がそなたの耳に入ったのだ」

「太上天皇様が他言は無用ときつく仰せになったそうで。わたしもたまたま、采女《うねめ》たちの雑談の折に耳に挟み、問い詰めたのでございます」

「だれが来たのだ」

「長屋王様だそうでございます」

「長屋王だと」

口に盃を運ぼうとしていた手が止まった。

「はい。長屋王様に間違いないそうです」

「なにを話したのだ」

「そこまでは……太上天皇様は人払いをされたそうです」

不比等は鼻を鳴らし、酒を口に含んだ。先ほどまでは芳《かぐわ》しい味だった酒が、今はほのかに苦い。

わざわざ吉野に長屋王を招いたのは人目を避けたかったからに違いない。いや、不比等の目を避けたかったのだ。

なにを話したかは想像がつく。太上天皇は恐ろしい女人なのだ。不比等の野心を悟り、それを阻止しようとしたとしてもなんの不思議もない。

「それを長屋王に託すか……」

「それとはなんのことにございましょう」

不比等は氷のような眼差しを道代に向けた。

「太上天皇様は、もう長くないかもしれぬ」

「最近はお体が優れぬ日が多いそうにございます」

道代が答えた。道代の声もまた、氷のように冷たく硬かった。

＊　＊　＊

眠っている道代を起こさぬよう、不比等は足音を殺して庭に出た。

流れる雲の合間から星明かりがこぼれていた。冷たい風が頬を撫で、眠気を根こそぎ奪い取っていく。

「武よ、おるか」

風に揺れる桜の木に声をかけた。

「は」

庭の暗がりから人影が進み出てきた。

「そなたはいつ眠っているのだ」

「不比等様が朝堂でお働きの時に」

武は不比等の前で膝をついた。

「そうか。いつもご苦労」

「それが務めゆえ」

「そなたの使える手勢はどれほどいるのだ」

「十名ほどにございます」

「では、明日から長屋王に人をつけろ。だれと会い、なにを話すのか、逐一吾に報告するのだ」

「承知いたしました」

不比等はうなずいた。

「大隅はいかがしている」

「病を患い、長いこと伏しておられまする」

「なんと。なぜ、吾に報せなかったのだ」

武が顔を上げた。感情を一切表さないその顔に影が差していた。

「無用なご心労をおかけしまいと――」

「大隅がそう申したのか」

「は。不比等様にお報せすることはゆるさぬと」

「大隅らしいな」

風が雲を薙《な》ぎ払っていく。月が顔を出した。青々とした月光が空から降り注いでくる。

幼き日、大隅と共に夜空を仰ぎ見たときも同じように青い光が降り注いでいた。

この国で見る星も、百済《くだら》で見る星も、唐で見る星も同じなのだ——大隅はまだ若かった不比等にそう語った。

人の営みも同じです。それをお忘れなさるな、不比等様。

穏やかだが力強い声が耳によみがえる。

あれは壬申《じんしん》年の乱の後のことだ。権力が大海人の手中となり、鎌足の後継者である不比等の元を訪れる者もほとんどいなくなった。寂しさと悔しさに胸を焦がしていると、大隅が星空を見ようと不比等を外に誘ったのだ。

地上でなにが起ころうと星々は変わりません——大隅は言った。

朝になれば太陽が昇り、夕には沈む。今、不比等にとって太陽は沈んでいるが、いつかまた蒼穹《そうきゅう》に輝く。だから、気に病む必要はない。

吾は太陽になりたい——不比等は言った。沈まぬ太陽になりたい。

沈まぬ太陽はありませぬ——大隅は苦笑した。

それでも不比等は言い募った。

吾は沈まぬ太陽になりたいのだ、大隅。

そこまで言うのなら、なってみるがようございましょう。己の力で沈むはずの太陽を沈まぬように持ち上げるのです。多くの者はなにを愚かなことをと笑いましょう。しかし、不比等様ならあるいは……

大隅はそこで言葉を濁し、不比等の肩に手を置いた。あの時の掌《てのひら》の温かさを忘れたことはない。

「見舞いになど赴いたら、大隅はさぞ吾に落胆するであろうな」

「はい」

「穏やかな最期《さいご》を願っている。大隅にはそう伝えよ」

「それだけでよろしいのですか」

「それでかまわぬのだ。吾の気持ちなど、大隅にはお見通しだ」

「は。そのようにお伝えします」

「長くはないのであろう。そなたの見立てではどれぐらいだ」

「あと数日のお命かと」

「そうか」

不比等は空を見上げた。星々はあの時と同じように輝いている。

ふと視線を戻した。武の姿はどこにもなかった。

二十四

道代の腹の膨らみが目立ちはじめた頃、不比等の耳に吉報が届いた。

宮子様、ご懐妊。

宮中にいる道代の使いはそう告げた。

すぐにでも宮中に向かいたいという気持ちを抑えた。この事実はまだだれにも知られるわけにはいかない。大急ぎで政務を済ませ、いつもと変わらぬ素振りで天皇と宮子のところへ足を向けた。

宮子の居室には天皇はもとより、太上天皇、阿閇皇女、氷高皇女が集まっていた。もちろん、道代も部屋の隅に侍っている。

不比等は唇を嚙んだ。皇室の主立った面々がこうして集えば、宮子が懐妊したことが瞬く間に広まってしまうだろう。

「来たか、不比等」

天皇が破顔した。毒入りの粥《かゆ》の件以来、その顔はやつれていく一方だった。

「軽様、このたびは真におめでとうございます」

不比等は膝をつき、頭を垂れた。

「宮子のおかげだ。そなたの娘のおかげなのだ」

天皇は満面の笑みを浮かべていた。なんの屈託もない弾けるような笑みを見るのは久しぶりのことだった。

「そなたからも娘を褒めてやるがよい」

太上天皇が口を開いた。喜びに歪むその顔もまた、やつれていた。

「よくやりました、宮子様。必ずや皇子をお産みなされ」

「父上……」

答える宮子の顔もまたやつれていた。天皇の心労を女人の身ひとつで支えているのだ。宮子自身の心労も並大抵ではないはずだった。

「ご出産の予定は」

不比等は宮子に訊ねた。

「冬には産まれるであろうと、医者が申しておりました」

「身ごもってから、すでに三月は経っているそうな」

阿閇皇女が言った。

「まったく、三月も気づかぬとは、采女どもはなにをしておったのか」

太上天皇の言葉はしかし、怒りよりも喜びの方が強い。

「道代もそなたの子を身ごもっておる。どうだ、不比等、宮子が産む子と道代が産む子を夫婦にするのだ」

「滅相もございません」

天皇の言葉に首を振りながら、不比等は太上天皇を盗み見た。喜びに緩んでいた頬に力がこもっている。

「いや。いい考えではないか。どう思われます、太上天皇様」

「好きにするがいい。しかし、その前に正妃《せいひ》を迎えねばな」

天皇の顔色が変わった。しかし、太上天皇はかまわず続けた。

「確かに懐妊はめでたいが、しょせん、側室の子ではないか。正妃を迎え、それが男を産んではじめて玉座が安泰になるのです」

「太上天皇様――」

天皇の声が震えた。

「そなたが宮子を寵愛しているのは承知しています。しかし、そなたは天皇なのです。正妃を迎えることはそなたの義務」

「それは承知しております。しかし、宮子の懐妊を祝う場でそれを口にしなければなりませぬか、太上天皇様」

天皇の言葉にはあからさまな憤怒《ふんぬ》がこめられていた。太上天皇がたじろぐのを不比等は見逃さなかった。

「いずれ正妃は迎える。いつもそう申しているはずです」

「だから、それを早めねばと申しているのだ」

「宮子の気持ちをお考えくだされませ」

「軽――」

「みな、お引き取りください。宮子と腹の子にとっては大事な時。いらぬ心労をかけたくはありませぬので」

「軽、いくらなんでも太上天皇様に失礼ではありませぬか」

阿閇皇女が口を挟んだ。天皇は自らの母に、刃《やいば》のように鋭い視線を送った。

「お引き取りをと申したのです。聞こえませんでしたか」

「阿閇、もうよい」

なおも口を開こうとした阿閇皇女を制して、太上天皇が腰を上げた。

「宮子よ、済まなかったな。元気な子を産むのだぞ」

太上天皇は蒼白な顔の宮子に声をかけ、部屋を出た。阿閇、氷高の両皇女がそれに続く。

不比等は天皇に視線を向けた。天皇は唇を噛んでいる。頬の肉がわななないていた。

「軽様――」

「すまぬ、不比等。そなたも出て行ってくれ」

「畏《かしこ》まりました」

不比等は頭を下げ、道代と共に部屋を後にした。

「軽はどうしてしまったのだ」

先を行く太上天皇の声が届いてくる。

「あれほど聡明だった軽が、女人ごときに溺《おぼ》れ、政《まつりごと》さえないがしろにしているではないか」

「申し訳ありませぬ」

答えたのは阿閇皇女だ。その顔も蒼白だった。この世のだれひとり、太上天皇にあのような口を利いた者はいない。それが自分の息子とあれば生きた心地《ここち》もしないはずだ。

「軽には任せておけぬ。阿閇、そなたが正妃選びを進めるのだ。よいな」

「はい、母上」

阿閇皇女が足を止めた。太上天皇は氷高皇女と共に振り返ることもなく先を進んでいく。

「そなたは阿閇様と共に」

不比等は背後を歩いている道代に囁《ささや》いた。

＊＊＊

「軽も軽なら、母上も母上ではないか」

阿閇皇女は険しい顔を道代に向けた。

「なにもあのような場で正妃を迎えろなどと言う必要がどこにある」

道代は口を開かず、阿閇皇女の言葉にただうなずいた。怒りをぶちまけたいだけで、答えなど期待されてはいないのだ。

「挙《あ》げ句《く》にわたしに正妃選びを進めよとはな。だれを選ぶにせよ、母上は文句を言うに決まっている。そうであろう、道代」

「はい。太上天皇様はお年を召されて頑固になっておられるようです」

道代は答えた。阿閇皇女が求めている言葉はすぐに察しがつく。

「そなたもそう思うか」

「はい。お体の具合もよろしくはないようで、それで苛立ちも募るのでございましょう。太上天皇様といえども、人であることに変わりはございません」

「そうだな。母は老いた。いつか、去っていくのであろう。だが、そうなったら、軽はどうなる。だれが軽を守ってくれるのだ」

「わたしの夫がおりまする。夫は軽様を自らの息子のように思っておりますゆえ、ご安心くださいませ」

「そうだな。そなたと不比等がおれば……」

阿閇皇女は思案に耽《ふけ》るように口を閉じた。

「なにかご用意いたしましょうか。新羅よりの使者が、珍しい菓子を持ってまいったとか」

「なにもいらぬ。それより、軽のことじゃ、道代」

道代はまた口を閉じ、うなずいた。

「母上の申すこともっともではないか。軽はいったいどうしてしまったというのだ。玉座に就いた当初は政にも意欲を見せ、親政を敷きたいと申しておったのに、今では宮子のところに入り浸りだ。軽は変わってしまった」

「玉座とはそういうものなのやもしれませぬ」

「そういうものだと」

「はい。余人には考えも及ばぬほど冷たく重い座だと。昔、太上天皇様がそう仰せになるのを耳にしたことがございます」

「母上が……」

「軽様は聡明なお方ですが、まだお若うございまする。玉座の冷たさ、重たさに戸惑っておられるのです。いずれ、お子がお生まれになり、男としての年輪を刻めば、かつての聡明な軽様に戻られましょう。わたしはそう信じております」

阿閇皇女が道代の手を取った。

「常に軽のそばにいるそなたがそう申すのだ。わたしもそなたの言葉を信じようぞ」

「もったいのうございます」

道代は手を引こうとしたが、阿閇皇女がそれをゆるさなかった。

「そなただけが頼りじゃ。草壁様が亡くなってからこの方、本当に心をゆるして語り合えるのはそなただけだった。軽も同じ気持ちであろう。これからも、軽のことをよろしく頼むぞ、道代」

「もとよりそのつもりでございます、阿閇様」

道代は阿閇皇女の手を握り返した。阿閇皇女はほっとしたように微笑んだ。

＊＊＊

「吉備はどうしておる」

讃良は氷高皇女に問うた。氷高の妹、吉備内親王は長屋王のもとに嫁いでいる。

「折に触れて会っているそうではないか」

「長屋王には優しくされているようですが、宮中で生まれ育った娘です。なにかと心労があるようで」

　氷高が答えた。

「慰めてやっているのであろうな」

「ええ。妹ですから」

「そなたは実に妹思いだ」

　讃良は孫の顔を凝視した。他の家に生まれていればとうに嫁いで子をなし、幸せに暮らしている年頃だ。だが、万一のときのためにという不比等の言葉にうなずき、讃良が他家に嫁ぐことを禁じたのだ。

　万が一――草壁と同じように軽が早世《そうせい》する。あってはならないことだ。だが、軽が草壁の血を引いている以上、そのおそれに目をつぶることはできなかった。

「そなたに託しておきたいことがある」

「託すとはどういうことですか、お祖母様」

「わたしも老いには勝てぬ。今日明日ということはなくても、いずれ、永久《とわ》の別れがやって来よう」

「お祖母様……」

　氷高の目が潤んでいた。しかし、今にも溢れそうな涙が頬を伝うことはない。氷高はしとやかで物静かな女人だった。時に、そこにいることを忘れてしまうほどに目立たない。だが、その身体の奥に決して己を曲げぬ強さを秘めている。

「吉備と長屋王をそなたが守るのだ」

「なぜにそのようなことを仰せられるのですか」

「わたしの目の黒いうちは、不比等もおとなしくしていよう。しかし、わたしがいなくなれば……軽のあの者への寵愛はそなたも心得ておろう。もし、不比等の内に邪《よこしま》な野心が芽生えるようなことがあれば、皇室を守れる者はほとんどおらぬ。阿閇は道代という宮人の言いなりだ。他の皇族たちは不比等に立ち向かうこともかなわぬだろう」

「長屋王ならできると思われるのですか」

「あれの聡明さは抜きん出ておる」

氷高がうなずいた。

「わたしもそう思います。聡明さという点では軽にもひけをとらないかと」

「さようであろう。だからこそ、あの者をそなたに託すのだ」

「しかし、わたしになにができましょう。軽の姉だという以外、わたしにはなにもありませぬ」

「そなたの願いであれば、軽も聞き入れよう。いずれ折を見て、長屋王を出仕させるよう、軽の背中を押すのだ。あの者が出仕したら、位階を上げるよう軽に申すのだ。一刻も早く出世させ、不比等にひけをとらぬ地位に押し上げねばならぬ。不比等は長屋王の聡明さに気づいておろう。娘を嫁がせているのだからな。不比等が長屋王の芽を摘もうとする前になんとかせねばならぬ」

讃良はまくし立てた。

「それほどまでに不比等をお恐れですか」

「あれは恐ろしい男だ。出世には目もくれん。ただただ、己が欲するものを手に入れようとする。古からのしきたりやそれに縛られている者どもなど、そもそも相手になどしておらんのだ」

「お祖母様も古からのしきたりに逆らいました」

氷高の声は凛として、衰えはじめた讃良の耳にもよく響いた。

「そうだ。わたしは草壁を玉座に就けたい、軽を玉座に就けたいという欲に負け、古からのしきたりを覆した。そのために、不比等と手を組んだ」

讃良は皺に覆われた己の手を見つめた。指先が細かく震え、止まらない。

「欲のためだけではないと何度も自分に言い聞かせたものだ。この国をよりよくするため、古からのしきたりに縛られたままではなにもできぬ。だから、覆さねばならぬのだとな」

氷高の目が讃良を射貫いていた。

「しかし、結局のところは欲なのだ。草壁を玉座に就けたかった。草壁亡き後はなんとしてでも軽を玉座に就けたかった。そのために、わたしは鬼の手をとってしまったのだ」

「不比等が鬼ですか」

「今はまだ人だ」讃良は言った。「だが、いつ鬼に変じるやもしれぬ。そうならぬよう、わたしは夫にいつも申していたのだ。鎌足の息子に目をかけなされと。だが、夫は聞き入れなかった。そのせいで、あの者の胸の内に鬼が住まうようになったのだ」

「わかりました」

氷高が言った。凜として芯《しん》の通った声だった。

「わたしにできる限りのことをいたしましょう」

「頼むぞ、氷高」

讃良は氷高の手をとった。讃良の指先は震えたままだった。

＊＊＊

「忍壁様、これにござりまする」

不比等が言うと、後に従っていた田辺史首名が木簡を束ねたものを忍壁皇子の前に置いた。

「令《りょう》が十一巻、律《りつ》が六巻」

忍壁皇子が木簡に目を通しはじめた。

「ついに成ったのだな、不比等殿」

感極まった声だった。草壁を玉座に就けたい太上天皇に疎《うと》まれ続け、軽が玉座に就いてやっと政に加われるようになったのだ。

律令の編纂を指揮するよう詔が下ったのは不比等の策謀《さくぼう》によるものだったが、忍壁皇子自身はそれを知らなかった。

「は。後はこれを紙に書き直し、天皇様に奉《たてまつ》るだけにございます」

「ようやった。律令の制定に携わった者どもを労《ねぎら》わねばならぬな」

「ありがたきお言葉」

「律令を制定せよという詔をいただいた時には心より嬉しく思ったものだが、これほどまでに大変だとは考えてもいなかった。すべてはそなたや粟田真人《あわたのまひと》らのおかげだ」

粟田真人は翌年、遣唐使として唐に赴くことになっていた。中大兄の頃より断絶していた唐との国交を新たにし、この律令を携え、唐の皇帝に謁見する。遣唐使はなによりも律令に精通した粟田真人が適任だった。

律は唐のものを倣っただけのものが多い。だが、令は違う。飛鳥《あすか》の地で作った令をさらに発展させ、朝堂を——太政官《だいじょうかん》を中心にすべてが回るよう練り直した。

親政を敷きたがっていた天皇は、今や宮子と宮子の腹にいる子にかかりきりで、律令には見向きもしなくなっている。

太政官が政を決め、天皇はそれを承認する。

不比等の思い描く政の形が以前よりさらに強まっている。

「太政官か……そなたは大納言に任じられた。右大臣は阿倍御主人とか。御主人殿はそなたと懇意だと耳にしたことがある。左大臣は多治比嶋殿がそのままか。そなたたち三人でこの国の行く末を決めるのだな」

多治比嶋も阿倍御主人も老いている。不比等と同時に石上麻呂《いそのかみのまろ》も大納言に任じられた。石上麻呂は目障《めざわ》りだが、政は実質、不比等の掌中《しょうちゅう》にあると言っても過言ではなかった。

「忍壁様も、やがて、議政官に任命されましょう」不比等は言った。「太政大臣の座が空いておりますゆえ」

「高市様が先の太政大臣だったのだぞ。わたしなど、とんでもない」

忍壁皇子は満更でもなさそうだった。

「確かに、先の太政大臣は高市皇子様、その前は大友皇子様でございました」

「そうであろう。どちらも皇族筆頭。もし、天皇や皇太子になにかあらば、玉座を継ぐような方たちが太政大臣の任にあったのだ。わたしのような者がその座に就けば、宮中に波風が生じる」

不比等はうなずいた。太政大臣に任じられた皇族は皇太子に次ぐ皇位継承者と目されるおそれがあった。軽の息子を天皇にし、不比等と道代の間にできた娘を皇后にする。そのためには太政大臣の座は空位にしておくのが妥当だった。

「わたしがなにか、考えましょうぞ」

「なにかとな」

「忍壁様の申されるとおり、太政大臣の席にむやみに皇族を置けば宮中にいらぬ争いを持ち込むことになるやもしれません。しかしながら、今や忍壁様は皇族の第一人者。太上天皇や天皇の信頼も篤《あつ》い。その功に報いずになんとしましょう。天皇の徳を知らしめるためにも、忍壁様には太政大臣に匹敵する官職に就いていただくべきかと存じます」

「まことにそう思っているのか、不比等殿」

忍壁皇子が身を乗り出してきた。

「もちろんでございます。必ずや、いい策を考えておきましょう。ただし、すぐにというわけにはまいりませぬ」

「わかっておる。そなたの気持ちが嬉しいのだ。このわたしで力になれることがあったら、遠慮のう言ってくれ」

不比等は微笑んだ。望んでいたとおり、忍壁皇子の方から不比等に力を貸すと申し出てくれたのだ。

「天皇が聖君として治世なされるよう、この身を賭《と》しております。忍壁皇子様が力をお貸しくださるなら、これ以上喜ばしいことはございません」

不比等は深々と頭を下げた。

＊＊＊

この年の秋、道代は女子を産んだ。

娘は安宿媛と名付けられた。

十二月、宮子が男子を産んだ。

その子は首《おびと》と名付けられた。

二十五

粟田真人を執節使、高橋笠間《たかはしのかさま》を遣唐大使とした遣唐使が唐に向かった。

白村江《はくそんこう》での戦《いくさ》に敗れてから、ほぼ四十年ぶりの正式な遣唐使だった。この四十年の間にも、遣唐使という名目で派遣された臣下たちはいたが、いずれも百済にいる唐の将軍との交渉が目的であった。

こたびの遣唐使は盛大な儀式を執り行って送り出された。大いなる期待と不安を胸に船に乗り込む遣唐使たちの中には僧、道慈の姿もある。

道慈は優れた僧だった。田辺史百枝、首名を介して密かに会い、不比等はその知識に感銘を受けた。

この僧こそ、探し求めていた者である。

そう確信し、道慈を遣唐使に推したのだ。

この日まで、時間のゆるす限り道慈のもとを訪れ、話をした。自分がなにを求めているのか。道慈になにをしてもらいたいのか。道慈はなにを求めているのか。不比等は道慈のためになにをしてやれるのか。

蘇我馬子の功績を厩戸皇子のものに置きかえる。蘇我馬子とこの国への仏教の伝播《でんぱ》は切っても切り離せぬ。そして厩戸皇子は偉大なる存在でなければならぬ。仏教にも、孔子《こうし》の教えにも、老子《ろうし》の教えにも精通していなければならぬ。そうであってこそ、この国が唐にも比肩しうる大いなる国だと喧伝《けんでん》することができるのだ。皇室の権威を天より高く持ち上げることができるのだ。

そのために、仏教だけではなく唐が抱えるあらゆる知識を身につけてもらいたい。

道慈はすべてを理解し、引き受け、見返りを求めなかった。

唐に渡らせてもらえるだけで充分です。

そう答える道慈の目は不比等がおののくほど真っ直ぐだった。

その道慈が船上から不比等に視線を送ってくる。不比等は小さくうなずき、港に背を向けた。

従者と共に京への道に向かった。しばらくすると、従者たちが不比等から距離を置いた。

「武か」

声を放つと、背後に人の気配が湧いた。

「はい」

「宮中でなにかあったか」

「太上天皇《だいじょうてんのう》様のもとへ、長屋王様が」

「長屋王だけか」

「氷高皇女様もお出ででした」

不比等は歩みを止めず、首を捻った。

「氷高様か。長屋王は吉備様を娶っておるからな……道代はどこにおった」

「宮子様の寝所です」

太上天皇はわざと道代のいない時を狙ったのだろう。

「氷高皇女が長屋王とな……なにを話したかわかるか」

「残念ながら、そこまでは」

「わかった。引き続き、務めに励め」

武の気配が消えた。

「悪あがきがすぎますぞ、讃良様」

不比等は呟き、微笑んだ。

＊　＊　＊

首皇子を出産後、宮子の様子がおかしいという話は道代から聞かされていた。だが、忙しさにかまけて宮子を見舞うことはなかった。

「軽様が、宮中へ参られるようにと」

道代からそう聞かされたのは昨夜のことだった。

「宮子か」

「はい。ここ数日、お食事も口になさらず、軽様が大変心配なされておいでなのです。あなた様がお会いに行かれれば、宮子様のご気分も晴れるのではないかと」

産後に気の塞ぐ病にかかる女がいるというのは不比等も耳にしたことがあった。たいていは、日が経てば回復する。しかし、宮子が首皇子を産んでから、すでに三月が経とうとしていた。

「わかった。早々にお伺いすると軽様にはお伝えせよ」

道代にそう告げて政務に戻ったが、気持ちが揺れ動いて仕事は捗《はかど》らなかった。翌朝、宮中に足を向け、天皇の居室を訪れた。天皇の姿はなかった。宮子につきっきりなのだという。

宮子の寝所を訪れ、不比等は憔悴《しょうすい》しきった我が子の姿を目の当たりにした。

「これは……」

ふくよかだった娘がげっそりとやつれていた。豊かだった黒髪には白髪《しらが》が混じり、目は虚ろで頬は痩《こ》けていた。

「やっと来てくれたか、不比等」

傍らにいた天皇が宮子の肩に腕を回し、上体を起こした。

「宮子、そなたの父だ。不比等が見舞いに来てくれたぞ」

そう語りかけられても宮子は反応しなかった。人形のように天皇にされるがまま。目はあらぬところをさまよっている。

「我が声が聞こえぬのか、宮子。そなたの父が参ったと申しておるのだ」

「軽様、宮子はいつからこのようなことに」

「首を産んでから、ずっとおかしかったのだ。いつも溜息を漏らし、体が優れぬと伏せてばかりいた。それがここのところ、ものも食べなくなり、このありさまだ」

「宮子。父ぞ。そなたの父、不比等だ。わかるか」

不比等は床に膝をつき、娘の顔を覗きこんだ。宮子の目は虚ろなままだった。

「ときおり、口を開く。しかし、なにかが臭くてたまらんとか、手の汚れが落ちぬとか申すばかりだ。臭いものなどどこにもないし、手も汚れてはおらぬというのに」

そういう天皇の顔もまたやつれていた。宮子につきっきりでいるというのは本当のことなのだろう。

娘の姿は痛々しかったが、天皇の姿は問題だった。いずれ太上天皇あたりが、宮子がいるから天皇は政にそっぽを向くのだと言い出すだろう。

「軽様、百済《くだら》から来た優秀な医官を知っております。その者に宮子を診させましょう」

「そうしてくれるか、不比等」

「はい。しかし、その代わり……」

「その代わりになんじゃ」

「軽様も宮子の看病で相当おやつれになっているご様子。その医官が宮子を診ている間、軽様もしばしお休みを取られませ」

「宮子がこのようなことになっているというのに、わたしひとり休めというのか」

「それもまた、天皇の務めにありますれば」

不比等は頭を垂れた。

「そなたが懇意にしている医官であれば、腕は立つのであろう」

「百済はもとより、唐の医術にも精通している者にございまする」

「わかった。ここはそなたの進言に従おう。頼むぞ、不比等。辛すぎて宮子を見ておれんのだ」

「宮子は我が娘。わたしも痛ましくてたまりませぬ」

「よろしく頼んだぞ、不比等」

天皇は宮子を一瞥《いちべつ》し部屋を出て行った。残ったのは宮子と不比等、そして道代だけだった。

「実際に宮子を見るまでは、こうまでとは思わなんだ。なにが原因なのだ」

「天皇の側室は普通の女人とは違いまする。宮子様はまだ、首様をその腕に抱かれたこともございません。首様は生まれてすぐ、乳母のところに。乳母たちが首様を育てるのでございます」

「当然のことではないか」

「宮子様はせめて一度でいいから我が子をこの腕に抱きたいと、長い間泣かれておられました。あまりに強い哀《かな》しみが、心の病の原因かと」

「しかし、それだけでここまでひどくはなるまい」

不比等は宮子を見たまま言った。宮子から目を離すことができなかった。

「太上天皇様がたびたびお出でになりまして、子を抱けないぐらいで泣き続けるとは、それでも天皇の側室か、と。それがまた、宮子様にはお辛かったのではないでしょうか」

太上天皇らしい行いだった。本人に悪気はない。思ったことを口にしただけなのだ。男以上に強い女人は、弱い女人のことが理解できない。

「太上天皇様がお出でになるたびに、病が重くなっていたのだな」

返事はなかったが、聞く必要もなかった。

「何度もご様子をご覧に行かれますようにと申しましたのに」

「吾が愚かだった。宮子の心がかようなまでに弱いとは……」

「どうなされます」

「軽様と宮子を引き離さねばならぬ」

道代がうなずいた。この状態が続けばどうなるか、察しているのだ。

「吾が医官に言い含める。宮子の病を治すには、人と会わぬことが一番と言わせるのだ」

「軽様がお聞き入れになるとは思えません」

「聞いていただくのだ。なんとしてでも。でなければ、太上天皇様が皇后を立てようと動き出される。阿閇様だけならば、吾とそなたでなんとでもなるが、太上天皇様がその気になられたら……」

不比等は言葉を濁した。宮子が両手をこすりあわせている。天皇が言ったように、手が汚れていると思い込んでいるのだろうか。

「わかりました。わたしも軽様を説得されるよう、阿閇様にお頼みします」

「そうしてくれ。吾は医官を連れてくる」

不比等は腰を上げた。部屋を出ようとして振り返る。

宮子が不憫《ふびん》でならなかった。この後は、病が癒《い》えるまで息子だけではなく、だれとも会うことがかなわなくなる。身の回りを世話する采女と医官だけが宮子の生活のすべてになるのだ。

どれだけ不憫に思っても、己がしなければならないことをするだろうということはわかっていた。それが藤原不比等なのだ。

「吾を恨め、宮子」

不比等は呟き、前を向いた。

＊　＊　＊

「気の病だと」

太上天皇の目が冷たく光った。

「はい。そのようでございます。不比等が遣わした医官がそう断じ、しばらくはだれにも会わぬのが最良の治療だと申したそうで」

阿閇皇女の声は上ずっていた。

「だから、早く皇后を立てよと申しておったのだ。首の母親が気の病だと。そんなことが宮中の外に漏れてみよ。皇室の権威は下がるばかりだ」

「宮子の病に関しては、外には漏れませぬ。不比等がそう手配いたしておりまする」

「そうであろう。あの者にとっては娘、そして、藤原の家と皇室を繋ぐ唯一の橋だ。なにがあっても隠し通そうとするであろう。だれとも会わぬのが最良の治療だと。よくぞ申したものだ」

太上天皇が笑った。阿閇皇女の横顔は強張ったままだった。道代は固唾を呑んでふたりのやりとりを見守った。

「早く皇后を立て、皇子を産ませるのだ。その皇子を皇太子にすれば、なんの問題もない。そうであろう、阿閇」

阿閇皇女が道代を盗み見た。道代は力強くうなずいた。

「わたしにはできませぬ」

阿閇皇女の言葉に太上天皇が目を剝《む》いた。

「なんと――」

「軽がどれほど傷ついているか、母上様は察してもくれないのですか。あれほど傷つき、狼狽《うろた》えている息子に対して、早く皇后を迎えよなど、母であるわたしにはとても申せませぬ」

「阿閇、軽は天皇なのだ。玉座に就く者には他の者とは違う責任が伴う——」

「わたしにとって、軽は可愛い息子です。他の何者でもありませぬ」

太上天皇の唇がわなないた。阿閇皇女に言葉を遮られたことなど、これまではなかったはずだ。

「まずは宮子の病が癒えること、そして軽が落ち着きを取り戻すのを待ちます。皇后のことはその後で。よろしいですね」

「よ、よくもわたしに向かってそのようなことを――」

太上天皇は立ち上がろうと腰を浮かせ、次の瞬間、胸を押さえてうずくまった。

「母上――」

「太上天皇様――」

道代は阿閇皇女より先に太上天皇のもとへ駆け寄った。顔が青ざめていて、呼吸が浅い。

「だれか、だれかおらぬか」

太上天皇を抱きかかえ、道代は部屋の外に向かって叫んだ。

＊＊＊

「血のめぐりが滞ったというのか」

不比等の問いに渡来人の医官がうなずいた。内薬司《ないやくし》の人間では満足な薬を処方することもできず、道代からの使いを受けて不比等が太上天皇のもとに遣わした医官だった。

「はい。太上天皇様の心の臓はお年を召されて弱ってきておられます。そこに、神経が高ぶるようななにかが起きて、血のめぐりが滞ったものかと」

「それで、太上天皇様はどうなのだ」

「このまま薬を飲まれ、養生なされればいずれ回復なされるでしょう。されど――」

不比等は言葉を濁した医官を睨んだ。

「いずれまた同じようなことが起こり、それが重なれば太上天皇様のお命は儚《はかな》く消えてしまわれましょう」

「わかった。下がれ。このこと、そなたの胸にのみ秘めておくのだ。だれぞに話したら――」

「滅相もございません。この口、墓場に行くまで閉ざしておきましょうぞ」

医官は冷や汗を拭いながら部屋から出て行った。

「軽様のご様子は」

不比等は隣の道代に訊ねた。

「宮子様に続いて太上天皇様まで伏せられたとお聞き及びになり、お心を痛めておられるようでございます。今は阿閇様がご一緒に」

「このことを知っているのは」

「軽様、阿閇様、それにわたくし。采女や舎人には口を噤むよう命じてあります」

「さすがだ。それでよい。太上天皇様はお目覚めになったら、長屋王か氷高皇女様をお呼びになるやもしれん。それが外に伝わらぬようにすることはできるか」

「やってみましょう」

廊下をこちらに向かってくる慌ただしい足音が響いた。

「なにごとか」

道代が凛とした声を外に向けた。

「太上天皇様がお目覚めになられたそうにございます」

「なんと」

不比等は腰を浮かせた。

「藤原不比等様をお呼びにございます」

外から聞こえてくるのは道代が特に目をかけている采女の声だった。

「わかった」

「わたしもご一緒いたします」

不比等はうなずき、道代と共に宮中へ向かった。いつものように大股で先を急ぐ。道代の息が荒くなっているのはわかったが歩をゆるめることはできなかった。

「そなたはここでまて」

太上天皇の寝所に来ると、道代にそう命じた。

「太上天皇様。藤原不比等にございます」

返事の代わりに戸が開いた。顔に見覚えのある采女が不比等を中に招き、自分は外に出て行く。

「太上天皇様――」

太上天皇は伏せったままだった。乱れた髪を整える気力もないらしい。

「不比等か」

枯れ木《かき》を思わせる声だった。

「は――」

「近う寄るがいい。声がよう出ないのだ」

「失礼いたします」

不比等は太上天皇のそばまで動き、腰を下ろした。

「このたびは心配いたしました。かように早くお目覚めになり、ほっとしているところにございまする」

「草壁の佩刀《はいとう》を授けた時のことを覚えているか」

太上天皇が言った。声は弱々しかったが、目はしっかりとしていた。

「もちろん、忘れるはずがございません」

「あの時、わたしとそなたは盟約を結んだのだ。そうだな」

「さようにございます」

「その盟約はまだ生きておるか」

「もちろんにございまする」

「わたしはもう長くはあるまい。年が明けるまで生きられるかどうか」

「太上天皇様」

「死ぬのが怖いわけではない。わたしは女人としてはこれ以上ないほど存分に生きた。だが、軽のことを考えると死んでも死にきれんのだ」

不比等は口を閉じた。太上天皇の視線が不比等を射貫いている。わずかに残った生きる力のすべてを視線にこめているのだ。

「軽のことを頼む」

「はい」

「あの時のように約束してくれ。軽を守ると。皇室を守ると。そうしてくれれば、そなたが望む地位に就けようぞ。右大臣でも左大臣でも、そなたが心から望むなら、太政大臣《だいじょうだいじん》に任じてもよい」

「わたしは今のままでよいのです、太上天皇様」

不比等の答えに、太上天皇の目が光った。

「わたしが右大臣や左大臣になれば、朝堂に波風が立ちます。今の地位でも過分なほど」

「朝堂はその手に握ったから、もうなにもいらぬと申すか」

「朝堂は軽様のものにございます」

「なにが欲しいのだ。なんでもいいから申してみよ」

「なにも欲しいものはありませぬ。太上天皇様と軽様に仕え、この国を唐にも劣らぬ立派な国にしたい。わたしの望みはそれだけにございます」

太上天皇が深い息を漏らした。

「わたしがこれほどまでに願っても、そなたの胸の内に巣くう鬼は満足せぬのか」

「鬼、ですか」

「さよう。父、鎌足亡き後、そなたをないがしろにした皇室と朝堂を恨む鬼だ」

「太上天皇様、お言葉にございますが、わたしはだれも恨んではおりませぬ。この不比等をそれほど小さな器の男だとお思いですか」

「だからこそ、そなたの飼う鬼は恐ろしいのだ」

　太上天皇は目を閉じた。

「恨みなどどうでもよいか。そうであろう。その胸に抱いた恐ろしい野心を食うて大きくなる鬼じゃ。その野心を成すためにはどのようなことでもしてしまう恐ろしい鬼じゃ」

「太上天皇様――」

「左大臣でも太政大臣にでもなるがいい、不比等。そこで諦めるのだ」

「太上天皇様――」

「さもなくば、わたしは持てる力のすべてを使ってそなたを排する」

　太上天皇は眦を決し、不比等を睨んだ。その姿こそ鬼そのものだった。

「ご決断が遅すぎましたな、太上天皇様」

　不比等は腰を上げた。

「わたしはわたしの道を行きます。軽様と軽様の子々孫々が玉座に就き続けることをお望みなら、わたしの行く手を阻まないことです」

　不比等は叩頭した。言葉を失って睨み続ける太上天皇を残し、寝所を後にした。

二十六

「太上天皇様がことあるごとにそなたを排せと言い募られるのだ」

天皇は渋面を作った。

「まことに申し訳ございませぬ。わたしが不徳ゆえに――」

「太上天皇様は老いた」

天皇は不比等の言葉を遮った。

「あれほど徳が高く、英邁《えいまい》であられたというに、今はただ口うるさいだけの老婆だ。なぜ、人は老いねばならぬのだ、不比等」

「それが生きとし生けるもののさだめでありますれば」

「太上天皇様とお会いするのが辛いのだ」

「ならば、わたしを罷免《ひめん》なされませ」

不比等は言った。

「それはできぬ。太上天皇様に頼れなくなった以上、だれがわたしを支え、守ってくれるというのだ。それに、宮子《みやこ》のこともある。ここでそなたを切り捨てたとなれば、宮子はわたしを恨むだろう。心の病《やまい》も重くなるに決まっている。母と会えぬ首が不憫でならぬのだ。

宮子の回復に差し支えのありそうなことは一切せぬ。わたしはそう決めたのだ」

「ありがたきお言葉」

不比等は頭を垂れた。

「太上天皇様は、石上麻呂を引き立てようとなさっておられる。そなたに対抗させる腹づもりであろう。哀れな。石上麻呂になにができるというのだ。政《まつりごと》の要《かなめ》は、今やすべてがそなたの手にあるというに。太上天皇様はそんなこともわからぬようになってしまわれたのだ」

不比等は口を閉じて天皇の言葉に耳を傾けた。天皇は語りたがっている。胸の奥に溜まったものを吐き出そうとしている。

「わたしは石上麻呂を大宰師《だざいのそち》に任ずることに決めた。それで太上天皇様も諦めてくれるだろう。右大臣の阿倍御主人は年老いて病に伏せてばかりだ。石上麻呂が大宰府へ行ってしまえば、太政官《だいじょうかん》でそなたにものを言えるものはいなくなる。不比等よ、思うとおりの政をするがいい。そして、わたしを護るのだ」

そなたの望みはすべて叶えてやる。代わりに死への恐怖から救ってくれ——天皇はそう訴えていた。

「仰せのままに」

不比等は応えた。

「太上天皇様は、いずれいなくなる。それまでは堪えよ、不比等。太上天皇様がお亡くなりになられ、首が元服を迎えたなら立太子《りったいし》の儀を執り行う。宮子は天皇の母に、そなたは天皇の祖父になるのだ」

「ありがたき幸せ――」

不比等は叩頭した。

＊＊＊

通された部屋は質素だった。部屋の主の心持ちが垣間見える。石上麻呂は壬申《じんしん》年の乱の際、大友皇子に最後まで付き従った。それが大納言《だいなごん》に任ぜられるまでになったのは、大友皇子に忠誠を尽くしたその姿勢に大海人が感心し処罰を下さなかったからだった。石上麻呂自身も、常に過去の罪を自ら戒めるかのように振る舞っていた。

「お待たせした」

石上麻呂が部屋に入ってきた。

「わざわざお越しいただき、あいすまぬ」

話がしたいと持ちかけてきたのは石上麻呂であり、自ら不比等の屋敷に足を運ぶと言ってきた。それを断り、不比等の方から石上麻呂を訪れたのだ。

「年上の麻呂殿を煩わせるわけにはまいりませぬからな」

不比等は微笑んだ。

「ささやかながら、酒と肴を用意させた」

石上麻呂の言葉が終わるのと同時に、家人《けにん》たちが酒と肴を運んできた。

「ありがたくいただきまする」

注がれた酒を口に含む。石上麻呂は酒には手を伸ばさなかった。用心深い性格なのだ。酔って口が軽くなるのを恐れている。

「さて、このたびはわたしにどんな用が」

不比等は訊いた。

「どうやら、わたしは大宰師に任ぜられるようだ」

「それはおめでとうございまする」

不比等の言葉に石上麻呂は表情を曇らせた。

「そなたの差し金かと思っているのだがな」

「とんでもございません。すべては軽様の御一存。わたしが臣下の官位に口を出すなど滅相もありません」

「しかし、軽様はそなたの言葉にしか耳を貸さぬではないか」

「軽様は英明なお方ですぞ、麻呂殿。義父であるわたしに目をかけてくださいますが、天皇としてなにかをお決めになるときは、おひとりで決断を下されます」

「太上天皇様はたいそうご心配になっておられる。ご自分が亡き後の軽様とこの国がどうなるのかと。ゆえに、わたしのようなものを大納言に任ぜられたのだ」

石上麻呂の色が薄い目に力強い光が宿った。やはり、腰の低い振る舞いは自らの本性を隠すための目くらましだったのだ。

「それほど心配なら、不比等殿の大納言の任を解かれればよい。軽様がどれだけ反対なされても、太上天皇様が強くお出になれば軽様も抗えはなされない。そう申したのだが、太上天皇様は首を振るばかりだ。そなたと太上天皇様の間に、なにがあるというのだ」

不比等は笑った。

「軽様をなんとしてでも玉座に就けよ。そう命じられ、それに従ったのです」

「それだけではあるまい、不比等殿」

「さて、なんのことでしょう」

「高天原《たかまがはら》」

石上麻呂は鋭い声を放った。

「柿本人麻呂の詠《よ》む歌に聞き惚《ほ》れて、大抵の者は深く考えもしなかった。しかし、高天原とはなんのことだ」

不比等は笑みを顔に張りつけたまま石上麻呂を見つめた。

「大海人様がお命じになった帝紀と上古の諸事の編纂、今では日本書紀と呼ばれているようだが、舎人親王様がそれに携わっておられる。しかし、実際に、日本書紀の編纂に当たっているのはそなたと縁《えにし》の深い者たちばかりだ」

「舎人親王様がお決めになられたことでしょう」

不比等は酒をすすった。

「大納言であるわたしが編纂中の書紀に目を通したいと申しても、なんだかんだと屁理屈《へりくつ》をこねられ、見ることがかなわぬ」

「わたしにおっしゃられても困りますな」

「朝堂と宮中で起こっていることがらに、そなたの息がかかっていないことはひとつもない。だれもなにも言わぬが、だれもがそれを知っている」

自身の膝に置かれた石上麻呂の手が拳となって震えていた。

「そなたはなにを謀《はか》っているのだ、不比等殿。太上天皇様とそなたは軽様を玉座に就けるためになにをしたのだ」

「それを知ってどうなさるおつもりですか、麻呂殿」

不比等は盃を置いた。石上麻呂が渋面を作った。

「太上天皇様がなんとしてでも軽様に後を継がせようとされていたことは周知のこと。わたしはそのために成さねばならぬことをしただけにございます。麻呂殿は軽様が玉座に坐《すわ》

「られていることがご不満ですか」

「馬鹿なことを申すな」

石上麻呂が激しくかぶりを振った。

「ならば、知らなくてもよいことを知る必要はない」

「されど、わたしは大納言。議政官のひとりなのだ。朝堂や宮中でなにが起こっているのか把握しておく必要がある」

「さすがは、大友皇子に最後まで付き従われたご忠臣ですな」

大友皇子の名を耳にした瞬間、石上麻呂の目尻が痙攣《けいれん》した。

「それほどまでに知りたいのであれば、わたしにではなく太上天皇様にお聞きなさるがよい。太上天皇様のおゆるしなく、わたしの口からは答えられませぬゆえ。日本書紀をご覧になりたいのなら、それも、太上天皇様にお願いいたせばよろしいのです」

「できぬのを知ってそう申すのだな、不比等殿」

「わたしの一存では答えられぬ、そう申しているのです」

「太上天皇様はそなたを厭《いと》うておられる。ひとりでも味方が欲しいとは思わぬのか。それほどまでに尊大になっているのか」

「太上天皇様はいずれこの世のお方ではなくなりますゆえ」

石上麻呂の表情が凍りついた。

「話がお済みでしたら、わたしはこれで。やらねばならぬことが山積しているのです。大宰府に発《た》つ際にはご連絡ください。ささやかながら、祝いの席を設けましょうぞ」

不比等は腰を上げた。部屋を出ようとしたとき、石上麻呂の声が背中に投げかけられた。

「わたしもそなたより先に死ぬ。だから、余計なことをするな。そう言いたいのだな、不比等殿」

「滅相もございませぬ」

不比等は振り返らずに部屋を出た。

＊＊＊

冬の冷気がその猛威をふるった夜、太上天皇が倒れた。

報せにやって来た采女《うねめ》の顔が青ざめ、震えているのは寒さのせいか、あるいは気が動転しているせいなのか。

「このことを知っているのはだれか」

道代の問いかけに、采女は青ざめた口を開いた。

「阿閇皇女様だけでございます。皇女様はすぐに道代様にお伝えせよ、他の者には伝えてはならぬと仰せになられました」

「わかりました。そなたは太上天皇様のもとへ。決して阿閇皇女様の御命に背いてはなりませぬ」

采女はうなずき、踵《きびす》を返した。道代は不比等の寝所へ急いだ。

「あなた様、一大事にございまする。太上天皇様が病に倒れられたそうにございます」

声をかけながら部屋に入る。不比等はすでに起きていた。

「病状は」

「息が切れ、熱がおありとか」

「今宵は一段と冷える。肺の病か……」

「阿閇皇女様がおそばに。他にはだれにも報せておりませぬ」

「うむ。宮中へ行く。そなたも支度をせよ」

「はい」

道代は不比等の寝所を出ると、家人に指示を出した。手早く着替えを済ませ、再び不比等の寝所へ戻る。不比等もちょうど着替えを済ませたところだった。

「では、参ろう」

月夜だった。ほの白い光が空から降り注ぎ、明かりは必要なかった。若い舎人ふたりが、不比等と道代を前後に挟むようにして付き従っている。

しばらくすると、不比等が口を開いた。

「長屋王の様子はどうだ」

道代は自分に向けられた問いかと思い、首を傾げた。報せがあってからそれほど時は経っていない。長屋王の動静など知るよしもないのだ。

「変わった動きはありませぬ」

道端の影から声がした。道代は驚きのあまり、胸を押さえた。心の臓が止まるかと思ったのだ。

「引き続き見張るのだ。なにかあればすぐに報せよ」

不比等の言葉に対する返事はなかった。代わりに、影にわだかまっていたなにかの気配が消えた。

「今のは……」

「吾の手の者だ。よく仕えてくれている」

隠し戸から宮中に入り、太上天皇の寝所に向かう間に手足がすっかり冷えてしまった。いずれ、雪が舞う日も近い。冬のはじまりと共に病を患い、春が来る前に亡くなった人間を数え上げればきりがなかった。

「医師は」

「使いの者を出しております」

「さすがは道代だ。抜かりがない」

「わたしはあなた様の妻にございます」

　太上天皇の寝所の前にはお付きの舎人や采女が侍っていた。道代がうなずくと、年配の采女が部屋の中に声をかける。

「大納言藤原不比等様とその妻、県犬養道代様にございます」

「通しなさい」

　阿閇皇女の声がした。その声は硬い。

「失礼いたします」

　不比等が声を発し、中に入った。道代も続く。

　伏せった太上天皇のそばに阿閇皇女が座っている。

「不比等殿、よくぞ参られた」

「して、太上天皇様のご様子は」

「熱を発しておられます。それに、酷《ひど》い咳」

「まもなく医師が参ります。軽様にはまだ報せてはいないのですか」

「まずはそなたに。そう思ったのです」

「では、医師の見立てが出た後に、軽様にお報せいたしましょう」

　阿閇皇女がうなずいた。道代は太上天皇の傍らにひざまずいた。

「太上天皇様、失礼いたします」

そっと太上天皇の額に触れた。火傷《やけど》しそうなほどに熱かった。

「いつからこのようなことに」

部屋にいた采女に問いただす。

「朝方より咳が出て、昼を過ぎた頃には怠《だる》いとおっしゃられておられました。そして、日が暮れますと、寒い寒いと――」

「ただの風疾《ふうしつ》であればよいのですが……」

「医師が参りました」

部屋の外で声がした。

「お通ししなさい」

道代はそう言って腰を上げた。

「阿閇様、医師が参りました。少々お下がりくださいませ」

阿閇皇女がうなずいた。

部屋に入ってきたのは、顔見知り――不比等の息のかかった渡来人の医師だった。強張った顔でまず不比等に会釈し、次いで阿閇皇女に叩頭した。

「そのようなことはよい。早く母上を診てさしあげるのだ」

「かしこまりました。では、失礼いたします」

医師は太上天皇の手を取り、脈を診はじめた。強張った顔がさらに強張っていく。

「どうなのだ。重い病なのか」

阿閇皇女が沈黙に耐えきれぬというように声をあげた。

「しばしお静かにお願いいたします」

医師は目を閉じた。脈に意識を集中させている。しばらくすると、大きく息を吐き出した。

「どうなのだ」

不比等が訊いた。

「肺の気が滞り、膿《うみ》が溜まっておられるようです」

「脈を診ただけでわかるのですか」

阿閇皇女が身を乗り出した。

「はい。唐より伝わる医術書を学べば、脈を診るだけで大方のことはわかります」

「それで、どういたせばよいのだ」

「熱を下げる薬と気の通りをよくする薬を煎じますれば、それを日に二度、お飲ませください」

「薬を飲めば、母上は良くなるのだな」

医師の表情が曇った。

「はっきり答えぬか」

「お年がお年ですのでなんとも申し上げられませぬ。肺だけではなく、全身の気のめぐりがよろしくないのです」

「不比等殿、他に医師はおらぬのですか。この者はさように申しますが、他の医師ならあるいは――」

「この者は、わたしが知るかぎり最高の医師にございます」

不比等が阿閇皇女の言葉を撥《は》ねつけた。

「そんな……」

「阿閇様、この者は最善を尽くしましょう。しかし、太上天皇様はもうお年を召されておられます」

阿閇皇女がうなだれた。不比等が道代を見た。

「軽様をお呼びするのだ。それから、今後は軽様と阿閇様以外、この寝所に通してはならぬ。よいな」

道代は返事をする代わりに天皇をお呼びするようにと采女に指示を出した。

「氷高と吉備を呼んではなりませぬか」

阿閇皇女の言葉に不比等が曖昧《あいまい》に首を振る。

「氷高様はよろしいでしょう。しかし、吉備様はなりませぬ」

「なぜですか」

「氷高様は宮中でお暮らしです。しかし、吉備様は他家に嫁がれておられます」

「吉備もわたしの娘。軽の妹であり、太上天皇様の孫なのですよ」

「吉備様はなりませぬ」

吉備内親王は長屋王に嫁いだ。不比等としては断じて引けぬところだろう。

「阿閇様。太上天皇様がご回復なされたら吉備様をお呼びになればよろしいのではないでしょうか。それまでは、阿閇様と軽様、氷高様だけでご看病なされるのです。太上天皇様にとってもそれがよろしいかと存じます」

「そなたがそう申すのであれば……」

阿閇皇女は唇を嚙んで言葉を発しなくなった。廊下を慌ただしく行き来する舎人や采女の足音ばかりが聞こえてくる。

「太上天皇様にもしものことがあれば、阿閇様が太上天皇様に代わって軽様をお支えするのです。気を確かにお持ちくださりませ」

「わたしに母の代わりなど務まりませぬ」

「務まるかどうかなどは知りませぬ。ただ、やらねばならぬのです」

不比等の語気は穏やかだったが断固とした響きを伴っていた。

「軽様、そして、首様のためです。阿閇様がお守りせずして、どなたがあの方々を守るのですか」

「そなたがいるではないか」

「わたしはただの臣下にすぎませぬ。宮中でおふたりをお支えするのは阿閇様、氷高様のお役目にございます」

「わたしが精一杯お仕えいたします、阿閇様」

道代は不比等の言葉を継いだ。

「よろしく頼みますよ、道代。そなたがいなければ、わたしはこの宮中では右も左もわからぬ赤子同然です」

そう言葉を紡ぐ阿閇皇女の横顔は道に迷った童女のようだった。

「宮中のことはわたしに、朝堂のことは不比等様にお任せください」

道代は両手をつき、頭を下げた。

「なにをしておる。早く薬を煎じてまいらぬか」

不比等に叱責《しっせき》された医師が慌てふためいて寝所を出て行く。それと入れ替わるように乱暴な足音がして天皇が姿を現した。

「太上天皇様――」

天皇は阿閇皇女と肩を並べるようにして膝をつき、太上天皇の顔を覗きこんだ。

「どうなっているのだ、不比等」

「肺の気が滞っているそうです。今、医師が薬を煎じております」

「お見守りするしかないのだな」

天皇の喉仏がごくりと動いた。

「病状が回復されるまで、ご親族以外の者は通すなと道代に命じましてございます」

不比等が言った。天皇の眦が吊り上がった。

「不比等、わたしは自分の寝所に戻る。そなたもついてまいれ」

天皇が腰を上げた。

「もう行かれるのですか」

「わたしがここにいても太上天皇様にしてさしあげられることはありませぬ。それよりも、今後のことを不比等と相談せねばならぬのです。失礼いたします」

天皇は来た時と同じように慌ただしく出て行った。不比等もそれに続いた。

「玉座に就いてから、軽は変わってしまった」

阿閇皇女が嘆息した。

「天皇の座というのは、それほどまでに苦しいものなのであろうか」

「わたしにはわかりかねまする」

道代は目を伏せ、阿閇皇女の視線をかわした。

＊　＊　＊

「太上天皇様の寝所にだれも通さぬというのはどういうわけだ」

寝所へ入るやいなや、天皇が口を開いた。

「太上天皇様はわたしを牽制《けんせい》なさるために石上麻呂を大納言に引き上げられました。今は大宰府にいるとはいえ、太上天皇様のご病気を知れば京《みやこ》に舞い戻って参りましょう」

不比等の言葉に天皇がうなずいた。その横顔は青ざめ、憔悴していた。

「さらには、長屋王様が――」

「長屋王だと。あの者がなぜ」

「太上天皇様は吉野《よしの》に行幸された折、密かに長屋王様を呼び寄せられ、長い間お話しになられたとか」

「それはまことか」

「はい。道代が報せて参りました。宮中であろうが離宮であろうが、道代の目に留まらぬこと、耳に入らぬことはありませぬゆえ」

「太上天皇様はなんのために長屋王をお呼びになられたのだ」

「さて、そこまではわかりかねますが……」

「そなたなら察しがついておるのであろう。話せ」

天皇は腰を下ろした。髪の生え際からこめかみに一筋の汗が流れ落ちていた。

「太上天皇様はわたしを忌み嫌い、わたしを寵愛なさる軽様を疎《うと》んじておられまする」

「確かに、石上麻呂を大宰師に任じるなど、ここのところ、わたしは太上天皇様のご意向に逆らってばかりじゃ」

「軽様を玉座にお就けになる際、わたしは長屋王様のお力をお借りしました。あのお方は血筋で言えば皇族筆頭。まだ若いとはいえ皇族に並々ならぬ影響力がおありです」

「それはわたしも存じておる」

「太上天皇様は、軽様を廃位なさるおつもりなのではないでしょうか」

「廃位だと」

天皇の眦が大きく開いた。

「軽様を廃位なされ、首様を玉座に就けられるのです。首様はまだご幼少ゆえ、長屋王様が摂政に。わたしを排除し、なおかつ、草壁様のお孫様が玉座を守る。太上天皇様にとっては都合がよろしいかと」

「そなたを朝堂から追い出すために、血を分けた孫であるわたしを廃するというのか」

「太上天皇様がそういうお方であられたからこそ、軽様は玉座にお就きになられたのでございます。普段は情の細やかなお方であられますが、こと政に関しては徹頭徹尾冷酷。だからこそ、多くの臣下が女人なれど太上天皇様に従いました」

「わたしを廃位だと」

「石上麻呂や長屋王様が太上天皇様と会えば、厄介なことになりかねませぬ。太上天皇様は死を意識なされるでしょう。後がないとなれば、どんな手を打ってこられるやもしれませぬ」

天皇が大きく息を吐いた。

「そなたの申す通りだな。太上天皇様はそのようなお方だ。年を召されて耄碌《もうろく》なされたとばかり思っておったが……」

「太上天皇様の命がなければ、長屋王様や石上麻呂とて勝手には動けませぬ。なんとなれば謀反になりまするゆえ。されば、太上天皇様とあのふたりを会わせねばよいのです」

「廃位など断じてゆるさん」

天皇の声は震えていた。

「自分の妄執《もうしゆう》のために古《いにしえ》よりの掟《おきて》に背いてわたしを玉座に就け、自分の妄執がゆえにわたしを廃位されるというのか。そのようなこと、断じてゆるさぬ。わたしは天寿を全うしてわたしの意思でこの座を首に譲るのだ」

「それが道理にございまする」

不比等は囁《ささや》くように言った。

「太上天皇様を見舞えるのは宮中にいる皇族だけだ。必要であれば、詔を発しよう」

「それには及びませぬ、軽様」

「よいのか、不比等」

「ご快癒《かいゆ》なされてご自分の足でご寝所をお出になられぬかぎり、太上天皇様のお言葉が外に漏れることはないでしょう」

「道代か」

「はい。我が妻はなにごともしかと心得ておりますゆえ」

「わたしはそなたに頼り、母は道代に頼ってばかりだ。そなたらはまるで我ら親子の守り神ではないか」

「光栄至極に存じます」

天皇が笑う。その笑みは今にも消えてしまいそうなほど儚《はかな》かった。

二十七

太上天皇はひとり、横たわっていた。采女も舎人もいない。部屋の外で道代が侍っているだけである。

太上天皇がそう望んだと聞かされていた。

「お呼びでございましょうか」

不比等は寝所に入ったところで立ち止まり、声をかけた。

「もっと近う……」

太上天皇のひび割れた唇から同じようにひび割れた声が漏れてくる。

「失礼いたします」

不比等は足を進めた。膝を折り、太上天皇の顔を覗きこむ。瘦せ細ったその顔は死が間近に迫っていることをうかがわせるのに充分だった。

病に倒れてから七日が経っていたが、回復の兆《きざ》しは一向に見えなかった。

「わたしの負けだ、不比等」

太上天皇は血走った目を不比等に向けた。

「はい。そのようでございます」

「いつかその時が来るのはわかっていた。だが、かように早いとは……」

「どうにもならぬことに頭を悩ませるのはおやめになって、ご自分をお労《いたわ》りください」

「長い年月であった」

太上天皇が目を伏せた。

「壬申の年、すべてはあの時からはじまったのだ」

不比等は唇を結び、太上天皇のひび割れた声に耳を傾けた。

「わたしは女人であったゆえ、野心など抱いてはならぬと常々自分に言い聞かせていた。大王《おおきみ》の血を引く男ならどれだけ無知であっても玉座に就くことができる。しかし、女人ではどれだけ書物を読んでも、政の是非を判ずることができても玉座には縁がない。女人が大王になれるのはよほどの大事が起きたときだけだ」

太上天皇はそこで呟き込んだ。

「失礼」

不比等は膝を進め、太上天皇を抱き起こした。赤子をなだめるように、そっと背中をさすった。

「ありがたや、不比等」

「よいのです。お気になさらず、お言葉を――」

「壬申の年だ。あの乱が起こったとき、胸の奥深くに埋めたはずのわたしの野心がよみがえった。わたしは玉座に就けずとも、夫を玉座に、子を玉座に、孫を玉座に……わたしならできる。やってみせる。そう誓ったのだ、不比等よ」

「讃良様はその誓いを成し遂げられました。見事でございました」

「草壁が早世したのはわたしの業のせいだ。女人ごときが大きすぎる野心を抱いたゆえ、草壁は死んだのだ。それでも、わたしは野心を、欲を捨てることができなんだ。草壁がだめなら軽を、なにがなんでも軽を玉座に就ける。だから、そなたの手を取った」

「はい。讃良様とわたしとで力を合わせ、軽様を玉座にお就けしたのです」

「そなたに力を与えすぎた。こうなることはわかっていたのだ。だが、野心に目が眩《くら》み、先のことには目もくれなかった。今、死を前にして恐怖と後悔の念に苛まれているのも、わたし自身の業のせいなのだ」

「讃良様――」

太上天皇の手が不比等の手を摑んだ。

「そなたが軽を玉座に就けたのだ。そなたは軽の義父なのだ。そのそなたが軽をないがしろにするはずがない。そうであろう」

「そのとおりでございます」

不比等は太上天皇の手を握り返した。

「もはや、そなたの野心と闘う力はわたしにはない。だから、ただただ願うのみだ。軽を頼む」

「はい」

「病に倒れる前に、編纂中の日本書紀に目を通した」

初耳だった。声が出そうになるのを不比等は辛うじて堪えた。

「天照大神《あまてらすおおみかみ》と瓊瓊杵尊《ににぎのみこと》であったか。すぐにわかった。これはわたしと軽のことである。天照大神の意を受けた孫の瓊瓊杵尊が高天原から葦原中国《あしはらのなかつくに》に降臨し、国を統べる。そんな話は聞いたこともない。そなたが書かせたのだ。わたしと軽のために書かせたのだ。女人が玉座に就き、孫にその座を譲ることは間違いではないと、神話にこと寄せて臣下たちに認めさせようとしたのだ」

　不比等は答えず、太上天皇の背をさすり続けた。

「そうまでするそなたが、軽をないがしろにするはずがない。あれを読んでそう思った。藤原の家がどれだけ栄華を極めようが、天皇を、皇室をおびやかすことはない。そうであろう」

「藤原の者は臣下にすぎませぬ。この国の中心は常に天皇です。お忘れですか、讃良様。讃良様とわたしとで古よりのしきたりを変えたのです。有力な氏族の者どもの力を削ぎ、天皇に権威を与えたのです」

　太上天皇がうなずいた。

「軽にも伝えてある」

「なにをお伝えになったのですか」

「わたしが死んだら、燃やしてくれと。骨だけを、大海人様のそばに置いてくれと」

「燃やすのですか」

「そうだ。わたしの業のせいで草壁が死に、軽も病弱に育った。死んだわたしを野心ごと燃やし尽くすのだ。皇室にこれ以上の災厄が降りかからぬようにな。これがわたしからそなたに下す最後の命だ」

「かしこまりました、太上天皇様」

「讃良でよい。わたしは自分の名が好きだった。最後には自分の名に戻って死にたいのだ」

「讃良様。軽様のことはわたしにお任せください」

「石上麻呂も長屋王も、わたしの意に逆らえなかっただけだ。ゆるしてやるのだ」

「はい」

「疲れた。もう、下がるがよい」

不比等はうなずき、太上天皇をそっと横たえた。

「失礼いたします」

立ち上がると深く一礼し、寝所を後にした。

侍っていた道代が近づいてくる。

「いかがでした」

「讃良様は、軽様のことを頼むとおっしゃられた。だが、首様のことはついぞ口にはなされなかった」

不比等は吐き捨てるように言った。

「いずれ、軽様が正妃《せいひ》を娶られ、その正妃が産む男子が玉座を継ぐと決めてかかっておられるのだ。だが、そうはならぬ。首様が玉座に就かれ、安宿が正妃となる。吾とそなたの血が皇室に流れ、この国を統べるのだ」

「はい」

道代がうなずく前に、不比等は大股で歩き出していた。

＊　＊　＊

大宝二年（七〇二年）十二月二十二日、太上天皇が崩御した。

不比等は道代からの報せが届く前にそれを知った。宮中に接した屋敷にも、天皇の慟哭《どうこく》が聞こえてきたからだ。その声に招かれたかのように空に雲が広がり、雪がちらちらと舞いはじめた。頰を切り裂くような冷たい風が地面に降り積もった雪を吹き飛ばしていく。

その様子を眺めていると、宮中に侍《はべ》る舎人がやって来た。

「道代様からのお報せにございます。太上天皇様が御崩御なされました」

不比等はただうなずいた。

「道代様は宮中の者に口止めをなされました」

「その必要はない。ただちに臣下に伝えるのだ」

「かしこまりました」

舎人が去っていく。不比等はまた雪が風に吹かれる様を見守った。

「父上、そのようなところでなにをなされているのですか。お風邪を召されます」

背後から武智麻呂の声がした。振り返ると武智麻呂と房前が肩を並べていた。

「あの泣き声は軽様のものではありませぬか」

房前が言った。不比等はうなずいた。

「では、太上天皇様が――」

「崩御なされた」

不比等は息子たちから宮中に目を移した。

「ならば、このようなところにいる場合ではないではありませぬか。すぐに宮中へ急がねば」

武智麻呂が声を張り上げた。

「よいのだ」

「父上――」

「宮中には道代がいる。そなたらもあの女人が尋常ではないことは承知しているであろう」

「しかし……」

「太上天皇が身罷られたのだ。この父の胸にも去来するものが多い。あのお方と吾は司志だったのだ」

「不埒《ふらち》な者どもが、これを機によからぬことを企むやもしれませぬ」

「兄上」

武智麻呂を房前が遮った。

「父上のお好きなようにしていただきましょう」

「しかし、房前」

「父上のおっしゃられたように、宮中には道代様がおられるのです。もし不埒な者どもが宮中に溢れようと、道代様が対処なされます」

房前の言葉に耳を傾けながら不比等は微笑んだ。武智麻呂とて愚鈍《ぐどん》なわけではない。だが、不比等の血を色濃く受け継いだのは房前の方だった。

雪を見ていると、ふたりの気配が消えた。不比等は空を見上げた。雲が動く気配はない。明日の朝には、新益京《あらましのみやこ》もうっすらと雪化粧を施されるだろう。

「さて。まいるといたしましょうか、讃良様。お望み通り、ご遺体は火葬《かそう》にいたします。古よりのしきたりを打ち破り、新しき世を開きましょうぞ」

雲に向かって呟き、やがて不比等はうなだれた。

二十八

粟田真人が白村江《はくそんこう》の戦いで捕虜にされていた者らを携えて唐より戻った。

天皇は粟田真人の帰国をたいそう喜び、宴を催して労《ねぎら》った。

だが、宴の主役である粟田真人の顔に笑顔はなかった。

「いかがなされた、真人殿。唐から無事戻られたのだ。命あること、そして、任じられた務めを成し遂げたことを喜ばねば」

不比等は折を見て粟田真人の横に座り、語りかけた。

「不比等殿、このようなことをしている場合ではないのです。わたしは彼の国で見知ったことを一刻も早く議政官に報告したいと申しましたのに、右大臣がそれは後でよいと」

右大臣だった阿倍御主人が亡くなり、その後を継いだのは大宰府より戻った石上麻呂だった。

「その面持ちでは、われらには考えもつかなかったようなことがそなたの目に飛び込んできたのだな」

「さようです。やはり人伝《ひとづて》に聞くのとこの目で見るのとでは大違いです。もし、武周《ぶしゅう》の者がこの国に来てこの新益京《あらましのみやこ》を見たら、大笑いすることでしょう」

「そういうことならば、わたしでよければいつでもお話をうかがいましょう」

「では、この宴が終わった後に不比等殿の屋敷にうかがってもよろしいでしょうか」

粟田真人が身を乗り出してきた。それだけ気が急いている。

「寝ずにお待ちしております」

不比等は腰を上げた。

＊＊＊

「長安《ちょうあん》では、宮は都城の北端にあるのです」

姿を見せるやいなや、粟田真人は口を開いた。

「北と申されるか」

「はい。都城の北の中央に大極殿《だいごくでん》を含む宮が置かれます。我らの考えは間違っていたのです。唐にも劣らぬ京をとこの新益京を造営したのに、これでは笑いものになるしかありませぬ。一刻も早く、新たな京の造営に手をつけなければ」

「それは困りましたな」不比等は顎をさすった。「新益京の造営には、臣下や民に多大な負担をかけた。まだ遷都して間もないというのに、新たな京を造営するなどと口にすれば、あちこちから呪詛《じゅそ》の声があがろうというもの」

「しかし、新益京のありようは間違っているのです」

粟田真人は口から唾を飛ばして言葉を発した。宴で口にした酒が相当回っている。

「よいですか、不比等殿。わたしは正式な遣唐使として三十年ぶりに唐に渡ったのです。武則天《ぶそくてん》女帝の前で我らの国は日本という名を持ち、日本を統べるのは天皇であられる、唐にも負けぬ京を持ち、律令も定まっていると宣言してきたのです」

不比等はうなずいた。

「いずれ、唐からも使節がやって参るでしょう。その者たちがこの新益京を見たら、日本の民は大口を叩くだけの蛮族《ばんぞく》だと見なされましょう。不比等殿はそれでもかまわぬと申されるのですか」

「そうは申さぬ。されど――」

「なんとしてでもなさねばならぬのです」

粟田真人に気圧《けお》され、不比等は口を噤《つぐ》んだ。

「京だけではありませぬ。律令も、彼の国での運用の仕方は我らの考えていたものとは大きな隔たりがあります」

「それはどのようなものなのですか」

「律と令だけではなく格と式というものがあるのです。律と令が根本ではありますが、それだけでは補えない問題は格や式を制定して対応しています」

「なるほど」

大宝律令が成ってからすでに四年の月日が流れていた。実際に律令を施行すると予想もしていなかった問題があちこちで持ち上がり、律令を改正すべきであるという意見も朝堂で沸き起こっていた。

それに加えて、昨年から続く飢饉がある。農民たちが貧窮し、膨大な死者が出た地域もある。農民を救済するための施策の立案も急を要している。

「この国に住まう渡来人も、実際に唐に渡り、律令の現状を身をもって知っている者はほんのわずかにございましょう。彼らの知恵を借りましたが、我らが律令にはほころびがあるのです、不比等殿。これも緊急に改正する必要があります」

「唐の律令を知っているのはそなただけだ、真人殿。改正にはそなたが中心になってもらわねばならぬ」

「しかし、わたしは参議にすぎませぬ。律令を改正するとなれば、大納言《だいなごん》以上の官位の方々の指示を仰がねば」

「そなたが直接携われるよう、わたしがなにか手を打とう。律令の方はそれでなんとかなるであろうが、問題は、新しい京だ」

「それも、律令と同じほど急を要する問題です」

「わかっている。わかってはいるのだが、おそらく、右大臣が反対するであろうな」

不比等の言葉に、粟田真人が眦を吊り上げた。

「あの方は誠実な人柄ではありますが、政は誠実さだけで行うものではありませぬ。必要とあらば、鬼になる覚悟がなければ」

「そなたにはその覚悟があるのだな」

「もちろんにございます」

不比等はうなずいた。

「まだ飲めるのなら、酒を用意させましょう。唐で見聞きしたもの、もう少し詳しくお聞かせ願いたい」

「もちろんです。あの程度の酒で酔うものですか」

粟田真人が笑った。その顔は赤かった。

＊　＊　＊

「遷都だと」

憂いに沈んでいた天皇の顔が、不比等の言葉を耳にした途端、怒気を孕んだ。

「はい。粟田真人によれば、唐の京、長安では宮は都城の北端に置かれているとのこと。それがまことの京の姿なのです」

「この新益京に遷都する折に、どれだけの臣下が涙を飲んだか、忘れたわけではあるまい」

「覚えております。それでも、遷都は行わなければなりませぬ」

「宮が京の中心にあって、それのなにが問題だと言うのだ」

「いずれ、唐よりも使節がやってくるようになりましょう。唐の者どもがこの新益京を見れば、やはり日本の者どもはものの道理がわからぬ蛮族どもよと笑われましょう。さすれば、この国、ひいては天皇の権威が地に落ちまする」

天皇は渋面を作り、唇を固く結んだ。

「さらに、この新益京は、宮のある中心地が他の場所よりわずかに低くなっております。それゆえ、雨水や汚水が宮に向かって流れ、夏には酷い臭いがいたしまする」

「それは承知しておる」

「天皇がおられまする宮に腐臭が漂うなど、あってはなりませぬ」

「なぜ京を造営する前にそのことに気づかなかったのだ」

「まことに申し訳ありません。わたしの不徳のいたすところに存じます」

「そなたは忙しすぎるのだ」天皇は溜息をついた。「わたしのせいだ。わたしが頼りすぎるからそなたは休む暇もなく働かねばならぬ」

「天皇にお仕えするのは至上の喜び。苦ではありませぬ」

「自分が不甲斐ない」

天皇は俯いた。

「お祖母様とそなたがこの座に就かせてくれたのだ。その恩に報いなければならぬというのに、わたしの頭の中は宮子のことと、まただれかに命を狙われるやもしれぬという恐怖で満たされておる」

「軽様」

「お祖母様がいなくなって、その恐怖は増すばかりだ。わかるか、不比等。怖くて怖くて、恐ろしい夢を見て毎夜、目が覚めるのだ。その後も目を閉じるのが怖くて眠れぬ。朝が来るまで震えておる。情けないが、どうにもならぬのだ」

「軽様——」

「そなたや道代が心を砕いてくれておることは知っている。だから、心配する必要はない。頭ではそうわかっているのだ、不比等。しかし、恐怖は消えぬ。せめて、宮子がそばにいて慰めてくれればよいものを」

「申し訳ございませぬ」

不比等は頭を垂れた。

「寝たりないせいか、近頃は胸が重い」

「医師を呼びましょうか」

　天皇は首を振った。

「申したであろう。寝たりないからだ。ぐっすり眠ることができたら、胸のつかえもおりる」

「なれば、他の側室をお呼びになりませ」

「宮子でなければだめなのだ。そなたの娘だからではないぞ、不比等。わたしは宮子を心から慕っておるのだ。あの女人が愛おしく、また、哀れでならぬのだ」

「勿体《もったい》なきお言葉にございます」

「遷都の件、そなたの言い分はわかった。しかし、今すぐには無理だ。心に留めておくゆえ、今は下がれ」

「もうひとつお話ししたきことがあるのです」

「なんだ」

「律令ですが、これも粟田真人によれば、唐の国のそれとは大きな隔たりがあるとのこと。律令を改正する必要があるのですが、先ほど軽様がおっしゃられましたように、わたしには律令にかかりきりになっている余裕がありませぬ。そこで、粟田真人をその任に就けたいのです」

「そなたの思うようにするがよい」

「しかしながら、粟田真人は参議。官位がいささか低いのです。かといって、大納言に任じるわけには参りませぬ」

天皇は苛立ちを露わにした。

「なにを申したいのだ」

「大納言の数を減らし、代わりに中納言の官位を復活させたく存じます。粟田真人を中《ちゅう》納言《なごん》に任ずれば、律令の改正も滞りなく進みましょう」

「だから、そなたの思うようにせよと申したのだ。わたしはしばし横になる。下がるがよい、不比等」

天皇は不比等に背を向けた。その背中は丸く、小さく、まるで老人のようだった。

二十九

翌年も、その次の年も日照りや長雨による飢饉が続き、いたるところで疫病が猛威をふるった。

不比等をはじめとする朝堂はその対処に忙殺され、月日は瞬く間に過ぎ去った。

飢餓《きが》や疫病で亡くなった者の話を聞くたびに天皇の顔は青ざめ、表情が虚ろになっていく。

かつて大王《おおきみ》は祭司《さいし》だった。日照りが続けば雨乞《あまご》いをし、長雨が続けば雨のやむことを願って祈った。

日照りや長雨による飢饉はすなわち、大王に祭司としての資質がないということになる。天皇は今も雨乞いの儀を執り行う。しかし、天皇に祭司としての力を期待する臣下や民はかつてほどいるわけではない。

それでも天変地異による飢饉が続けば胸を痛めるのが天皇という存在だった。

天皇は日に日に憔悴し、痩せ細っていく。

「軽や、いまだに眠れないのですか」

朝から伏せていた天皇を見舞いに来た阿閇皇女は息子のやつれた顔を見て涙ぐんでいた。

「わたしの不徳のせいで、毎日のように無辜《むこ》の民が死んでいくというのに、なぜ寝られましょう、母上」

「日照りや長雨はそなたのせいではありません。寝て、食べて、天皇が安泰であってこそ民も日々の暮らしを立てていけるのです」

阿閇皇女の言葉に天皇は寂しそうな笑みを浮かべた。

「母上、お願いがございます」

「なんなりと申すがよい」

「母上に譲位いたしたいと存じます。なにとぞ、おゆるしください」

阿閇皇女が目を丸くした。天皇を見、道代を見、また天皇を見る。

「なにを申しているのです、軽」

「わたしのせいで民が死んでいくのに耐えられません。それに、この体。最近は、立ち上がるのでさえ、人の手を借りねばならぬありさまです。とうてい天皇としての責務には耐えられませぬ」

「薬は飲んでいるのですか」

阿閇皇女は天皇ではなく道代に訊いた。

「はい。毎朝、毎夕、医師が煎じた薬をお飲みになっておられます」

「それなのになぜ、軽はよくならないのだ」

「医師も首を傾げております」

「ならば、京におる僧たちに念じさせよう」

「母上――」

阿閇皇女の言葉を天皇が遮った。

「譲位の話です」

「馬鹿を申すでない。譲位など、断じてあってはならぬ。そなたは天寿を全うするのです。そして、そなたの後を継ぐのは母ではなく、そなたの子。それが道理というもの」

「首はまだ幼くて玉座には就けぬのです。それゆえ、母上に譲位し、首はその次の天皇に――」

「ならぬ」

阿閇皇女は柳眉《りゅうび》を逆立てた。

「そのようなことは断じてならぬぞ、軽――道代、まいるぞ。このような愚かな息子とは口もききたくない」

寝所を出て行く阿閇皇女を追おうとした道代の背中に天皇の声がかけられた。

「少し話したいことがあるのだ、道代。そなたは残れ」

「はい」

道代は阿閇皇女が開け放っていった戸を閉め、天皇の前にかしずいた。

「どのようなお話でございましょう」

「不比等は若い臣下らと共に、遷都を論じ合っているそうではないか」

不比等は遷都に関する問題は秘密裏に話し合っている。だれかがその話題をだれかに漏らし、天皇の耳にまで届いたのだろう。

「さようにございます」

「飢饉が続き、民の暮らしは困窮しているというのに遷都などできるわけがなかろう。不比等はなにを考えているのだ」

「軽様のためを思えばこそのことだと思います」

「不比等の目には、餓えて死んでいく民が見えておらぬのではないか」

「そのようなことはございません。夫は倉を開け、餓えた民に穀物を分け与えております」

天皇の眉が吊り上がった。知らなかったのだ。

「それだけではございません。餓えに苦しむ民たちのため、毎夜、仏の慈悲を願って経を唱えておりまする」

「そうであったか……ならば、遷都など諦めればよいものを」

「軽様のお考えは夫にもわかっているのです。それでも、遷都は必要だと」

「不比等に伝えよ」

天皇はそう言った直後に咳き込んだ。咳はおさまる様子がなく、道代は天皇の後ろに回って背中をさすった。

「大丈夫でございますか」

「ああ。それより、道代、不比等に伝えるのだ」

天皇の目には涙が浮かんでいた。

「はい」

「わが父、草壁の命日を国忌《こっき》としたいのだ。父上は玉座に就くことはかなわなかった。しかし、わたしの父であり、太上天皇《だいじょうてんのう》様の息子だったのだ。天皇に準ずる扱いを受けてしかるべき」

「おっしゃるとおりにございます」

「わたしがいきなりそのようなことを口にすれば、石上麻呂あたりが、古《いにしえ》よりのしきたりに反すると申してくるだろう。なにか手を考えよ。さすれば、わたしも遷都の件を考えよう」

「かしこまりました。必ず、夫に伝えます」

「しばらく不比等の顔を見ておらぬな」

天皇は体調の優れぬことが多く、不比等は不比等で飢饉への対応や律令の改革など、休む暇もないほどの多忙を極めていた。

「軽様がお会いしたがっていると伝えておきます」

「よいのだ、道代。不比等はわたしの病を気遣っているのだ。わたしに会いに来ればどうしても政の話が中心になる。それではわたしの心が安まるまいとわかっているのだ」

道代はそれには答えず、天皇の背中をさすり続けた。

「宮子はどうしておる」

「いつもとお変わりないようにございます」

「不比等に会えず、宮子にも会えず、先ほどは母上を怒らせてしまった。わたしを慰めてくれるのは首だけだ。玉座というのは、なんと寂しいものなのであろうかの」

天皇は寂しそうな微笑みを浮かべた。

「軽様……」

「おかげで楽になった」

天皇が背筋を伸ばした。道代は背中をさすっていた手をとめ、天皇から離れた。

「父上の国忌のこと、くれぐれも頼むと不比等に伝えるのだ。下がってよいぞ、道代」

天皇は穏やかな表情を浮かべていた。

＊＊＊

「草壁皇子の命日を国忌にだと。気は確かか、不比等殿」

石上麻呂が口から唾を飛ばして嚙みついてきた。

「国忌とは、先の天皇様がはじめたしきたりではないか。大海人様と中大兄様、それに鸕野讃良様の崩御なされた日が国忌。天皇の崩御なされた日が国忌なのだ」

「存じております」

「草壁様は玉座には就かずにお亡くなりになられた。国忌などとんでもない」

「しかし、草壁様は鸕野讃良様のご子息であられ、また、天皇の父上なのですぞ、麻呂殿。生きておられれば間違いなく玉座に就いていたはず。そうしたことを鑑《かんが》みれば、国忌に当ててもかまわないのではありませぬか」

列席している大納言の大伴安麻呂も、粟田真人らの中納言も黙していた。

「ならぬ、ならぬ。どうせ軽様がお望みなのであろうが、これぱかりはならぬ。国忌は天皇の崩御なされた日。そうでなければどんどん国忌が増え、政も立ちゆかなくなるのは明白ではないか」

「軽様だけではないのです」

不比等は言った。石上麻呂が不審そうに目尻を吊り上げた。

「鸕野讃良様が生前からそれを強く望んでおられました」

口を開いたのは穂積親王《ほづみしんのう》だった。忍壁皇子が亡くなった後、知太政官事《ちだいじょうかんじ》の任を受け継ぎ、太政官《だいじょうかん》を統括している。

「そ、それは、讃良様はご自分の息子ゆえ、草壁様の命日を国忌にと望むのは当然でありましょう。しかし、しきたりはしきたり。たとえ天皇であらせられてもそれを変えるには道理が必要」

石上麻呂は引き下がらなかった。

「讃良様はご自身の立場を弁《わきま》えられて、草壁様への思いを内に秘めたままにしておられたのです。あのお方ほどこの国に尽くされた天皇はおられない。その業績に報いるためにも、あのお方の望みを叶えてさしあげるべきではありませぬか、麻呂殿」

「し、しかしですな、穂積様——」

「これは、我ら皇族の総意です」

穂積親王は石上麻呂の言葉を遮った。

「なんですと」

「我ら皇族のすべての者が、草壁様の命日を国忌とすることを願っている。そういうことです、麻呂殿。それでも安易にしきたりを変えてはならぬと申されるなら――」

穂積親王は言葉を切り、石上麻呂を睨《ね》めつけた。

「我らにも考えがあります」

「か、考えとはなにごとですか」

「わたしは知太政官事の職を離れます。今後、皇族が太政官の参議に加わることはありますまい」

「そ、それは……」

「穂積様、それぐらいに。麻呂殿も、闇雲に反対しているわけではないのです。右大臣として、ことの道理を説いただけ。さようですな、麻呂殿」

不比等はふたりの間に割って入った。石上麻呂は唇を噛んでいた。これが不比等の策だと悟ったのだ。穂積親王を巻き込み、石上麻呂を後戻りできぬところまで追いつめていく。

「麻呂殿。本気で皇族すべてを敵にまわすおつもりか」

「皇族すべてがそれをお望みなら、臣下としては反対すべき理由はございませぬ」

石上麻呂は穂積親王に向かって頭を下げた。

「されば、議政官としては草壁様の命日を国忌とすることを天皇に奏上することといたしましょう。麻呂殿、この後、天皇の御寝所に参りましょう」

「不比等殿、今日は体調が優れぬのだ。そなたひとりで行ってくれぬか」

「わかりました。麻呂殿、今日はもう話し合う議もございません。早く屋敷に戻られ、おやすみになられた方がよいのではありませんか」

「ああ、そうさせてもらおう」

石上麻呂は腹立ちがおさまらぬという顔で立ち去った。

「それでは穂積様、天皇の御座所へ参りましょう」

不比等は穂積親王を促した。

「助かりました、穂積様」

「なに、軽様の胸の内は痛いほどにわかります。天皇の望みを臣下ごときが論じようとするのは謀反も同然ではありませんか。それに――」

穂積親王は言葉を濁した。

「なんでしょう」

「軽様はここのところ、お体の具合がよろしくないとお聞きしております。少しでもお元気になられるよう心を砕くのが我ら皇族の務め。我が父、大海人もそう願っておられることでしょう」

不比等はうなずいた。讃良のおかげで天皇の権威は飛躍的に上昇した。かつては玉座を巡って争っていた皇族たちが天皇の権威にかしずいている。讃良から軽、軽から首へと玉座が受け継がれていくことを当然の道理と見なしているのだ。

讃良様、願いが叶いましたな——不比等は心の中で呟いた。

＊＊＊

「よくやってくれた、不比等」

久しぶりに見る天皇の顔は青ざめていた。だが、草壁の命日を国忌にすべしと上奏すると、その顔に血の気が差してきた。

「穂積様のお口添えのおかげです」

不比等の言葉に穂積親王は首を振った。

「当然のことを申したまで。天皇のお望みに意見するなど、石上麻呂は増長がすぎます」

「麻呂は麻呂でわたしのためを思うてくれているのだ。多少、言葉が過ぎることがあったとしても、ゆるしてやってくれぬか」

「は」

穂積親王は頭を垂れた。

「明日にでも父上の命日を国忌に定めるという詔《みことのり》を出そう。嬉しいぞ、不比等、叔父上。これほど嬉しいことはない」

「臣下として当然の務め」

不比等は言った。軽に恩を売り、太政官の中で石上麻呂を孤立させる。思惑通りに事が進んでいた。

大伴安麻呂や中納言たちは今後、石上麻呂の言葉に耳を傾けなくなるだろう。天皇と皇族に睨まれてはいかに有力氏族の出身であろうと栄達を望むのは難しくなる。

そして、天皇の胸の内を代弁するのは不比等なのだ。

それだけではない。草壁の命日を国忌にするのは万が一に備えての布石でもあった。天皇は日に日にやつれていく。まるで在りし日の草壁を見ているかのようだ。もし、天皇が崩御してしまったら——考えたくはないが、考えておかなければならない。その時は、おそらく草壁の国忌が重大な意味を持つようになるはずだった。

「叔父上、このご恩は忘れませぬ。いずれ、わたしの体調がよい折にでも酒を酌み交わしましょう」

「ありがたきお言葉にございます」

「わたしは不比等に用がありますゆえ、叔父上はお引き取りを」

た。

「かしこまりました」

退出する際、穂積親王は不比等に一瞥《いちべつ》をくれた。その目には微かな妬《ねた》みの色が宿ってい

「久しぶりに顔を見るぞ、不比等」

天皇が言った。

「申し訳ありませぬ。お体が優れぬと聞き、政で軽様を煩わせたくないと思いまして」

「わかっておる。そなたが来なくても、宮には道代がおる。なにかがあれば、道代に言えばよいのだ。このたびの件も、わたしの願いを道代がそなたに伝えてくれたのであろう」

「仰せの通りにございます」

「不比等よ、わたしは本当に嬉しいのだ。お祖母様やわたしは玉座に就いたからよい。しかし、時が流れれば、父上は忘れられていくのだ。だれよりも玉座に相応しかったのに、病を得たばかりに……しかし、命日を国忌に定めれば、だれも父上のことを忘れたりはせぬ」

「そのお気持ち、よくわかります。我が父鎌足も、中大兄さまの右腕としてお仕えしましたが、今ではその名を口にする者も滅多におりませぬ」

「そうであろう。時の流れとはさように無情なのだ。しかし、そなたのおかげで毎年、命日が来るたびに臣下たちは父上のことを思い出す。褒美を与えるぞ、不比等」

「褒美などは――」

「石上麻呂を左大臣にして、そなたを右大臣に任じようと思う。さらに、五千戸の食封《じきふ》を与えよう」

「なりませぬ」

不比等は断固とした声で言った。五千戸とは尋常な封戸《ふこ》ではない。封主である不比等に入ってくる租庸調《そようちょう》は莫大なものになる。

「たまには素直にわたしの気持ちを受けてみよ」

「それでは、わたしが地位と褒美欲しさに上奏したと思われましょう。妬む者が出てきます。妬む者が増えれば増えるほど、わたしは動きにくくなるのです」

「なにを言うのだ」天皇が笑った。「だれが妬もうと、そなたを止めることのできる者はわたししかおらぬではないか。右大臣に石上麻呂がいるが、あの者もそなたに太刀打ちはできぬ。朝堂はそなたのものだ」

「畏れ多いお言葉にございます。朝堂は天皇のもの。わたしは臣下にすぎませぬ」

「たとえ話だということぐらいわかっておろう」

「しかし――」

「わたしとそなたは一心同体。みな、承知しておる。そのわたしがそなたに褒美を与えたとして、だれが不服を申し立てる」

「ならば、二千戸のみ、いただきます。右大臣の件はお忘れくださいませ」

「不比等よ――」

「どうしてもわたしに褒美をと申されるのなら、なにとぞ、遷都の件、ご考慮くださいませ」

不比等は両手をつき、額を床に押しつけた。

「ええい、わかった。面を上げよ。そなたのそんな姿は見たくない。二千戸の食封をそなたに授け、遷都の件も真剣に考える。それでよいのであろう」

「ありがたきお言葉。不比等はまこと、幸せな臣下にございます」

「そなたにその気があれば、とうに左大臣、いや、太政大臣にもなれているものを」

「わたしが望んでいるのは官位ではありませぬゆえ。それでは、失礼いたします」

不比等は一礼し、退出した。

＊＊＊

「不比等が二千戸の食封を授けられたとか」

長屋王は歌をしたためる手をとめた。

「噂では兄上は五千戸を授けるつもりだったとか。それを不比等が頑なに辞退し、二千戸に落ち着いたそうです」

　そう答える吉備内親王は庭で咲く花を愛でていた。

「長きにわたる飢饉が終わる兆《きざ》しも見えていないというのに、五千戸だの二千戸だの、信じがたい話だ」

「それだけ兄上は嬉しかったのでしょう。父の命日を国忌とすることができたのですから」

「しかし、不比等殿はすでに使いきれぬ財を持つ有力氏族の氏上《うじのかみ》だ。それに加えて二千戸の封戸など……」

　長屋王は唇を噛んだ。

「その不比等の口添えで正四位上《しょうしいのじょう》の位を授かったのではありませぬか」

「わたしのためではない。娘の長娥子のためであろう」

「それでも、不比等はあなたとの約束を守ったのです」

　吉備内親王が庭から部屋へ上がってきた。

「官職はないとはいえ、一度位を授かったからにはいずれ官職も授かりましょう。その時を待てばよいのです」

「わかっておる。今や、不比等殿のわが世の春だ。あからさまに逆らえば返り討ちに遭うだけ」

「そう。今は不比等に恩を売る時にございます」

「恩を売る、か。そなたは時におそろしい言葉を口にするな」

「どれほど栄華を極めようと、人はいずれ死ぬさだめ。不比等の方があなたより先に死ぬのは道理。いずれいなくなるお方です。その時まで力を溜めて待てばよいのです」

「讃良様がわたしに申したのだ」

「はい。何度も聞いております」

吉備内親王が苦笑した。それでも長屋王は続けた。

「そなたが皇室の盾となれ」

「今のところ、皇室は安泰です。不比等殿も兄上に従っております」

「今のところは、な。だが、いずれ……」

長屋王は口を閉じ、隣に腰をおろした吉備内親王の肩を抱き寄せた。

三十

夏のはじまりを告げる陽射しが降り注いだその日、天皇付きの采女《うねめ》は寝所の外で天皇が起き出す気配がするのを待っていた。

朝餉《あさげ》の時間になっても寝静まっている寝所を不審に思い、声をかける。

「軽様、間もなく朝餉の時間でございます」

返事はない。寝所は雪の降り積もった森のごとく静まりかえっている。

明け方近く、寝所からは激しい鼾《いびき》が聞こえていた。それがはたとやんで以来、寝返りを打つ音すら聞こえてこない。

采女の背筋を寒気が駆けおりていった。采女は目を吊り上げ、そばに侍していた若い采女に言った。

「急ぎ、道代様を呼んでまいるのだ」

命じられた采女は背中を蹴飛ばされたように去っていった。

「軽様、朝餉の時間にございます」

もう一度声をかける。相変わらず返事はなかった。

＊＊＊

「失礼いたします、軽様」

道代はそう告げて寝所に足を踏み入れた。心臓が激しく脈打っていた。

「軽様、朝餉の時間にございます。お加減がよろしくないのですか」

天皇は床で横になったまま動かない。

「軽様――」

道代はおそるおそる近づいた。天皇の寝顔を見た瞬間、凍りついたように動きを止めた。ただでさえ血の気の少ない顔だったが、さらに血の気を失っている。

「軽様、軽様」

己を鼓舞し、天皇の額に触れた。額は石のように冷たかった。

なぜだ。なぜこんなことに。

確かにここ数日、天皇の体調は優れなかった。しかし、まだ二十五歳の若さなのだ。だれも身罷るなどとは考えてもいなかった。

「だれか。だれかおらぬか」

寝所の外に声をかけた。

「阿閇皇女様と不比等様をお連れせよ。だれにもなにも知られてはならぬ。よいな」

不比等と共に築き上げてきたものが音を立てて崩れていく。

これまでの苦労はなんだったのか。

これからどうすればいいというのか。

「軽様、軽様、軽様――」

道代は冷たくなった天皇の身体を抱きかかえ、嗚咽《おえつ》した。

＊＊＊

「ならぬ。ならぬ。なりませぬぞ、軽様」

不比等は同じ言葉を繰り返しながら大股で廊下を進んだ。道代からの報せを受け、大慌てで支度してきたのだ。身体中に汗が浮いていた。

天皇の寝所の戸は固く閉ざされていた。寝所の前で青ざめた顔をしている舎人《とねり》や采女を押しのけるようにして戸を開ける。

阿閇皇女が天皇を胸にかき抱いて泣いていた。

「なりませぬ、軽様」

不比等は寝所に飛び込んだ。阿閇皇女の横に膝をつき、天皇の手を握る。

天皇は死んでいた。

「なぜだ」

不比等は阿閇皇女と天皇から離れたところで座していた道代に問うた。

「お付きの采女の話では、明け方近くに大きな鼾をなされ、それが止まってからは物音ひとつしなくなったそうにございます」

「明け方近くだと。その時に医者を呼んでいれば助かったかもしれぬではないか」

「まさかこのようなことになるとは、だれも思ってもいなかったのでございます」

不比等は唇を舐めた。

天皇は死んだ。軽はもうこの世にはいない。

ならば、どうすべきかを考えよ。

「お恨み申しますぞ、軽様」

不比等は呟くように言い、阿閇皇女に向き直った。

「阿閇様、玉座をお継ぎください」

阿閇皇女は涙で腫《は》れた目を不比等に向けた。

「玉座を継ぐのです」

「なにを申しておるのだ、不比等。軽が亡くなったのだぞ。それなのに、そなたは政の話をするのか」

「首様はまだ幼すぎます。阿閇様が玉座に就かなければ、穂積様が……それでは、首様が軽様の後を継がれる日は永遠にまいりますまい」

阿閇皇女の涙が止まった。

「穂積の他にだれかおらぬのか」

「穂積様でなければ長屋王様か舎人様。いずれにしても、首様の未来は断たれたも同然にございます」

「わたしは女人だ」

「お父上は中大兄様、お姉様は讃良様。阿閇様ほど尊い血を受け継いでおられる方はおりませぬ」

不比等は阿閇皇女ににじり寄った。

「しかし、母上は夫が天皇であったのだ。我が夫は玉座に就く前に逝ってしまわれた」

「そのあたりのことはこの不比等がなんとかいたします。玉座に就いて首様をお守りするのか。それともみすみす他の者が玉座に就くのを見守るだけなのか。お決めくだされ、阿閇様」

「そなたがなんとかすると申すか」

「草壁様の佩刀《はいとう》をお忘れですか。わたしはあれを、軽様を玉座に就けるための詔としてお受けいたしました。軽様がこうなられた今、あの佩刀は首様を玉座に就けよという詔と同じにございます」

「わたしが天皇になるしかないのか」

「首様が成人されるまでは。讃良様も軽様のため、苦渋の決断をなされました」

阿閇皇女は唾を飲みこんだ。

「時間がありませぬ、阿閇様。ご決断を」

不比等は声を張り上げた。

「どこまで無慈悲なのだ、不比等」

「軽様と首様のためにございます」

「わかった。そなたの申す通りにしよう」

阿閇皇女の声は震えていた。

「粟田真人と長屋王様に使いを出し、我が屋敷へ至急まいるよう伝えるのだ」

不比等は道代に向かって言った。道代はうなずいただけで姿を消した。

＊　＊　＊

「いかに尊い血をお持ちだとしても、皇后でもなかった女人が天皇になるというのでは道理が通りませぬぞ、不比等様」

粟田真人が顎をさすった。長屋王は腕組みをしたまま一言も発しない。

「無理は承知なのだ、真人殿。それでも、阿閇様を玉座に就けねばならぬ。他のお方が天皇になっては、遷都の件も、律令の改革も滞る。いや、なにもできぬようになる」

「それは困ります」

「だから阿閇様なのだ。首様が成人されるまでは、阿閇様に玉座をお守りいただく」

「しかし、それでは他の者は納得しますすまい」

　ようやく長屋王が口を開いた。

「納得させなければならないのです。なにかいいお知恵はありませぬか、長屋王様」

「知恵もなにも、わたし自身も納得できぬと申しているのですよ、義父上」

長屋王は静かな目を不比等に向けた。義父に対して申し訳ない、しかし、皇族の一員として不比等の策に乗るわけにはいかぬ――その目はそう語っている。

「首様が玉座に就くまでの繋ぎです、長屋王様。もしかすると、長屋王様は首様が玉座には相応しくないとお考えか」

「そうではありません。しかし、阿閇様が玉座に就くというのはだれが考えても無理押しではありませぬか」

　不比等はうなずいた。これまで長屋王は巧みにその野心を隠し通してきた。だが、天皇が若くして亡くなったと知るや、その野心を隠しきれなくなっている。

「しかし、草壁様の命日は国忌でございます」不比等は言った。「つまり、草壁様は天皇だったも同然。その妻である阿閇様も皇后と同じではございませんか」

長屋王が唇を嚙んだ。国忌の意味にやっと気づいたのだ。

「なるほど」

　粟田真人が膝を打った。

「不比等様の申す通り。草壁様は天皇と同格。阿閇様も皇后と同格にございます」

「もしや、この時に備えて草壁様の命日を国忌にしようとなさっておられたのですか」

長屋王が言った。眦が小さく震えていた。

「まさか。軽様のお気持ちを汲んだだけです」

「そういうことであれば、わたしは納得しましょう」

長屋王は負けを認めた。

「しかし、他の者たちが納得するかどうかはわかりませぬ」

「皇族がたを説得してはくれませぬか」

「やってはみましょう。ですが、あまり期待はしないでください。それでは、わたしはこれで失礼いたします」

長屋王は不比等と粟田真人に一礼して出ていった。

「驚きましたな」

粟田真人は長屋王が出ていった戸口を見つめながら言った。

「長屋王様も、玉座への道が開けたとなると野心を剝き出しにするのですな」

「玉座とはそういうものなのだ、真人殿。長屋王様はわが娘を娶ったということもあり、これまでわたしの意に沿って動いてくれた。自分が天皇になることはないのだから、わたしと軽様に寵愛された方がいいとお考えだったのだ」

「しかし、軽様が崩御されると、長屋王様を取り巻く状況が変わった……」

「嫡流《ちゃくりゅう》ではないが、それに近い尊い血をお持ちのお方だ。阿閇様ではだめだということになれば、長屋王様が玉座に一番近いということになる」

栗田真人は何度もうなずいた。

「長屋王様も申しておられましたが、まさか、このことを見越して草壁様の命日を国忌になさったわけではありますまいな」

「軽様は病弱だったゆえ、万が一の時のことは考えた」

不比等の言葉に粟田真人が目を剝いた。

「常にそこまでお考えになられるのですか」

「讃良様と草壁様に誓ったのだ。軽様を必ず玉座に就けると。その軽様が亡くなられた今、わたしのすべきことは首様に後を継がせること。そのためならなんでもいたそう」

粟田真人は口を閉じた。目を細め、なにやら思案に耽《ふけ》っている。

「百枝と首名を呼べ」

不比等は部屋の外に向かって声を張り上げた。待つこともなく百枝と首名が姿を現した。

「真人殿。田辺史一族の百枝と首名と申す者たちです。以後、お見知りおきを」

「ああ。不比等殿が目をかけておられるというおふたりですな」

「ふたりとも聞いておるな」

不比等の言葉にふたりがうなずいた。

「なんとしてでも阿閇様を玉座に就けねばならぬ。よい策はないか」

「天皇が崩御なされたと聞いて、不比等様は阿閇様を玉座にお就けなさるだろうと即座に思いました」

口を開いたのは首名だった。

「しかし、阿閇様を玉座に就けるには困難が伴うだろう、そう思ったとき、思い出したことがございます」

「申してみよ」

「遥か昔、西域にあった国の話でございます。その国でも今と同じように王が若くして亡くなりました。王の息子は玉座に就くにはまだ若く、王の身内の者たちは大后《おおきさき》を玉座に就かせようとしたのです」

不比等はうなずいた。粟田真人が身を乗り出して首名の話に聞き入っている。

「しかし当然のごとく、玉座を狙う王族たちは反対しました。女人を王として仰ぐなど到底できぬ、と。このままでは乱が起こるという時に、王族の長老がこう申したそうでございます」

首名は息を継ぎ、背筋を正した。

「我が王室には建国の祖が言い残した改めるまじき常《つね》の典《のり》がある。この典を侵すものは建国の祖を冒瀆《ぼうとく》するに等しい。ひいては大逆人《たいぎゃくにん》である、と」

「改めるまじき常の典とはなんだ」

不比等は訊いた。首名が首を振った。

「だれも知らぬのでございます。長老は王室の嫡流にのみ語り継がれる典ゆえ、何人《なんぴと》も知ることはかなわぬと申されたそうで」

「それで、乱はおさまったのか」

「はい。だれもが彼の国の祖を崇めていたそうにございます。その祖が定めたという典であれば従う他はないと」

「都合のよい典だな」

不比等は笑った。

「はい。不比等様もこのように都合のよい典を作ればよろしいのです」

「王家の嫡流しか知らぬ絶対の掟《おきて》か」

「驚きましたな」

粟田真人が言った。魂を抜かれたかのような表情を浮かべている。

「この者らは知者なのです、真人殿。様々なことを知っておる」

「だから、帝紀の編纂にお加えになっておられるのですね」

「律令の改革に必要なら、好きなようにお使いくだされ。さて――」

不比等は腰を上げた。

「不比等殿、どちらへ」

「阿閇様にお会いして、皇族の嫡流しか知らぬ掟の件を話し合わねば。その名を聞いてだれもが震え上がる天皇といえば、中大兄様であろうか。中大兄様が定めた掟だと申せば、表立って異を唱える者もおるまい」

不比等は微笑んだ。どうやら窮地を脱することができそうだった。

＊　＊　＊

朝堂に皇族の主立った方々と議政官が集まっていた。

だれの顔も硬く強張っている。空席となった玉座に座るのはだれか。それぞれがそれぞれの思惑を胸に秘め、他の者たちの心の内を推し量ろうと躍起になっていた。

知太政官事である穂積親王は口を閉ざし、右大臣たる石上麻呂が口を開いた。

「さて、天皇が身罷られた今、次の天皇はどなたになさるべきか」

「阿閇皇女様の他にはおられませぬ」

不比等は声を張り上げた。ざわめきがさざ波のように朝堂に広がっていく。

「阿閇様は女人であらせられる」

だれかが口を開いた。

「讃良様も女人であられた。だが、だれよりも聡明で強い天皇であられたではないか」

不比等は石上麻呂を見据えたまま答えた。

「しかし、讃良様は皇后であられたのだ。阿閇様はそうではない」

石上麻呂が言った。

「草壁様の命日は国忌。であれば、草壁様は天皇であられたも同然。阿閇様も皇后であられたも同じではないですか」

また朝堂がざわめいた。草壁の命日を国忌にしたことの意味を、この時多くの者が悟ったのだ。

「しかし、大海人様の血を引く皇族の男子がまだ大勢おられるのだ。その方々を差し置いて阿閇様が玉座に就かれるなど、道理に反する」

石上麻呂の額に細かい汗が浮いていた。

「讃良様は特別なお方であられました」

口を開いたのは大伴安麻呂だった。

「皇后であらせられた頃から、大海人様を補佐して政を司られた。みな、それを知っていたから讃良様が玉座に就かれることをよしとしたのです。しかし、阿閇様に政の経験はおありではありませぬ」

大伴安麻呂は長らく不遇をかこっていた。天皇を恨んでいたとしてもおかしくはない。

「議政官が補佐すればよいだけのこと」

実際、政を論じるのは議政官で、天皇は決裁するにすぎないのだ。政の才覚など、天皇には必要ない。

「議政官だけでは論じきれないことが起こった場合、最終的な決断を下されるのは天皇ではないか。その天皇が政を知らぬでは済ませられぬ」

石上麻呂が不比等を睨んだ。

「はじめから政に長けている者などおりませぬ。我ら議政官が導いていけばよいのではありませぬか。阿閇皇女様は中大兄様の血を引かれるお方。政の才覚はおありかと存じます」

「そなたはなにがなんでも阿閇様を玉座に就かせるつもりか」

「麻呂殿はなにがなんでも阿閇様を玉座に就かせぬおつもりか」

石上麻呂の顔が赤くなった。怒りに肩が震えている。

「麻呂殿も不比等殿もお控えください。ここは、天皇の跡継ぎを論じる場ですぞ」

穂積親王が不比等たちを諌《いさ》めた。不比等は涼しげに微笑みながら頭を下げた。石上麻呂は憤懣《ふんまん》やるかたないという態度で不比等から顔を背けた。

「しかし、このままでは埒《らち》があきませぬな」

穂積親王がそう呟いたとき、舎人の大音声が聞こえてきた。

「阿閇皇女様のおなり」

座にいた一同が声のした方に顔を向けた。道代に先導されて阿閇皇女がこちらへ向かってくる。

「これは阿閇様、いかがなされました」

石上麻呂が真っ先に腰を上げ、阿閇皇女に一礼した。他の者もそれに続く。

「わたしがこの場にいるべきではないのは承知しております。しかしながら、軽の跡継ぎを決めるにおいて、どうしてもそなたたちに話しておくべきことがあるのです」

「なんでございましょう」

一同は居住まいを正し、阿閇皇女に向き直った。

「父、中大兄が定めた典があるのです。わたしも今は亡き姉上も、それを父の口から直接聞きました」

「その典とは、どのようなものなのでしょう」

阿閇皇女が首を振った。

「父は玉座に連なる皇室の嫡流以外に口にしてはならぬと申されましたゆえ。ともかく、それは改めるまじき常の典として、父から姉に伝えられたのです。その典があるゆえ、姉は自らが玉座に就くことを苦渋の内に決めました」

またざわめきが起こった。臣下にも嫡流ではない皇族にも報せてはならぬ典など、これまでにあったためしがない。

「しかし、その典がどのようなものなのかわからぬかぎり我らにはなんとも申せませぬ」

「父がそう定めたのです。わたしたちにはどうすることもできませぬ」

「しかし、阿閇様――」

「そなたは中大兄の定めたことをないがしろになさるつもりなのですか」

阿閇皇女は姉によく似た目で石上麻呂を睨みつけた。

「い、いいえ、決してそのようなつもりではございません」

石上麻呂の顔が血の気を失っていく。中大兄は苛烈な性格の持ち主だったという。石上麻呂はそれを思い出したに違いなかった。

「実は――」

阿閇皇女は視線を石上麻呂から他の者たちに移した。

「昨年、病に倒れた時に、軽から譲位したいという旨の話がありました」

ざわめきが大きくなる。

「母が息子に自分はいずれ死ぬかもしれぬと言われたも同然です。わたしは軽を叱《しか》りました。しかし、軽はどうしてもわたしに譲位すると申しました。それも、軽がこの典のことを知っていたからです。その時は、わたしも気が動転して軽を諫め、譲位など考えずに病から癒えること、元の元気な軽に戻って天皇としての務めを果たせと諭《さと》しました」

阿閇皇女がちらりと不比等を見た。不比等は励ますようにうなずいた。

「しかし、軽は崩御してしまった。わたしは軽の遺志に従い玉座に就こうと思います」

ざわめきがさらに大きくなっていく。

「そうすることが、父が定めた典にのっとることにもなるのです」

石上麻呂が不比等を睨んでいた。長屋王が感嘆するような眼差しを不比等に向けていた。

不比等は表情ひとつ変えることなく阿閇皇女を見守った。

三十一

慶雲四年（七〇七年）、大極殿で即位の儀を終えた天皇は自分の居室に戻るなり口を開いた。

「不比等をこれへ」

道代はうなずき、部屋の外に侍している采女に天皇の意を告げた。

「腹の腑《ふ》がしくしくと痛む」

采女たちが即位の儀に着た絢爛《けんらん》な衣装を脱がせていると、天皇が顔をしかめた。

「医師を呼びますか」

「いや。即位の儀で気が立ったせいであろう。不比等のせいで、ここのところ眠れぬ夜が続いているせいもあろう」

「まことに申し訳ございません」

「よいのだ。気は重い。が、首を玉座に就けるためにはこれしかないことも確かなのだからな」

「ありがたきお言葉」

着替えが終わると、天皇は腰を下ろした。

「道代や、肩が凝ってたまらん」

道代はうなずき、天皇の背後に回った。

「失礼いたします」

断りを入れて、天皇の肩を揉む。いつの頃からか、こうして天皇の肩を揉むのが道代の日課になっていた。

「臣下たちの顔を見たか」

「はい」

「おまえなど器ではない。みな、そのような目でわたしを見ていた」

「そんなことはありません。みな、新しい天皇の御代《みよ》に期待を膨らませております」

「まことか」

「はい。即位の詔もお見事でございました」

天皇が鼻で笑った。

「即位の詔か。あれはすべて不比等が書いたもの。わたしはただそれを読んだだけだ。わたしは政のなんたるかも知らぬゆえ、これからも不比等の言うとおりにするだけだ」

「阿閇様――」

「よいのだ、道代。首を玉座に就けるためならなんでもいたす。母上も同じような覚悟で玉座を継いだのだろう。今なら母上の気持ちがよくわかる。わたしと違うのは姉上には政の才覚があり、わたしにはないということだ」

鸕野讃良――持統《じとう》天皇と天皇は姉妹であり、義理の親子でもある。天皇は持統天皇のことを母と呼び、時に姉と呼ぶ。その時の気分で変わるのだ。

「讃良様は類《たぐ》い希《まれ》なる女人でございました。しかし、阿閇様にはわが夫、不比等がおります。不比等をお信じください――」

道代の言葉が終わるのと同時に、部屋の外で声が上がった。

「大納言、藤原不比等様がお越しです」

「通せ」

天皇が言った。道代は天皇の肩を揉む手をとめ、部屋の隅に下がった。

「お呼びでございましょうか」

「そなたに渡すものがあるのだ」

不比等の目尻がぴくりと動いた。

「例のものにございますな」

不比等は天皇に向かって腰を下ろした。

「道代」

道代は天皇の言葉にうなずき、傍らにたつ采女が携えていた佩刀を受け取った。佩刀を両手で掲げ、不比等のもとに運ぶ。不比等は佩刀を丁寧に受け取った。

「夫、草壁からそなたに。そなたから軽に。軽からそなたに。そなたから首に。意味はわかるな、不比等よ」

「は」

不比等がうなずいた。

「首の将来はそなたにかかっておる。ゆめゆめ、そのことを忘れるでないぞ」

「心得ております。この不比等、一命を賭して阿閇様、首様にお仕えいたすことをこの佩刀に誓いまする」

「首はそなたの孫でもある。信頼しているぞ、不比等」

「は。この佩刀は首様が玉座に就くその時まで、不比等がお預かりいたします」

「さて。そなたもなにか話したそうな顔をしているな」

「実は――」不比等は佩刀を胸に抱いた。「昨年より、遷都の件が朝堂で論じられております」

「ああ。石上麻呂が強硬に反対しているそうだな」

天皇が応じた。反対しているのは石上麻呂だけではない。不比等と同じ大納言の大伴安麻呂をはじめ、中納言の多くも遷都には反対している。この新益京に遷都してまだ日も浅く、飢饉や疫病が長らく続いているのにまた遷都をする余裕はない。

不比等もそれはわかっている。わかっていてなお、遷都が必要だと確信しているのだ。

道代は自信に満ちた夫の横顔に目をやった。先の天皇が崩御した直後は、その顔が青ざめたこともあった。だが、それもわずかな間のことだった。夫はいつでもどこでも自信に満ち溢れている。

「遷都はなされなければなりませぬ。時機を見て、詔を発してもらいたいのです」

「そなたがそうすべきだと申すのならそうしよう」

「ありがたきお言葉にございます」

「ただし、遷都をするからにはそなたにもそれなりの責任を負ってもらう」

「責任とは」

「右大臣になるのだ、不比等。大伴安麻呂も遷都には反対しているそうではないか。安麻呂はそなたと同じ大納言。右大臣ともう一方の大納言が反対している遷都だ。簡単に詔を出すわけにはいかぬ。そなたが右大臣になれば、安麻呂も引かざるをえまい」

「石上麻呂を左大臣に任じまするか」

「さよう。あの者は今でもそなたより上の位にあるのだ。問題はあるまい」

「かしこまりました。臣、藤原不比等、天皇の意に従いましょう」

不比等が叩頭した。天皇が微笑みながら道代を見た。悪戯《いたずら》を楽しむ幼子のような微笑みだった。

＊　＊　＊

「神話を書き換えねばならん」

不比等の言葉に、田辺史百枝と首名がうなずいた。

神話をつくり始めてから十八年。不比等は五十の峠に差しかかろうとしていた。

「軽様がこんなにも早くにお亡くなりになるとは想像もしておりませんでした」

百枝が言った。

「天照大神《あまてらすおおみかみ》が孫である瓊瓊杵尊《ににぎのみこと》に葦原中国《あしはらのなかつくに》に降臨せよと命ずるくだりでございますな。瓊瓊杵尊にあたる軽様がお亡くなりになられたのですから、次は首様。しかし、その間に阿閇様が玉座にお就きになられました。この辺りをどう神話に反映させるか、考えねばなりませぬ」

不比等は首を振った。

「もう讃良様もおらぬのだ」

「と申しますと……」

「首はわが娘、宮子の子。吾の孫だ。その孫がいずれ玉座に就くとなれば、天照大神ではなく、瓊瓊杵尊の祖父にあたる神が降臨を命ずべきではないか」

　百枝と首名が目を見合わせた。

「天照大神はどうでもよい。押穂耳命《おしほみみのみこと》もどうでもよい。讃良様も草壁様も、ここにはおらぬのだ」

「ご自分が神話の中心になると仰せですか」

「ならぬか」

　不比等は氷の刃《やいば》のような目を百枝に向けた。

「政を取り仕切っているのは吾ではないか。そして、吾は次の天皇の祖父。律令を制定し、京を造営し、だれが玉座に座るのかを決める。今やこの国は天皇ではなく、吾を中心に回っている」

「いかにも」

　首名が言った。

「ならば、神話の中心も吾であるべきだ」

「いかにも」

百枝が言った。

「考えたのだ。神々の中でも最も尊い神、最も高い位にある神、すべての源である神。吾はその神に高皇産霊尊《たかみむすひのみこと》という名をつけた」

「むすひ、ですか」

首名が膝を打った。むすひとはあらゆる物の根本となる力だ。

「そうだ。神話、いや、この国のすべてがむすひの力を体現する神、すなわち高皇産霊尊によって生じるのだ」

「高皇産霊尊、すなわち不比等様」

「天照大神は阿閇様、押穂耳命は軽様でよかろう。押穂耳命は高皇産霊尊の子である女神を娶り、瓊瓊杵尊をもうける。その女神は宮子だ」

百枝と首名は不比等の言葉にじっと耳を傾けていた。

「すべての根源である高皇産霊尊が孫である瓊瓊杵尊に葦原中国を統べよと命じる。かようなものに神話を書き直すのだ、百枝よ、首名よ」

「かしこまりました」

百枝と首名が頭を垂れた。

「高皇産霊尊は祖神だ。藤原の家は祖神の血を引く一族。皇室とて、藤原の家の一部に過ぎぬ。首様以降の天皇は、すべて藤原の血を引くことになるのだからな。そして、藤原の家を建てたのは父、鎌足ではない。この吾だ」

不比等は宙を睨んだ。その目の奥で鬼火のような光が揺らめいていた。

＊　＊　＊

「道代、これへ」

大嘗祭《だいじょうさい》の宴の最中、天皇が道代に声をかけた。

「いかがいたしました、阿閇様」

近寄ってきた道代に天皇は微笑みかけた。そばに侍《はべ》る采女にうなずくと、采女は天皇に盃を渡した。橘《たちばな》が浮いていた。

「皆の者も聞け」

天皇の声がひときわ高く響いた。皇族や臣下たちが口を閉じ、天皇と道代に目を向けた。

「ここにいる県犬養道代は大海人様の代より皇室に仕え、姉上や軽、そしてわたしを支え続けてくれた。皆もそれは存じておろう」

なにが起こるのか考えもつかず、道代は夫の姿を探した。不比等は粟田真人と並んで座っていた。その顔にも驚きの色が浮かんでいる。

「この大嘗祭の夜、わたしは道代の功に報いたい。道代、この橘の浮いた盃をそなたに授ける。今宵以降、そなたは橘を名乗るがよい」

「阿閇様……」

道代は両手で胸を押さえた。驚きと感激のあまり、言葉がなかった。

「さあ、受け取るがよい」

「わたしのような者に、かようなものを……ありがたすぎて言葉もございません」

「そなたはそれだけのことをしてくれたのだ。受け取るがよい」

「ありがたき幸せ――」

道代は両膝をつき、頭を垂れながら盃を受け取った。

「そなたには心から感謝しておる。だからこそ、この場で功に報いたかったのだ」

天皇がこうした場でただの宮人にここまでするのは異例のことだった。この場にいる全員が言葉を失い、天皇と道代を見守っていた。

「姓だけではない」

天皇は懐に手を差し入れ、折り畳んだ紙を取り出した。なにやら文字が記されている。

「名も変えるがよい。そなたとそなたの子々孫々が長きにわたって栄えることを願い、この名をそなたに与える」

天皇が紙を開いた。そこには『三千代《みちよ》』と記されていた。

「今よりそなたの名は橘三千代だ」

「ありがたき幸せにございます」

三千代は泣いた。泣いても泣いても涙が途切れることはなかった。

三十二

天皇が遷都《せんと》の詔《みことのり》を出した。

石上麻呂を中心とする議政官たちは声を荒らげたが、天皇の発した詔を覆すわけにはいかなかった。

先の天皇に続き新たな天皇も不比等に信を置き、さらに三千代が天皇から橘の姓を賜った。朝堂は不比等の、宮中は三千代の掌中にあるも同然だった。

不比等の力が増すことを警戒し、石上麻呂の顔色をうかがっていた臣下たちも流れに逆らうことを諦めたようだった。

新しい京《みやこ》の造営場所は、粟田真人と渡来人たちが慎重に議論を重ね、相応しそうな場所を見聞した上で決められていた。詔はそれを認めたことになる。

不比等にとっては目の回るような日々がはじまった。飢饉と疫病は治まる様子が見えず、京を造営するために働く者たちの頭数を揃え、その者たちのための食事をかき集めるのさえ難儀する。

渋る臣下たちのもとを訪ね歩き、説き伏せ、時に脅し、京の造営に協力させねばならないのだ。

屋敷へ戻るとなにもする気にならないほどくたびれ果て、食事もとらずに床につく。これには三千代と息子たちが気を揉みはじめた。眠ろうとした不比等のもとへ、三千代と武智麻呂、房前がやって来た。

「父上、遷都の件、もう少しゆるやかに進めてはいかがですか」

武智麻呂が言った。

「このままでは父上の身体がもちませぬ」

房前が言った。

「急がねばならぬのだ」

不比等は答えた。

「なにゆえです」

「新益京《あらましのみやこ》は軽様が玉座に就くための舞台だったのだ。軽様はもはやいない。次は首様のための舞台を用意せねばならぬ」

「しかし、首様はまだ幼いのです。急がずとも——」

「新益京は間違った知識に沿って造営された間違った京だった」

不比等は房前の言葉を遮った。

「だから、軽様はあんなにも早く逝《ゆ》かれたのだ」

「そのようにお考えなのですね」

それまで黙っていた三千代が口を開いた。

「新たな京の造営を急ぐのは、なにも首様だけのためではない。我ら、藤原のためでもある」

「藤原のためとは」

房前が身を乗り出してきた。

「首様が成人なさったあかつきには、安宿媛を入内《じゅだい》させる。そして、首様が玉座に就けば、安宿媛は皇后になるのだ」

武智麻呂と房前が顔を見合わせた。双方の顔には困惑の色が広がっている。

「しかし、父上、皇族でもない女人が皇后になったことはありませぬ」

「吾がなすのだ」不比等は言った。「軽様は宮子に皇后の位を与えたがっておられた。だが、讃良様に遠慮なされてそれはかなわなかったのだ。もし、宮子が病を得ていなければ、讃良様亡き後に……」

「本気なのですか、父上」

武智麻呂の声にはまだ懐疑の響きが含まれていた。

「讃良様はもうおられぬ。いずれ、石上麻呂殿も年老いて朝堂から去ろう。朝堂は我が掌中に、宮中では三千代が睨《にら》みを利かせる。そして、首様は我が孫だ。だれが吾を止められるというのだ」

房前がうなずいた。房前だけは、不比等の成そうとしていることの意味を理解しているのだ。

「首様と安宿媛の間に生まれる子は間違いなく藤原の子だ。その子が天皇となるのだ。その天皇にまたそなたらの娘を嫁がせる。それを繰り返せばどうなる」

「天皇家が藤原の一部になりましょう」

房前が答えた。

「それだ。それが吾の望みだ」

「しかし、それと京の造営を急ぐことは別ではありませぬか」

武智麻呂が言った。

「そうではありませぬぞ、兄上。まだ首様は幼い。父上の尽力で阿閇様が玉座に就いたとはいえ、もし阿閇様になにかあれば、今度は他の皇族たちも黙ってはいないでしょう。一刻も早く京を造営し、新しき京を首様のための京であることを皇族と臣下に示す必要があります」

「そのとおりだ、房前。新しき京は首様の京である。それが、首様が玉座に就くための最初の一歩となるのだ」

「なるほど。立太子《りったいし》の儀を執り行うお年になる前に、首様の権威を高める。そのための新しき京……」

武智麻呂が感心したというように首を振った。

「そのために、吾はこのくたびれた身体に鞭《むち》打っているのだ。そなたらにももっとしっかりしてもらわなくてはな……そうだ、房前。そう遠くないうちに、そなたは三千代の娘を娶るがよい」

房前だけではなく三千代までもが目を剝いた。

「三千代殿の娘……ですか」

「牟漏女王《むろのおおきみ》がよい」

牟漏女王は三千代と美努王の間にできた娘だ。皇族に連なる血筋でもある。

三千代と息子たちの絆《きずな》をさらに深めるためにもこの婚礼は必要だった。武智麻呂はすでに阿倍御主人の孫娘を正室に迎えている。三千代と縁を結ぶのは房前が最適だった。

「しかし、わたしは——」

「そなたにも異論はあるまいな」

なにか言いたげな房前を無視し、不比等は三千代に言葉を向けた。

「はい。ありがたいお話でございます」

「では、そのつもりで準備をいたせ。急ぎはせぬ。が、のんびりしているつもりもない」

「かしこまりました」

「さあ、寝かせてくれ。明日も忙しいのだ」

「そうはまいりませぬ」

三千代の声が高くなった。

「身体を壊しては元も子もありませぬ。食べるものを食べてからおやすみなさいませ」

三千代が手を叩くと采女《うねめ》たちが膳を運んできた。器に粥《かゆ》が盛られている。

「さあ、お食べください。食べ終わるまで、わたしはここを動きませぬ」

三千代の剣幕に押され、不比等は粥を口に含んだ。

「父上が逆らえぬのは天皇と三千代殿だけですな」

武智麻呂が笑っていた。

＊＊＊

首皇子の嬉しそうな声が庭から聞こえてきた。廊下へ出てみると、天皇が首皇子と鞠《まり》で遊んでいる。喜ぶ首皇子を見てほころぶ天皇の顔は祖母のそれだった。大極殿《だいごくでん》ではもちろん、宮中でも滅多に見られぬ優しい顔だった。

「三千代だ」

三千代に気づいた首皇子が破顔し、駆けてくる。三千代は首皇子を抱きとめた。

「まあ、首様。天皇様にお遊びいただいてらっしゃるのですね」

「お祖母様と遊ぶのは好きじゃ。三千代と遊ぶのも好きじゃ。まいれ、三千代」

首皇子に誘われ、三千代も庭へ降りた。しばし首皇子と戯れた。しばらくすると、首皇子を舎人《とねり》たちに委《ゆだ》ね、天皇の背後で侍した。

「首様は健やかにお育ちです」

三千代の言葉に、天皇がうなずいた。

「草壁様や軽の血を引いてひ弱な体質であったらいかがしようと案じていたが、風邪ひとつ引かぬ。首の母が病の元をすべて一身に引き受けてくれたかのようだ。そういえば、首の祖父も風邪を引いたという噂を聞いたことがない」

「おそれいります」

宮子の病はいまだ癒えず、不比等は相変わらず多忙を極めている。

「わたしは首に軽の後を継がせるために玉座に就いたのだ。なんとしても立太子の儀を済ませ、首を天皇にせねばならぬ。病などもってのほか」

「仰せの通りにございます」

「汗を掻《か》いたせいか、身体が冷えてきた。わたしの部屋へまいろう」

「かしこまりました」

天皇を先頭に、数人の采女と共に移動した。首皇子は遊びに夢中でこちらに気づいた様子はない。

居室に着くと、天皇は三千代以外の采女たちを下がらせた。

「不比等はなにをしている」

「遷都のために忙しくしているようにございます」

「遷都か。飢饉や疫病が治まる兆《きざ》しもないのに遷都など言語道断と、先日、石上麻呂が上奏してきた」

「我が夫もそれは重々承知しております。されど――」

「首のためになんとしても遷都を断行する。わかっている。ただ、飢えと病で死んでいく民が哀れでならぬのだ。すべてはこのわたしの不徳のせい。毎日、胸が痛む」

三千代は黙ってうなずいた。天皇が真情を吐露しているときは余計な口は挟まない方がいいのだ。

「天皇など、なるものではない。ましてや女人の身で……持統天皇は特別なお方だったのだ」

細めた目は宙を見ていた。今は亡き姉の面影を追っているのかもしれない。

「不比等がいなければ、わたしの玉座など一日ともつまい」

「そのようなことはありませぬ」

三千代は口を開いた。天皇が三千代を見た。

「確かに持統天皇は特別なお方。されど、阿閇様は立派に天皇としての務めを果たしておられます」

「そうであればいいのだが。今は、首が早くおとなになってくれぬかと願うばかりだ」

「不比等がついております」

「そうだな。不比等がおれば、少なくとも朝堂は安泰だ」

「そういえば、最近、氷高様をお見かけいたしませんが」

「吉備のところへでも行っているのであろう」

「吉備内親王様のところ。つまり、長屋王様のお屋敷にいらっしゃるということでしょうか」

「さよう。氷高には辛い思いをさせている。寂しさが募った時ぐらい、宮中を抜け出し、妹と語らってもよかろうと思ってな」

三千代は唇を嚙んだ。このところ、忙しさにかまけて氷高皇女の動静を探ることを怠っていた。これを不比等が知れば、なぜもっと早くに報せなかったのだと詰《なじ》られるだろう。

首皇子の歓声が聞こえてくる。天皇の言うとおり、首皇子は草壁皇子や文武《もんむ》天皇——軽皇子とは違う。長く玉座に就くだろう。

それこそが、不比等と三千代の願ってやまないことだった。

＊　＊　＊

氷高皇女が宮中に戻ったのは日が暮れた後だった。氷高皇女が床についた後で、三千代は氷高皇女の采女を呼び出した。

「氷高様は長屋王様の屋敷でなにをなさっておられるのだ」

「吉備内親王様とお話をなさったり、長屋王様の催す歌会を遠くからお聞きになっていたり、そのようなことでございます」

「長屋王様と直接お話しになられることはあるのか」

「時にはございます」

「どのような話をするのだ」

三千代の剣幕に采女はたじろぎながら口を開いた。

「天気のことだとか、宮中での暮らしぶりとか他愛のないお話ばかりですが」

「さようか……今後は氷高様が宮中をお出になられるときは必ずわたしに報せるのだ」

「はい」

「宮中の外で氷高様がだれとお会いになり、なんの話をしたか、それも報せよ」

「かしこまりました」

采女と別れ、三千代は屋敷へ戻った。不比等はすでに床についているという。三千代は武智麻呂を呼んだ。

「なにごとでしょう」

酒を飲んでいたのか、武智麻呂の頰がほんのりと赤らんでいた。

「武智麻呂様は長屋王様とお親しくしておられるとか」

「長屋王様ですか。それほど親しいとは申せませんが、あのお方が催す歌会にはときおり呼ばれます」

不比等の政《まつりごと》の才は房前が継いでいる。だが、武智麻呂も凡人ではなかった。その深い教養はだれもが知っていた。

「親しくなさいませ」

「なにゆえに」

「不比等様は長屋王様を警戒なさっておいでです。あのお方がなにを考え、なにをするのか、探る必要があります」

「されど、不比等の息子であるわたしが近づこうとすれば、長屋王様は警戒なさるのではありませんか」

「武智麻呂様の詠《よ》む歌は、あのお方の心にも響きましょう。だからこそ、歌会に招かれるのです。長屋王様は美しきものを愛するお心をお持ちだとか。心をこめて歌をお詠みになれば、長屋王様も警戒を解くはずです」

「父上は承知なのですか」

武智麻呂の言葉に三千代は微笑んだ。

「よほどお疲れなのでしょう。ぐっすりおやすみなのです。不比等様には明日、わたしからお話ししておきます」

「父上はなぜ長屋王様を警戒なさるのですか。確かに高市皇子のお子ゆえ、血筋は尊い。しかし、高い位に就いているわけでもありません」

「首皇子様に万が一のことがあれば、長屋王様が玉座を狙うやもしれませぬ」

「政は難しい。そのようなことまで考えねばならぬのですね」

「長屋王様の正室は吉備内親王様。氷高皇女様も頻繁に長屋王様のお屋敷に出入りなさっておいでです。今は問題がないとしても、常に万が一のことを考えておくべきなのです」

「わかりました。長屋王様より歌会のお招きがあれば、必ず顔を出すようにいたしましょう」

「お願いします」

三千代は頭を垂れた。

「父上はよき女人を娶られた。三千代殿、わたしは心よりそう思います。これからも父上をよろしくお頼みします」

武智麻呂は優雅に微笑んで立ち去った。

＊　＊　＊

華やいだ笑い声が聞こえてくる。

長屋王は書物から顔を上げた。氷高皇女が吉備内親王を訪れている。笑い声はふたりのものだった。このところ、氷高皇女は頻繁に顔を見せる。本当に仲のいい姉妹だった。

腰を上げ、ふたりの笑い声に吸い寄せられるように部屋を出た。

「いつも楽しそうですね」

ふたりは庭にあつらえた四阿《あずまや》にいた。

「お邪魔しております」

氷高皇女がたおやかに一礼した。

「なんの話をしていらしたのですか」

「男の方には内緒です」

吉備内親王が言い、氷高皇女が含み笑いをした。

「確かに、女人だけの話というものもあるのでしょうね」

長屋王は吉備内親王の隣に腰掛けた。

「そう言えば姉上、長屋王にお願いしたい儀があると申していたではありませんか」

吉備内親王が言った。

「さて、なんでしょう」

「新しき京のことなのですが」

氷高皇女ははにかんだ表情を浮かべた。

「新しき京がいかがいたしました」

「向こうでの住まいはどうなされるおつもりですか」

「どうもこうも、京の造営が遅れているのでまだなにも考えてはおりません。住む土地は割り当てられておりますが、一度見に赴いたぐらいでして」

「わたしの住まいをそなたの土地に建ててもらえぬかと思案しているのです」

「しかし、氷高様は宮中にお住まいになるのではありませんか」

氷高皇女が首を振った。

「宮中は息が詰まります。皇統に万一があってはならぬと母上に言われ、わたしは宮中に残ることになったのです」

「存じております」

「されど、もう我慢がなりません。ここでこうして吉備と語らっていると、胸のつかえがおりるのです。遷都の際、母上に宮中を出るゆるしをえるつもりです。長屋王の住まいなら、吉備もいますから」

「しかし、阿閇様がそれをゆるしても、あの者がいい顔をしないのではありませんか」

「あの者とはだれのことですか」

「藤原不比等ですよ」

「不比等か……」

氷高皇女の顔に、一瞬、嫌悪の色が宿った。氷高皇女には婚姻させず、宮中に住まわせるよう上奏したのは不比等だと聞いている。つまり、氷高皇女に重い足枷《あしかせ》をはめた張本人なのだ。

「不比等がなんと言おうと、わたしは宮中を出ます。そなたがかまわないと申してくれれば、必ず母上を説得してみせましょう」

吉備内親王が長屋王の手を取った。姉の頼みを聞き入れてやってくれという意思の表れだ。

「わたしはかまいません」

長屋王は言った。

「ありがたい。そなたにはどれだけ感謝してもし足りません」

「氷高様はわたしにとっても姉上同然。どうしてその方の頼みを断れますか」

長屋王は微笑んだ。氷高皇女は律儀な性格の持ち主だった。願いを聞き入れれば、必ず、その恩に報いようとするだろう。

今は閉ざされている朝堂への道がこれで開けるかもしれない。

「それでは、わたしは失礼いたします」

長屋王が立ち去ると、また姉妹の笑い声が庭に響いた。

三十三

「遷都せよと申すか、不比等」

「はい」

不比等は小さく頭を垂れた。

「しかし、新しい京は、まだ宮ができたばかりだと聞くが」

「石上麻呂殿がまた騒ぎ立てております」

携わる民たちの逃散《ちょうさん》が後を絶たず、京の造営は遅れていた。不比等が無理な遷都を行おうとした結果がこれだと、石上麻呂は朝堂で声を荒らげている。ほとんどの参議は口を噤《つぐ》んでいるが、これ以上造営が遅れれば彼らも石上麻呂の陣営になびいていくかもしれない。

実際、民の逃散は増えるばかりだった。

「それはわたしの耳にも入っている」

天皇は不機嫌だった。遷都のために民が苦しんでいるということに胸を痛めているのだ。

不比等は三千代から聞かされていた。

「あの者は遷都の詔を覆そうと謀《はか》っているのです。あの者の意のままにさせては天皇の権威が穢《けが》されましょう」

「しかし、それと宮しかできていない京に遷都することとどう繋がるのだ」

「天皇が新しき宮にお移りになられれば、臣下もそれに従うしかありません。いざ新しき京に移れば、自らが住まう土地は草っぱらというわけにもまいらず、土地の整備に勤《いそ》しみましょう。そうなれば、京の造営も捗《はかど》ります」

「考えたな、不比等」天皇の顔に苦笑が広がった。「遷都を渋る臣下たちに人手と費用を出させる。妙案だ」

「おそれいります」

「京の造営が捗れば、民も労苦から解放されるのであろう」

「さようにございます」

「そなたの好きなようにいたせ」

天皇が下がれという代わりに顔を背けた。

「もうひとつ、お話ししたきことがあります」

「なんだ」

「遷都の際、石上麻呂にこの新益京の留守司《るすのつかさ》を命じてください」

天皇の目が丸くなった。

「石上麻呂を新しき京へ来させぬつもりか」

「遷都すれば、成さなければならぬことが山積しましょう。石上麻呂の文句にいちいち付き合っている暇がないのです」

「石上麻呂を留守司に任じれば、朝堂はそなたの思うがまま、か。しかし、すでになにもかもがそなたの思うがままではないか」

「仰せのとおりにございますが、だからといってしきたりをないがしろにはできません。左大臣たる石上麻呂がものを申せば、わたしはそれに付き合わねばならないのです。京の造営、政、なにもかもがあの者のせいで滞ります」

「今や、藤原不比等の世だ。そう申す者が多いそうではないか。このわたしですら、そなたに逆らうことはできぬらしい」

「どこのだれがそのような戯言を」

不比等は背筋を伸ばした。天皇の耳に余計なことを吹き込んだ者を突き止めなければならない。

「実際、政はそなたを中心に回っているではないか。わたしは太政官が決めたことに、好きにせよと申すだけだ」

「これは民のためにならぬと思うのなら、もう一度論じ合えと命じられればよいのです」

　天皇が笑った。

「そんなことをしても、そなたに言いくるめられるだけではないか」

「お戯れを。草壁様の佩刀《はいとう》を預かる身。決して阿閇様や首様をないがしろにはいたしませぬ。わたしは首様を玉座に就けるために――」

「わかっている」

　天皇の声が昂《たか》ぶった。部屋の外で三千代をはじめとする采女たちがたじろぐ気配が伝わってくる。

「わかってはいるが、この位はわたしには重すぎるのだ、不比等。皇后でもなかった女人がなんだかんだと言い繕って、いるべきではない場所にいる。それがわたしには苦しい」

「お察しします。しかし、すべては首様のため。軽様が阿閇様に首様を託されたのですぞ」

「そなたはずるい。なにかといえば、首のため。それを言われれば、わたしには反論できぬと知っているのだ」

「おゆるしを」

「いつになったら、わたしは解放されるのだ。首が成人するまでか。永劫にも思える長さだ」

「阿閇様のご心労、三千代より聞かされております。されど、首様をお守りできるのは阿閇様しかおられぬのです。なにとぞ、お堪《こら》えください」

「もうよい。そなたの願いは聞いた。時機がきたら報せよ。石上麻呂を留守司に任じる詔を出そう」

「ありがたきお言葉」

「下がれ。休みたいのだ」

天皇の声は確かに疲れていた。不比等は部屋を辞し、廊下にいた三千代に視線を送った。少し間を置いて三千代がついてくる。

「阿閇様はお疲れのご様子だな」

「はい。心労が酷いようです」

「讃良様のようにとまでは願わぬが、もう少しお気を強く持っていただきたいものだ……そなたが労《いたわ》ってさしあげろ」

「わかっております」

「それから、ひとつ聞きたい。阿閇様の耳によからぬことを吹き込んでいる者がいるらしい。それがだれか、突き止めてもらいたいのだ」

「よからぬこととはどのような話でしょう」

「今は藤原不比等の世らしい」

「わかりました。調べてみます」

「頼んだぞ。宮中ではそなただけが頼りだ」

不比等はいつものように大股で歩き出した。

＊＊＊

氷高皇女が天皇と会っているという報告が届いた。三千代は若い采女に首皇子を任せ、天皇の居室に移動した。確かに、氷高皇女に付き従っている采女たちが部屋の外に侍《はべ》っている。

采女たちが空けた場所に三千代は立った。戸の向こうから天皇と氷高皇女の声が聞こえてくる。

「しかし、それでは不比等がいい顔をすまい」

天皇の声は掠《かす》れていた。

「このままでは吉備が哀れではありませぬか。長屋王は正四位上《しょうしいのじょう》に叙《じょ》されているとはいえ、もう二十五になるというのにいまだ無役の身。吉備も肩身の狭い思いをしております」

氷高皇女の声は熱を孕んでいた。

「不比等がなんだと申されるのです。確かにあの者は忠臣。首を玉座に就けるためにはあの者の力が必要でしょう。しかし、母上は天皇ではございませんか。娘の婿を宮内卿《くないきょう》に任じるぐらいのことで不比等の顔色をうかがう必要などありません」

天皇の声は聞こえてこない。おそらく、顔をしかめているのだろう。

「それに長屋王は不比等の娘を側室に迎え、子も生《な》しているではありませんか。不比等の身内も同然なのですよ、母上」

「そんなことはわかっている。だが、これぱかりはわたしの一存では決められぬのだ」

「そんなことだから、藤原の世だなどと言われるのですよ、母上」

三千代は背筋を伸ばした。天皇の耳にあらぬ事を吹き込んでいたのは氷高皇女だったのだ。

「だれがそのようなことを申しているのだ」

天皇の声音が変わった。

「そ、それは民たちが……」

「采女や舎人たちにたずねたが、そのようなことを口にする者は見たことがないそうだ。だれがそなたにそのようなことを申したのだ」

「どこかで耳にしたのですが、だれが申していたかは忘れました」

「もしや、長屋王ではあるまいな」

「あの者はそのようなことは決して申しません、母上」

「よいか、氷高。姉上と違って、わたしには政の才がない。首のために不比等に頼るしかないのだ」

「心得ております」

「もちろん、あれにも野心はあろう。しかし、草壁様の佩刀を預けられているのだ。いかにあの者であろうとも、姉上や草壁様の願いを踏みにじったりはせぬ」

「わたしもそう思います」

「なれば、不比等を目の敵にするのはやめよ」

「目の敵など、とんでもない。ただ、わたしは時々母上のことが歯がゆくなるのです」

　氷高皇女の声から力が抜けた。

「それはそうであろう。わたしはこの座にいるべきではないのだ」

「母上――」

「もうよい。長屋王の件はわたしがなんとかしよう」

「ありがたきお言葉。吉備もたいそう喜ぶことでしょう」

「そなたに辛い思いをさせていることは承知している。しかし、これも皇室のためなのだ。

耐えてくれ、氷高」

「もちろんでございます。ですが母上、宮中で独りで過ごすのは辛うございます」

「さようであろう。すまぬな、氷高」

「ひとつ、お願いがあります、母上」

氷高皇女の口調がまた変わった。固い決意のようなものが潜んでいる。三千代は口に溜まった唾を飲みこみ、耳に神経を集中させた。

「遷都が成ったあかつきには、宮の外で暮らすことをおゆるしください」

「なんと……」

天皇はそう言って絶句した。三千代も己の耳を疑った。

「必要な時は必ず宮に出向きますゆえ。なにとぞ、哀れな娘の願いを聞き入れてくださいませ」

「宮を出て、どこで暮らすというのだ」

「長屋王の屋敷に、わたしのための家を建ててもらおうと思っています」

「長屋王の屋敷だと」

「はい。吉備がおりますゆえ、独り身の寂しさも紛れるでしょう。吉備と話していると心が晴れていくのです」

「吉備と長屋王は承知しているのか」

「わかった。吉備と暮らすがよい。ただし、宮には毎日顔を出すのだ。そうでなければ、不比等を説得できん」

「はい」

「ありがたきお言葉。約束いたしましょう。宮には毎日顔を出します」

三千代は足音を殺して采女たちから離れた。一刻も早く不比等に報せなければならない。

部屋の中の母娘はお互いを労る言葉をかけ合っていた。

＊＊＊

「長屋王が動きはじめたか」

三千代の言葉に耳を傾けていた不比等が口を開いた。

「おそらく、氷高様を取り込もうと謀られておられるのではないかと」

「尊き血が身体に流れる聡明なお方だ。野心を抱くなと言う方が無理であろう」

「放っておいてもよろしいのですか」

「いずれ、官位を授けるつもりではいたのだ。それが多少早くなるだけのこと。宮内卿など、名前だけのお飾りにすぎん。気を病む必要もあるまい」

「それでは、氷高様のことはどうなさるおつもりですか」

「今、阿閇様に逆らうわけにはゆかぬ。飢饉や疫病が治まらず、心をお痛めになっておられる。あまり無理を申すと、譲位するなどと言い出すやもしれんからな」

「譲位ですと」

「もしも、の話だ」

「なりませぬ。首様が成人されるまでは、阿閇様には玉座にいてもらわなければ」

「わかっておる。だからこそ思案しているのだ、三千代。氷高様が長屋王の屋敷で暮らすのは避けたい。が、阿閇様のお気持ちを逆撫でにするわけにもゆかぬ」

「はい」

不比等の腕が伸びてきた。抱き寄せられ、三千代は頰が熱くなるのを感じた。

「長屋王の屋敷には長娥子がおる。長娥子の配下の者たちに様子を探らせよう。そして、阿閇様はそなたが目を光らせるのだ。そうしておれば、長屋王がなにを企もうとも安心だ」

「本当にそうでしょうか」

三千代は不比等の胸に顔を埋《うず》めた。

「長屋王は上を目指しはじめたのだ」不比等が言った。「まずは参議を目指し、ゆくゆくは右大臣、左大臣、そして知太政官事《ちだいじょうかんじ》。まだ、玉座を狙うという気持ちはあるまい。なにより、この吾と正面きって闘うつもりはないはずだ」

「あなた様と闘うということは、玉座を狙うということですものね」

「そなたにはいつも驚かされる。そのとおり。朝堂の上の位を狙うだけなら吾と闘う必要はない。吾の庇護《ひご》下にいて、吾が死ぬのを待てばよいのだ」

「いずれ、あなた様に闘いを挑んでくるでしょうか」

「首様が玉座に就けば、長屋王に玉座をうかがう機会はなくなる。それまでに吾が生きているかどうか……それ次第であろう」

「なにを申すのです。あなた様には、武智麻呂様たちや安宿媛のためにも長生きしてもらわねばなりませぬ」

「いずれ、房前が吾の代わりに立派に氏上《うじのかみ》を務めるであろう」

　三千代は顔を上げた。

「武智麻呂様も聡明な若者です」

「わかっておる。だが、政は聡明なだけではやっていけぬのだ」

　不比等が宙を睨んだ。

「吾は不遇の時代を過ごした。その時に燃えるような野心がこの胸に宿ったのだ。その野心がなくては政に長《た》けることはできぬ」

「武智麻呂様は育ちがよすぎると申されるのですね。ですが、それは房前様も同じではありませぬか」

「武智麻呂は長兄で、房前は弟ぞ。吾の不遇とは比べものにならぬが、それでも、房前の方が現実を疎《うと》んで育ってきた。だからこそ、房前は吾に似ているのだ」

「燃えるような野心が政には必要なのですね」

三千代は嘆息した。

「なぜ、蘇我馬子があれほどの力をふるえたのか、わかるか。蘇我の前には物部《もののべ》のような古《いにしえ》より王家に仕えてきた巨大な氏族があった。蘇我の者どもは古よりのしきたりによりかかってのうのうと生きてきた者どもを排し、自らが政の頂に立つのだという燃えるような野心を抱えていたのだ」

「それはあなた様も同じ……」

「さよう。今は藤原と名乗っているが、元々は中臣。神事に携わる氏族でしかなかった。しかし、時がうつろい、機会が到来すると父上はその機会を見逃しはしなかった。父上もまた燃えるような野心をその内に抱えていたのだ」

「はい。わたしにもよくわかります」

三千代はうなずいた。自分の内にも燃えるものが確かに存在する。田舎《いなか》の氏族の女人になにができるというのか。嘲笑《ちょうしょう》にも似たその問いかけに、このわたしを見よと叫ぶ獣のようなものを自分は飼っている。

その獣が同じ匂いを放つ不比等に引き寄せられたのだ。燃えたぎる欲望を内に抱えた獣が二匹、巡り合い、番となり、一方は朝堂を率い、もう一方は宮中を統べるようになった。

　中臣史は藤原不比等に、県犬養道代は橘三千代に生まれ変わったのだ。

「よいか、三千代。古よりのしきたりなどと申しても、時がうつろえば、それは変わる。讃良様と吾で変えたようにな」

「はい」

「吾は今、あらたなしきたりをこしらえている。この世を藤原の世とするためのしきたりだ」

「はい」

　胸の奥が熱い。その熱さから逃れようと、三千代は不比等にしがみついた。

「しかし、また時がうつろえばそのしきたりも変わる。吾は虚しいことをしているのだ。だが、虚しいとわかっていてもせずにはいられぬ。吾の内で燃えたぎっている野心がそうさせるのだ。そなたもそうであろう」

「はい」

「身体が火照《ほて》っているぞ、三千代」

　不比等の手が三千代の身体をまさぐっていた。

「恥ずかしい……」

「恥ずかしがることはない。いくつになってもそなたは美しい」

唇を吸われた。熱を孕んだ身体が溶けていく。三千代は欲望に身を任せた。

三十四

「本当にこれで京と呼べるのか」

宮中から平城京《へいじょうきょう》を見やりながら天皇が呟いた。

宮と官舎を除けば、目の前に広がるのは有力氏族の屋敷がいくつかあるだけの野原が広がっているだけで、大極殿すら未完成だった。

「臣下たちが急ぎ、屋敷を建てております。いずれ、新益京にも劣らぬ立派な京になりましょう」

三千代は答えた。まだ雪の残る中、新益京からこの平城京に遷都したばかりだった。天皇の横顔には疲労が色濃く宿っている。

「阿閇様、このような寒さではお体に障ります。どうぞ、宮の方へ」

「そうだな。ここは寒すぎる」

宮へと向かいはじめた天皇の顔は強張っていた。不比等の口車に乗せられ、遷都を早まったと思っている。

「天皇のおられますところが京にございます」天皇の後に続きながら三千代は言った。

「今はこのような姿なれど、いずれ、阿閇様の威光が満ち溢れる美しき京となりましょう」

「三千代、いつものことながら、そなたの心遣いはありがたい」

「勿体なきお言葉――」

天皇の居室はすでに荷ほどきも終わっていた。

「なにかお食事でもご用意させましょうか」

「腹は空いておらぬ。それより、酒が飲みたい」

「承知しました」

酒が運ばれてくるのを待っていると、華やいだ声が聞こえてきた。

「あれは氷高の声ではないか」

「はい。そのようでございます」

「氷高皇女様がお見えでございます」

三千代がうなずくのと部屋の外で采女が声を張り上げるのが重なった。

「入れ」

天皇が嬉しそうに告げた。

「母上」

部屋に飛び込んできた氷高皇女の顔もまた喜びに昂ぶっていた。

「長屋王の屋敷を覗いてきたのか」

「はい。わたしの家を見てまいりました」

「嬉しそうではないか。そなたのそのような顔を見るのは久しぶりだ」

「わたしの初めての家なのです、母上。わたしだけの家なのです」

氷高皇女は幼子のようにはしゃいでいた。

「それはよかったのう、氷高よ」

「はい。なにもかも母上のおかげでございます。このご恩は一生かかっても返せませぬ」

「愚かなことを申すでない。母が娘の幸せのために尽くすのは当たり前のことではないか」

「わたしたちは普通の親子ではありませぬゆえ」

氷高皇女の顔から笑みが消えた。

「悲しいことを申すな、氷高よ」

「申し訳ありません」

「まあよい。そなたが幸せなら、この母も幸せなのだ。そのことを忘れるな」

「はい。母上。それでは、わたしは荷ほどきがまだ残っておりますので、これで失礼します」

「今宵は宮で宴がある。忘れるではないぞ」

「はい」

氷高皇女が出ていくと、部屋は静けさに包まれた。

「騒がしいことよ。氷高があのようにはしゃぐなどとは……」

「おそらく、氷高様の目にはご自分の家しかお映りになっておられないのでしょう」

「そうであろうな。しかし、沈んでいた心が氷高のおかげで華やいだ。ありがたいことだ」

酒膳が運ばれてきた。

「三千代、そなたも飲むがよい」

三千代が盃に酒を注ぐと天皇が言った。

「しかし、わたくしは――」

「今日はよいではないか。遷都が成ったためでたき日だ」

「それではお言葉に甘えさせていただきます」

そう答えながら、三千代は酒膳を運んできた采女に目配せをした。

すぐにでも新しい京に噂が飛び交うだろう。

天皇は遷都のその日に、橘三千代と祝杯をあげた。

石上麻呂は留守司として新益京に残っている。不比等と三千代の夫婦に逆らう者は、もうどこにもいないのだ。

＊＊＊

「神日本磐余彦尊《かむやまとのいわれひこのみこと》か」

不比等は読んでいた書から顔を上げた。

「はい。皇室の祖としてはよき名前かと」

田辺史首名が答えた。建国神話の作成が順調に進み、ようやく神代の世界から今に繫がる皇室と臣下たちの物語に進んでいく。

高皇産霊尊《たかみむすひのみこと》、すなわち不比等の子孫たちがこの国を攻略し、支配していくのだ。

「いよいよここまで漕ぎつけたか」

「はい。しかし、蘇我馬子の業績をどうするか。そこがまだ固まってはおりません」

田辺史百枝が顔をしかめた。

「それは焦らずともよい。それより、太安万侶《おおのやすまろ》が進めておる帝紀と旧辞の編纂はどうなっている」

「不比等様を慕う者どもが編纂に加わっておりますゆえ、神代の物語も帝紀も、我らのものとそう違わぬものになっております」

不比等はうなずいた。正史は舎人親王の監督の下、首名や百枝らが中心になって編んでいるものになる。しかし、太安万侶が進めているものは、宮中の儀式などに必要なため、早々に上梓《じょうし》する必要があった。

「安万侶はなにか申しておるか」

「はじめ、神代の物語などははじめて耳にする話ばかりだと首を傾げておりましたが、右大臣様が天皇の威光を万民にしらしめるためにお作りになられたものだと話したところ、なにも申さなくなりました」

「よかろう。あれが上梓される前に、今一度、吾があの者と話をしよう」

「よろしくお願いいたします」

首名と百枝が頭を下げた。

「さて、宮の件だが、東宮の造営はどうなっている」

首皇子のために、宮の東側に特別な建物を置くという不比等の考えは、天皇の篤《あつ》い支持もあってすぐに決定された。不比等はそれを東宮と名付けたのだ。今後、皇太子は東宮で暮らすというしきたりができる。そのしきたりのはじまりは首皇子なのだ。だれもが次の皇太子は首皇子であり、次の天皇も首皇子だと認めるだろう。

「まもなく造営がはじまる予定です」

「新益京と同じく、吾の屋敷と東宮の間に隠し戸を取り付けたいのだ」

「存じております。宮の建設には渡来人が多く関わっておりますゆえ、ご心配なきよう。

我らの主《あるじ》は不比等様なのです」

「厩坂寺《うまやさかでら》はどうだ」

「それも年内にはすべて終わりましょう」

不比等は満足の吐息を漏らした。厩坂寺は藤原家の氏寺《うじでら》だった。父、鎌足が病に倒れた際、不比等の義母である鏡王女《かがみのおおきみ》が病平癒《へいゆ》のため山階《やましな》に寺を建立したのがはじめだ。壬申《じんしん》年の乱の年に山階の寺は後の新益京にあたる厩坂に移され、厩坂寺と名を変えた。

その厩坂寺を今度はこの平城京に移すのだ。

平城京は不比等の建てた藤原家の京である。藤原家の氏寺はそのことを暗に示すはずだ。

「新しき名をお決めください」

「寺の名か。そうだな……これはどうだ」

不比等は筆を取り、目の前にあった紙に字を書き込んだ。

興福寺《こうふくじ》――。

「よき名前にございます」

百枝が微笑んだ。

「興福寺と東宮が完成し、東宮に首様がお入りになられれば、だれもがこの京は首様と藤原家のための京と見なすでしょう」首名が言った。「首様は皇室と藤原家を繫ぐ架け橋。首様が玉座にお就きになられれば、皇室は藤原家の懐に抱かれるのです」

「そのためにも、念には念を入れねばならぬ」

　不比等は言った。

「なにかお考えでしょうか」

「軽様の側室、石川の娘にもお子がおられる」

「もしや、そのお子を――」

「殺すことはない。石川の娘と紀の娘、ふたりの側室から称号を取り除けばいいのだ。さすれば、玉座に就く資格を持つのは首様だけになる」

　正室は娶らぬ――軽皇子が不比等に約束した。そのおかげで事が進めやすくなっている。持統天皇のもと、腰を低くして耐えていた甲斐があったというものだ。

「なるほど。不比等様は我らとは考えることが違います」

「言うは易《やす》し、行うは難《かた》しではあるがな」

　軽皇子の側室を宮子ひとりにする。この難題を天皇に受け入れさせるにはひと山もふた山も越えなくてはならない。

「成さねばならぬことが多すぎる」

　不比等は艶《つや》のなくなった己の手を見つめながら呟いた。

三十五

年が経つごとに平城京《へいじょうきょう》は京としての体裁を整えていく。宮は整備され、官舎も増え、朱雀門《すざくもん》の向こうの京には臣下たちの家屋が並んでいる。

遷都した頃は不平不満ばかり口にしていた臣下たちも、整いはじめた京に満足げに微笑んでいる。

長く続いた飢饉と疫病も、遷都と同時におさまった。

みなわかっているのだ。

新益京《あらましのみやこ》は間違いだった。この平城京こそ、新羅《しらぎ》や唐にも誇れる我らが誇り高き国の京なのだと。

そして、数多《あまた》の反対を押し切り、平城京遷都を成し遂げた右大臣、藤原不比等こそ皇室とこの国を正しく導く唯一無二の者、その名の通り、等しくならぶ者のない才の持ち主であると讃えている。

不比等は自分の屋敷の隠し戸から宮へ入った。東宮からは首皇子のはしゃぐ声が聞こえてくる。だれかが訪れているのだろう。

「だれが来ているのだ」

東宮を警備している舎人《とねり》にたずねた。

「これは右大臣様。氷高皇女様がお越しでございます」

「氷高様か。それでは、吾は遠慮しよう」

不比等が立ち去ろうとしたとき、背中に声がかけられた。

「わたしは帰るところですよ、不比等殿」

振り返ると、氷高皇女が東宮から出てきたところだった。

「これは氷高様。ご機嫌麗しゅうございますか」

「不比等殿はよく東宮を訪れ、首の相手をされているとか。首はお祖父様の話ばかりします」

「外戚とはいえ、祖父なれば孫が寂しい思いをしていないかとつい心配になりまして」

「そなたが首を大切に思う気持ち、よくわかっております」

「今宵も長屋王様のお屋敷へお帰りですか」

東宮を離れる氷高皇女と肩を並べ、不比等は足を進めた。

「ええ。あそこはわたしの屋敷でもあるのです」

「長屋王様と吉備様はいかがお過ごしですか」

氷高皇女が微笑んだ。

「わたしに聞かずとも、長娥子殿から聞き及んでいるのでは。このところ、長娥子殿はよくそなたの屋敷に足を運ぶとか」

「長屋王様と吉備様の仲が睦まじいので時に、いたたまれぬ思いに苛まれるようです」

「宮子様のことがあるゆえ、そなたもさぞ気を揉むことでしょう」

宮子の病状は相変わらずだった。母の愛を受けられぬ首皇子を哀れみ、天皇と氷高皇女が頻繁に訪れてくれるのが救いだった。

「わたしが至らぬゆえ、阿閇様、氷高様にはいらぬ心労をおかけしてしまいます」

「なにを申す。そなたがいなければ、母上もわたしもなにもできぬ女人だ」

「すべては首様のためにございます」

「わかっております。この平城京も、最初はどうなることかと思いましたが……首はまだ立太子《りったいし》の儀も執りおこなっておらぬのに、この東宮があるおかげで、皇太子も同然とみなに思われている」

不比等はそれには答えなかった。

「もうひとりのお子のことは、みな忘れているようで……なにもかもがそなたの思惑通りに進んでいるのでしょう」

「そのような話を長屋王様となされているのでしょうか」

不比等は問うた。氷高皇女の顔つきがほんの一瞬、強張った。

「あの方とはそのような話はいたしません。あの方はそなたを父も同然と思っておいでなのですよ」

「ありがたいことです」

「そなたは長娥子殿の父。そして、首は吉備の甥《おい》。あの方は不比等殿と首の平安をいつも願っておいでです」

不比等はうなずいた。

「さあ、もうお下がりください、不比等殿。これから母上にお会いし、その後で屋敷に戻ります」

「承知いたしました」

不比等は足を止め、立ち去っていく氷高皇女の背中をじっと見つめた。

＊　＊　＊

「なんと、そなたの娘と不比等の息子が婚儀をあげると申すか」

三千代の報告に、天皇は目を大きく見開いた。

「はい。是非とも阿閇様のおゆるしを承りたく」

三千代は深く頭を垂れた。

「もちろんゆるすとも。めでたいことではないか」

「ありがたきお言葉。牟漏女王も房前も大いに喜ぶことでしょう」

「藤原の家と橘の家の絆が深まるのは皇室にとってもありがたいことだ。首を玉座に就けるには、そなたたちふたりの力が必要だからな」

「滅相もございません。玉座を継がれる方は阿閇様がお決めになるのです」

「わたしが姉上ならそうであろう。だが、わたしでは無理だ」

「阿閇様――」

「近頃は、首が早くおとなになってくれぬかと、それぱかり考えておる。天皇であるということは、わたしにとっては苦行なのだ、三千代。そなたがそばにいて支えてくれねば、とうに病に伏せていたであろう」

三千代は口を閉じた。なにを言ったところで、それはまやかしに過ぎない。天皇がその座にいるのは首皇子のため。だれもがそのことを知っている。

軽皇子を玉座に就けると同時に政《まつりごと》でもその力を遺憾《いかん》なく発揮した持統天皇と比べるのが間違っている。

「すまぬ。めでたい話だというのに、つまらぬことを口にしてしまった」

三千代は首を横に振った。

「それより、そなたと不比等に祝いをしてやらねばならぬ。左大臣になれと言っても不比等は首を縦には振らぬ。となると、なにがよい。なにをやれば、不比等は喜ぶ」

三千代は唇をそっと舐めた。天皇の口からその言葉が出てくるのを待っていたのだ。

「おそれながら――」

三千代は膝をつき、叩頭した。

「なんなりと申してみよ」

「夫、不比等はいつも宮子様のことで心を痛めております」

「そうであろう。あのような病に罹《かか》り、その上、早くに夫である軽まで失ったのだ。本当なら息子の首と暮らしたいであろうに、それもかなわぬ」

「宮子様の病が一日でも早く癒えますよう、不比等もわたしも願っております」

天皇がうなずいた。

「わたしにできることがあると申すのか」

「はい。軽様が心から愛されていたのは宮子様だけ。それを臣下や民に示していただければ、宮子様の心も安らぐかと……」

天皇が笑った。

「まわりくどい言い方はよい。わたしになにをさせたいのか、はっきりと申せ」

「軽様にお仕えされていた石川氏と紀氏の女人から、嬪《ひん》の称号を除かれませ」

天皇の笑みが苦笑に変わった。

「そなたらの気持ちはわかるが、しかし、そのようなこと、皇族や臣下たちが納得すまい」

「納得させねばなりませぬ」

三千代は天皇の顔を真っ直ぐに見つめた。

「阿閇様に万一のことがあれば、石川の女人が産んだ皇子を玉座にと考えている輩《やから》がおります」

「それはまことか」

三千代はうなずいた。

「今は阿閇様が健やかに玉座にお就きになられ、夫、不比等がお支えしておりますゆえ、みな息を潜めているだけなのです。首様が玉座に就かれることを忌《い》み嫌っている者は少なくありません」

「それと、あの女人たちから嬪の称号を除くこととどう繫がると申すのだ」

「母親が嬪でなければ、その子供たちも皇子ではなくなります」

「つまり、玉座に就く資格を持つのは首だけになるということだな」

「はい」

三千代は天皇を見つめたまま言った。

「しかし、それこそ、首ではない者を玉座に就けようと考えている者どもが騒ぎ立てるであろう」

「わたしに考えがございます。阿閇様のおゆるしを得られれば、すべては丸く収まりましょう」

天皇が三千代の目を見返した。

「そなたは心から不比等を慕っておるのか」

「はい」

三千代は突然の問いかけに戸惑いながら答えた。

「不比等は得難い女人を娶ったものよ。自分を慕い、なおかつ、自分の進む道を先に立って露払《つゆはら》いしてくれる者が妻なのだ」

「阿閇様――」

「そなたにとっても不比等は得難い男であろう。心から慕うことができ、しかも、そなたとそなたの氏族に力を授けてくれるのだ」

「はい」

三千代にはそう答えるしかなかった。

「草壁様が生きておられたなら、わたしもそなたのように幸せになれたであろうに」

天皇の顔に虚ろな表情が浮かんだ。草壁皇子との幸せだった日々が脳裏を駆け巡っているのかもしれない。

「そなたの好きにするがよい」天皇が言った。「軽も宮子を心から慕っておった。軽のためにも、宮子だけが軽の女人であったと示してやろうではないか」

「ありがたきお言葉」

三千代はふたたび叩頭した。

＊　＊　＊

不比等は足を止めて腰に手をあてがった。太政官《だいじょうかん》での合議が思いのほか長くかかった。その疲れが腰にきているらしい。

「右大臣殿、いかがなされました」

軽やかな声が耳に届いた。振り返れば、長屋王が微笑みながらこちらに近づいてくる。

「腰が痛むのだ」

不比等は言った。

「それはおつらいことでしょう」

「なに、年を取ればだれもが通らねばならぬ道だ」

「右大臣殿はまだお若うございます。左大臣殿をご覧になられよ。いまだ矍鑠《かくしゃく》とされているではありませんか」

石上麻呂はとうに七十歳を超えている。

「長屋王様は宮にご用でもおありでしょうか」

「首皇子にご挨拶にうかがいました。わたしを気に入ってくだされているようで、ときおり、顔を見せろと使いが来るのです」

「聞き及んでおります。よく首様のお相手をしてくださっているとか。祖父としてお礼を申し上げます」

不比等は頭を下げた。

「やめてください、右大臣殿。わたしは皇族とはいえ、若輩《じゃくはい》の身。教えを乞《こ》うべき右大臣殿に頭を下げられるとどうしてよいのかわからなくなります」

不比等はこみ上げてくる苦笑を押し殺した。

「氷高皇女様のご機嫌はいかがでしょうかな」

口を開きながら足を進めた。長屋王が肩を並べてついてくる。

「日がな一日、妻と話をしておられます。よくあれほど話すことがあるものだと感心するよりありません。女人というのは不思議な生き物です」

「そう。男には決して理解できぬ生き物です。ところで長屋王様、首様のところにおられたのでしょう。このままではまた東宮に戻ることになりますが」

不比等の言葉に、長屋王が微笑んだ。

「実は、噂を確かめたくて」

「噂ですか」

「ええ。東宮と右大臣殿の屋敷が隠し戸で繋がっているという噂を耳にしました」

「あまり触れて回ってほしくはないのですが、事実です」不比等は答えた。「新益京でも、即位なさる前の軽様のお住まいとわたしの屋敷は隠し戸で繋がっておりました」

「軽様と首様を守るためですか」

「いちいち朱雀門まで歩くのが面倒なだけです」

「右大臣殿は歩くのが速すぎてお付きの者が大変だというのはだれもが知っております」

「長屋王様も隠し戸を通られますか」

「よろしいのですか」

不比等はうなずいた。

東宮は静かだった。首皇子の声も聞こえない。

「書を読むと仰せでした」

長屋王が言った。

「最近は、よく書を読まれるようだ」

「健やかに、そして聡明に成長されておられます。元服もいよいよ近いのではないですか」

「阿閇様といつがよいか、話しているところです」

警護の者たちが直立している。

「なるほど、右大臣殿が東宮を経て屋敷に戻るのは常のことなのですね。警護の者たちの顔がそう語っております」

「長屋王様はよい目をお持ちですな」

「よいのは目だけではありません」

長屋王は笑っている。その笑みは自信に満ち溢れていた。

隠し戸を通り、不比等の屋敷に入った。

「なるほど、このような造りになっているのですね。京の造営の際、ご自分の屋敷を宮の東側に置いたのもこのためですか」

「どのようにでもお考えください。酒でも飲んでいかれますか」

「是非」

不比等は家人《けにん》たちに酒の支度を命じ、自分の部屋へ長屋王を誘った。

「よいのは目だけではないとおっしゃいましたな」

「はい」

「目以外によいところとはここでしょうか」

不比等は自分の頭を指差した。

「いいえ。こちらでございます」

長屋王は自分の耳を指差した。

「さて。そのよいお耳はなにを聞かれましたかな」

「軽様の側室のことです」

酒が運ばれてきた。不比等は長屋王の盃を酒で満たした。自分の盃には少しだけ注いだ。

「では」

お互いに盃を干し、また新たな酒を注いだ。

「軽様の側室とは、わが娘、宮子のことですか」

長屋王が首を振った。

「石川と紀、両家の女人です」

「あのふたりがどうなされた」

「不貞を働いているという噂が宮中に流れております」

「あのおふたりがですか。お戯れを」

不比等は酒をすすった。

「宮中で働く采女《うねめ》たちがしきりに噂しあっているようです」

長屋王が盃を呷《あお》った。不比等は空になった盃に酒を注いだ。

「その噂が氷高様のお耳に入りました。翻《ひるがえ》って、わたしの耳にも」

「氷高様はなんと仰せでございますかな」

「立腹なさっておられます。不埒な噂を流す者どもは罰せねば、と」

「ふむ」

不比等は自分の盃を干した。長屋王がその盃に酒を注いでいく。

「しかし、それはやめた方がよいと氷高様には申しておきました」

不比等は眉を吊り上げた。

「なぜです」

「噂の大本が橘三千代殿だと思っているからです」

「なぜそう思われる」

長屋王が微笑んだ。

「わたしをどれほどの愚か者だと思っておられるのですか、右大臣殿」

「失礼いたしました。そうですな。道筋を立てて考えれば、三千代、ひいてはこの不比等が流した噂だとお考えになられるはず」

「違うのですか」

「お答えのしようがありませんな」

「それはそうでしょう」

長屋王は笑い、自分で自分の酒を注いだ。それをまた一気に飲み干した。

「しかし、この目で先ほどの右大臣殿を見たかぎり、噂のことは初耳だったご様子。となれば、三千代殿の行いを黙認なされているのは阿閇様……やはり、氷高様には堪《こら》えていただくほかありません」

「なにか、お望みのものがおありでしょうか」

「わたしの望みはとうにわかっているはずです」

政に加わりたい。長屋王の目はそう語っている。

「すぐには無理ですが」

「首様が元服なさったあかつきにはいかがでしょう」

「それならば、なんとかなるやもしれません」

「わたしは右大臣殿を信頼しております。わが父にございますれば」

「長屋王様は玉座に関心がおありか」

不比等は不躾《ぶしつけ》に訊いた。長屋王がまた笑った。

「わが父、高市が玉座を諦めた時に、わたしもまた玉座に就くことはできぬ運命《さだめ》となったのですよ、右大臣殿。わたしが玉座に就くためには、首様に万一のことが起こらなければなりません。それは、わたしの望むところではない」

「なぜ玉座を望まれないのです」

「讃良様と右大臣殿のおかげで、やっとこの国は安定を取り戻したのです。これからはさらに富める国へと邁進《まいしん》せねばなりません。玉座をめぐるいざこざは起きてはならぬのです」

不比等は滔々《とうとう》と語る長屋王を見つめた。嘘をついている顔ではない。だが、権力はやっかいだ。理想を実現したいという美しい野心を持つ者の心をいつしか歪めてしまう。

「いずれ、長屋王様は政の座に加わることとなりましょう。この不比等が約束いたします」

首皇子が元服するときではなく、玉座に就かれた後に――不比等は声に出さずに呟いた。

三十六

屋敷の中が忙《せわ》しない。家人たちが慌ただしく動き回っているせいだった。

房前と牟漏女王の婚儀が迫っている。宮中で臣下たちが、京では民たちがしきりにこの婚儀を話題にしているという。

藤原不比等の息子と橘三千代の娘の結婚が意味するところをだれもが心得ているのだ。

石上麻呂は新益京で唇を嚙んでいるらしい。皇族たちですら、息を潜めるようにして静観している。

朝堂で不比等以上に力を持つ者はなく、宮中で三千代以上に力を持つ者はない。

だれもがふたりの力が合わさることを恐れている。しかし、その恐れを口にすることはない。

不比等も三千代も天皇を崇めている。天皇の権威を侵そうとしたことはない。

だから、案ずることはない。

だれもが自分にそう言い聞かせている。

「父上。おられますか」

武智麻呂の涼やかな声が廊下を渡ってきた。

「入るがよい」

不比等は読んでいた書を置き、顔を上げた。

「いよいよですな」

「うむ」

「さすがは三千代殿。婚儀の支度はつつがなく進んでいるようです」

「済まぬな、武智麻呂よ」

不比等の言葉に武智麻呂が首を傾げた。

「なにがでございますか」

「本来なら、三千代の娘はそなたが娶るべきだ」

「しかし、わたしには貞媛《さだひめ》がおります」

武智麻呂が言った。武智麻呂の正室は阿倍御主人の孫娘だ。御主人との絆を深めるために娶らせたのだ。

「そなたと貞媛が仲睦まじくしているのは知っている。そなたが納得しているかどうかが知りたいのだ」

「納得しております」

武智麻呂の声には迷いというものがなかった。

「父上がなにに心を砕いておられるのか。それは藤原の家にございましょう。ならば、わたしも父上の御心《みこころ》に添うまで」

「吾は子供に恵まれておるのう」

不比等は笑った。その顔を、武智麻呂がまじまじと見つめてくる。

「どうした。吾の顔になにかついておるか」

「いつの間にか、皺が深くなられました。それに、髪の毛にも白いものが」

「とうに五十を過ぎておるのだ、当然ではないか。あと十年もすれば痩せさらばえ、朝堂に出向くのにも難儀するようになる」

武智麻呂が口を開くより前に、廊下をこちらに向かってくる足音が聞こえた。

不比等は呟いた。

「三千代だな」

「足音を聞くだけでその主がわかるのですか」

「わが妻ぞ。わからないでどうする」

不比等は微笑み、声を発した。

「入るがよい、三千代。武智麻呂もここにおる」

戸が開き、三千代が姿を現した。わずかに息が乱れている。

「急ぎの用か」

「阿閇様が、婚儀にお越しになられると仰せられまして」

「畏れ多いことです。房前も大いに喜びましょう」

武智麻呂が声を張り上げた。不比等は腕を組み、首を傾げた。

「阿閇様が房前の婚儀にな……」

「婚儀が終わったあと、あなた様とお話ししたき儀があるとのことです」

「宮では話したくないことなのだな」

「はい。あなた様とわたし、それに阿閇様だけでお話ししたいと仰せです」

「ふむ」

不比等は口を閉じ、宙を見据えた。

「天皇がわざわざお越しになられるとは、どのような話なのでございましょう」

先ほどとは打って変わって、武智麻呂の声は不安に震えていた。不比等は目を三千代に向けた。三千代は首を横に振った。

話の内容は告げられていないのだ。

「息子の婚儀に阿門様がお越しになられるとは、臣下としてこの上ない喜び。氏族の者一同揃ってお待ち申し上げます。そう伝えよ」

「はい」

三千代はそのまま部屋を出ようとした。

「待つがよい。そなた、やつれて見える。ここ数日、無理をしているのではないのか」

「そのようなことはありませんが……」

三千代がかぶりを振った。

「父上の申される通りです。三千代殿、顔色もよくありませんぞ」

武智麻呂が言った。

「一時、ここで休んでいくとよい。家人たちはよくやっている。そなたがしばしいなくともかまわぬであろう」

「それでは、お言葉に甘えます」

三千代が武智麻呂の隣に腰を下ろした。

「まったく。父上の髪に白いものを見つけたと思ったら、三千代殿までおやつれになられて。我ら子供たちはどうしたらよいのです」

武智麻呂が腕を組んだ。

「吾も三千代も、寝る間を惜しんで働いておるのだ」

「それもこれも、藤原の氏族のため」

不比等の言葉を三千代が引き取った。

「それはわかっております。しかし、わたしも房前も三十を超えました。馬養ももうすぐ二十歳にございます。父上から見ればまだ頼りないのでございましょうが、あれをせよ、これをせよとお申しつけください」

「頼もしい言葉ではないか、三千代」

「ええ。武智麻呂様も、房前様も立派なお方でございます」

三千代が武智麻呂に目配せをした。

「実は、父上。わたしはここのところ、長屋王と親しくしております」

不比等は眉を吊り上げた。

「三千代殿に、父上のためにそうせよと教わったのです」

武智麻呂は三千代を見たが、三千代は素知らぬ顔をしていた。

「それで」

「ここのところ、重臣の子息たちや若い皇族方が頻繁に出入りをしております」

「なにかよからぬことでも話しておられるのか」

「いいえ。歌を詠《よ》んだり、他愛もない話に興じたり。しかし、その者らのために、長屋王様は湯水のように財を使っておられます」

もともと天皇より賜った封戸《ふこ》は皇族の中でも群を抜いている。それに加え、今は氷高皇女も長屋王の屋敷内に邸宅を構えているのだ。その豊かさは京でも一、二を争うだろう。

「酒や食べ物を振る舞っておられるのだな」

「ええ。身分の低い臣下の子息たちなどは、腹を満たすために長屋王様の屋敷に通い詰めている者がいるほどです」

「長屋王様はなにをお考えになられておられるのでしょう」

三千代が言った。不比等は微笑んだ。

「先のことを考えておられるのだ」

「先のこととは……」

「いずれわかる。なにしろ、長屋王様と対峙《たいじ》するのはこの吾ではなく、そなたたちなのだからな」

不比等はそう言うと破顔した。

「いずれにせよ、大儀であるぞ、武智麻呂。三千代の口添えがあったとは言え、そなたが長屋王様の懐に潜りこんでいるとは露ほども考えなかった。これからもよろしく頼む」

不比等は武智麻呂に向かって頭を下げた。

「なにをなされるのです、父上」

武智麻呂が慌てて立ち上がった。その姿を見た三千代の顔に笑みが広がっていく。

「ありがたいことだ」

不比等はふたりには聞こえぬよう独りごちた。

＊　＊　＊

不比等は婚儀の最中に席を立った。足音を忍ばせ、自分の部屋に向かう。部屋の様子はいつもと違った。天皇を迎えるのに相応しい調度を揃え、飾り立ててある。

部屋の隅に腰を下ろし、待った。やがて、静かな足音が聞こえてきた。音もなく戸が開き、天皇が姿を見せる。三千代が付き従っているだけだった。

「このようなときに、迷惑をかける」

天皇は部屋の中央に腰を下ろした。不比等は天皇の真向かいに膝を進めた。その横に三千代が座った。

「宮中ではお話しできないことがおありだとか」

不比等はすぐに切り出した。

「さよう……宮中の者どもには三千代の息がかかっているのはわかっているが、それでも、話せぬことがある」

「なんでございましょうか」

「そなたの望みを叶えてやろうと思う」

「わたしの望みですか」

天皇がうなずいた。

「軽のふたりの側室から嬪の称号を除く件だ」

「ありがたきお言葉」

「あのふたりにはよからぬ噂があるようだから、さほど問題にはなるまい。しかし、ただでというわけにもいかぬ」

「わたしの望みを叶えてくださる代わりに、阿閇様のお望みも叶えられよというわけですな」

天皇は答えなかった。揺らぐことのない目で不比等を見つめている。腹を据えて不比等の屋敷にやって来たのだ。

「阿閇様のお望みとはいかがなものでしょう」

「来年には首も元服を迎える。それを機に、譲位したい」

「なりませぬ」

不比等は間髪容れずに応じた。

「元服したとしても、首様はまだ若すぎます。首様に譲位など、臣下たちが大騒ぎするに決まっております」

「首にではない」

天皇が首を振った。

「首様ではないと申されますと、では——」

「氷高に譲位する」

「なんと申されました」

不比等は目を剝いた。天皇が譲位を持ち出してくることは想像がついていたが、譲位の相手が氷高皇女だとは考えもしなかった。

「氷高に譲位する」

「氷高様は皇后であられたこともありません」

「それはわたしも同じではないか。古《いにしえ》よりのしきたりをそなたが無理矢理変えたのだ。忘れたか、不比等」

「し、しかし——」

「氷高の母であるわたしは天皇である。また、氷高の父である草壁様は国忌を定められた天皇に等しい存在である。ならば、氷高が玉座に就くのになんの問題があるというのだ」

女帝が二代も続く。しかも、首皇子を玉座に就けるために。そのことをよしとする臣下は少ないだろう。

「臣下たちは騒ぎ立てるであろう」不比等の心を読んだかのように天皇は続けた。「しかし、我らにはあれがあるではないか。そなたが考え出したあれだ」

「……不改常典《ふかいのじょうてん》」

「わたしが玉座に就くときに、不改常典を受け入れた臣下たちが、氷高が玉座に就くのに反対するというのは不遜《ふそん》もはなはだしい。謀反と呼んでも差し支えない。そなた、そうは思わぬか」

不比等は息を吐き出し、背筋を伸ばした。目の前の女帝にはあの持統天皇と同じ血が流れているのだ。こうと決めたら決して退《ひ》かぬ。

「氷高様はご存じなのですか」

天皇がかぶりを振った。

「まだなにも話してはおらぬ」

つまり、長屋王の耳にも届いてはいないということだ。

「では、わたしが時機が来たと判断するまで、決してお話しになられぬよう」

「では、譲位を認めるのだな」

「天皇のご意向を臣下に過ぎぬわたしがお止めするわけにはまいりません。しかし――」

不比等は言葉を切った。三千代が天皇と不比等のやりとりを真剣な面持ちで聞いていた。

「しかし、なんだ」

「首様の元服と共に譲位というわけにはまいりませぬ」

「なぜだ」

天皇の声は静かだった。不比等の答えを予期していたのだろう。

「阿閇様の申されたとおり、天皇の譲位に表立って反対する臣下はおりますまい。なんとなれば、不改常典がありますれば」

天皇がうなずいた。

「しかしながら、波風は立ちます」

「それはそなたが抑えこめばよいことではないか」

「常ならばそれでよいでしょう。しかし、このたびは軽様のふたりの側室が嬪の称号を剝《はく》奪《だつ》された後にということになります。そこに目をつける者どもが大勢出ます」

「いつまで待てばよいのだ」

天皇の目に諦めの色がよぎった。確かに天皇には持統天皇と同じ血が流れている。だが、覚悟が違うのだ。持統天皇には軽皇子を玉座に就けるということと、この国を唐の国にも劣らぬものにしたいというふたつの野心があった。だが、天皇にあるのは首皇子を玉座に就けたいという一心のみだった。

「首様の元服より一年後」

「それほど長くは待てぬ」

「待っていただかねばなりません」

不比等は語気を強めた。天皇がわずかに身を引いた。

「これより二年あまり、阿閇様にはたびたび病を患っていただきます。仮病ゆえ、そのあたりのことは三千代にお任せくだされ」

「仮病と申すか」

「臣下たちを納得させるためにございます」

「なるほど。年を取り、病がちになったがゆえにこれ以上玉座にいてはみなに迷惑をかける。ゆえに、氷高に譲位するということにするのだな」

「お言葉のとおりにございます」

「二年か……長いな」

不比等は叩頭した。

「お堪えください。首様のため、皇室のためにございます」

「わかった。面を上げよ、不比等。そなたの申すとおりにしよう」

不比等は顔を上げ、大きく息を吸った。

「もうひとつ、お願いしたき儀がございます」

「まだ欲しいものがあると申すか。なんと貪欲な――」

「安宿媛が皇后になることにお力添えを」

天皇が目を剝いた。口が開いたが、言葉が発せられることはなかった。

天皇に万が一のことがあり、なおかつ、世継ぎとなる者がなければ、皇后が玉座に就く。ゆえに、皇后は皇族、それも血の尊い者でなければならないというのがこれまでのしきたりだった。

「藤原との絆が深くなればなるほど皇室は安泰にございます」

「否《いな》と答えたら、そなたはどうするつもりなのだ」

天皇が喘《あえ》ぎながら言った。

「なにもいたしませぬ。臣下として阿閇様の意に従うのみ」

不比等は瞬きもせずに天皇を見つめた。

「その言葉を信じよと申すか」

「お信じになるかどうかは阿閇様のお心ひとつです」

「信じられぬ。わたしが否と申せば、そなたはわたしに背を向けるのであろう。首の立太子も、氷高への譲位もかなわなくなる。そうなのであろう」

天皇の声が少しずつ甲高くなっていった。不比等は答えなかった。

「答えよ、不比等」

天皇の目が吊り上がった。不比等は唇を一文字に結んだままだった。

「阿閇様、なにとぞ、わが夫にお力添えをお願いいたします」

黙りこくったままだった三千代が口を開いた。

「三千代……」

天皇の目が不比等から三千代に移った。

「夫のことは信じられなくても、この三千代のことは信じていただけるのではありませんか。ならば、三千代はその信頼に応えます。わが夫が皇室に忠義を尽くすよう立ち働きます」

天皇の肩から力が抜けた。

「そうだな。そなたのことは心より信じている。だからこそ、橘の姓を与えたのだ」

「わたしは決して阿閇様の信頼を裏切ったりはいたしません。わたしが今ここにこうしてあるのも、讃良様と阿閇様のご寵愛があったからこそ。この命に代えてでも、夫の皇室への忠義を守らせてみせます」

「わかった。不比等ではなく、そなたを信じよう」

「恐悦至極に存じます」

三千代が叩頭した。

天皇がまた不比等に顔を向けた。

「そなたと三千代の娘が皇后の座に就けるよう、心を砕く。それでよいか」

「ありがたきお言葉。阿閇様、くれぐれも、わたしが時機が来たと判断するまでは、譲位の件、氷高様はもとより、だれにもお告げになられぬようお願いいたします」

「人の耳に触れれば触れるほど、譲位が難しくなることはわたしもわかっている。さ、婚儀の席へ戻るぞ。わたしとこの屋敷の主の姿が見えぬことを、皆の者が不審がっておるだろう」

天皇が腰を上げた。三千代がすぐに続く。

「阿閇様に屋敷を案内していたと申しておきましょう」

不比等は晴れやかな笑みを浮かべ、天皇を誘いながら部屋を出た。

＊＊＊

天皇と不比等の姿が見当たらなかった。長屋王は盃を片手に、武智麻呂の側に移った。武智麻呂の横に座っていた男が気を利かせ席を譲ってくれた。

「さすがは皇族と藤原家の婚儀ですな。普通はこのような宴は開きません」

武智麻呂に囁《ささや》きかける。

「父がそうしろと申しまして」

「しかし、いい婚儀です」

「ありがとうございます。そのお言葉を耳にすれば、房前も喜ぶでしょう」

「ところで、阿閇様と右大臣殿はいずこへ。そういえば、三千代殿の姿も見えませぬが」

「阿閇様が屋敷の様子を見たいと仰せられ、父と三千代殿が案内しているようでございます」

「舎人も采女も付けられずにですか」

「大勢を引き連れれば婚儀に水を差すと阿閇様が仰せられたそうです」

「なるほど。天皇が自ら婚儀にいらしてくださるとは、さすがの右大臣殿も慌てたのではありませんか」

「はい」武智麻呂がうなずいた。「そのお話があったときは、父も三千代殿も狼狽《ろうばい》しておりました」

「阿閇様は、房前殿の政の才を高く買っておられるようです」

長屋王は言葉に毒を混ぜ込んだ。だが、武智麻呂は涼やかに微笑むだけだった。

「それはありがたきこと。わたしから見ても、房前の才はぬきんでておりますゆえ」

「房前殿に嫉妬《しっと》されたりはなさらないのですか」

「房前には房前の、わたしにはわたしの役目というものがございます」

「確かに。武智麻呂殿ほど学識が豊かな方はそうはおりません。歌の才も、房前殿より優れている」

「歌で負ければ、わたしも嫉妬するやもしれませんが――ああ、阿閇様が戻られたようです」

武智麻呂の声に目をあげると、三千代に先導された天皇が席に戻ってくるところだった。

不比等も自分の席に腰を下ろそうとしていた。

長屋王は天皇の顔を凝視した。姿が見えなくなるまでは、その顔は硬かった。だが、今は胸のつかえがおりたというような晴れやかな笑みを浮かべている。

目を転じる。

不比等の顔はいつもと変わらない。昔に比べれば髪に白いものが、顔には皺が目立つ。

だが、なにごとにも動じない表情はいつも同じだった。

長屋王はそのまま武智麻呂の隣に座し、歌会のことなど他愛のない話に興じて時間を潰した。婚儀が終わりに近づき、天皇の采女たちが帰り仕度をはじめるのを待って腰を上げた。

「阿閇様、ご挨拶申し上げます」

天皇の斜め後ろで膝をつき、頭を下げる。

「長屋王ではないか。そなたもまいっておったのか」

天皇が振り返った。

「もうお帰りになられるのですか」

「わたしが長々といると、他の者たちが気を遣う」

「ならば、宮までお供いたします」

「よいのか。そなたと語り合うのも久しぶりだ。ゆるりと宮まで戻るとするか」

天皇が腰を上げた。長屋王は天皇に付き従う。屋敷を出ようとすると、いつの間にか不比等が待ち構えていた。

「本日は、息子の婚儀のためにお越しいただき、身に余る光栄です」

不比等が天皇に深々と頭を下げた。

「よいのだ。そなたには世話になっておるし、房前もよい臣下ではないか」

「ありがたきお言葉。長屋王様もありがとうございます」

「よい婚儀でした」

長屋王は不比等に会釈した。

天皇と共に屋敷を出る。

「右大臣殿と三千代殿に屋敷を案内してもらっていたとか」

背中に不比等の視線を感じなくなると、長屋王は天皇に語りかけた。

「ああ。宮暮らししか知らぬゆえ、このような機会があると、他の者の暮らしはどうなっているのか知りたくてたまらなくなってしまうのだ」

「右大臣殿の屋敷は京で一番でございますから」

「そなたの屋敷も相当なものだと聞き及んでいるぞ」

「一度お越しくださいませ。妻も氷高様もお喜びになられましょう」

「いずれ、機会を持とう」

天皇の声は朗らかだった。だれの目にも機嫌が良く映る。

「屋敷を案内されながら、右大臣殿とはなにをお話しになられました」

「首の元服のことを少し話した。来年には元服だ。その折に、立太子の儀も執り行う」

長屋王はうなずいた。上機嫌の理由がそれなら納得がいく。

「武智麻呂殿から、婚儀を静かに進めさせるため、舎人もお付けにならずに屋敷の中を歩き回られたとか。お気持ちはわかりますが、感心はいたしませぬ」

「右大臣、藤原不比等の屋敷で、わたしの身になにかが起こるやもしれぬと申すのか」

「そうではありませぬが、しかし――」

「先ほども申したであろう。わたしは宮暮らししか知らぬのだ。宮の外に出たときぐらいは、好きにしてみたいのだ。そんなことより、長屋王――」

天皇が思わせぶりに言葉を切った。

「なんでございましょう」

「氷高から、そなたを朝堂に引き立ててやってくれと頼まれておる」

「わたしはそのようなことは――」

「わかっている。そなたの意思ではない。氷高が吉備のために申しておるのだ」

「はい――」

　長屋王は背中を冷たい汗が流れ落ちていくのを感じた。

「いま、議政官の席は埋まっている。いずれ、空きがでたらそなたをとはわたしも思うているのだ」

「ありがたきお言葉」

「首のことを頼みます」

「なにを仰せられるのですか」

「いずれ、わたしもあちらの世へ旅立つことになる。わたしだけではない。石上麻呂も、不比等もいなくなる。その時には、首にはそなたや房前のような者が必要になるのだ」

「それはそうですが」

「今一度申す。首のことを頼みます」

　長屋王は足を止め、叩頭した。

「この命に替えてでも、首様をお守りいたします」

「その言葉、嬉しく思うぞ」

　天皇が微笑んだ。

　その後は他愛もない話に転じ、やがて、宮に到着した。天皇が宮に上がるのを見送り、長屋王は自らの舎人を伴って帰途についた。

天皇は人目を憚《はばか》って不比等に会うために牟漏女王と房前の婚儀に出席したのだ。それ以外には考えられない。

ふたりはなにを話したのか。なぜ、宮ではなく不比等の屋敷でその話をしなければならなかったのか。

頭を捻っても無駄だった。天皇はその穏やかな表情の内にすべてを仕舞い込んでいる。不比等にそれとなく訊ねるというのも論外だ。与《くみ》しやすしと見くびっていた武智麻呂は想像以上に懐が広い。

藤原の者たちはみな、一筋縄ではいかない。

「わかりきっていたことではないか」

長屋王は自分の頭に浮かんだ考えに苦笑した。

「今しばらくは、右大臣殿の忠実な婿でいるしかあるまい」

長屋王は嘆息し、空を見上げた。無数の星が煌《きら》めいていた。

三十七

和銅七年（七一四年）六月。

「ついにこの日が来たな——

天皇が声を張り上げた。そうしなければ蝉の鳴き声に言葉がかき消されてしまう。

「はい。おめでとうございます」

三千代は天皇に衣を着せながら答えた。

「玉座に就いて七年か……まるで百年も経ったような気がするぞ、三千代よ」

「まだまだ阿閇様には健やかであられていただかねばなりません」

三千代は囁くように言った。譲位の件は、だれにも悟られてはならぬのだ。

「ああ、そうだな」

天皇は瞬きを繰り返した。自分の迂闊《うかつ》さを戒めているのだろう。

「不比等はどうした」

「首様のところでございます」

「支度ができたら、わたしも首のもとへ参ろう」

「かしこまりました」

衣を着せ終えると、天皇が座した。髪を結い、唇や頬に紅を差す。

「氷高皇女様がお越しです」

部屋の外で采女の声が響く。

「お通しなされよ」

天皇がうなずくのを待って、三千代は応じた。戸が開き、着飾った氷高皇女が部屋に入ってきた。

＊＊＊

首皇子は安宿媛を見つめていた。安宿媛もその目を見返している。部屋には不比等を含めて三人しかいない。従者たちには席を外させている。

「わが娘、安宿媛にございます」

不比等は言った。

「右大臣の娘ということは、わたしの叔母になるのか」

「さようでございます」

不比等は微笑んだ。

「されど、首様と同い年なれば、あまり気にされる必要はないかと」

「なぜ、そなたの娘を連れてまいったのだ」

首皇子は安宿媛から一時も目を離さない。

「近い将来、安宿媛が太子妃になるからでございます」

ようやく首皇子の目が安宿媛から離れた。

「太子妃だと。今日、わたしは元服を迎え、同時に立太子の儀も執り行われるのではないか。わたし以外にも、だれかが太子になるというのか」

「いいえ。この国の太子は首様、ただおひとりにございます」

「それでは……」

「はい。安宿媛は首様の正室になるのです」

首皇子の目はふたたび安宿媛に向けられた。

「わたしの正室……」

「かつて、首様の父君、軽様とわたしは約定を交わしました。軽様は正室を娶らず、宮子を側室の筆頭にする。つまり、軽様と宮子の間に生まれたお子、首様を玉座にお就けするためにございます」

首皇子は安宿媛を見つめたままうなずいた。

「御崩御なされる前、軽様はわたしに首様を守れ、必ず首様を玉座に就けるのだと申されました。軽様との約定を守るためにも、安宿媛が首様の妃となることが必要なのです。皇室と藤原の結びつきが強まれば強まるほど、わたしが首様をお守りする力も強くなります」

「そのようなことを申さずともよい、右大臣。わたしはこの者を妃に迎える」

首皇子の言葉は力強かった。

「なぜ、そのようなご決断をなされたのですか」

「玉座に就きたいからだ」

不比等の問いに首皇子はすぐに答えた。

「なぜ、玉座に就かれたいのですか」

「天皇になれば、母上に会えるのであろう」

首皇子の顔が歪んだ。

「天皇だからといって、なにごとも意のままになるわけではありません」

「母上に会いたいのだ。母上が恋しいのだ。寂しくてたまらぬのだ、右大臣」

不比等はたじろいだ。首皇子の目に涙はない。だが、胸の奥から発せられる言葉は慟哭《どうこく》そのものだった。

だれにも話さず、素振りさえ見せず、母への想いをその心の裡《うち》に秘めていたのだ。元服と立太子の儀を迎えるにあたり、玉座が見えてきた。それゆえに、秘めていたものを吐き出した。

宮子の病が癒えるまではだれにも会わせてはならぬと決めたのは不比等自身だった。首皇子が母を恋しがっても、会うことはかなわなかった。しかし、首皇子が玉座に就けば、その意思をくじくことはできない。

「お気持ちお察しいたします。しかしながら、首様の寂しさは、必ずやわが娘がお慰めするでしょう」

「わたしは玉座に就く。天皇になって、母上にお会いするのだ」

「わたしがお支えいたします、首様」

安宿媛が口を開いた。

「首様が玉座にお就きになられますよう、そして、宮子様とお会いできますよう、わたしにできる限りのことをいたします」

不比等と三千代の血を引いている。安宿媛は美しく、そして聡明な娘だった。

「そなた――」

「わたしが首様の寂しさをお慰めできるかどうかはわかりません。しかし、心をこめてお仕えすることをお約束いたします」

首皇子の頰が赤く染まっていく。おそらく、同じ年頃の女人にこのようなことを言われたのは初めてだろう。

「あ、ああ。よろしく頼む」

首皇子が震える声で答えた。

ふたりはよい夫婦になるだろう。不比等は確信を抱きながら微笑んだ。

＊＊＊

首皇子を見つめる天皇と氷高皇女の目は潤んでいた。

文武天皇が早世してからこの方、運命に翻弄《ほんろう》され、首皇子を玉座に就けるために数々の苦難に耐えてきたふたりだ。幾千もの想いが心を行き交っているのだろう。

三千代もまた感無量だった。

首皇子が玉座に就けば、娘の安宿媛が皇后になる。安宿媛が産む子が首皇子の後を継げば、三千代は天皇の祖母になるのだ。

宮で王家にお仕えせよ——父からそう言われた時は不安しかなかった。まさか、これほどの栄華を極められようとは考えてもいなかった。

不比等は違う。不比等は名門の出だ。初めからある程度の出世は約束されており、どこまで上りつめられるかは己の才覚次第だ。

だが、三千代にはなにもなかった。三千代が仕えた尊き方々は、三千代の父の名さえ知らなかったし、知ろうともしなかった。

夫に選んだ男は皇族ではあったが、愚かな男だった。三千代の支えにはなってくれなかった。

だから、ただただ誠心誠意、心をこめて仕え、それが認められたのだ。

天皇に軽皇子の乳母を命じられたときの畏れと喜びは今でもはっきりと覚えている。うまく仕えれば道が開ける。しくじれば、なにも手には入らない。

もともとなにも持たぬも同然の身なのだ。恐れることはない。

己にそう言い聞かせ、一心不乱に働いてきた。

母のように懐いてくれている軽皇子が玉座に就けば高みにのぼれる——そう信じて。

草壁皇子が若くして亡くなり、讃良皇后が玉座を継ぎ、不比等と出会った。

なんという運命だろう。

己の力だけを恃《たの》み、目の前にある道をひたすら歩いてきたら宮中で並ぶ者のない力を得、天皇より橘の姓を授かり、やがて、天皇の祖母になろうとしている。

牟漏女王と房前の婚儀の夜、比《なら》ぶ者なしと謳《うた》われる不比等が三千代に感謝の言葉を述べた。

そなたがおらねば、安宿媛が皇后になることはあるまい。吾ひとりの力では難しい。だが、そなたがおれば、百人力だ。

心のこもった言葉だった。その言葉を聞くために県犬養の里から宮に出仕してきたのだと思えた。

不比等との出会いは僥倖《ぎょうこう》である。不比等も同じことを思っているに違いない。

「そなたも泣いているのか、三千代」

氷高皇女の声に、三千代は我に返った。

「はい。首様の凛々しいお姿を拝見していると、それだけで胸が熱くなります」

「軽も首も、そなたが育てたようなものだからな」

「滅相もありません」

三千代はかぶりを振った。その拍子に、こちらを見つめている視線に気がついた。

視線の主は長屋王だった。涼しげな顔だが、視線は鋭い。氷高皇女と三千代がなにを語らっているのか探ろうとしているかのようだ。

三千代は長屋王の視線を受け止めた。

長屋王は照れたような笑いを浮かべ、三千代から視線を外した。

三十八

氷高皇女の頰が赤らんでいる。首皇子の立太子《りったいし》の儀が終わったばかりだ。まだ心が昂《たかぶ》っているのだろう。それは三千代も同じだった。

「母上の話とはなんだろう」

廊下を進みながら、氷高皇女が振り返った。

「わたしはなにも存じませぬ。ただ、氷高様をお呼びしろと仰せつかっただけにございます」

「話をするなら首にであろう。このめでたき日に、わたしになんの用があるというのだ」

氷高皇女は眉をひそめた。

宮中は立太子の儀の興奮が冷めやらず、だれもが浮き足立っていた。それでも、氷高皇女と三千代がすれ違うと、だれもが足を止め、深々と頭を下げる。

遷都から四年、宮中での新しいしきたりも浸透してきた。

「氷高様、こちらでございます」

三千代は廊下を曲がろうとした氷高皇女に声をかけた。

「母上の居室へ向かうのではないのか」

「阿閇様は東宮にてお待ちでございます」

「東宮だと。では、首もおるのか」

「さようにございます」

「さては、首に玉座を譲る件であろうか」

「わたしはなにも存じません」

「そなたがなにも知らぬはずはないではないか。譲位の件であろう」

「口をお謹みくださいませ、氷高様。滅多なことをおっしゃられてはなりませぬ」

氷高皇女は声をひそめた。

「不比等もいるのであろう」

三千代はうなずいた。

「わかった」

氷高皇女は口を噤《つぐ》んだ。

首皇子の居室では、天皇と首皇子、そして不比等が氷高皇女を待っていた。

「お待たせいたしました、母上」

氷高皇女は一礼して部屋に入り、天皇と首皇子の向かいに腰を下ろした。三千代も後に続き、戸を閉めた。そのまま床に膝をつく。

「立派であったぞ、首。そなたがとても誇らしい」

氷高皇女の言葉に首皇子が破顔した。

「お褒めにあずかり、光栄です」

「そなたは皇太子なのですよ、首。わたしは伯母ですが、そなたが玉座に就けば、臣下のひとりとなるのです。言葉遣いを改めなければ――」

「それはよいのだ、氷高よ」

天皇が氷高皇女の言葉を遮った。

「ですが、母上、ここではっきりさせておかねば、玉座に就いたときに首が困ることになりかねませぬ」

「よいと申したであろう。首は終生、そなたを敬い続けることになるのだ」

天皇の言葉に氷高皇女が首を傾げた。

「母上、それはどういう意味でしょうか」

「今すぐにでも首に譲位したい。しかし、首はまだ若すぎる」

氷高皇女の視線が天皇から首皇子、そして不比等へと移っていった。

「母上、おやめください」

「わたしはそなたに譲位しようと思っている」

「母上――」

「わたしにはもう無理なのだ。わかってくれ。氷高」

「ならば、首に譲位し、母上が太上天皇《だいじょうてんのう》となって支えればよいではありませぬか」

氷高皇女の目が吊り上がった。

「わたしは政《まつりごと》に倦《う》んでいるのだ。そなたもそれはわかっていよう」

天皇は静かな目で氷高皇女を見据えていた。揺るがぬ決意を胸に抱いた者の目だった。

「いやでございます」

氷高皇女が首を振った。

「そなたしかおらぬのだ。わかってくれ、氷高」

「女帝からその娘へ玉座が継がれるという話など耳にしたことがありません。臣下たちが騒ぎ立てるに違いありませぬ」

「臣下たちはわたしが抑えます」

　不比等が口を開いた。

「そなたは黙っておれ」

　氷高皇女が吊り上がった目を不比等に向けた。怒りと恨みの入り混じった目は、今にも不比等を射貫いてしまいそうだった。

「聞くのだ、氷高」

　天皇の声が凛として響いた。

「はい、母上」

「わたしとて、この重い座をそなたに託すのは気が引ける。それでも、そなたに託すしかないのだ。それはそなたもわかっていよう」

　氷高皇女は答える代わりに唇を嚙んだ。

「数年でよいのだ、氷高。首は元服を済ませた。皇太子にもなった。そなたが重荷に耐えるのはほんの数年で済むのだ」

「母上がなにを望んでいるのか、わたしがなにをすべきなのかはわかっております。それでもいやなのです」

氷高皇女は赤子が駄々をこねるように首を振った。幼き頃より、持統天皇と今の天皇の二代の女帝をすぐそばで見守ってきたのだ。彼女たちの苦渋をだれよりも知っているのは氷高皇女だった。

「氷高様。わたし、首からもお願いいたします」

首皇子が声を張り上げた。床に両手をつき、頭を垂れる。

「首、なにをしているのですか。そなたは皇太子なのですよ」

氷高皇女が慌てて諫《いさ》めた。だが、首皇子はその姿勢を崩さなかった。

「わたしが玉座に就くことは、父の願いです。そして、阿閇様の願いでもあります。父と阿閇様の苦労を鑑《かんが》みれば、わたしはなにがなんでも玉座に就かなければなりません。天皇になるのです。そのためには氷高様のお力添えが必要です。なにとぞ、この哀れな甥《おい》のために、お力をお貸しください」

「首……」

氷高皇女は唾を飲みこんだ。首皇子の真摯《しんし》な言葉に心が揺れているのが見てとれる。

「今すぐにとは申しませぬ」不比等が言った。「阿閇様が譲位の詔《みことのり》をお出しになられるのは来年になりましょう。それまでの間に、なにとぞ、心構えを」

「どうしてもわたしが玉座に就かなければならぬのですか」

「そなたには心から済まぬと思うておる。だが、そなたしかおらぬのだ」

「そうでしょう。わたしはそのために夫を得ることもできずに、ひとり宮中で暮らす運命を押しつけられたのですから」

氷高皇女は刃《やいば》のような目で不比等を見た。

「持統天皇のお考えになられたことです」

不比等はその視線をしっかりと受け止めていた。

氷高皇女の表情が崩れた。今にも泣き出しそうな顔で微笑んだのだ。

「すべては前もって決められていたこと。そう申したいのだな、不比等」

不比等は口を閉じ、深々と頭を下げた。

＊　＊　＊

氷高皇女を乗せた輿《こし》が宮から遠ざかっていく。不比等は東宮から隠し戸をくぐり、自分の屋敷に戻った。庭に立ち、梢《こずえ》を見上げた。

「武よ、おるか」

呟くように言うと、不比等の背後に人の気配が現れた。

「ご無沙汰しております」

「長らく呼びもしなかったものを、それでも四六時中、吾のそばにおったのか」

不比等は振り返らずに口を開いた。

「それが務めにあれば」

「そなたも年を取ったであろう」

「若い者を育てております」

「長屋王の屋敷へまいれ。長屋王と氷高皇女がなにを話すか、子細漏らさず吾に伝えるのだ」

「承知」

気配が消えた。

＊＊＊

「長屋王はどこにおられる」

氷高皇女の甲高い声が響き渡った。長屋王は読んでいた書から顔を上げた。

「長屋王はどこにおられるのだ」

氷高皇女の声は尋常ではなかった。長屋王は腰を上げた。

氷高皇女が廊下をこちらに向かってくる。皇女の顔は血の気が失せていた。その姿に家の者たちが息を呑んでいた。

「氷高様、いかがなされたのですか」

「お話があるのです」

立太子の儀の後、氷高皇女は天皇に呼ばれたはずだ。

「天皇がなにかおっしゃったのですか」

自分の居室に氷高皇女を招き入れながら長屋王は訊いた。

「わたしに譲位するとおっしゃるのです」

氷高皇女の口から発せられた言葉に長屋王は絶句した。

「わたしに玉座を継げと」

「それはまことですか」

氷高皇女がうなずいた。

「わたしは東宮につれて行かれました。東宮には首だけではなく、阿閇様、そして不比等がおりました」

「なぜ、阿閇様は譲位などと」

「すべてに倦んでしまわれたのです」

「しかし、立太子の儀を済ませたとはいえ、首様はまだ若すぎる。そこで、氷高様に目をおつけになられた。なんとお答えになったのです」

「しばし、考える時間をくれと……長屋王、わたしはいやです。天皇になどなりたくはない。この難事をどうやりすごせばよいか、そなたも考えてはくれまいか」

「なりませぬ」

長屋王は氷高皇女の両肩に手を置き、目を覗きこんだ。

「氷高様は天皇になるのです。それが氷高様の運命です」

「なにを申すのです、長屋王……」

「天皇におなりくださいませ。氷高様が玉座に就かれてこそ、わたしの未来も開けるというもの。吉備内親王もお喜びになられましょう」

氷高皇女が口を閉じた。

「不比等も阿閇様も、いずれ、わたしに官職を授けると約束されました。しかし、その兆《きざ》しは一向に見えません。わたしを警戒されているのです。朝堂は不比等の手にあり、阿閇様もまた、不比等の意向に沿って政を執られる。わたしに官職が授けられましょうか」

「しかし、わたしが天皇になれば、それが変わるとおっしゃるのですか」

長屋王はうなずいた。

「もちろん、氷高様といえども、不比等の意向を無視することはできますまい。されど、天皇なのです。不比等もまた、氷高様の意向を無視することはできませぬ。いずれ、わたしが右大臣、左大臣になれば、長いこと肩身の狭い思いをさせてきた妻にも恩返しができるというもの。氷高様、お願いでございます。ぜひとも、天皇におなりくださいませ」

「そのお気持ちは充分にわかります。しかし、政など、わたしには無理です」

「阿閇様も玉座に就く前はそうおっしゃられておりました。しかし、不比等が阿閇様を支えたのです。氷高様はわたしがお支えいたします」

ここで逃がしてはならぬ——心の奥底で餓えた獣の発するような声が響いていた。

「わたしが玉座に就いたとしても、わたしの次に玉座を手にするのは首です。わかっているのですか」

「もちろん。玉座に未練はありませぬ。わたしはただ、政の場でわたしの力を試してみたいのです。是非その機会をお与えください」

「母上に不比等、それにそなたまで……これではわたしには逃げ道がないではありませんか」

「それが氷高様の運命なのです」

「軽が生きていれば、こんなことにはならなかったでしょうに」

「軽様はもうおられぬのです」

「長屋王のおっしゃるとおり。軽はいない。母上はお疲れになられ、不比等は首を玉座に就けるために目の色を変えている。やはり、わたしが天皇になるしかないのですね」

「わたしがおそばにおります」

長屋王は氷高皇女の手を取り、頭を下げた。

「わたしがなにを恐れているかわかりますか」

氷高皇女の声は掠《かす》れていた。

「なにを恐れることがありましょう」

「わたしが重用したら、そなたも不比等のようになってしまうのではないか。そう考えると恐ろしくてならぬのです」

虚を衝《つ》かれた。長屋王は口を開けぬまま、氷高皇女の視線を受け止めた。

「そなたも不比等のようになってしまうのですか」

「なりませぬ。断じてそのようなことにはなりませぬ」

氷高皇女が笑った。長屋王の言葉を信じていない硬い微笑みだった。

＊　＊　＊

「母上、どうなさったのですか」

まだ幼さの残る声に、三千代は我に返った。安宿媛に針仕事を教えているところだった。

不比等の娘であることに加え、首皇子の皇太子妃ということになれば、針仕事など覚える必要もない。それでも、安宿媛は自分で着る衣を自分であつらえるのだと自ら教えを乞《こ》うてきたのだ。

「父上がお庭でだれかとお話をなされているようです」

三千代は言った。確かに、庭から流れてくるのは不比等の声だった。

「鳥と話をなされているようです」

安宿媛が言った。

「鳥とですか」

「はい。先日も、父上の声が庭から聞こえてきたのでだれと話しているのかと気になってそっと覗いてみたら、だれもおりませんでした。父上は梢を見上げて話をされているのです。きっと、鳥に語りかけているのでしょう」

「安宿媛は父上のことをよく見ておりますね」

「はい。兄上たちに、父上と母上を見ならうのだと、耳が痛くなるほど言われているのですもの」

「そうですか。兄たちが安宿媛にそんなことを……」

「わたしの肩には、藤原の家の将来がかかっているのだそうです」

「あやつらはそんなことまでそなたに申しておるのか」

突然、不比等の声が響いた。安宿媛が肩を震わせ、声のした方に顔を向けた。戸が開き、不比等が姿を現した。

「父上―

安宿媛が破顔する。

「自分たちが藤原の将来を背負うぐらいの気概がないとは、なんとも情けない」

「そうではないのです、父上。兄上たちはただ、わたしが首様のもとに嫁いでも粗相のないようにと教え諭《さと》してくださっただけです」

「兄たちを気遣うのか」

そう語りかける不比等の顔は穏やかだった。

「ええ。だって、わたしの兄上たちですもの」

「そうか。それはよいことだ。血の縁《えにし》で繋がったものたちが慈しみあい、力をあわせればどんな困難にも打ち勝てよう。すまぬが安宿媛、父は母に話があるのだ」

「はい。母上、それでは失礼いたします」

安宿媛は三千代に頭を下げ、部屋を出て行った。

「よい子だな。よく育ててくれた」

「わたしだけの力ではありませぬ。武智麻呂様をはじめ、兄たちが可愛がってくれるからです」

三千代は不比等の座る場所を空けた。

「鳥と話をなさっていたとか」

「武という者だ。百済《くだら》の人間で様々な技に長けている」

「技ですか」

「さよう。吾に必要な技だ。その武が、氷高様と長屋王が交わした話の内容を伝えに来たのだ」

「やはり、氷高様は長屋王様を重用なさるおつもりでしょうか」

「そうなるであろう。阿閇様が譲位を口にされた時からわかっていたことだ」

「あなた様の邪魔にはなりませぬか」

「朝堂は我がものだ。たとえ天皇に寵愛される皇族がやってきたとしても差し支えにはなるまい。それより、氷高様が長屋王を重んじようとするなら、取り引きに使えるだろう」

「取り引きですか」

「そう。安宿媛を皇后にするための絶好の足がかりができたと言えるかもしれん」

皇后という言葉の響きに、三千代は胸が震えるのを覚えた。

「氷高様は阿閇様と違って暴れ馬だ。手綱《たづな》が利きづらい。これまで以上にそなたの力が必要になる。心しておくのだぞ、三千代」

「わかっております」

「ここからが正念場だ。皇族でもない女人が皇后になる。新たな歴史がはじまるのだ」

「はい」

三千代の答えに、不比等が満足そうにうなずいた。

三十九

知太政官事《ちだいじょうかんじ》、穂積親王が薨《こう》じた。まだ四十代の若さであり、その死は多くの者たちに惜しまれた。だが、それは目に見えることに過ぎず、宮中や朝堂では穂積親王の後をだれが継ぐのかという話で持ちきりだった。

そんな折、天皇が議政官たちを大極殿《だいごくでん》に招集した。

「天皇はなんのお話がおありになるのでしょう」

大極殿へ向かう道すがら、議政官たちが不比等のもとへやってきては異口同音に同じ問いを投げかけてくる。天皇の意向は不比等の意向——だれもがそう見なしている。

「知太政官事の件でしょうか。それとも、石上麻呂殿が身を引かれ、左大臣の座に不比等殿が就かれるのか」

不比等が左大臣になれば、自分たちが右大臣になるやもしれぬ——議政官たちの目は餓えた野良犬のようだった。

「わたしはなにも知りません」

不比等は何食わぬ顔で議政官たちをはぐらかした。

大極殿にはすでに天皇がいた。玉座に座り、その横には氷高皇女がかしこまっている。

「氷高皇女までおいでですぞ。いったい、なにごとでしょう」

「やはり、知太政官事の件か……」

議政官たちは小鳥のようにさえずりながら、おのおのの位置についた。

「議政官たちよ、よく集まってくれた」

天皇が声を発した。議政官たちが深々と頭を下げた。苦労して作り上げてきた天皇の権威が浸透している証《あかし》だった。

「穂積親王が亡くなり、みな、慌ただしく過ごしているであろうに、すまぬ。今日は大事があるゆえ、そなたたちを呼んだのだ」

「大事とはなにごとでございましょうか」

不比等は口を開いた。議政官の筆頭、右大臣として当然の役目だった。

「近く、わたしは氷高に譲位しようと思う」

ざわめきが起こり、それは瞬く間に大極殿中に広がった。

「なりませぬ」不比等は声を荒らげた。「阿閇様はいまだお健やかにあられます。譲位などもってのほか」

「右大臣殿のおっしゃるとおりにございます」

「譲位などあってはなりません」

あちこちで声があがった。天皇が微笑んでいるのに対し、氷高皇女の顔が凍りついている。

「これまで、母が娘に玉座を授けたという例はありません。お考え直しくださいませ」

不比等は頭を垂れた。不比等が率先して譲位に対して反対するというのは事前に天皇と取り決めていたことだ。

「わたしが玉座に就いたとき、多くの臣下がそれに反対した」天皇が言った。「しかし、天智《てんち》天皇が定めた不改常典《ふかいのじょうてん》により、わたしは正式に玉座に就くことになった。わたしから氷高への譲位もこれと同じである」

あの時もそうだった。不改常典を持ち出されては臣下たちはなにも言えなくなる。

「なにゆえに譲位などとおっしゃるのですか」

不比等は今一度、声を張り上げた。

「わたしは疲れたのだ、右大臣。年を取り、度々病を得るようになった。このまま玉座にいてもみなに迷惑をかけるだけであろう。昨年、首の立太子の儀を無事終え、これでやっと肩の荷がおりたと思うた。あとは、首に譲位してわたしは政から身を引くのだと」

天皇は言葉を切り、しかと不比等を見据えた。

「だが、首はまだ若すぎるとそなたは申す。そうであろう」

「は。首様が玉座に就くには二十歳になるのを待ってからがよろしいかと存じます」

「右大臣に反対されては、わたしとて無理に首に譲位することもできぬ。しかし、わたしは心底疲れ果てているのだ、右大臣。そなたが首はまだ早すぎると申すなら、氷高に譲位する」

「しかしながら――」

「黙らぬか」

天皇の口から獣の咆哮《ほうこう》のような声が漏れた。少女の頃から天皇を知っている者でさえ、天皇のそのような声を耳にするのは初めてだった。

「もう決めたのだ、右大臣。臣下一同、我が意に従うがよい」

臣下たちが一斉に叩頭した。初めて見た天皇の怒気に気持ちを挫《くじ》かれている。

「譲位の詔は近いうちに発する。正式な譲位は秋にと考えている。臣下たちは譲位に備え、万事遺漏《いろう》なく支度せよ」

天皇は腰を上げると、議政官たちを顧みることなく大極殿から立ち去った。氷高皇女と三千代が慌ただしくその後を追いかけていく。

「一大事ですな」

天皇たちの姿が見えなくなると、不比等は呟いた。

「なにを暢気《のんき》なことを、右大臣殿。譲位など、ただでさえ大事なのに、母から娘への譲位など前代未聞。なんとかして阻止しなくては」

「阿閇様があれほど声を荒らげたことがこれまでありましたか」

不比等の言葉に、議政官たちが口を閉じた。

「よくよく考えてご決断なされたのでしょう。あのような剣幕の阿閇様の意に逆らうなど、わたしにはとてもできませんな。いずれにせよ、あと数年もすれば、首様への譲位がなされるはず。それが少々早まり、首様ではなく氷高様への譲位に変わった。それだけのことではありませんか」

「しかし……」

「議政官のすべてがこの譲位に断固として反対するとおっしゃるのなら、わたしも腹を括《くく》りましょう。しかし、阿閇様はあれでなかなか手強《てごわ》いですぞ。なにしろ中大兄様の血を引いておられるお方、讃良様の妹君です。こうと決めたら決して引いたりはなさいませぬ」

不比等は議政官たちを睨《ね》めつけた。

「いずれ、首様が玉座に就かれるのは自明の理。その時、祖母である阿閇様の意向を無視した臣下たちを首様がどうお考えになられるか。どうしても譲位はまかりならんとおっしゃるなら、決死の覚悟が必要ですぞ」

不比等に見つめられた議政官たちがひとり、またひとりと顔を伏せていく。

「覚悟ができぬのなら、阿閇様の意に従う他ございませんな」

不比等は言った。

＊＊＊

「生きた心地がしなかった」

氷高皇女は三千代が用意させた水を何度も口に運んだ。

「ご立派でございました」

「なにが立派なものか。ただ口を閉じ、母上の横に立っていただけではないか」

「それでよかったのでございます」

三千代は空になった器に水を注いだ。

「しかし、議政官たちは諸手を振り上げて反対するであろうと思っていたのだが、そうでもなかったな」

「右大臣様が阿閇様に言い負かされては、他の方々はなにも口にできなくなるのです」

「それで不比等があのようなことを申したのか……」

「はい。それが政にございます」

「政か……」

「なにかを手に入れるためになにかを差し出すのです」

「不比等とそなたがなんとしても手に入れたいのは、安宿媛が首の正室になることであろう。もしそれを差し出したら、わたしはなにを手に入れられるのかな」

三千代は笑いを押し殺した。

「それはすでに阿閇様からお約束いただいております。阿閇様は不比等の願いを聞き入れる代わりに、氷高様への譲位を手に入れたのでございます」

氷高皇女が嘆息した。

「政というのはいやなものだ」

「不比等とわたしが氷高様をしっかりとお支えいたしますゆえ、ご安心を」

氷高皇女の目に微かな光が宿るのを三千代は見逃さなかった。不比等と三千代に対する忌避の念に違いなかった。

氷高皇女は天皇のようなわけにはいかない。気を引き締めてかかる必要がある。

「わたしはこれで失礼いたします。なにかありましたら、お呼びください」

安宿媛を皇后にするために自ら三千代を呼ぶことはもうないだろう。

安宿媛を皇后にするために、天皇の譲位を認めた。そして、新たに玉座に就くのは扱いの難しい天皇だ。

「これもまた政……」

三千代は独りごちながら氷高皇女の居室を離れた。

＊＊＊

朱雀門《すざくもん》の手前で不比等は足を止めた。息が上がり、汗で全身が濡れていた。かつてのように大股で急ぎ歩くことができなくなっている。

老いは確実に不比等の肉体を蝕《むしば》んでいた。

「まだ、道半ばにすぎん。これしきのことで……」

歯を食いしばり、足を踏み出す。

「なにか仰せになられましたでしょうか」

付き従っている資人のひとりが不比等の様子をうかがうために近づいてきた。

「なんでもない」

不比等は資人を追い払った。

朱雀門を出たところで左に折れ、左京に進んでいくとやがて長屋王の屋敷が見えてくる。

不比等の屋敷と遜色《そんしょく》のない立派なものだ。

先年、天皇は氷高皇女に食封《じきふ》千戸を与えた。長屋王と吉備内親王、そして氷高皇女を合わせれば、少なくとも財に関しては藤原家をしのぐだろう。いつの間にか長屋王は大きな存在になっていた。

長屋王の屋敷の前で足を止め、不比等は資人にうなずいた。資人が屋敷の中に入り、来意を告げる。不比等はすぐに中に通された。長娥子のために設けられた家屋を目指した。

途中、長屋王が姿を現した。

「これは右大臣殿。なに用でしょうか」

「久しぶりに娘の顔を見たいと思いましてな。長屋王様にはご迷惑をおかけいたします」

「右大臣殿はわたしにとっても父。父が子の家を訪れるのは当然ではありませんか」

「長娥子と話をした後で、少し時間をいただけませんか」

「もちろん。わたしも右大臣殿とお話をしたいと思っておりました」

「では、後ほど」

不比等は軽く頭を下げ、長娥子の家へ向かった。

長娥子と言葉を交わした後で、資人を遣わせると広大な庭のほぼ中央に位置する四阿《あずまや》に案内された。長屋王が酒膳と共に不比等を待ち構えていた。

「右大臣殿、外で酒を飲むのもよいものかと思いましたが、暑すぎますかな」

「いや、かまいません。虫の音を聞きながら飲む酒もまた格別」

長屋王に促されるまま腰を下ろした。屋根が作る日陰がありがたい。また、通り道になっているのか風がときおり吹きつけ、汗を乾かしてくれる。

長屋王が注いでくれた酒を口に含む。疲れを酒が溶かしてくれるようだった。

「こうして右大臣殿と酒を酌み交わすのはいつ以来のことでしょう」

「阿閇様が譲位なされることは、氷高様よりお聞きになりましたか」

不比等は前置きもせず切り出した。

「大極殿での様子はすぐに耳に入りました。氷高様から聞いたわけではありません」

「あの日のことではございません。それ以前に、氷高様から聞き及んでいたのでしょう」

長屋王は酒を飲み干し、破顔した。

「はい。阿閇様から譲位の話があったと氷高様よりお聞きしておりました」

「道が開けたと思われましたかな」

不比等は空になった長屋王の盃に酒を注いだ。

「そうですね。そう思いました」

「わたしを恨んでおられますか」

「まさか。とんでもない」

「長屋王様を出仕させる。そう約束したのはもう遠い昔にございます。さぞ、恨まれているものと考えておりました」

「焦《じ》れたことはあったとしても、右大臣殿を恨んだことなど一度もありませぬ。わたしや吉備内親王にたびたび封戸《ふこ》が増やされるのも、右大臣殿の配慮と心得ております」

「それは、氷高様が阿閇様にお願いしたものにございます。わたしはなにもしておりません」

「しかし――」

「氷高様が玉座に就かれれば、様々なことが変わりましょう。軽様や阿閇様と違い、氷高様はわたしのことを快く思ってはおられませぬゆえ」

長屋王は酒をすすった。不比等の思惑をはかりかねている。

「しかし、氷高様がどう思われようと、今の朝堂はわたし抜きでは動きませぬ」

「それは承知しています」

「しかし、氷高様は天皇。わたしも天皇の意に背くわけにはまいりません」

「なにがおっしゃりたいのですか」

「今後、わたしと氷高様は一本の紐の端をお互いに持ち、引き合うことになるでしょう。氷高様は長屋王様をお引き立てになりたい。わたしは藤原の家を盛りたてたい」

「右大臣殿――」

口を開きかけた長屋王を、不比等は手で制した。

「今日は忠告にまいったのです」

「忠告ですか」

「焦らぬことです。これまでも堪《こら》えて来たのですから、もうしばらく堪えられませよ。いずれ、長屋王様は議政官に抜擢《ばってき》されましょう。年寄りたちが身罷って空席がございます。

一度議政官になれば、知太政官事の座も見えてまいりましょう。なんとなれば、長屋王様はただの皇族ではございません。嫡流に限りなくお近い血筋なのです」

「わたしは知太政官事など望んではおりません。ただ、日々を無為に過ごすのではなく、己の力を思う存分ふるってみたいだけなのです」

「この不比等も、いずれはこの世から消えてなくなります。今日とて、宮からこの屋敷まで歩いてくるのが難儀でなりませんでした。老いているのです」

不比等は微笑み、酒を口にした。長屋王が新たな酒を盃に足していく。

「わたしが生きている間は、父と子の関係を続けるのです」

「そのつもりです」

「長屋王様が長屋王様らしくお振る舞いになられるのは、わたしが死した後」

長屋王は口に運びかけていた盃を宙でとめた。

「我が息子たちは長屋王様よりさらに若い。長屋王様の前に立ちふさがることはありますまい」

「しかし、安宿媛が首様の正妃になれば、藤原家はさらに強大になります」

「だから老骨に鞭打って働いておるのです」不比等は笑った。「相手が強大だからといって、怯《ひる》むようなお方ですか、長屋王様は」

「右大臣殿が亡くなられた後は、自分の力で道を切り拓けとおっしゃるのですね」

「息子たちにもそう申しつけるつもりです。わたしはわたしひとりの力でここまでやってまいりましたゆえ」

「わかりました。ご忠告に従い、焦らぬようにいたしましょう」

「では、つまらぬ話はここまでにして、もっと酒を愉《たの》しみましょう」

不比等は盃を空にした。

＊　＊　＊

屋敷に戻ると、田辺史首名と百枝が不比等を待っていた。

「すまぬ。長屋王のところにいたのだが、酒が過ぎてしまったようだ」

足もとが覚束《おぼつか》なかった。量を飲んだわけではない。単に酒が弱くなったのだ。

「情けない」

不比等は頭を振りながら腰を下ろした。

「不比等様だけのことではありません。我々も酒が滅法弱くなりました」

首名が言った。かつての気概に満ちていた若人《わこうど》も、今では鬢《びん》に白いものが目立つようになっている。

「最近では夜になると文字が掠れて読めません」

百枝が傍らに置いてあった紙の束を不比等の前に押し出した。

「神話の部分はほぼ完成いたしました」

「ほぼか……」

「はい。蘇我馬子の時代のことは、やはり、道慈が帰国するのを待たねばなりませぬ」

不比等は紙を手に取った。夕暮れ時の淡い光が部屋に差し込んでいる。

「読めますか」

百枝が聞いてきた。

「足腰は弱ってきたが、目は大丈夫なのだ」

不比等は言い、紙に目を落とした。

神代の頃から今に至るまでの壮大な神話が綴《つづ》られている。不比等と渡来人たちが叡智《えいち》を集めて作り上げた物語だ。

高天原《たかまがはら》を統べる天照大神《あまてらすおおみかみ》は持統天皇になぞらえた。天照が地上に遣わすのはその子――草壁のはずだったが、草壁は早世した。子が孫に変わり、軽皇子になぞらえる。

結局、この神話の完成を待たずに軽皇子は即位し、そしてこの世を去ってしまった。

なんのためにこのようなものにうつつを抜かしていたのか――。

「いや。それでも、この神話は必要なのだ」

不比等は文字を追いながら独りごちた。

二度と蘇我馬子のような者をださぬために。天皇の権威を軽んじる者をださぬために。天皇家と深く結びつく藤原家の隆盛が長く続くように。

不比等がこの世を去れば、長屋王が朝堂に君臨するだろう。武智麻呂や房前はまだ若く、長屋王には太刀打ちできない。しかし、安宿媛が首皇子の正室になれば、皇后になれば、長屋王といえども藤原家の敵ではなくなる。

安宿媛が男子を産み、その子が玉座に就く。藤原の子が天皇になるのだ。その天皇に藤原の娘を嫁がせる。その娘が次なる天皇を産む。その天皇にまた藤原の娘を嫁がせる。

天皇家は藤原家の一部となる。一心同体になるのだ。

皇室と一体化した藤原家を守るためにも、この神話は必要だ。天皇はだれにも冒されることのない存在でなければならない。

「不比等様――」

首名の声に、不比等は我に返った。

「大丈夫でございますか」

「いや」不比等は首を振った。「やはり、飲みすぎたようだ。今日はこのまま横になる」

「それでは、我々はこれで失礼いたします」

首名と百枝が腰を上げた。

「首名よ、百枝よ、ご苦労であった。これまで長きにわたって吾に仕えてくれた」

「なにをおっしゃるのです、不比等様。我々はこれからも不比等様にお仕えいたします」

「我らは不比等様が不遇の時代より、政の頂点に駆け上がる様を間近で見られたのです。これ以上の褒美がどこにありましょう。不比等様と共に働くのは我らにとって至上の喜び。どんどんこき使ってくださいませ」

二人が出ていくと、不比等は身体を横たえた。

なにかを思う暇もなく眠りが訪れた。

四十

霊亀元年(七一五年)九月二日、大極殿で即位の儀が執り行われた。

太上天皇の後ろに三千代が侍《はべ》っていた。

文武天皇が即位したときも、太上天皇が即位したときもその背後には三千代がいた。だが、新しい天皇に侍っているのは別の女官だった。

不比等は苦笑した。

わたしは弟とも母とも違う——新しい天皇は三千代を遠ざけることで不比等にそう告げているのだ。

「ご立派でございますな」

そばに座していた粟田真人が小声で言った。

「まこと、ご立派な姿であられる」

不比等は応じた。

「左大臣様をご覧なされませ。触れた途端、雷が落ちてきそうなお顔です」

石上麻呂は相貌《そうぼう》と足腰はかなり老いていたが、その目に宿る光だけは相変わらずだった。

「母から娘に玉座が譲り渡されるなど、左大臣殿にとっては許し難い暴挙であろう。できることなら、この不比等の喉笛に食らいつきたいのであろう」

「しかし、譲位をお決めになったのは阿閇様にございます」

「だから、左大臣殿はやる方のない気持ちをぶつける相手がいないのだ」

天皇の詔はまだ続いていた。

「どうなさるおつもりなのです」

粟田真人がさらに声をひそめた。

「どういう意味かな」

「橘三千代様が氷高様のおそばにおりません。あれは、右大臣様への牽制《けんせい》なのではございませんか」

「真人殿は相変わらず見る目を持っておられるな」

「どうするおつもりなのです。これまでのようには物事を進めることができなくなるやもしれませんぞ」

「氷高様は我を通そうとなされるでしょう。しかし、実際の政を司るのは我ら議政官。賢明なお方ゆえ、すぐにそのことにも気づかれるはず」

「そうでした。右大臣様はそのために太政官という仕組みをお作りになられたのでした」

唐で律令について学んできた粟田真人の目をごまかすことはできない。天皇を政の場から遠ざけるための職制が太政官であるということに、粟田真人は早くから気づいていた。

「氷高様と右大臣様の駆け引き、楽しみに拝見させていただきます」

粟田真人は嬉しげに告げると口を閉じた。

＊　＊　＊

「長屋王を議政官にしたい」

天皇が言った。不比等には背を向けている。

「その件はいずれ」

不比等は答えた。

「いずれとはどういうことだ。議政官の座には空きがあるではないか。わたしは今すぐにでも長屋王を議政官に据えたいのだ」

天皇が振り返った。眦が吊り上がっている。

「議政官になりたがっている者は数多くいるのです、氷高様。彼らは己に与えられた職務を真面目にこなし、一歩一歩、議政官の座に向かって歩き続けてきた者たちです。しかし、新しい天皇になって、これまでなにもしてこなかった皇族がいきなり議政官になったら、彼らはどう思うでしょう」

不比等は言葉を切った。天皇は唇を尖らせている。

「真面目に働いても無駄だ、天皇の寵愛を得た者がどんどん出世していく世の中なのだと思うでしょう。そうなってはこの国の根本が揺らいでしまいます」

「そなたとて、持統天皇の寵愛があったからこそ右大臣にまで昇りつめたのであろう」

「わたしは天皇の妹君の夫ではありませぬ」

不比等は語気を強めた。

「与えられた仕事に必死で取り組んでまいったのです。その結果、讃良様の信を得た。長屋王様とは違うのです」

天皇が唇を噛んだ。自分が道理を曲げようとしていることはわかっているのだ。

「まず、長屋王様を正三位《しょうさんみ》に叙すといいでしょう」不比等は声を和らげた。「そして、時機を待って大納言《だいなごん》に推すのです」

「時機とはいつだ」

「それはわたしにもわかりかねます。が、その時機が来たら必ずや、わたしがお力添えさせていただきます」

「代わりになにを寄こせと申すのだ」

「首様と我が娘、安宿媛のこと」

「それは母上がなんとかするのであろう」

「氷高様のお力添えも必要なのです」

「首はいずれ玉座に就くのだぞ。天皇になるのだ。皇族でもない女人が皇后になるなど、聞いたこともない」

「母から娘へ玉座が譲られるという話も、これまではだれも聞いたことがなかったはずです」

天皇の眦がさらに吊り上がった。

「そなたはわたしを愚弄《ぐろう》しているのか」

「そうではありません。落ち着いて、やるべきことに目を向けるべきだと申しているのです。これは臣下としての務めです。よろしいですか、氷高様――」

不比等は膝を進め、天皇との距離を詰めた。

「氷高様がどう思われようとなにをなされようと、安宿媛は首様に嫁ぐのです。阿閇様がわたしにそう約束されたからです。ならば、氷高様のなすべきことは我をお捨てになることです。わたしに恩を売り、その代償として欲しいものを手に入れるのです」

「それが政だと申すのだな」

不比等はうなずいた。

「三千代も同じことを申しておった」

「我が藤原の家との結びつきが強くなればなるほど、首様の権威は盤石《ばんじゃく》になります。天皇が強くおなりになる、ひいては皇族も強くなる。阿閇様はそれがおわかりだからこそ、古《いにしえ》からのしきたりを切り捨てるご覚悟になられたのです」

「長くは待てぬ」

天皇が言った。眦が下がっている。

「即位の儀の折、左大臣を見ましたが、あのお方も年を召されました。いずれ、お亡くなりになるでしょう」

「石上麻呂と長屋王にどのような因果があるというのだ」

「左大臣が亡くなれば、その時、長屋王様を大納言に推しましょう」

天皇が唇を歪めた。

「そして、そなたは左大臣になるのか」

不比等は首を振った。

「わたしは今のままで結構です」

「なぜ、左大臣になるのをそれほどまでに嫌がるのだ。そなたがその気になれば、太政《だいじょう》大臣《だいじん》の座とて手中にできるのだぞ」

「そのようなことに興味がないのです」

不比等は居住まいを正し、天皇に対して深く頭を下げた。

「それでは、わたしはこれにて失礼いたします」

「待て、不比等」

天皇が不比等を制した。

「なんでございましょう」

「わたしを裏切ったら、ただでは済まさぬ」

「長屋王様は必ずや大納言になられましょう。そして、わたしもいずれ死にます。その後は、長屋王様は知太政官事の座すら手にお入れになられるでしょう」

不比等は笑った。

＊　＊　＊

「氷高とは言葉を交わしているのか」

髪の毛を梳《と》かしていると、元明《げんめい》天皇——太上天皇が口を開いた。

「もちろんでございます」

「なぜに不比等とそなたを目の敵にするのか……」

「おそらくは、長屋王様のせいにございましょう」

「長屋王のと申すか。なぜだ」

「長屋王様は長く出仕できずに苛立ちを募らせておられると聞いたことがあります」

太上天皇がうなずいた。

「おそらく、氷高様はその愚痴を何度も聞かされたことでございましょう。同じ屋敷でお暮らしになられていらしたのですから」

「そうであろうな」

「長屋王様がそうおっしゃられたとは思いませんが、不比等のせいで長屋王様が不遇をかこっておられるのだとお考えなのやもしれません」

「氷高を宮の外で暮らさせたのは、わたしの間違いだったかもしれんな」

「滅相もない。氷高様は宮では孤独でございました。吉備様と気兼ねなく語らえるようになって、どれほどお気が晴れたことか。阿閇様のご決断は、娘を思う母の心と存じます」

「しかし、余計な知恵もついてしまったようだ。あれが玉座に座るは、首が大人になるまでのこと。おとなしくしておればよいものを」

「ご心配には及びませせぬ。不比等がどのような者かは、阿閇様もよくご存じではありませぬか」

「確かに、氷高に太刀打ちできるわけはないな」太上天皇の顔がほころんだ。「母上ですら、結局不比等にはかなわなかったというに」

「そうではございません。讃良様と不比等は強い絆で結ばれた同志だったのでございます」

「軽を天皇にする……凄まじい執念であった。それが今は、首を天皇にするという執念に変わったわけだ。わたしは母上にはとうてい及びもつかないが、首を天皇にするという執念だけは同じだ」

「ご心配なきよう。首様は必ずや玉座に就かれます」

「心配はしておらぬ。氷高の即位の儀を見たであろう。女帝が娘に玉座を譲ったのだ。そのようなことはこれまで一度もなかった。なのに、だれも表立って反対はせなんだ。長い時をかけて、不比等が天皇という存在を変えたのだ。わたしにもそれはわかっておる。今後、皇太子たる首が玉座に就くのを阻もうとするものは現れまい。もし、そのような者が出てくるとしたら、それは自らが玉座に就く資格を持つ者だけとなる」

三千代は黙って太上天皇の髪の毛を梳《くしけず》った。

「今の皇室でその資格を持つのは首だけだ。長屋王といえど、その目が向く先は知太政官事の座であろう。首は玉座に就く。なんの心配もしておらぬ。喋りすぎたか、喉が渇いたな」

三千代は手をとめ、部屋の外に侍っている女官に水を持ってくるよう命じた。

「氷高のことでなにかあれば、遠慮せずにわたしに申すのだ。わたしが対処する」

「ありがたきお言葉」

「それから、時機を見て、不比等の長男と次男を連れてまいれ」

「武智麻呂と房前のことにございましょうか。しかし、なぜ——」

「いずれ、わたしもそなたも不比等もこの世を去る時が来よう。首が玉座に就いた後なら
いつ死んでもかまわぬが、万一……」

「そのようなことをおっしゃってはなりません」

「万一、我ら三人が首が玉座に就く前に死ぬようなことになったら、これまでの苦労が水の泡となるやもしれぬ。そうならぬよう、不比等の息子たちに会っておくのだ」

「そのようなことには決してなりません」

「万一だ。必ずや、不比等の息子たちを連れてくるのだ、三千代。よいな」

太上天皇は宙の一点を見据えていた。

「かしこまりました」

三千代はそう言って、また髪の毛を梳かしはじめた。

四十一

昨夜から降りはじめた雪が京を白く塗り潰していた。家人《けにん》たちが寒さに震えながら火を熾《おこ》している。

不比等は居室の戸を開け放ち、白一色に染まった庭を眺めた。冷気が心地よい。深い呼吸を繰り返し、その冷気を楽しんだ。

「お体に障りますよ」

背中にかけられた声に振り向くと、三千代が床に膝をついていた。

「長屋王様がお越しにございます」

「わかった」

三千代に案内される形で、不比等は客に応対する部屋に向かった。

「身体の温まるものをなにか用意させよ」

不比等の言葉に三千代が微笑んだ。

「もうすでに手配させております。ご安心を」

「すまぬ。近頃は年のせいか、自分の妻が橘三千代だということをつい忘れてしまうのだ」

「お戯れを。あなた様は昔からせっかちなだけでございます。政に向き合っておられる時は驚くほど気を長くお持ちなのに、おかしなものですね」

「自分の思うとおりに政を動かすには時間が必要なのだ」

「心得ております。わたしはあなた様の妻ですから……長屋王様、右大臣、藤原不比等が参りました」

三千代が部屋の前で足を止め、中に声をかけた。相手の返事を待たずに不比等にうなずく。不比等は三千代が開けた戸をくぐった。

「これは長屋王様。まさか、これほどまでに雪が積もるとは思いませんでした。知っていれば、別の日にお招きしたものを」

「いえ。朝から右大臣殿と雪を見ながら酒を飲むのも一興と思いながら参りました」

若さゆえか、長屋王は寒さに震えることもなく平然としていた。

「温めた酒を持って来させましょう。供の者たちにも、なにか身体が温まるものを用意させますので」

「お心遣い、かたじけのう存じます」

姿を消していた三千代がすぐに現れた。数人の家人が酒膳を運んでくる。

三千代たちが立ち去ると、不比等は長屋王の盃に酒を注いだ。

「わたしにも注がせてください、義父上《ちちうえ》」

長屋王が言い、不比等の盃を酒で満たしていく。

「雪は美しいですね。なにもかもを純白で覆い隠してしまう」

「さよう。雪景色ほど美しいものはございません」

長屋王が口をつけるのを待って、不比等も酒を口に含んだ。酒が胃の腑《ふ》に落ちると温かいものが全身に広がっていく。

「今日お呼びしたのは他でもない、長屋王様の位階のことでお話ししたく」

「わたしに正三位《しょうさんみ》をくださるとか」長屋王の目がほの暗い光を孕んだ。「ありがたきことです」

「位階など、たいした意味はありません。官職と一緒になってこそ位階も意味を持つ。長屋王様はそうお考えにございましょう」

長屋王は答えずに酒を飲んだ。

「いずれ、長屋王様を議政官に任じる詔《みことのり》が出されましょう。その時初めて、正三位の位階に意味が生じます」

「反対なされるのではないのですか」

長屋王が言った。

「わたしがなぜ、義理の息子の将来に立ちはだかるとおっしゃるのです」

「政はなにかの見返りになにかを得る。そういうものだと思います。右大臣殿は政をなさるために生まれてきたようなお方。なんの見返りもなしにわたしに議政官の座をくださるとは到底思えません」

「天皇の御意思なのです。臣下に過ぎぬわたしに逆らえましょうか」

「天皇といえども、太政官の意に反した政は行えぬ。律令でそのように政のあり方をお変えになったのは右大臣殿ではありませぬか」

不比等は微笑みながら酒を啜った。長屋王は聡明だ。房前にとっては侮《あなど》りがたい敵になるだろう。

だが、安心せよ、房前。この父が、聡明な皇族といえども藤原には立ち向かえぬ世を作り上げるのだ。

盃が空になった。長屋王が新たな酒を注いだ。長屋王は不比等を制し、自分の盃にも酒を注ぐ。

「安宿媛を首様の正妃《せいひ》にしたいのです」

不比等は言った。

「氷高様にもそうおっしゃられたのでしょう。もちろん、阿閇様にも。わたしが思うに、阿閇様から氷高様への譲位は、安宿媛を首様の正妃に据えると阿閇様がお約束なさったからこそなったのではございませんか」

「そして――」

「そして、わたしに正三位を与え、議政官に据える代わりに安宿媛を首様の正妃にと、氷高様にもおっしゃられた」

「そのとおりにございます」

「ならば、わたしになにをしろと」

「皇族の代表として、首様もそろそろ正妃を娶るべきだと氷高様に上奏していただきたいのです」

長屋王が目を丸くした。

「さすがに、これぱかりはわたしから言い出すわけにはまいりませぬ。わたしだけではない。他の議政官にしても同じこと。だれが口にしようと、わたしの息がかかっていると思われましょう」

「わたしが手に入れるのは正三位と議政官の座。右大臣殿が手に入れるのは皇太子妃の座というわけですか」

長屋王が盃の酒を飲み干した。不比等はその盃を酒で満たした。

「しかし、安宿媛が皇太子妃になったとしても、首様が天皇になられたあかつきには、安宿媛も皇后になるというわけにはまいりませぬ。それは右大臣殿も重々承知でございましょう」

皇后は皇族でなければならない。なぜなら、天皇が夭折《ようせつ》し、跡継ぎが幼すぎたりいなかったりした場合、皇后が玉座に就く可能性が高いからだ。持統天皇しかり、元明天皇しかり、今上《きんじょう》天皇しかり。

しかし、持統天皇と不比等は古《いにしえ》からのしきたりをことごとく変えてきた。皇后は皇族でなければならぬというしきたりも変えられるはずだ。

いや。藤原家のためになんとしてでも変えねばならぬ。

「政というのは、ひとつひとつの積み重ねにございます、長屋王様」不比等は言った。

「まず、目の前の難題を片づける。そうして、自分の望む政をなしていくのです」

「それはわかります。しかし、安宿媛を皇后に据えるというのは――」

「それは長屋王様ではなく、わたしが思案すべきこと。もし、わたしが死ねば、息子たちが思案するでしょう」

「わたしが思案すべきは、右大臣殿の提案にどう応えるか、ということですね」

「さすがは、長屋王様。そのとおりにございます。正三位の皇族にして議政官となれば、位階と官職はなにもせずとも上がります。いずれは知太政官事《ちだいじょうかんじ》の座が長屋王様を待ち受けておりましょう」

長屋王は盃の中の酒を凝視した。

「逆に言えば、議政官の座に就かぬ限り、長屋王様はなにも成し遂げられぬということにございます」

「たとえ議政官になったとしても、右大臣殿に睨まれている以上、わたしはなにも成し遂げられないのではありませんか」

「氷高様がおられるではありませんか。そして、この不比等、恩義は決して忘れませぬ」

長屋王は表情をゆるめ、酒に口をつけた。

「わかりました。皇族の意見をまとめ、近々、上奏することといたしましょう」

「長屋王様がそうおっしゃられるのなら、わたしも安心して眠れるというもの」

不比等も盃を空けた。

「今日はすこぶる気分がいい。どうです。ゆるりと飲んでいかれませぬか」

「右大臣殿はお忙しい方ゆえ、じっくり飲む機会などそうはありません。お付き合いいたします」

「武智麻呂を呼びましょう。長屋王様の屋敷によく顔を出しては歌を詠《よ》んでいるそうではありませんか」

「ならば、房前殿も。いずれ、わたしや武智麻呂殿、房前殿がこの国の政を率いていくのですから」

不比等は長屋王の挑むような目を見つめながら微笑んだ。

かつて、草壁皇子の舎人《とねり》だったころの自分も、今の長屋王と同じような顔をしていたに違いない。胸の奥の燃えたぎる野心に身を焦がし、行く手を遮るものすべてを燃やし尽くそうと己を奮い立たせていた。

「わたしは長屋王様が好きでございます」

不比等は言った。

「いきなり、なにをおっしゃられるのですか」

「心の裡《うち》の本当のところを口にしたまで。少し、酔いましたかな」

不比等は笑い、部屋の外にいる家人を呼んだ。

＊＊＊

甕原《みかのはら》は艶《つや》やかな春の色彩をまとっていた。ようやく訪れた春に、太上天皇《だいじょうてんのう》が居ても立ってもおられず、甕原離宮へ御幸《みゆき》すると決めたのだ。

三千代は筆頭女官として同行することになった。房前と長屋王も御幸に参列している。

「ここへ来るのはいつ以来かのう、三千代」

「譲位なされる前にもいらしておられます」

「そうであったか」

太上天皇は春の景色に顔を緩ませている。甕原は風光明媚《ふうこうめいび》な土地だった。その美しさに魅せられた太上天皇がこの地に離宮を造営された。年に一、二度ここの離宮を訪れ、政に疲れた心や身体を癒したのだ。

宮とは違って、離宮にいるときの太上天皇の顔は常に晴れやかだった。

「少しお休みになられてから、夕餉《ゆうげ》にいたしましょうか」

「そうだな。年をとると、疲れが抜けるのに時がかかる……夕餉には長屋王と房前を呼んでくれ」

「長屋王様と房前殿ですか」

「若い者と一緒なら疲れも早く癒えると申すではないか」

「かしこまりました」

「しばし肩を揉んではくれんか」

「喜んで」

三千代は太上天皇の背後にまわり、肩に手を置いた。

「凝っておられます」

「これでもだいぶよくなったのだ。天皇であった頃はずいぶん酷かった」

「さようでございました」

三千代は丁寧に肩を揉みはじめた。

「気持ちがよい。そなたに肩を揉んでもらうのは久しぶりだ。他の者ではこうはいかぬ」

「肩がお凝りの時はいつでもお呼びくださいませ」

「なにを申す。そなたは宮になくてはならぬ者。政から退いたわたしのためにそなたを呼び出すなどできるものではない」

「阿閇様のためなら、わたしはなんでもいたします。阿閇様のご寵愛あってこその橘三千代なのですから」

「嬉しいことを申すものよ……ところで、不比等は苦労しているようではないか」

「氷高様のことでございましょうか」

太上天皇がうなずいた。

「それでしたらご心配には及びません。讃良様や阿閇様の時のようにはまいりませぬが、不比等とて伊達に年をとっているわけではありません」

「時をかければいかようにでもなる、か……しかし、そなたが申したように、不比等も年をとった。時は足りなくなるばかりぞ」

「それでも時をかけるのが藤原不比等にございます」

「そうであったな。だからこそ、等しく比《なら》ぶ者がないのだ」

太上天皇が声をあげて笑った。戒めから解き放たれた者だけが発することのできる笑いだった。

太上天皇が注いでくれた酒を、長屋王はそっと飲み干した。房前は酒に舌をつけただけだった。

＊　＊　＊

「今宵は夕餉にお招きいただき、恐悦至極に存じます」

房前が深く頭を下げる。長屋王はその仕種《しぐさ》を黙って見つめた。

「そう硬くなることはない、房前」

「は――」

房前の横顔は強張っている。太上天皇とこのような場で膳を囲むのは初めてなのだろう。

「阿閇様はお飲みにはなられないのですか」

長屋王は声を発した。太上天皇が首を振った。

「もうだいぶ前から、酒を飲むと気分が悪くなるのだ」

「百済《くだら》から来た者で、薬剤に詳しい男がおります。その者に薬剤を見繕わせましょう。平《へい》城京《じょうきょう》にお戻りになられたら届けさせますので、是非、お飲みください」

「そなたの心遣い、嬉しく思う」

「ありがたきお言葉」

長屋王は頭を下げた。

「しかし、渡来人ということであれば、藤原の家の方が詳しいのではないか。薬剤も豊富に蓄えていると聞いておるが。不比等が元気なのもそのおかげだとか」

「父は滅多に薬は飲みません」房前が言った。「働くことが薬なのだと申しております」

「あの者らしいな」

太上天皇が笑った。

しばらくは、そうした他愛のない話とともに夕餉が進んだ。酒が進むにつれ、房前の緊張が緩んでいく。

不比等の後を継ぐのは長兄の武智麻呂ではなく房前だ。

多くの者たちがそう口にするのを耳にしてきた。武智麻呂とてその学識は類をみない。その武智麻呂よりも政に秀でている房前とはどういう男なのか。

いずれ、不比等はいなくなる。自分の敵は不比等ではなく房前なのだ。

「ところで、阿閇様。この度は、我らが御幸に招かれたのはどのような訳でございましょう」

長屋王は話題を変えた。太上天皇の顔から微笑みが薄れていく。

「そなたは正三位に叙された」

「はい」

「いずれは議政官にという話も耳に入っている」

太上天皇は視線を長屋王から房前に変えた。

「そなたは従四位下《じゅしいのげ》であったか」

「さようです」

「年老いて身体が思うようにいかなくなるか、この世を去るか。いずれにせよ、不比等もいつかは政から退くことになろう。その時は、そなたが後を継ぐのであろう」

房前は声を発する代わりに顎を引いた。

「つまり、首はそなたたちと共にこの国を率いていくことになる。だから、そなたらがどのような者か、知りたいと思ったのだ」

「わたしも、房前殿がどのような人物なのか、以前よりもっと詳しく知りたいと思っておりました」

「わたしなど、ただの若輩にございます」

房前の頬は赤い。だが、酒に飲まれているわけではなかった。

「短い間だが、話を聞いていてわかった。間違いなくそなたは不比等の血を引いている」

太上天皇が言った。

「そして、そなたは……」

太上天皇の目が長屋王に向いた。

「そなたは中大兄様の血を引いているのだな」

「大海人様の血もわたしの身体には流れております」

長屋王は太上天皇の目を見つめたまま口を開いた。

「確かにそのとおりであろう。だが、そなたは中大兄様の血筋だ」

長屋王は酒を口に含んだ。

「中大兄様の血であれ、不比等の血であれ、天皇にとってはやっかいな血筋だ。忠誠を尽くしてくれるのであれば大いに力になるだろう。だが、その者らが逆心を抱けば――」

「そのようなことは決してありません」

房前が言った。その顔からは血の気が引いている。

「そうであって欲しいと、心から願っておる」

太上天皇は穏やかに微笑んでいる。

「首を玉座に就けるために、わたしは天皇になったのだ。辛い日々を過ごしたのだ」

「心得ております」

長屋王は盃を置いた。

「首の行く手をふさごうとする者は、このわたしが決してゆるさぬ。それだけはゆめゆめ忘れるでないぞ」

「は――」

「は──」

長屋王は房前と同時に頭を垂れた。微笑み同様、言葉も穏やかだった。だが、これほど恐ろしい太上天皇と接したのは初めてだった。

「首様と申せば、皇太子におなりになられたのだから、そろそろ皇太子妃を決めねばという声が皇族の間から出ております」

背中を伝わり落ちる冷たい汗を感じながら長屋王は言った。

「皇族の間からと申すか。不比等の間違いではないのか」

「多くの皇族からそのような声が上がっているのです。ですから、近いうちに氷高様へ、皇太子妃の選定を急ぐべきとの上奏をいたそうと」

「皇族の間では皇太子妃はだれが良いという声があるのだ」

太上天皇の目は房前に向けられていた。房前の額には汗の粒が浮いている。房前のそれもまた冷たい汗だろう。

「わたしは右大臣殿と橘三千代の娘がよいかと」

「皇太子妃となれば、いずれ首が玉座に就けば皇后ということにもなろう。皇族ではない女人が皇后になるなど前代未聞。抗う声がそこかしこで上がるのではないか」

「皇太子妃と皇后の件は切り離して考えるべきかと存じます」

太上天皇の目尻が下がった。

「ほう。そなたはそう考えておるのか」

「今は首様がいずれ玉座に就かれる、そのことだけを考えるべき。ならば、朝堂の第一人者である右大臣と、宮の女官たちの頂点に立つ橘三千代との間にできた娘を娶ることは、首様にとって大きな力となりましょう」

「わたしと氷高、女帝が二代続いていることを苦々しく思うている臣下も多いとか。そなたらの耳にも入っているであろう」

「滅相もございません」房前が言った。「どなたが玉座に就かれるかは、不改常典《ふかいのじょうてん》により決められるもの。臣下が口を挟むなどもってのほかにございます」

「不改常典か……それならば、なにも氷高に譲位せずとも、首を玉座に就ければよかったのだ。まだ年端もいかぬからと理由をつけて嫌がる氷高を天皇に据えたのは他ならぬ、そなたの父ぞ」

房前が唇を舐めた。

「表立って抗ったりはせぬが、わたしが玉座に就いたこと、不比等が朝堂を我がものにしていることを快く思わぬ者は大勢いる。不比等はその者たちのことを慮《おもんぱか》ったのだ。不改常典などたわごとにすぎぬ。みなそれをわかっていて、不比等の力と天皇の権威に恐れをなして口を噤《つぐ》んでいるだけだ」

「阿閇様――」

房前の顔が血の気を失っていく。不改常典ゆえに天皇になられたお方が、その不改常典をたわごとだと鼻で笑ったのだ。それの意味するところを房前ははかりかねている。

それは吾も同じだ——長屋王は言葉を呑みこんだ。

「まあよい。いずれにせよ、なにごとも不比等が手を打つのであろう。長屋王よ、上奏はよいが、氷高の機嫌を損ねぬよう気を遣うのだ」

「心得ております」

「しかし、心強い。そなたらのような者たちが下で支えるのなら、首の治世は輝かしいものになるであろう。不比等が支えた母上の治世がそうであったようにな」

「畏れ多いお言葉——」

「まこと、ありがたきお言葉です」

長屋王は房前に遅れて頭を垂れた。

「しかし、自らが不比等のようになろうとは決して思うな」

太上天皇の声が頭上に響く。

「あれは等しく比ぶ者のない男。その名のとおり、唯一の存在なのだ。不比等の息子だから、皇族の筆頭だからと、あの者と同じものを目指せばそなたらは破滅することになるぞ」

「肝に銘じます」

房前が言った。長屋王は頭を垂れたまま唇をきつく結んだ。

四十二

「今、なんと申した」

大極殿《だいごくでん》の玉座から天皇の鋭い声が飛んできた。長屋王は堂々としていた。

「皇室の安定のためにも、皇太子妃選びを行うべきと申したのです。これは皇族の総意にございます」

臣下たちのざわめきはおさまる様子がなかった。

「もっともな意見ではあるが、皇太子妃の候補はおるのか」

「はい」

長屋王が懐から紙を取り出した。

「ここに、我ら皇族が皇太子妃に相応しいと考える数名の女人の名が記してあります。なにとぞ、ご検討のほどを」

天皇の背後に控えていた三千代が長屋王から紙を受け取り、それを天皇に渡した。

天皇は紙を開き、目を通していく。

「皇族の女人の中に、右大臣の娘が並んでいるのはなぜだ」

天皇は紙に目を落としたまま長屋王に問うた。長屋王が大きく息を吸い込んだ。

「首様のためになるのであれば、皇太子妃は皇族でなければならぬということもありません」

天皇が長屋王に顔を向けた。

「詳しく説明してみよ」

「我ら皇族は皇室に連なる一族。臣下や民からも崇められております。されど、知太政官事であられた穂積親王亡き後、政に参加している皇族はおりません。つまり、我ら皇族には首様を支え、お守りする力がないのです」

「だから、右大臣に頼るべきだと申すか」

無数の視線が向けられているのを感じながら、不比等は表情ひとつ変えずに天皇と長屋王のやりとりを見守っていた。

「そのとおりにございます」

長屋王は涼しげな顔で声を張り上げた。立ち居振る舞いに自信がみなぎっている。

「よかろう。皇太子妃の件はよく考えておこう。それから、空いている議政官の席に、皇族を据えることも考えておく」

「ありがたきお言葉」

長屋王が頭を下げたその時、どこかから声が上がった。

「なりませぬ。皇族でもない女人を皇太子妃になど、なりませぬ」

周囲がざわついた。天皇の表情が強張っていく。

「今声をあげたのはだれか」

天皇の鋭い声が大極殿に響いた。それに応じる者はいなかった。

「だれかと訊いておる」

ざわめきがおさまり、静寂が大極殿を覆った。

「わたしを諫《いさ》めたいのなら、己が何者なのか、名乗ればよいであろう」

天皇に応えるのは、ただ静寂のみだった。天皇は鼻を鳴らした。

「右大臣に睨まれるのがそんなにも恐ろしいのか……右大臣、そなたはどう思う。臣下たちにはそなたが鬼に思えるらしいぞ」

「滅相もございません」

不比等は頭を下げた。

「そうではないか。皇太子妃にそなたの娘は相応しくないと声を張り上げながら、名乗るどころか姿を見せようともしないのだ」

「大極殿で大声を出すという不作法にかしこまっているのでしょう」

「なるほど……では、もう一度、そなたに訊ねよう。皇族ではない女人が皇太子妃になってはならぬというしきたりがあるのか」

「ございません」

不比等の言葉に、また大極殿がざわめきはじめた。

「そうは思わぬという臣下が多いようだが」

「律令をはじめとするいかなる法にも、そのようなことは書かれておりません」

「右大臣がそう申すのならそうなのであろう。皆の者、聞くがよい。この件に関してはわたしが深く考えて断を下す。余計な口を挟むでない。よいな」

大極殿に集った臣下たちが一斉に頭を下げた。天皇の権威に逆らおうとする者は、もはやどこにもいない。

長屋王が振り返った。不比等はその視線を受け止めた。

わたしは約束を守りました。次は右大臣殿の番ですぞ——長屋王の刃物のような視線はそう語っていた。

＊　＊　＊

赤子の泣き声が響き渡っていた。馬養の次男が生まれたばかりなのだ。安宿媛が皇太子妃になるのが決まったも同然ということもあり、屋敷内には晴れやかな空気が行き渡っていた。

不比等は赤子の泣き声に誘われるように廊下を進み、馬養の妻の寝所に向かった。

馬養の妻は石上麻呂の娘である。新益京《あらましのみやこ》の留守司《るすのつかさ》となった石上麻呂は、このところ病がちだという話だった。

「不比等だ。入るぞ」

声をかけてから部屋に入った。馬養が赤子を抱いてあやしている。

「これは父上」

馬養は赤子を妻に渡し、不比等に頭を下げた。

「よい。楽にしておれ」

不比等は腰を下ろした。

「よい泣き声だ。強い男になろう」

「乳を吸う力も強く、妻が難儀いたしております」

馬養が苦笑した。

「左大臣殿の様子は耳に入っているか」

馬養の妻に声をかける。

「はい。近頃は様子が優れぬようで、床に伏せる日が多いようにございます」

「それはいかん。薬剤を用意させるゆえ、左大臣殿のもとに届けるよう手配いたすがよい」

「お心遣い、ありがとう存じます」

「よいのだ。左大臣殿はこの国になくてはならぬお方。ところで、すまぬが、宿奈麻呂《すくなまろ》を外の風に当ててやってきてはくれぬか。馬養に話があるのだ」

宿奈麻呂は赤子の名前だった。不比等が名付けた。

母子が出ていくと、馬養の顔が緊張で強張った。

「お話とはなんでございましょう」

「唐に行ってもらいたい」

「唐ですか」

馬養の顔が曇った。唐に渡るのは命の危険を背負うことでもある。

「そなたを次の遣唐使の遣唐副使に任ずるつもりだ。位階も従五位下《じゅごいのげ》になる。いずれ、詔が下されよう」

「はい」

「遣唐使などとんでもないという顔をしているな」

「滅相もございません。唐にて新しい知識を吸収してまいります」

「この父とて、好きこのんでそなたを唐に行かせるわけではない」

「理由があるのですね」

「十五年ほど前に入唐した道慈という僧がいるのだ。その者を連れて帰るのだ」

田辺史百枝、首名らの尽力により、新しい国史はほぼ完成に漕ぎつけている。ただひとつ、蘇我馬子の功績を、厩戸皇子という皇族のものにすり替えるという件が滞っていた。厩戸皇子は仏教、道教、儒教に精通した聖人のごとき人物でなければならない。それであってこそ、この国を唐にも比肩する偉大な国だと宣《せん》することができるのだ。

この人物像を描くには、それを書くものもまた、唐の知識や文化に精通している必要があった。

そのために道慈を遣唐使に任じたのだ。だが、十五年が経っても道慈が帰国する気配はなかった。

残された時はそう長くはない。

このところ、自分の老いを実感することが多くなっている。首皇子が玉座に就き、安宿媛が皇后になる瞬間を目にするつもりではいるが済ませられることは早くに済ませておいた方がいい。

神話と国史が天皇家の権威を世に知らしめる。そして、安宿媛が皇后になれば皇室は藤原家の一部となる。

「道慈ですね。心得ました。必ずやその僧を連れて戻ります」

「頼むぞ。これには藤原の家の将来がかかっているのだ」

「我らの将来とはどういう意味でしょう」

「いずれ、そなたにもわかるときが来よう」

不比等は腰を上げた。目眩《めまい》を覚え、足もとがふらついた。

「父上――」

馬養に支えられ、事なきを得た。

「急に立ち上がると目が眩《くら》むことがあるのだ」

「お体を大切になさいませ、父上。もう、若いときのようにはいかぬのですから」

「そうしよう。まだ死ぬつもりではないのだからな」

不比等は目眩を追い払おうと首を振った。

＊　＊　＊

呼ばれて駆けつけると、首皇子は庭に出て咲き誇る花々を愛でていた。

「首様、三千代にございます。なにか、ご用でございますか」

「女官たちが話しているのを耳にしたのだ。安宿媛がわたしの妻になるのが正式に決まるのだそうだな」

「はい。そのようになると思います」

三千代も庭に降り、首皇子の背後に立った。

「あの女人を妻に迎える日が待ち遠しいのだ」

「氷高様がご決断なされれば、その日はすぐにでもやってまいりましょう」

「安宿媛はわたしの正妃になる。しかし、いずれ、側室を持たねばならぬようになるのだろう」

首皇子は三千代に向き直った。三千代は首皇子を仰ぎ見なければならなかった。最近の首皇子の成長は驚くばかりだ。

「皇太子ともなれば、幾人もの側室を持つのは道理にございますれば」

「ならば、そなたの一族の女人を側室に迎えたいと思う」

三千代は瞬きを繰り返した。

「なんと仰せになられました」

「そなたの一族の女人を側室の筆頭にしようと思う」

「なぜそのようなことを……」

「以前にも話したと思うが、わたしはなんとしても玉座に就く。天皇になって母上とお会いするのだ」

「はい」

「不比等とそなたの娘を正妃に、そして、そなたの一族の者を側室の筆頭にする。朝堂の主と宮の主が我が庇護者《ひごしゃ》となるのだ。藤原の家と県犬養の家の者どもがわたしの盾となり矛となる。どうだ」

「勿体なきお言葉――」

三千代は地面に膝をついた。

「だれもわたしの行く手を遮ろうとは考えなくなるだろう」

「首様のお心遣いに深く感謝し、我が一族の者どもは永久に変わらぬ忠誠を誓いましょう」

「わたしを追い落とし、玉座に就こうと不埒《ふらち》なことを考える輩《やから》がいるとしたら、それはだれだ。長屋王か」

首皇子の声が沈んだ。

「どうしてそのようなことをおっしゃるのですか」

「氷高様はいずれ、長屋王を大納言《だいなごん》に任じるという噂を耳にした。さすれば、長屋王は自他共に認める皇族の筆頭になるではないか。血筋も嫡流に近いと聞く」

「確かにあのお方の血は尊いでしょう。議政官になれば、政の場においても皇族を代表するお方となられます。けれど、あのお方は玉座には就けません。資格がないのです」

「それでも玉座に就きたいとあの者が願ったらどうなる。謀反を起こすか。昔あったという乱のようなことが起こるのか」

「起こりませぬ。不比等とわたしが決してそのようなことはゆるしません」

首皇子の肩から力が抜けていく。

「氷高様は長屋王のことばかり語られるのだ。可哀想でならぬ。哀れでならぬ。なんとしてでも力になってやりたいのだとな。甥であるわたしより妹の夫の方がよほど大切らしい」

「首様、そのようなことはありません」

「母上がおられれば、わたしのそばにいらしてくれればこのような思いを抱かずに済むものを……」

首皇子の目が潤んでいた。その横顔は母を恋しがる幼子のものだった。

＊＊＊

「いよいよ明日だな」

娘を前にして、不比等は顔をほころばせた。

「この屋敷を出て宮に移り住むのだ。不安は大きかろうが、心配することはない。宮はそなたの母の庭も同然。吾もたびたび顔を見せる」

安宿媛の隣で三千代が微笑んでいた。

「不安などありません、父上。首様はわたしを慈しむと約束されました」

「首様は優しきお方。安宿媛は宮でも幸せに過ごすでしょう」

三千代が慈しむような眼差しを娘に向けた。

「必ずや息子を産むのだ」

不比等は祈るように言った。もし、安宿媛が娘しか産めなかったとしても、その娘を天皇に据えられないわけではない。しかし、三代の女帝に仕えて身体に染みこんだのは男の方が御しやすいということだった。

「まず、そなたは皇后になる。臣下の娘として初めて皇后になるのだ。以後、皇后は藤原の家より立てるというしきたりができる」

安宿媛がうなずいた。その目は三千代に似た光を孕んでいた。

「そして、そなたの息子が玉座に就く。皇室の長であり、藤原の傍流だ。その天皇にまた藤原の娘が嫁ぎ、子をなし、その子が次の天皇になる。藤原の家は嫡流が継ぎ、玉座は傍流が継ぐのだ。父の申していることがわかるな」

「はい、父上。謀反を起こさず、だれにも気づかれぬうちにこの国を手に入れるのです」

不比等は目を瞠《みは》った。三千代は相変わらず優しい眼差しを安宿媛に向けたままだ。

「そなたがそのはじまりになるのだ。そなたが藤原のための道をつくるのだ」

「心得ております、父上。首様に尽くします。それ以上に藤原の家に尽くします」

「わかっておるのならよいのだ。明日に備えて、今宵はゆるりと休むがよい」

「はい。父上、母上、失礼いたします」

安宿媛は優雅に頭を垂れ、不比等の居室を出て行った。

「自分の娘があれほど聡明だとは思いませんでしたか」

三千代の顔に微笑みが浮かんでいた。

「いや。聡明なのはわかっていた」不比等は答えた。「驚いたのは、その聡明さが吾ではなく、そなたから受け継いだものだと気づいたからだ」

「滅相もありません。安宿媛の聡明さは武智麻呂様や房前様と同じもの。あなた様から、いえ、藤原の家から受け継いだものにございます」

「そなたの目によく似ておる。だから、吾も安心して安宿媛を首様に嫁がせることができるのだ」

「酒を用意させましょう」

「そうだな。今宵は安宿媛が皇太子妃になることを祝って夫婦で飲むとしよう」

三千代が手を叩く。部屋の外で家人たちが動き出す気配がした。すでに酒膳の用意は整っているのだ。三千代のすることに抜かりはない。

三千代と向かい合わせになって、運ばれてきた酒に口をつけた。

「そなたとこうして飲むのはいつ以来のことになるか……」

「本当に久しぶりでございます。あなた様は忙しすぎますから」

「そなたとて、宮とこの屋敷をひとりで切り盛りしているも同然ではないか」

不比等が注いだ酒を、三千代が一気に飲み干した。

「時に、多忙を極めたそなたが倒れるのではないかと心配になる」

「わたしはしあわせなのですよ。しあわせな人間は倒れたりはいたしません」

「そうか。そなたはしあわせなのか」

「はい。あなた様と縁を結んでから、長い時が流れましたが、ようやく、あなた様とわたしの夢が叶いましょう。しあわせです。これがしあわせでなくて、なにがしあわせと申すのでしょう」

「まだ、夢が叶ったわけではない」

不比等は酒を口に含んだ。酒は舌の上ではふくよかだが、喉を灼《や》いて胃の腑に落ちていく。

「皇太子妃には決まったが、安宿媛を皇后にということになればあちらこちらから反対の声が噴き出よう。その声を抑えて安宿媛を皇后に立てるにはもっと力がいる」

「今のあなた様以上の力がいるとおっしゃるのですか」

「さよう——」

空になった盃を三千代が新たな酒で満たしていく。

「まずは、近いうちに房前を参議にしようと思う」

「房前様をでございますか」

酒を注ぐ三千代の手が止まった。議政官の座はひとつの氏族に対してひとつのみ。いつしか、臣下の間でそのような不文律ができあがっていた。三千代もそれはよく心得ている。

「太政官の制度を吾が作ってからまだ十数年しか経っていないのだ。しきたりなどいくらでも変えられる」

三千代がうなずいた。

「されど、房前様が参議ともなれば、武智麻呂様がどう思われるでしょう」

「藤原の家のためだ。武智麻呂もわかってくれよう。とにかく、安宿媛を皇后にするためには、議政官の座に藤原の者がふたり、必要なのだ。そして……」

不比等は言葉を濁し、酒を飲んだ。

「まだ他にも必要だとおっしゃるのですか」

「長屋王様を手なずけておかねばならぬ。長屋王様が我が掌中にあるとすれば、氷高様もまた我が掌中にあるのと同じだからな」

「氷高様はこのところ、毎日のように長屋王様を宮にお呼びでございます。その様子を知り、長屋王様に媚《こ》びを売ろうとする臣下も増えているとか」

「臣下などとはそのようなものだ。位階や官職が上がると思えば、見境もなく尾を振る」

「いつ、長屋王様を大納言になさるのですか」

「待っているのだ」

不比等は三千代に微笑んだ。

「なにを待たれておいでなのです」

「石上麻呂殿が死ぬのを、な。吾はそれでもなお右大臣のままでいるつもりだが、左大臣殿がいなくなれば、朝堂は完全に吾のものになる。さすれば、長屋王様がなにを企もうが困ることはない」

三千代が盃を傾けた。頬が赤く染まっている。不比等の言葉に心が昂《たかぶ》ったようだった。

「先日、そなたが申していた県犬養の娘を首様の側室にという話だが、めぼしい女人はおるのか」

「はい。広刀自《ひろとじ》という娘がおります。容姿も申し分なく、年も首様と近いため、この娘がよいかと存じております」

「考えたのだ」不比等は言った。「藤原の娘が天皇との間になした男子は次の天皇に。県犬養の娘が天皇との間になした女子は伊勢《いせ》の斎王《さいおう》にしてはどうか」

「伊勢神宮の斎宮に送るとおっしゃるのですか」

「さよう」

天武天皇の時代より、内親王か女王のひとりを伊勢神宮に送り、斎王として仕えさせることが決まっていた。

「藤原の男子はこの国の政を、県犬養の女子は神事を司るのだ」

「政と神事を握れば、この国を手に入れたも同然ではありませんか」

三千代の顔の赤らみが消えた。酔いも冷めたようだった。

「この国は天皇のものぞ、三千代。それをはき違えてはならぬ」

「申し訳ありません」

「ただ、その天皇が藤原と県犬養の一族である。それだけのこと」

不比等は盃を空けた。喉が慣れたのか、灼ける感覚は消え、ただ甘美な甘みが口の中に残るだけだった。

四十三

「左大臣はもう死んだも同然ではないか」

大極殿から宮に戻る途中、天皇は眦を吊り上げて不比等に迫った。

「氷高様、その件は宮に戻ってからにいたしましょう」

議政官の会議で決まったことを大極殿で奏上したあと、天皇に居室までまいれと命じられた。予想通り、長屋王の太政官入りを急がせようとしているのだ。

「宮はすぐそこだ。ここで話しても問題はなかろう」

「舎人や女官たちが聞き耳を立てております」

「かまわぬ」

「氷高様、なにとぞお気をおしずめくださいませ」

「だれのせいで気が立っていると思うているのだ」

「不徳のいたすところでございます」

天皇が唇を噛んだ。ようやく周りの者の視線に気がついたのだ。不比等に背を向けると足早に宮に向かった。

天皇は居室に入ると女官たちを下がらせ、不比等と向かい合った。

「早く、長屋王を大納言にしてやりたいのだ」

「その前に、ひとつお願いしたきことがございます」

「なんだ。申してみよ」

「我が息子、房前を参議に据えたいのでございます」

天皇の顔が瞬く間に赤く染まった。

「そなたはなにを申しているのだ。そなたは右大臣。左大臣が病に伏しておる今、議政官に君臨する者ではないか。議政官の座はひとつの氏族につきひとりが決まりであろう」

「そのような決まりはございません」

「なんだと」

「律令にはそのようなことは書かれておりません。従って、房前が参議になったところでどこからも異論は出ませぬでしょう」

「よくもぬけぬけと……」

「房前が参議になるのに、氷高様がお力添えをくださるのなら、わたしも長屋王様を大納言に任じる件、速やかに対処いたします」

「わたしはこの国の天皇だぞ。なぜ、天皇が臣下と駆け引きをせねばならぬのだ」

「それが政にございます、氷高様」

「どうせ、わたしが否と申せば、そなたは母上のところにまいるのであろう。太上天皇たる母上には天皇のわたしでも逆らえぬ」

「わかっておられるのなら、いらぬ意地を張られぬ方がよろしいかと」

「不比等、わたしを愚弄《ぐろう》するつもりか」

不比等は頭を垂れた。

「滅相もございません。藤原不比等は天皇の忠実な臣下にございます」

「おのれ……」

天皇は顔を背けた。

「政とはなにかを成すためになにかを譲る。その繰り返しなのでございます」

「房前を参議にすれば、長屋王は必ず大納言になるのだな」

「お約束いたします」

「そなたの約束があてになったことがあるか」

「この度は必ずや――」

部屋の外が慌ただしかった。不比等は言葉を切った。

「氷高様。急ぎの報せが届きました」

聞こえてきたのは三千代の声だった。

「なにごとだ」

「失礼いたします」

戸が開き、三千代が姿を現した。

「左大臣、石上麻呂様が薨去《こうきょ》なされたそうにございます」

「左大臣が死んだだと」

「はい」

天皇が不比等を見た。

「これで、長屋王様はいつでも大納言になることができますな」

不比等は静かな声で言った。天皇の顔から血の気が引いた。

「そなたはこのような時でも頭から政が離れないのか」

「それが攷にございます」

天皇は不比等から顔を背け、口を閉じた。

＊＊＊

長屋王は呟いた。

「やはり、義父上は左大臣の座を固辞されたか」

「はい。氷高様がその意を伝えたところ、年寄りが左大臣などとんでもない、朝堂を率いるのは覇気に溢れた者でなければならぬと」

多治比三宅麻呂《たじひのみやけまろ》が言った。長屋王と三宅麻呂は死を弔《とむら》う使者として天皇の命を受け、石上麻呂の屋敷へ向かっていた。

「なにが覇気溢れる者だ。藤原不比等の上に立とうとする者など、おるはずがない。右大臣でも左大臣でもよいのだ。朝堂に君臨するのはあの者ただひとりなのだからな」

「長屋王様、お声が大きすぎます」

三宅麻呂が左右に視線を走らせた。うららかな風が頬を撫でていく。鳥の鳴き声がかまびすしい。

京を囲む山々は春を謳歌《おうか》しているというのに、人間は政に右往左往するだけだ。

「聞くところによると、右大臣は房前殿を参議にするつもりらしい。自分が左大臣になり、息子が参議として列席するとなれば、騒ぎ立てる者も出てきましょう。それゆえ、自身は右大臣のままでいるのです」

「房前殿が参議ですと。それは、しきたりに反しまする」

「太政官は右大臣が作り上げたもの。しきたりもなにもありますまい」

「しかし、それはあまりな……右大臣殿は政をなんと心得ておられるのか」

「しかたありますまい。氷高様とて、義父上の意を無視することはできぬのです。他の臣下たちになにができましょう」

「しかしながら、右大臣殿の独断に憤りを感じている臣下は多数おります。いずれ、長屋王様の歌会に招いてみてはいかがでしょう」

「わたしに右大臣と敵対する者たちに会えとおっしゃるのですか」

長屋王は微笑みながら三宅麻呂を盗み見た。三宅麻呂の横顔は強張っていた。

「確かに右大臣殿は長屋王様の義父でございましょう。されど、長屋王様は皇族を率いていくお方ではありませぬか。臣下に過ぎぬ右大臣殿の専横をこのまま見過ごすおつもりか」

「どうにかしたくても、わたしはただの式部卿《しきぶきょう》にすぎません。なんの力もないのです」

「近いうちに大納言に任じられると聞き及びましたが」

三宅麻呂が声を低めた。長屋王はそれには応じず、ただ微笑んだ。

長屋王が大納言に任じられるらしい——朝堂ではその噂で持ちきりだ。長屋王自身が親しい官吏たちにその噂を流させたのだった。

おそらく、自分が大納言に任じられるのは、房前が参議になった後になるだろう。長屋王が列座する前に、房前に足場を作らせておこうと不比等は目論んでいる。

そうはまいりませぬ、義父上——長屋王は目を閉じた。

長い間待たされたのです。この上さらに足踏みをさせられるなど、到底耐えられません。

「長屋王様、いかがでしょう。歌会を催されるのなら、わたしが旧知の者どもに声をかけますぞ。朝堂から奸臣《かんしん》を追い出し、政を皇族の手に取り戻すのです。それでこそ、天皇も思うがままにこの国の舵を取れるというもの」

不比等が朝堂を率いていてはおこぼれにあずかれぬと嘆く者たちが噂を耳にして長屋王に縋《すが》ろうとしている。

「わたしはただ無為に時をやり過ごしていたわけではありませぬ」

長屋王は呟いた。

「なんとおっしゃられました、長屋王様」

「わたしは見ていたのです。見て、学んでおりました」

「なにを見ていたと……」

長屋王は切れ長の目を三宅麻呂に向けた。

「もちろん、藤原不比等にございます」

また、風が吹いた。長屋王は風が運んでくる山々の香りを胸一杯に吸い込んだ。

四十四

天皇が行幸から戻ると、臣下一同が出迎えた。天皇は疲れた様子も見せず、臣下たちに笑顔を見せながら宮へ入った。

「右大臣殿――」

出迎えを終えた不比等が行幸の一団に背を向けると聞き覚えのある声がした。

「これは舎人親王様。この度はお疲れ様でした」

不比等は舎人親王に頭を下げた。大海人の皇子の一人で、日本書紀編纂の任を務める皇族である。舎人親王も行幸に加わっていたのだ。

「なに、わたしはただ氷高様に付き従っていただけのこと。向こうでうまいものを食い、うまい酒を飲んでいただけです。疲れもなにもありはしません」

「それはよろしいことで。この後は屋敷へお戻りでございますか」

「右大臣殿は」

「わたしも自分の屋敷へ戻るところでございます」

「ならば一緒にまいりましょう」

不比等と舎人親王は肩を並べ、朱雀門《すざくもん》を目指した。

「まずはお礼いたす」

「礼ですか」

「この行幸のおり、氷高様より年が明けたらわたしを一品《いっぽん》に叙すというお話をいただきました。右大臣殿の強い具申があったと氷高様はおっしゃっておられました」

「わたしの言葉に簡単に耳を貸す氷高様ではありません。それは、氷高様が舎人様の才と人柄を見込まれたのでありましょう」

「謙遜が過ぎるのも考え物です、右大臣殿。とにかく、礼を申し上げます。しかし、なにゆえわたしを一品に」

不比等はそれには答えず、あたりに視線を走らせた。不比等と舎人親王の家人たちが後ろからついてくる。

「いずれ、長屋王様が大納言に任じられましょう」

不比等の言葉に舎人親王がうなずいた。

「本来ならば、舎人様がその座に就くべきところ」

「わたしなど、とても務まりません」

「氷高様の長屋王様への寵愛は、時に度を越されます」

舎人親王が苦笑した。

「長く同じ屋敷で暮らしていたのです。それも致し方ないことではありませんか」

「長屋王様のみに日が当たると、僻《ひが》む者、妬《ねた》む者が出てまいりましょう。僻みや妬みは、時に看過できぬほど肥大するものです」

「それでわたしを一品に叙するというのですか」

「長屋王様と拮抗《きっこう》する力を持つ皇族が必要だと、わたしは考えているのです。氷高様が長屋王様のみを寵愛なされるのなら、わたしは舎人様にお力添えいたしましょう」

「ありがたきことです」

「舎人様を議政官に任じさせるまでの力はわたしにはありませんが、一品の親王なら、大納言になられた長屋王様にもひけをとりません」

慌ただしい足音が近づいてきた。不比等と舎人親王は振り返った。三千代が重用している資人がこちらに駆けてくる。

「なにごとだ。親王様がおられるのだぞ」

不比等は資人を一喝した。

「申し訳ございません、右大臣様」

舎人は息を荒らげながら足を止めた。

「三千代様からのご伝言です」

「三千代からの……なんだというのだ」

「お耳をお貸しくださいませ」

資人は舎人親王を気にかけていた。不比等が顔を寄せると耳元で囁《ささや》いた。

「安宿媛様がご懐妊なされたとのよしにございます」

「それはまことか」

「はい」

資人はうなずき、不比等から離れていった。

「舎人様、申し訳ありませんが、急用ができました。これから、東宮へまいらねばなりません。これにて失礼いたします」

「東宮ですか。もしかすると、首様になにかあったのですか」

「いいえ。そのようなことではございません」

不比等は一礼し、舎人親王に背を向けた。

＊　＊　＊

「よくやった。よくやった」

首皇子が破顔して安宿媛の腹に手を当てている。安宿媛は恥じらいながら、満面の笑みを浮かべていた。

　足音が聞こえた。不比等だ。三千代には足音だけでそれとわかる。

　戸が勢いよく開かれ、不比等が姿を現した。

「これは首様。失礼いたしました」

　部屋に飛び込んできそうな勢いだった不比等が首皇子に気づき、頭を垂れた。

「よいのだ、右大臣。そなたはこの子の祖父。失礼も無礼もあるものか」

　首皇子は微笑みながら不比等を招いた。

「安宿媛が大事を成し遂げたのだ。なあ、安宿媛」

「首様、恥ずかしゅうございます」

「なにが恥ずかしいというのだ。こんなにめでたいことはないというのに」

　不比等は首皇子と安宿媛のそばに腰を下ろし、三千代に顔を向けた。

「ご懐妊に間違いはないのか」

「お食事の後、具合が悪いとおっしゃられまして、様子を拝見したところつわりのようでございました。お話を聞くと、もう三月も月のものがないとおっしゃられて……間違いなくご懐妊でございます」

　不比等が力強くうなずいた。

「ご立派でございます、安宿媛様」

「父上、この子はきっと男の子にございます。わたしは立派な息子を産みます」

「そうなさいませ、安宿媛様。男子が生まれれば、首様の皇太子としての座はさらに安定されます。首様が玉座に就かれた後も、後を継ぐ男子がいるのといないのとでは大きな違いが生じるのです」

「心得ております、父上」

不比等の目が再び三千代に向いた。

「他にだれがご懐妊のことを知っている」

「だれも存じませぬ。舎人や女官たちには口を噤んでいるようにと命じてあります」

不比等が大きく息を吐いた。首皇子や安宿媛がいなければ、三千代を褒めちぎっていたことだろう。

「首様、安宿媛様、これからこの不比等の申すことを心してお聞きくださいませ」

「急に怖い顔をして、どうしたのだ、右大臣」

「安宿媛様のご懐妊のこと、しばらくはだれにも口外いたしませぬようお願い申し上げます」

「なぜだ。かようにめでたいことを、なぜ口にしてはいけないのだ」

首皇子が不比等に詰め寄った。

「氷高様がどうお考えになられるか、まだわかりません。それを見極めるまでは、なにとぞ」

不比等は首皇子に向かって深く頭を下げた。

「わたしからもお願いいたします」

三千代は不比等の隣に膝をつき、同じように頭を下げた。

これまで、天皇は首皇子に関する事柄は不比等の具申に従ってきた。安宿媛を正妃に据えたこともそうだ。だが、安宿媛が男子を産むとなると状況が変わってくる。安宿媛は次の天皇たる首皇子の長子の母となるのだ。安宿媛が皇后になるということもみなの視界に入ってくる。

そうなれば、宮と朝堂には嵐が吹き荒れるだろう。

不比等は房前が参議に任じられるのを待っているのだ。どれだけ強い風が吹こうと、議政官に藤原の者がふたりいれば耐えられる。

「わかった。そなたらがそれほど申すのだ。このことは決してだれにも言うまいぞ」

首皇子の言葉を耳にして、三千代と不比等は顔を上げた。

＊　＊　＊

「先だってはお話の途中で失礼いたしました」

不比等は舎人親王に向かって深々と頭を垂れた。

「頭を上げてください、右大臣殿。あなたは政に忙しい立場。あのようなことはよくあることでしょう。わたしは気にしておりませんゆえ」

舎人親王は用意された酒膳に手をつけた。

「舎人様は近々一品に叙されるのです。そのようなお方に不躾な行いはゆるされません」

「それとて、右大臣殿の力添えがあってのことではありませんか。どうぞ、右大臣殿もお召し上がりください」

不比等は盃に口をつけた。舌の上を滑る酒が苦く感じられた。酒だけではない。このところ、口に入れるものがすべて苦く感じられる。

「わたしは日本書紀の編纂を天武天皇より命じられました」

「存じております」

「ゆえに、編纂中の文書にはすべて、目を通しております」

不比等はうなずいた。

「あれに右大臣殿が深く関わっていることも存じ上げております。そして、あれによって天皇、ひいては皇室の権威が著しく高まったことも存じているのです」

まだ日本書紀は完成していない。だが、建国神話はほぼ完成している。不比等の命を受けた田辺史首名や百枝らが、その内容を長い時間をかけ、少しずつ臣下たちに漏らしていったのだ。

「皇室の一員として、右大臣殿には感謝の意を捧げたい」

「なにをおっしゃるのですか」

「蘇我馬子のごとき者たちに天皇の権威が貶《おとし》められてきたのを知っております。それを右大臣殿が正してくださされたのです。今、この平城の京《みやこ》に、天皇の権威に逆らおうとする者がおりますか」

不比等は酒を啜った。

「あれは、讃良様の意を受けたものなのです。そして柿本人麻呂が大きな仕事をしてくれました」

その人麻呂もこの京への遷都の前に赴任先の石見《いわみ》の国で亡くなってしまった。

「そうだとしても成し遂げたのは右大臣殿ですよ」

「そうおっしゃっていただけるのはありがたいことです」

「わたしは右大臣殿のためならなんでもする覚悟です」

「ならば、ひとつお頼みしたいことがあるのです」

舎人親王の手が止まった。盃の中で酒が揺れている。

「なんでしょう」

「房前を参議にしたいのです。皇族がたからも、氷高様に上奏していただきたい」

「しかし、議政官の席にはすでに右大臣殿が――」

「わたしは年老いました」不比等は舎人親王の声に自分の声を重ねた。「いずれ、左大臣殿のように死ぬでしょう」

「なにを申される――」

「わたしがいなくなれば、左大臣、右大臣の両席が空きます。議政官の中に、その座に相応しい者はおりませんゆえ」

舎人親王が酒に口をつけた。

「その折には、舎人様に知太政官事になっていただこうと考えております」

舎人親王が咳き込んだ。不比等はかまわず続けた。

「いずれ、長屋王様が大納言に任じられましょう。そのまま時が過ぎれば、知太政官事の座は長屋王様のものに。しかし、長屋王様が朝堂で力をつける前に舎人様が知太政官事になればよいのです」

「お戯れを」

舎人親王が口を開いた。不比等の真意をはかりかねている。

「阿閇様は氷高様の長屋王様への寵愛を危惧されております。ゆえに、わたし亡き後、知太政官事を舎人様にとお伝えしたところ、快くうなずかれておられました。また、このことはわたしの強い意として、我が妻三千代、そして息子である房前にも伝えてあります」

「わたしが知太政官事に……」

舎人親王の目が潤んでいた。大海人の息子として生まれながら、これまで政とは無縁に生きてきたのだ。それがいきなりの知太政官事だ。胸の内を強い風が吹き荒れているのは容易に想像できた。

「舎人様は一品の皇族になるのです。官職もそれに相応しいものでなければ」

「右大臣殿。なんと感謝してよいかもわかりませぬ」

「ここだけの話ですが、皇太子妃安宿媛様がご懐妊なされました」

「懐妊……」

「生まれるのが男子であれば、我が藤原の家の力はさらに強くなることでしょう。そして、藤原の家は舎人様をお守りいたします」

「わかりました。房前殿を参議に。皇族が後押しいたしましょう」

「長屋王様に与《くみ》する皇族がたは反対されることでしょう」

舎人親王が微笑んだ。

「わたしが一品に叙されれば、その心配も消えましょう。それゆえ、わたしの品位を上げることにしたのでしょう、右大臣殿」

「今宵は酒が一段と旨く感じられますな」

不比等は苦いだけの酒を一気に飲み干した。

四十五

宮中が慌ただしい。安宿媛の初産が迫り、女官たちが忙《せわ》しなく行き来していた。

長屋王は供の者たちを京に残し、ひとり、宮中を歩いた。刀を佩《は》いた舎人《とねり》がふたり、天皇の居室を守っている。戸の前に侍《はべ》っているのは数名の女官だった。

「どうしてそなたが外にいるのだ」

長屋王は最も位の高い女官に訊ねた。

「おひとりでいらっしゃりたいと……」

「そうか。わたしも追い払われるかな」

女官が首を振った。

「取り次いでくれ」

「大納言《だいなごん》長屋王様がお見えにございます」

「通せ」

すぐに天皇の声が返ってきた。女官たちが戸を開くと、香木の匂いが漂ってきた。

「失礼いたします」

長屋王が部屋に入ると戸が閉められた。部屋には煙が立ちこめていた。煙の元は火にくべられた香木だ。

「なにをなされておられるのです」

香木に向かって手を合わせている天皇に声をかけた。

「女子が生まれるようにと念じているのだ」

天皇が振り返った。その顔は険しい。

「氷高様……」

「もし男子が生まれようものなら、首が玉座を継いだのちに、その子を皇太子にという声があがろう。万一その声が通ったら、藤原の者たちはさらなる力を得ることになるのだ」

「もし安宿媛が女子しか産まなかったとしても、右大臣なら皇女を玉座に就けるでしょう。阿閇様や氷高様がそうであられたように」

「そのようなこと、このわたしがゆるさぬ」

天皇の眦が吊り上がる。

「藤原房前は氷高様の意に反して参議になりました。舎人親王も一品に」

「あれは母上が……」

「阿閇様が太上天皇として宮におられるかぎり氷高様には為《な》す術がないのです」

「それが腹立たしいのだ」

長屋王は微笑み、天皇の向かいに腰をおろした。

「そなたの屋敷で吉備と共に暮らしていたころが懐かしい」

　天皇が目を細めた。心が昔に飛んでいるのがよくわかる。

「ならば、宮をわたしの屋敷に移しますか」

「それができるのならばそうしたい。だが、臣下たちがゆるしてはくれぬだろう。なにが天皇だ。わたしの一存ではなにも決めることができぬ」

「それでも、この国は天皇のものなのです」

「不比等のものではないのか」

　天皇の顔が歪んだ。長屋王は天皇の手を取った。

「右大臣の姿をよくご覧になっていますか。顔は皺に埋もれ、身体は痩せ細っております。あの者とて老いには勝てぬのです」

「不比等が死んでも、房前や武智麻呂がその後を継ぐのであろう」

「わたしがおります」長屋王はむずかる子供に聞かせるように話した。「右大臣には勝てなくとも、房前や武智麻呂なら話は別です。わたしは大納言ですが、房前はただの参議。不比等亡き後の朝堂の主《あるじ》はわたしになるのです」

「頼もしい言葉だな、長屋王――」

　天皇が口を閉じた。部屋の外がにわかに騒がしい。

「なにごとだ」

長屋王は声を張り上げた。

「皇太子妃様がお子をお産みになられました」

長屋王は天皇と目を合わせた。

「男か、女か」

「ご息女にございます」

その声と共に天皇の肩から力が抜けていく。

「不比等め、今頃は歯嚙みしているであろう」

長屋王は首を振った。

「右大臣は物事が思い通りにいかぬからといって落胆するような人間ではありませぬ」

草壁皇子が若くして死に、やっと玉座に就けた軽皇子も早くに亡くなった。それでも諦めることなく歩み続けたからこそ、今の不比等がある。

諦めるという言葉は不比等には無縁なのだ。

「それでも、男が生まれるよりはよほどよい。そうではないか」

天皇の言葉に長屋王はうなずいた。

＊＊＊

「皇太子妃様が首様とあなた様に申し訳ないと夜ごと泣いているそうです」

三千代が言った。開け放った戸から夜の冷えた風が吹き込んでくる。空に浮かぶ月が、流れる雲の向こうに隠れてはまた顔を出している。

「愚かな。次に男子を産めばいいだけのこと。首様も安宿媛もまだ若いのだ。焦る必要はない」

「それはわかっていても、男子を授かりたかったのでしょう。男が生まれてくるか女が生まれてくるかは天が決めること。それでも、このわたしでさえ淡い期待を抱いてしまいましたもの」

「天は吾に苦難を与えるのがお好きなのだ」

不比等は傍らの盃に手を伸ばした。盃を満たしているのは酒ではなく、白湯《さゆ》だった。日に日に酒がまずく感じられていく。

「草壁様が亡くなったときもそうだった。軽様が亡くなったときもな。やっと事がうまく運びはじめる。そう思った矢先に試練が襲いかかってくる。若いころはよく唇を嚙んだ。天を呪いたくもなった。だが、結局はその試練が吾を強くしたのだ」

白湯で喉を潤し、月を愛でる。傍らに座る三千代の手にも皺が目立つ。

「草壁様が生きておられ、玉座に就かれていたなら、吾は慢心していただろう。やらねばならぬことをやるために脇目もふらずに突き進み、讃良様のお怒りを買っていたに違いない。さすれば、不比等という名を頂戴することもなかっただろうな」

「そうであれば、わたしと夫婦になることもなかったでしょう」

「そうであろうな」

三千代も盃を傾けた。不比等と同じく盃に入っているのは白湯だった。

「そなたは吾に付き合うことはないのだ。酒を飲むがよい」

三千代が首を振った。

「近頃はすぐに酔うてしまいます。酒を飲むのは、皇太子妃様が男子を産むまで待ちましょう」

不比等はうなずいた。

「氷高様のご様子はどうだ」

「頻繁に長屋王様とお会いになられています。長屋王様もかつては宮にお越しになるのは遠慮なされておられましたが……」

「今は議政官、それも大納言なのだ。周りの目を気にする必要はない」

「氷高様は、皇太子妃様が女子をお産みになってからは特にご機嫌麗しいようです」

三千代の言葉には刺があった。

「しかたあるまい。気にせぬことだ」

不比等は白湯を飲み干した。

「疲れた。横になる」

「どうぞ」

三千代の太股を枕にして、不比等は身体を横たえた。

「年を取った。昔は一晩や二晩寝なくても平気であったが、近頃はそうもいかぬ。いずれ、吾も草壁様や軽様の元へ赴くことになるのだろう」

「まだですよ」三千代の声は優しかった。「首様が玉座に就かれ、皇太子妃様が皇后になられるのをあなた様はその目でご覧になるのです。そのために、これまで幾多の試練を乗り越えてきたのではありませんか」

「そなたの申す通りだな。藤原の世のはじまりをこの目で見届けぬことには死んでも死にきれぬ」

「あなた様は等しく比《なら》ぶ者なきお方。藤原の家の子々孫々はだれもがあなた様のことを崇めるでしょう……」

三千代の声が遠ざかっていく。不比等は睡魔に抗えず、深い眠りに落ちた。

四十六

道慈の顔は陽に焼けていた。唐へ向かったときはまだ幼ささえ感じた顔にも威厳が宿っている。

異国での十六年の年月が道慈を鍛え上げたのだ。

「待ち侘びておったぞ、道慈」

不比等は言った。

「申し訳ございませぬ。右大臣様がわたしの帰りを待っておられるのは存じておりましたが、しかし、学問をおろそかにしたまま帰国しても右大臣様の力にはなれぬと思い、ただただ彼の地にて修練しておりました」

「そなたは正しい。それでよいのだ」

「ありがたきお言葉」

「聞けば、そなたは唐の皇帝の信任が篤かったとか」

「おそれながら、唐の皇帝はまだお若く、僧百人が宮中にて仏の教えを説きました。わたしもそのひとりだったのです」

「たいしたものだ。そなたが誇らしい」

「ありがたきお言葉」

道慈が深々と頭を下げた。

「それで、唐でなにを学んできた」

「仏教を。道教を。儒教を」

「ならば、厩戸皇子を仏教、道教、儒教に通じた聖人に仕立て上げることができるか」

道慈がうなずいた。

「唐の人間が読んでも納得できるような人物でなければならぬ。それでこそ、天皇とこの国は大いなる輝きを放つことができるのだ」

「宇合《うまかい》様より、右大臣様のお心にあることはしかとお聞きしました。唐より戻る船の中でじっくり考えてきましたのでお任せください」

馬養は唐で宇合と名前を改めていた。

「どう考えたというのだ」

「わたしが行を修めた寺にはかつて道宣《どうせん》という僧がおりました。道宣は仏教の戒律に詳しく、幾多の書物にそれをまとめております。わたしは道宣の教えを学び、またその書物を持ち帰りました」

道慈が口を閉じた。不比等はうなずき、先を促した。

「また、我が寺には義浄《ぎじょう》という僧がおりました。この僧は天竺《てんじく》に赴き、いくつもの経典を唐にもたらしたのです。そしてそれらを唐の言葉に書き直しました。中でも金光明最《こんこうみょうさい》勝王経《しょうおうきょう》という経典が優れております」

「そなたはその経典も携えてきたのだな」

「はい。この経典と道宣の残した書を見ならえば、厩戸皇子が仏の教えをいかにしてこの国に広め、臣下と民を教え導いていったのかを克明に記すことができましょう」

渡来人がもたらした仏教を受け入れ、広めたのは蘇我馬子である。あの巨人のごとき馬子を貶め、その功績をすべて厩戸皇子に移し替えるのだ。後の世の人間が読んでも遺漏のないものでなければならない。だからこそ、日本書紀の完成を遅らせて道慈の帰国を待ったのだ。

「時はあまりない」

「心得ております」

道慈が不比等の顔を真っ直ぐに見つめた。

「厩戸皇子でございますが、仏教、儒教、道教に精通した聖人であるとするならば、それに相応しい名前を与えてはいかがかと考えております」

「よい名が浮かんだか」

「はい。聖徳太子《しょうとくたいし》はいかがでしょう。聖なる徳を積んだ皇太子の意にございます」

「聖徳太子か……」不比等は腕を組んだ。「よい響きではないか」

道慈が頭を下げた。

「聖徳太子という聖人の姿を作り上げたあかつきには、そなたには褒美を与えようと思っている。望みのものがあればなんでも申すがよい」

「この国における仏教のあり方は歪んでおります。わたしは唐でそれを確信いたしました。その歪みを正したい。わたしの願いはそれだけにございます」

道慈はまた深く頭を下げた。

＊＊＊

時があまりない――不比等は最近、よくそう口にする。

髪の毛が白くなり、皺が増え、食も細くなっている。あれほどよく飲んでいた酒も近頃は遠ざけている。

お体の具合でも悪いのですかと三千代が訊ねても、不比等は微笑みながら首を横に振るだけだ。

実際、不比等はこれまでと変わらず政《まつりごと》に勤《いそ》しんでいる。姿は老いたが魂は輝きを保っているのだ。

それでも、不比等が「時があまりない」と口にするたびに三千代は悪寒を覚える。不比等は自らの死期を悟っているのではないかと思えるのだ。

これまで、手を携えてやってきた。不比等があっての三千代、三千代があっての不比等だったのだ。

不比等に先立たれたら自分はどうすればいいのか。そう考えると居ても立ってもいられなくなる。

太上天皇《だいじょうてんのう》と首皇子の信頼は得ているが、天皇には疎《うと》まれている。不比等がこの世を去れば、天皇は三千代に牙を向けてくるだろう。

なんとしても、首皇子が玉座に就くまでは手を携えて歩んでいかなければならないのだ。

「ここでお待ちください」

三千代は足を止め、振り返った。舎人と新田部《にいたべ》の両親王を太上天皇の居室まで案内してきたところだった。

「舎人親王様と新田部親王様がお越しにございます」

三千代は部屋の中に声をかけた。

「お通ししなさい」

返ってきたのは不比等の声だった。

両親王とともに話をしたいと太上天皇にお伝えしろと三千代が言われたのは数日前のことだった。

「なるべく早いうちにと阿閇様にはお伝えしてくれ。時があまりないのだ」

不比等の言葉に、三千代はただうなずくことしかできなかった。

「どうぞ、お入りくださいませ」

舎人親王と新田部親王が部屋に入っていく。三千代も共に入室し、戸を閉めた。太上天皇と首皇子が並んで座っていた。不比等は太上天皇の向かいにいた。

「太上天皇様、皇太子様、ご挨拶申し上げます」

舎人親王と新田部親王が頭を下げた。

「よく参ったな。ふたりの顔を見るのは久しぶりだ」太上天皇は満面の笑みを浮かべている。「さあ、座りなさい。今日は右大臣が新羅《しらぎ》の珍しい菓子を用意してくれたのだ。食べるがよい」

「ありがたきお言葉」

両親王が腰を下ろした。それからしばらくは、他愛のない話が飛び交い、室内に笑いが満ちた。不比等はただ黙って耳を傾けている。

「それで、不比等よ。話というのはなんなのだ」

話が落ち着いたところで太上天皇が不比等に声をかけた。

「今日は、わたしが死んだ後の話をしたいと思いまして」

「なにを申すのだ、不比等」

全員が目を見開いた。

「わたしも六十を超えました。いずれ、死にます」

「石上麻呂は八十近くまで生きた」

「あの方は特別です」太上天皇の言葉に不比等が相好《そうごう》を崩した。「わたしに勝手はさせぬという一念で長生きされたのです」

「そなたもなにかの一念で長生きすればよい」

「わたしは幼き頃よりある一念に縋《すが》って生きてまいりました、阿閇様。その一念があったからこそ、今、ここにこうしているのです」

「その一念とはなんですか、義父上」

首皇子が口を開いた。

「壬申《じんしん》の年の戦で失われた我が氏族の威光を取り戻すことです」

「ならば、そなたの一念は報われたのだな」

「さようにございます」

不比等は首皇子に頭を下げた。

太上天皇とふたりの親王は居心地が悪そうに視線をさまよわせていた。不比等の一念が氏族の再興などというものではないことを承知しているのだ。

「とにかく、いずれわたしは死にまする」

不比等が言った。もう、太上天皇は口を開かなかった。

「さすれば、議政官の主は長屋王様ということになります。氷高様はすぐにでも長屋王様を右大臣に任じるでしょう」

「そうであろうな」

太上天皇が不快そうな声を出した。

「阿閇様が反対なさっても、議政官には長屋王様以外に大臣に相応しい者がおりません。長屋王様が右大臣になれば、首様の立場が脅かされるやもしれません」

「わたしの目の黒いうちはそのようなことは決して起こらぬ」

「失礼ながら、太上天皇様もいずれ、ご先祖の元へ帰られます。氷高様や長屋王様は若いのです」

「ならばどうせよと申すのだ」

不比等が太上天皇の言葉に答える前に、深く息を吸い込んだ。

「わたしが死んだら、舎人様を知太政官事《ちだいじょうかんじ》に任じなされませ」

「なんと――」

声をあげたのは新田部親王だった。

「そして新田部様を五衛府《ごえふ》と授刀舎人寮《じゅとうとねりりょう》の主となされるのです」

新田部親王が唾を飲みこんだ。五衛府、授刀舎人寮のどちらも天皇や皇太子を守り、また、宮や京を警護する。所属するのは鍛え抜かれた衛士《えじ》たちばかりだった。

「政の長に舎人様を、軍事の長に新田部様を据えるのです」

「不比等殿……」

新田部親王が喘《あえ》ぐように言った。

新田部親王は不比等の甥にあたる血筋だった。その縁で、不比等の屋敷にもよく顔を出す。新田部親王ならば、不比等亡き後も藤原の家のために力を貸してくれるだろう。

三千代には不比等の考えていることが手に取るようにわかった。

「舎人様も新田部様も天武天皇のお子。高市皇子のお子であられる長屋王様より上に立たれるとすればお二方しかおられません」

「しかし、わたしは政に携わったことがありません」

舎人親王が言った。

「わたしとて、軍事には疎うございます」

新田部親王が太上天皇に縋るような目を向けた。

「学べばよいのだ」太上天皇は不比等を見据えていた。「そうであろう、不比等」

「さようです。わからないことがあれば、わたしがお教えしましょう。わたし亡き後は、なにごとも房前にご相談なさいませ」

両親王は太上天皇に顔を向けた。

「わたしは不比等の上奏に反対したことがないのだ」太上天皇が微笑んだ。「舎人は知太政官事に、新田部は五衛府と授刀舎人寮の長になるであろう」

「ありがたきお言葉」

「ありがたきしあわせ」

両親王が叩頭した。

「少し不比等と話すことがあるゆえ、そなたらは外してくれ」

「かしこまりました」

両親王が部屋を出て行くと、太上天皇が溜息を漏らした。

「政と軍事に分けるのは、舎人ひとりに力が集まらぬようにするためだな」

「さようにございます。舎人様にそのおつもりがなくても、強大な力は人を歪めますゆえ」

「そなたは歪んでおらぬのか」

「さらに、新田部様はわが甥」

不比等は太上天皇の言葉には答えなかった。

「藤原の家とも繋がりが深うございますれば、首様と皇太子妃様をお守りするために力を奮うでしょう」

「本当に長屋王がわたしを脅かすと思うのですか、義父上」

首皇子の目には怯えの色が滲んでいた。

「安宿媛が首様の正妃である以上、長屋王様はお味方には付かれませぬ。しかし、武智麻呂や房前、宇合、麻呂たちが首様をお守りいたします」

首皇子に向けられる不比等の声は柔らかかった。

「そなたの申す通りにしよう。舎人と新田部ならば、氷高も臣下たちも反対はできまい」

「阿閇様には、舎人様が余計な力をつけられぬようお気を配られますよう」

「わかっておる。首を玉座に就けるためこれまで苦労してきたのだ。その苦労を水の泡とするわけにはいかぬ。しかし、自分が死んだ後のことにまで手を打つとは、さすがは藤原不比等よ」

「首様が玉座に就かれるまではなんとしても生きていようと思っております。しかし……」

不比等の言葉が途切れた。

「しかし、どうした」

「わたしは衰えました。ここは――」不比等が自分の頭を指差した。「若い頃となにひとつ変わらぬのです。しかし、身体が付いてまいりません」

「それはわたしも同じだ。人は老いには勝てぬ」

「死ぬのは怖くないのです。わたしは思う存分生きました。首様が玉座にお就きになれば、悔いひとつなく旅立つことができましょう。ただ、ひとつだけ、阿閇様と首様にお願いしたきことがございます」

「申してみよ」

不比等が居住まいを正した。

「どうか、三千代のことをよろしくお願いいたします」

不比等の言葉が三千代の胸を貫いた。目頭が熱くなった。

「三千代は身内も同然の者だ。案ずる必要はない、不比等よ」

「そうです、義父上。わたしが義母上《ははうえ》をお守りします」

「ありがたきお言葉」

「よき夫を持ったな、三千代。そなたが羨ましいぞ」

太上天皇が柔らかな顔を三千代に向けた。三千代は必死で涙を堪えた。

四十七

僧の読経《どきょう》が終わると、不比等は四人の息子たちに向き直った。

新益京《あらましのみやこ》の厩坂寺《うまやさかでら》を平城京《へいじょうきょう》に移し、興福寺《こうふくじ》と名付けてから十年が経った。

「もう十年になるのだな……」

「この寺も藤原の家同様、隆盛を迎えましょう」

口を開いたのは麻呂だった。頬がほんのり赤らんでいるのは寺に来る前に酒を飲んだからだろう。麻呂は兄弟の中でだれよりも酒と歌に耽溺《たんでき》している。

「そなたはいくつになった」

不比等は訊いた。

「二十六にございます」

「そろそろ、兄たちと同じように政に加わるべき年だな」

「わたしは政より歌を詠《よ》み、酒を飲んでいる方が好きでございます」

「よさぬか、麻呂」

麻呂を叱責したのは宇合だった。唐より戻り、精悍《せいかん》さが増した。

「父上、お体の具合はいかがなのです。最近、めっきり食が細くなったと家人《けにん》たちが申しておりますが」

武智麻呂が言った。

「吾の年になれば食が細るのは当然のこと。案ずる必要はない」

「しかし、父上はずいぶんお痩せになりました。案ずるというのは無理にございます」

身を乗り出してきたのは房前だった。

「なにを案ずるというのだ。遅かれ早かれ、吾はこの世からいなくなる。そなたらが吾の後を継ぎ、藤原の家を盛りたてることになるのだ」

「父上あっての藤原ではありませぬか」

「そなたは参議だ。武智麻呂は式部卿《しきぶきょう》。いずれ宇合も麻呂も官位を得よう。四人の兄弟が同時に朝廷で重きをなすことなど、これまでにはなかった。そなたらに逆らえる者はだれもおらぬであろう」

「皇族はどうなのです」武智麻呂が言う。「長屋王様をはじめ、安宿媛が皇太子妃になったことを快く思わぬ皇族は大勢いますぞ、父上」

「案ずるな。手は打ってある」

不比等は微笑んだ。

「しかし、長屋王は一筋縄ではいかぬ。そなたら兄弟が力をひとつにする必要がある。また、三千代の力も借りねばならぬ」

「長屋王様には氷高様がついておられますゆえ」

房前の口元が歪んだ。

「そなたらには阿閇様と首様がついておる。房前、藤原の者がなによりも手に入れねばならぬものはなんだと心得る」

「安宿媛を皇后にすること」

「さようだ。安宿媛が皇后になり、安宿媛が産む子が天皇になる。その天皇に藤原の娘を嫁がせ、子を産ませ、またその子を天皇にする。藤原の家が未来永劫栄え続けるにはそれしかない。肝に銘じよ」

「心得ております」

房前が答えた。長男である武智麻呂も、房前が不比等の後を継ぐのだということを受け入れていた。

「そのためにも、吾が死んだ後、そなたらはいっそう心をひとつにするのだ」

「しかしながら、父上が長生きなさればよいのでは」

麻呂が不比等の言葉を遮った。

「首様が玉座に就かれ、安宿媛が皇后になり、ふたりのお子が立太子《りったいし》の儀を済まされるまで長生きなさればよいのです。父上が長生きしてくだされば、我らがいらぬ苦労をする必要はありません」

「よさぬか、麻呂」

また宇合が麻呂を叱責する。武智麻呂と房前は苦笑しているだけだった。

「それができればよいのだがな」

不比等は言った。

「できますとも。父上は右大臣、藤原不比等なのですよ。等しく比ぶ者なきお方とだれもが申しております」

「麻呂よ、不比等とは吾のことだけを申すのではない」

　麻呂が首を傾げた。

「不比等とは藤原の家のこと。等しく比ぶ者なき氏族。それが藤原の家だ。皇室ですら藤原の家の前では色褪せる。それが藤原の家だ」

　不比等の声は歌を詠んでいるかのようだった。赤かった麻呂の頬から血の気が失せていく。

「皇室ですら……」

「さよう。皇室ですら、藤原の前では色褪せる。それが吾が作り上げてきた新しき世だ」

「父上のなされて来たことを瓦解《がかい》させぬよう、我ら兄弟、力を合わせます。ですから父上も、無理はなさらずご養生くださいませ」

　房前が頭を下げた。

「わかった。そなたの申す通りにしよう」

　不比等は目を閉じた。ほんのわずかな間、息子たちと話をしただけで身体の芯に疲れが宿る。

　鎌足や田辺史大隅や持統天皇が待つ世へ旅立つ時が近づいている。

「それまでに、なんとしてでもあれを完成させねば……」

「父上、今、なんとおっしゃられました」

房前の声は不比等の耳を素通りした。不比等は座したまま眠っていた。

＊＊＊

道慈と田辺史首名が並んで座っていた。百枝は昨年、他界した。首名もまた、不比等と同じように痩せ細っている。

首名の前には書が置かれていた。

「ついに完成いたしました、不比等様」

首名が頭を下げた。道慈は仏像のように動かない。不比等は腰をおろした。

「長い間、苦労をかけたな、首名よ」

「滅相もございません」

「いいや。そなたら田辺史の一族にはひとかたならぬ世話になった。ここに百枝もおれば喜びもひとしおだったろうに」

「我らは不比等様ただおひとりにお仕えする一族。礼になどおよびませぬ。百枝も日本書紀の完成を喜んでおりましょう」

不比等は首名の前に置かれていた書に手を伸ばした。

書をひもとくと、天地開闢《かいびゃく》からの神々の物語が綴られている。不比等はその物語に目を通した。

「第二十二巻に聖徳太子が出てまいります」

首名の言葉にうなずき、不比等は書をめくった。

田辺史大隅らから聞かされてきた蘇我馬子や物部氏の争いが描かれ、そこに聖なる徳を積んだ厩戸皇子が登場する。

馬子のなしたことは巧みに皇子の業績に置きかえられ、叔母である推古《すいこ》天皇を補佐する聖徳太子はまさに聖君だった。

豪族たちの合議によって選ばれた大王《おおきみ》ではなく、徳と智によってこの国に君臨する天皇。その姿が書の中にある。

政の場で藤原の家がこの国を統べる一族になるよう手を打ってきた。この書の完成によって、この国の歴史が藤原家と天皇家の正統性を認めることになるのだ。偽りの歴史であったとしても、万人が正しい歴史と見なせば、それは正しい歴史となるのだ。

「見事だ、道慈。吾の望んだ通りのものがここにある。そなたが戻るのを待った甲斐があった」

「ありがたきお言葉」

道慈が頭を下げた。

「これを読む者たちは驚くであろうな。自分たちが見聞きしてきたのとはまったく別の歴史が描かれているのだ」

　不比等の言葉に首名がうなずいた。

「しかし、この書がこの国で唯一の歴史の書となるのだ。五十年、百年が経てばこの国の臣下も民も、この書に書かれた歴史が本当の歴史だと信ずるようになる」

「そのとおりにございます。古きしきたりを、この書が新しきものに変えるのです。それをなしたのは不比等様。不比等様こそが新しき世に君臨なさるお方」

　不比等は笑った。

「吾はもうすぐ逝く。新しき世に君臨するのは吾ではなく、藤原の家だ」

「なにをおっしゃるのです。皇太子様が玉座に就かれるその日まで、不比等様は生きねばなりませぬ」

「寿命は人が決めるものではない。そうであろう、道慈よ」

「その通りにございます、右大臣様」

「そなたのことは息子たちに伝えてある。吾が亡き後も、藤原の家はそなたの後ろ盾となるであろう」

「わたしの後ろ盾ということは、御仏の教えを加護なさるということ。ありがたきしあわせに存じます」

　不比等は微笑み、首名に目を向けた。

「首様は玉座に就かれる。もはや、長屋王といえどもその邪魔はできぬ。だから、吾がいなくともよいのだ」

「しかし、皇太子妃様はどうなさるのですか。皇太子妃様が皇后になられるにはまだ幾多の壁が立ちはだかっておりますぞ」

「房前たちがなんとかするであろう」

不比等は微笑んだまま、手にしていた書を床に置いた。

四十八

不比等が起きてこないと家人が三千代に告げたのは朝方だった。三千代が様子を見に行くと、不比等は汗を掻いてうなされていた。

熱があり、顔には発疹があった。

ただちに田辺史氏ゆかりの渡来人の医者を呼び、手当てをさせた。だが、熱は下がらず、不比等はうなされながら眠り続けるだけだった。

武智麻呂をはじめとする息子たちが不比等を見舞うために寝所に入りたがったが、三千代はこれをはねつけた。

不比等の身体には発疹が出ている。疫病であれば、息子たちにも移るかもしれない。

藤原の家を守ること。それが不比等から託された三千代の使命だった。

「三千代殿。ほんの一時でよいのです」

房前が懇願してくる。

「なりませぬ。もし疫病だったらどうするのですか」

「しかし――」

「あなたたちにはなすべきことがあるはずです。まず、不比等様の病が外に漏れぬよう、家人たちに口止めすること。房前様はただちに宮に赴き、阿閇様にこのことをお伝えするのです」

「しかし――」

「不比等様は己のことよりまず藤原の家を考えるお方です。房前様、あなたはその不比等様の血を引いているのですよ」

「わかりました。宮へまいります」

房前が去った。宇合と麻呂がその後を追った。

「なにをなさっているのです」

三千代はひとり残った武智麻呂にきつい言葉を向けた。

「藤原の家は房前がいればなんとでもなりましょう。わたしは長子として三千代殿と共におります」

「なにをおっしゃるのですか」

「これが疫病ならば、三千代殿にも移るやもしれません。三千代殿ひとりに父上の世話を押しつけて、三千代殿まで病に倒れれば、臣下たちは藤原の家のことをなんと申しましょう」

三千代は口を閉じた。武智麻呂の言葉には理《ことわり》がある。

「わかりました。されど、寝所に入られたなら、その後は必ず手を洗い、口をすすぐのです。よいですね」

「承知しました」

三千代は武智麻呂を従え、不比等の寝所に入った。

医官が不比等の脈を診ている。下女たちが不比等の汗を拭っている。

「いかがです。治せるのですか」

医官の顔が歪んだ。

「一向に熱が下がりませぬ。薬を煎じて口に含ませても吐き出されるばかり。このままでは……」

「そなたに治せぬと申すのなら、宮の医官を連れてくるまで」

三千代の肩に手が置かれた。武智麻呂の手だった。

「三千代殿、この者は宮中の医官よりも優れた知識を持つ者にございます」

「されど――」

「宮中の医官を呼べば、父上が病に倒れたことがどこかに漏れましょう。それでもよろしいのですか」

三千代は唇を噛んだ。

「父上……」

武智麻呂が不比等の傍らで膝をついた。

「おいたわしや」

武智麻呂は不比等の手を取った。

「三千代殿、今日一日、様子を見ましょう。明日になっても容態が変わらぬようなら、氷高様に病のことを告げるのです」

不比等は助からぬ――武智麻呂はそう悟ったようだった。

「武智麻呂様はこの家の長子。武智麻呂様の思うようになされませ」

三千代は消え入りそうな声で言い、目を閉じた。

＊　＊　＊

「右大臣が病に倒れたとおっしゃったのですか――

長屋王は天皇を凝視した。

「もう長くはもたぬらしい。後ほど、不比等の平癒を願うための詔《みことのり》を出す」

「とうとう待ち望んでいた時が来るのですね」

長屋王は顔が火照《ほて》るのを感じた。不比等がいなくなれば、議政官の筆頭は長屋王になる。天皇の寵愛を得て、自分の望む政ができるようになるのだ。

「なにを悠長なことを申しているのだ」

天皇の言葉には刺があった。

「なにかあったのですか」

「不比等の容態を知らされた時、母上も同席なされていた。母上はわたしより先に知っていたご様子だった」

「それはそうでしょう。房前あたりが阿閇様にお会いになり、今後のことを相談したに違いありません」

「万一、このまま不比等が亡くなったら、大臣の座が空く。それでは政に支障が生じるであろうから、舎人親王を知太政官事に任ぜよとのおおせだ」

稲妻に打たれたかのような衝撃が長屋王を貫いた。

「舎人親王が知太政官事ですか……」

「血筋からいっても、日本書紀を編纂した功績からいっても、それが妥当であろうと、太上天皇がおおせなのだ。天皇といえども逆らえぬ」

不比等だ。あの男は自分の死を見越して、動いていたのだ。だれもが不比等亡き後、朝堂を率いるのは長屋王だと思っていただろう。房前でさえそう思っていたはずだ。舎人親王が知太政官事に任じられれば、すべてが変わる。長屋王に媚《こび》を売っていた者たちも風向きを読もうとするだろう。

「ならば、舎人様に拒むようおおせになれば――」

天皇が憐れむような目を長屋王に向けた。

「相手は不比等ぞ。舎人も不比等に言い含められておろう。藤原の一族が後ろ盾になるとな。自ら辞するわけがない」

「長い間待っていたのです」長屋王は絞り出すように言葉を放った。「あの者が死ぬのを待っていたのです。それなのに――」

「そなたは大納言に任じられたのをいいことに、ただ不比等の死を待っていただけではないか。不比等は老骨に鞭打っていたのだ」

「氷高様……」

「舎人だけではないのだ」

天皇は溜息を漏らした。

「まだなにかあるのですか」

「新田部を五衛府と授刀舎人寮の長にせよとのお言葉だ。政は舎人に、軍事は新田部に任せる。間違いなく、そなたに朝堂を牛耳らせぬための策。そしてまた、だれかひとりに大きな力が渡らぬようにするための策でもあろう。母上がこれを考えたとは思えぬ。すべては不比等のなしたことだ」

「氷高様、なにとぞお考え直しを」

「すまぬが、わたしにはなにもできぬ。自らの不明を恥じよ」

天皇が顔を背けた。下がれという意味だ。

「失礼いたします」

長屋王は一礼し、部屋を出た。

「やられました、右大臣殿。この度は腹も立ちませせぬ」

朱雀門《すざくもん》に向かって足を進めながら独りごちた。

「しかし、右大臣殿に打たれれば打たれるほど、わたしは強くなるのです。知恵を身につけるのです。それをお忘れなく」

長屋王は足を止め、不比等の屋敷のある方角に目を向けた。

だれかの泣き声が聞こえたような気がした。耳を澄ませてみたが、泣き声はもう聞こえなかった。

四十九

喉の渇きに目が覚めた。身体が熱い。まるで炎に包まれているかのようだった。

「お目覚めですか」

声が聞こえた。三千代の声だった。声のする方に顔を向けようとするのだが動かない。手も足もまるで丸太のようだ。辛うじて動かせるのは口だけだった。

「み、水を……」

「薬剤を煮詰めたものがございます。それをお飲みなされ」

なにかが唇に触れ、生暖かいものが口の中に溢れた。不比等は咳き込んだ。

「だいじょうぶでございますか」

三千代が慌てている。三千代の他にも気配を感じるのは医者がいるからだろう。

咳が鎮まると、かつてない疲労感に襲われた。まるで何十里もの道のりを歩き通した後のようだ。

「そうだ。吾は立ち止まることなく歩み続けて来たのだ」

「なんとおおせになりました」

「もうよい。もう充分だ」

「あなた様、なにがおっしゃりたいのです」

喋っているつもりなのだが、言葉にはなっていない。三千代の耳にはなにも届いていないのだ。

動かぬ手を温かい手に握られた。三千代の手だ。

頬になにかが落ちてくる。三千代の涙だ。

「泣くでない、三千代」不比等は声にならない声で呟いた。「この世に生まれ落ちた者は必ず死ぬ。それだけのことではないか」

「あなた様、あなた様」

三千代の声が震えている。

「父上。お気を確かに」

武智麻呂の声も聞こえた。

「吾は古きしきたりを打ち壊した。新しき世を作った。歴史さえも書き換えて、未来永劫へと続く道をととのえたのだ。その道を歩くのは藤原の者のみ。武智麻呂、そなたたちはこの父がととのえた道をただ歩いていけばいいのだ」

目がかすんだ。先ほどまでは燃えるように熱かった身体が冷えている。寒い。凍えてしまいそうだ。

悪寒に震えながら目を閉じた。瞼《まぶた》に持統天皇の顔が浮かんだ。

「讃良様、わたしをお恨みですか。確かにわたしは讃良様の切なる望みを利用しました。されど、讃良様はご存知だったはず。わたしがどんな人間であるのか。わたしがなにを望んでいるのか。それを知っておられながら、自分の望みを叶えるために目をつぶられたのです」

持統天皇は黙って不比等を見つめているだけだった。

「わたしなくして讃良様の望みは叶わず、讃良様なくしてわたしの望みは叶いませんでした。讃良様とわたしは、夫婦より強い絆で結ばれていたのです」

持統天皇の表情は変わらない。

「まもなくそちらへまいります。お叱りの言葉なら、その時おうかがいいたしましょう」

「あなた様、あなた様」

自分を呼ぶ声が耳に痛い。三千代は叫んでいた。

「三千代、そなたに出会えたのは僥倖《ぎょうこう》だった。そなたがいなければ、吾は、藤原の家はここまでの高みに昇ることはできなかったであろう。感謝する。心より感謝する」

不比等は最後の力を振り絞り、三千代の手を握り返した。

「あなた様、わかるのですね。三千代です。三千代と武智麻呂様がおそばにおります」

三千代の声を聞きながら、不比等は手の力を抜いた。

＊＊＊

養老四年（七二〇年）八月三日、右大臣正二位、藤原朝臣《あそみ》不比等が薨《こう》じた。六十一年の生涯だった。

元正《げんしょう》天皇は不比等の死を深く悲しみ、後に、太政大臣《だいじょうだいじん》と正一位《しょういちい》を追贈した。

首皇子が天皇になるのは不比等の死から四年後、安宿媛が皇后になるのは九年後だった。

その詳細は、また別の物語に委ねられることになる。

参考文献

『日本書紀　全現代語訳　上下』　宇治谷孟　講談社学術文庫
『続日本紀　全現代語訳　上中下』　宇治谷孟　講談社学術文庫
『現代語訳　古事記』　福永武彦　河出文庫
『懐風藻』　江口孝夫　講談社学術文庫
『万葉集　全訳注原文付　一〜四』　中西進　講談社文庫
『天孫降臨の夢――藤原不比等のプロジェクト』　大山誠一　日本放送出版協会
『〈聖徳太子〉の誕生』　大山誠一　吉川弘文館
『聖徳太子の真実』　大山誠一編　平凡社
『長屋王家木簡と金石文』　大山誠一　吉川弘文館
『神々の体系――深層文化の試掘』　上山春平　中公新書
『続・神々の体系――記紀神話の政治的背景』　上山春平　中公新書
『照葉樹林文化――日本文化の深層』　上山春平編　中公新書
『藤原不比等』　高島正人　吉川弘文館
『藤原不比等』　上田正昭　朝日新聞社
『持統天皇と藤原不比等――日本古代史を規定した盟約』　土橋寛　中公新書

『持統天皇』　直木孝次郎　吉川弘文館
『長屋王』　寺崎保広　吉川弘文館
『県犬養橘三千代』　義江明子　吉川弘文館
『壬申の乱——天皇誕生の神話と史実』　遠山美都男　中公新書
『平城京　街とくらし』　田辺征夫　東京堂出版

また、日本学術振興会特別研究員の小林理恵女史にはひとかたならぬお世話になった。ここに記して御礼申し上げる。

馳星周×里中満智子（マンガ家）古代ロマン対談

――まず最初に、お二人が古代史に興味を持ったきっかけを教えてください。

馳　僕は、古代史にまったく興味がなかったんです。二〇一三年に、伊勢神宮《いせじんぐう》の式年遷宮《しきねんせんぐう》がありました。我が家で取っている新聞の日曜版に式年遷都の特集があり、妻が読んでいたんです。ある日、その記事を見たら、聖徳太子《しょうとくたいし》も、『日本書紀』の神話も、すべて藤《ふじ》原不比等《わらのふひと》の捏造《ねつぞう》であるという古代史学者の大山誠一《おおやませいいち》先生の説が取り上げられていました。それで「聖徳太子っていなかったの！」と驚いたんです。大山先生の説が正しければ、日本人は一五〇〇年近く一人の男に騙されたことになります。それが切っ掛けで、古代史の勉強を始めました。そうすると本当に面白くて、大学受験の時より勉強しました（笑）。

里中　今までの馳さんの小説とは違うので、何があったのだろうと思っていました。創作をやっていると、ジャンルを第三者が決めることがあります。ジャンルを固定されるのが嫌になる時期はあるので、そうなったのかと考えていました。

馳　そうですね。今、五一歳ですが、四〇代半ば頃から、他人から何を言われても、書きたいものを書こうという気持ちになっていました。その中の一つとして、歴史小説もありました。

里中　私は、『万葉集』から古代史に入りました。小学生の時に百人一首を暗記して、歌のリズムが気に入ったんです。中学に入って古典の授業が始まり、図書館で『万葉集』を読んだら、見知った歌がたくさんありました。昔の大人は、「日本男児は愛だの恋だのに興味はなかった」「女性には人権はなかった」と言っていましたが、『万葉集』では、男性が恋の歌を詠んでいたり、身分の低い女性が、高貴な男性を袖にする歌があったりしたんです（笑）。それで色んなことを調べていたら、芋づる式に新たな発見がある。それからずっと古代史ものの漫画を描きたいと思っていて、最初に描いたのが『天上の虹』でした。でも実在の人物を描く時は緊張しますね。何を描かれても言い訳できないのに、好き勝手に描いているんですから。

馳　僕も好き勝手に書きました（笑）。古代史は、平安時代以降と比べると文字資料が圧倒的に少ないので、どんな家に住んでいたのか、どんな物を食べていたのか、どんな言葉を話していたのかも見当がつきませんでした。だから、ある時から腹をくって、何も分からないのだから好きに書くことにしました。実在した方には申し訳ないのですが、古代史はイマジネーションを働かせる余地が大きいので、楽しい仕事になりました。

里中　そうですよ。学者の先生は証拠がないと論文が書けないし、新しい証拠が見つかると説がひっくり返ることもあります。創作の楽しさは、歴史を素材にして、自由に物語が作れることです。学者の先生は、皆さん「漫画家は、自由に描けていいですね」とおっしゃっていますよ（笑）。私の解釈に違和感を持つ読者がいても、歴史には様々な解釈があることが伝わればいいし、それとは別に、物語を現代ものと同じように楽しんでもらえたら嬉しいです。

馳　そうですね。

里中　私が一〇代の頃、持統《じとう》天皇はほとんど顧《かえり》みられていませんでした。『万葉集』には数多くのスターがいますが、持統天皇は誰も主人公にしていないのが魅力だったんです。調べていくと、「父の七光り」「夫の七光り」「我が子のために邪魔者を排除した」など、悪口ばかりが書いてあるんです。ただ持統天皇の歌を読むと、構成がしっかりしていました。そんな人が、個人の感情で動くはずはないと思って歴史を見ると、非常に冷静な人物だったと確信できました。それを編集者に話すと「『万葉集』なら、額田王《ぬかたのおおきみ》とかもっとスターがいるでしょ」と言われ、家で史料を読んでいたら母に「持統天皇は、父や夫の権威をかさに着た人よ」と言われました。その時は、「だから、私が違った持統天皇を描くのよ」という気持ちでしたね（笑）。

馳　僕も持統天皇の存在は大きかったと思います。古代史は、中学、高校の授業で習ったので、百済《くだら》を再興するために日本が朝鮮半島に兵を出した「白村江《はくそんこう》の戦い」が六六三年、天智《てんち》天皇の息子の大友皇子《おおとものみこ》と天皇の弟の大海人皇子《おおあまのみこ》が、皇位継承をめぐって争った「壬《じん》申《しん》の乱」が六七二年といった知識はありました。ただ学校では、そこにどんな繋がりがあるのかは教えてくれませんでした。自分で調べてみると、日本の外交政策が、実は壬申の乱に繋がっていたことが分かってきました。先ほど里中先生がおっしゃった芋づる式ではありませんが、知らないことを知るのは楽しくて、古代史に嵌まっていきました。

里中　当時の外交を考えると、天智、天武《てんむ》、持統の三人の天皇がいなければ、日本という国は無くなっていたかもしれません。白村江の戦いで敗け、百済再興の芽がなくなると、日本は鎖国状態にして国内を固めていきます。歴史書の編纂を急いだのも、日本には独立国としての歴史があると示さなければ、唐に飲み込まれる危険があったからです。

馳　律令を編纂し、平城京を建設したのも同じ理由ですね。

里中　そうです。歴史小説は、戦国ものは山ほどありますが、古代史ものは数が少ない。作品数が少ないと、実在の人物のイメージが固定化されてしまいます。昔、黒岩重吾《くろいわじゅうご》さんが古代史ものをお書きになっていたので、黒岩さんの人物像が事実と思われていました。ある時、『天上の虹』の読者から、「草壁皇子《くさかべのみこ》と持統天皇は、あんなに優しくはありません。なぜなら黒岩先生の本に書いてありました」という手紙が届きました。その話を黒岩さんにしたら、「若い子は読んだ本を信じるから。貴女は自分が信じるものを書けばいいんだよ」とおっしゃっていただきました（笑）。作品数が増えれば、同じ人に様々な角度から光が当たって、違う人物像が浮かび上がって面白くなります。何より、日本史の中で最も女性が輝いていた時代ですから、女性読者に関心を持ってもらいたいです。

馳　確かに、女性は元気ですね。

里中　古代史は日本の原点です。沢山の作品が書かれ、古代史がポピュラーになれば、知識と理解が深まり、日本がどのように成り立ったのかという芯が見えてきます。

――『比ぶ者なき』の主人公・藤原不比等を、どのように評価されていますか。

里中　藤原不比等は、男性が好きそうな人物ですね。少し前まで、日本の政治は「政界のフィクサーが裏から動かしていた」と言われていましたが、不比等にはそれと似たところがあります。私は、聖徳太子という名前は後世の創作かもしれませんが、モデルになった人物がいたと考えています。馳さんは、聖徳太子も、『日本書紀』もすべて不比等が作ったとされていますが、どこまで信じていらっしゃるのですか。

馳　僕は確信犯で、最初から大山誠一先生の説で小説を書こうと決めました。古代史に興味を持ってから、色々な学説があることを学びましたが、やはり不比等が野望のために歴史を捏造したというアイディアは壮大で面白かったです。しかも絶対に一人ではできない計画なので、どのように人を集め、どのように実行したのかを考えるのも楽しかった。里中先生がおっしゃっているように、それは僕が男だからかもしれません。

里中　最初は「史《ふひと》」でしたが、途中で「不比等」、つまり「等しく比べる者がいない」と改名するのですから、ものすごいナルシストだったと思いますよ。

馳　僕も、改名の理由はよく分かりませんでした。不比等は、ずっと名より実を取り続けていました。だから、自分で「不比等」と名乗るか疑問だったんです。小説の中では、妻の県犬養三千代《あがたのいぬかいのみちよ》が、天皇に橘《たちばなの》三千代の名を賜《たまわ》って改名したように、「不比等」も天皇から賜ったので、しぶしぶ改名したことにしました。

里中　もし天皇から賜ったとしても、「不比等」はいい名前ですから内心は嬉しかったと思いますよ。いま三千代の名が出ましたが、あの人もすごい人ですね。

馳　僕もそう思います。

里中　不比等は、三千代と結婚する前に天皇の娘を娶っています。前例のないことなので、すごい熱意で妻を手にしたと思うんですが、添い遂げたのは三千代でした。私は、不比等にとって、三千代は絶対に必要な女性だったと思うんです。しかも三千代は受胎能力が高くて、都合よく女の子を生んでいます。

馳　僕も調べていて、ここまで都合よく子供が生めるのかと思いました。

里中　二人は小さい時から聖武《しょうむ》天皇を取り込み、自分たちの娘・安宿媛《あすかべひめ》を、天皇の后《きさき》にしています。あまりに巧くいったので、後世の人は計算だ、陰謀だと言いますが、娘が生まれたのは偶然、幼い時から天皇と親しんでいた安宿媛が嫁ぐのは、自然なことです。でも、すべてが計算だったと言われると、そうも見えるんです。

馳　僕もすべてが計算ではなかったと考えています。偶然ですが、不比等と三千代に都合のいいことが起こったんです。

里中　すべてが計算だとすると、不比等の娘の宮子《みやこ》が、文武《もんむ》天皇に嫁いだことも計算に見えてくるんです。宮子は美人で評判だったので、将来、宮中に入れるために不比等が他人の子をもらってきたとの説もありますが、それにも真実味があります。私は、親の期待通りに努力して、耐えて、聖武天皇を生んだのに、すべてを否定したい気持ちになって引き籠った宮子に感情移入していました。三千代は、宮子とは正反対の健康的で頭の回転も早い女性ですが、男性から見ると三千代のような女性はいかがですか。

馳　僕は苦手ですね。不比等、三千代夫婦は対等なところで向き合っていて、どちらかのエネルギーが少しでも弱かったら、もう一人は取り込まれていたと思います。

里中　不比等と三千代は、持統天皇夫婦を見ています。持統天皇と天武天皇は、史上最強のカップルだと考えているんです。壬申の乱で天皇になった天武は、強権を発動して、政治、軍事、経済をすべて握り、他を排除して二人で国を動かしています。その近くにいた不比等と三千代は、目的を一つにした夫婦が、どれほど強いかを実感したんです。

馳　しかも、二人とも能力が高いですからね。

里中　お互い相手の手の内は分かるし、説得せずとも相手が納得してくれて、迅速に計画が進められる。だから、最強カップルだった持統天皇の存在は大きかったはずです。父親の鎌足《かまたり》が蘇我《そが》氏を滅ぼしたことも、兄の定慧《じょうえ》が急死したのも、不比等の人生に影響を与えているでしょうね。

馳　蘇我氏は、急速に国の形を変えようとして滅ぼされました。不比等が、史書を捏造《ねつぞう》し、藤原氏が権力を掌握する大義名分を作ったのは、蘇我氏を反面教師にしたからだと思います。定慧が、遣唐使から帰ってきた直後に急死するのは確かに変ですが、幼かった不比等が兄を殺すのも不自然ですから、陰謀はなかったと思いながらも気になっています。

里中　今でも若い人が突然死することはありますが、定慧の死に方は、あまりに不自然です。だから陰謀かもしれないと思うと、怪しく見えますね。

馳　当時は、名門の子が、命の危険がある遣唐使に行くのはありえないとも言われていますから、定慧の存在自体が謎めいています。

里中　遣唐使の船は結構、沈んでいますから、往復するだけで大冒険だったでしょうね。

馳　奈良で、当時の遣唐使船の模型を見ましたが、これで海を渡ったのかと驚きました。やはり使命感があったり、学生や僧侶は最新の知識を学べるので、命を賭してでも行きたいと思ったんでしょうね。

里中　好奇心や向上心がある人には、最先端の場所で学びたいという気持ちがあります。現代の若者が、飛行機に乗って海外に留学するのと同じですね。

馳　定慧は死にますが、書いた物とか持ち帰ってきた書物はあったと思うんです。不比等の頭脳を作ったのが、兄の残した資料だったと考えると面白いです。

里中　当時は、最新の科学や政治を学習した勉強家ほど出世しました。馳さんの小説では、不比等は最高の知識人だった渡来人の手を借りていますが、知恵と知識を持った人間が有利になるということを、不比等は遣唐使に行った定慧から学んだのかもしれません。

――古代史は他の時代と比べて史料が少ないので、苦労も多いと思うのですが。

里中　確かに史料は少ないし、偏っています。以前、当時のトイレが気になって調べたことがあります。ちょうどインターネットが普及し始めた頃で、ネットがあれば何でも検索できると聞いたので調べてみたのですが、ロクな情報が出てこない（笑）。ただ、よく考えたら、私は登場人物がトイレに入るシーンは描かない。それでも気になったら、調べなくては気が済まないんです。反対に、史料が多くて困ることもあります。『天上の虹』の連載中に、長屋王《ながやのおう》邸が発掘されました。奈良文化財研究所に、長屋王邸の見取り図を貸してくださいとお願いしたら、ビルを建てる時に使うような設計図の山が送られてきました。それには細かく寸法が書いてあるので、最初は設計図の通りに描こうと必死になっていました。そうしたら、何か事件が起きて長屋王邸の一室を出た登場人物が、その直後に誰かと遭遇する場面を描きたいのに、屋敷の構造上、無理だということが発生したんです

（笑）。他にも、庭に出たら屋根の上に不吉な三日月が出ているシーンを描く時なら、その日の月はどんな形で、この時刻にはどのくらいの高さにあるのかも、調べますね。

馳　それはあります。僕は、旧暦が体に染み込むまで時間がかかりました。現代の真冬の情景を頭に浮かべながら二月のシーンを書いていたら、「違う。当時の二月は春だ」と気付いた（笑）。旧暦に馴染むまで二ヶ月くらいかかりました。桜を書こうにも、ソメイヨシノは江戸時代以降の品種なので、当時はどんな桜が咲いていたのか調べました。結局、よく分からなかったのですが、調べ尽くしても分からなかったら「もういいや」と覚悟もできますが、そうでないと気になったままになります。

里中　同じですね。時々、熱心な読者から時代考証の間違いを指摘されることがあります。ある時、画面の奥に桶を描いたんです。その桶は、縦に組んだ木を輪で止めていたのですが、お手紙には「あの当時は木を曲げて作るわっぱ式なので、横になっているはずです。縦組みは時代が違います」とありました。桶は重版の時に修正したのですが、それからは筆一本を描くのにも気を遣うようになりました。現代の筆は、毛が軸の中に入っていますが、当時は軸の外側に束ねていたんです。ただ仕上がった絵を見ると、それほど変わりませんでした（笑）。

馳　研究者の方は、「当時の役人は、木簡が不要になったら、小刀で削って再利用していた」と言っていますが、僕は「どんな小刀なの」と考えてしまうんです。小刀の形を描写しないかもしれませんが、知らないまま書くのは不安なんです。

里中　確かに、役に立つか立たないかではなく、まず知りたいんですよ。好奇心が、人類を進化させたのですから。古代には、言葉は残っていてもどんな物だったか分からない物もあれば、形は分かっても、何と呼ばれていたか分からない物もあります。だから私は、「分からなくても、絵にして画面が成り立てばいい」と考えています。小説の場合は反対で、すべて言葉にする必要がありますよね。「具合が悪い、水を」といった場面では、私は適当な器を描けばいいですが、当時の器は、足がついている、ついていない、丈が高い、低いで名前が違いますから、「器に水を入れた」とは書けないですよね。

馳　そうなんです。だから器の名前が分からない時は、「水を飲んだ」のような表現にしました（笑）。

里中　小説と漫画では、苦労するところが微妙に違いますね。

馳　僕はビジュアル化しなくてもいいので、名前さえ分かっていれば書けます。この作品を書き始めた頃は本当に知識がなかったので、一番最初に、「箸はこの時代から使っていたのか」が気になりました。調べても分からなかったので、箸を使うシーンは書かないようにしました（笑）。

里中　当時は匙《さじ》が主流でしたからね。箸は神事に使われていて、現在のように二本が別々ではなく、ピンセットのように繋がっていたはずです。『古事記』では、倭建命《やまとたけるのみこと》が、少年時代前髪を花の形に結っていたとされていますが、その形が分からない。そんな時は「もういい、仕方ない」と思って、別の史料を参考にしています。弥生時代くらいになると、史料が何も残っていないから比較的自由に描けますが、藤原京から平城京に移るあたりの時代は、中途半端に史料があるので推測するのが大変です。

——持統天皇が当時としては珍しく火葬されたなど、古代史には魅惑的な謎も多いですね。

馳　僕は完全な創作ですが、持統天皇が自分の意思で火葬を選んだとしました。軽皇子を天皇にするため、持統天皇は色々なことを曲げた。それごと燃やして欲しいという気持ちではなかったかと解釈しました。

里中　私は仏教の影響だと考えています。唐に渡り、玄奘三蔵《げんじょうさんぞう》の弟子になった僧の道昭《どうしょう》が、持統天皇に重用されていました。道昭は、持統天皇に、仏教が盛んな唐では火葬が行われていると告げた。持統天皇は新しもの好きでしたから、その影響を受けたと考えています。それと土葬にすると、殯《もがり》を行って棺の中で白骨化するまで埋葬されません。持統天皇は一刻も早く夫のところへ行きたいと考えていたはずですから、時間を惜しんだのかもしれません。持統天皇の骨壺は銀製だったので、盗掘されたのは残念です。

——『比ぶ者なき』は、続編を暗示する終わり方になっていましたね。

馳　不比等の子の藤原四兄弟と、孫の恵美押勝《えみのおしかつ》あたりまでは書きたいと思っています。

里中　恵美押勝は、藤原氏で一番の秀才です。私は、恵美押勝が長生きしていたら、日本に王朝交代があったかもと考えています。恵美押勝が日本の制度を中国風に変えたのは、自分は天皇にはなれないけど、皇帝にはなれると考えていた結果だと思っています。だけど、才に溺れ、女を甘くみたから酷い目にあった。男は、恋をし始めた頃の女は自分の言いなりになると思っていますが、女は本心を隠しているから恐いですよ（笑）。そのあたりを馳さんがどのように描くか、楽しみにしています。

（中央公論新社ホームページ　二〇一六年一二月に掲載）

さとなか・まちこ　マンガ家。一九四八年大阪府生まれ。六四年『ピアの肖像』で第1回講談社新人漫画賞を受賞しデビュー。七四年『あした輝く』『姫が行く！』で講談社出版文化賞、八二年『狩人の星座』で講談社漫画賞、二〇〇六年、著書全作品及び文化活動で文部科学大臣賞を受賞。一三年『マンガ古典文学古事記』で古事記出版大賞、太安万侶賞をそれぞれ受賞。持統天皇を主人公とした『天上の虹』は二〇一五年三月に三二年かけて完結した。著書は他に『アリエスの乙女たち』『あすなろ坂』『長屋王残照記』など五〇〇タイトル以上にわたる。

『比ぶ者なき』二〇一六年十一月　中央公論新社刊

中公文庫

比《なら》ぶ者《もの》なき

2020年3月25日　初版発行
2024年5月30日　再版発行

著　者　馳《はせ》　星《せい》　周《しゅう》

発行者　安部順一

発行所　中央公論新社
〒100-8152　東京都千代田区大手町1-7-1
電話　販売 03-5299-1730　編集 03-5299-1890
URL https://www.chuko.co.jp/

DTP　平面惑星
印　刷　三晃印刷
製　本　小泉製本

Published by CHUOKORON-SHINSHA, INC.
Printed in Japan　ISBN978-4-12-206857-5 C1193

中公文庫既刊より

各書目の下段の数字はISBNコードです。978-4-12が省略してあります。

は-61-1
ブルー・ローズ（上） 馳星周
青い薔薇——それはありえない真実。優雅なセレブたちの秘密に踏み込んだ元刑事の徳永。身も心も苛む、背徳の官能の果てに見えたものとは？ 新たなる馳ノワール誕生！
205206-2

は-61-2
ブルー・ローズ（下） 馳星周
すべての代償は、死で贖え！ 秘密SMクラブ、公安警察との暗闘、葬り去られる殺人……。理不尽な現実に、警察組織に絶望した男の復讐が始まる。
205207-9

は-61-4
四神の旗 馳星周
皇族と藤原氏。それぞれの謀略が交錯するとき、古代史上最大の闇が浮かび上がる。藤原不比等の四人の子がもたらすのは繁栄か、破滅か。〈解説〉木本好信
207458-3

さ-74-1
夢も定かに 澤田瞳子
翔べ、平城京のワーキングガール！ 聖武天皇の御世、後宮の同室に暮らす若子、笠女、春世の日常は恋と友情と政争に彩られ……。〈宮廷青春小説〉開幕！
206298-6

さ-74-2
落花 澤田瞳子
仁和寺僧・寛朝が東国で出会った、荒ぶる地の化身のようなもののふ。それはのちの謀反人・平将門だった。武士の世の胎動を描く傑作長篇！〈解説〉新井弘順
207153-7

さ-74-3
月人壮士《つきひとおとこ》 澤田瞳子
母への想いと、出自の葛藤に引き裂かれる帝——国のおおもとを揺るがす天皇家と藤原氏の綱引きを背景に、東大寺大仏を建立した聖武天皇の真実に迫る物語。
207296-1

な-65-6
もののふ莫迦 中路啓太
豊臣に故郷・肥後を踏みにじられた軍人・岡本越後守と、豊臣に忠節を尽くす猛将・加藤清正が、朝鮮の戦場で激突する！「本屋が選ぶ時代小説大賞」受賞作。
206412-6